KB002033

글씨에서 찾은
한국인의 DNA

어린아이 한국인

어린아이 한국인

1판 1쇄 인쇄 2015. 3. 20.
1판 1쇄 발행 2015. 3. 27.

지은이 구본진
발행인 김강유
책임 편집 김상영
책임 디자인 지은혜
제작 김주용, 박상현
마케팅 김용환, 김재연, 박치우, 백선미, 김새로미, 고은미, 이헌영
제작처 재원프린팅, 금성엘엔에스, 정문바인텍

발행처 김영사
등록 1979년 5월 17일 (제406-2003-036호)
주소 경기도 파주시 문발로 197(문발동) 우편번호 413-120
전화 마케팅부 031)955-3100, 편집부 031)955-3250
팩스 031)955-3111

값은 뒤표지에 있습니다.
ISBN 978-89-349-7033-0 03810

독자 의견 전화 031)955-3200
홈페이지 www.gimmyoung.com
이메일 bestbook@gimmyoung.com

좋은 독자가 좋은 책을 만듭니다.
김영사는 독자 여러분의 의견에 항상 귀 기울이고 있습니다.

이 도서의 국립중앙도서관 출판시도서목록(CIP)은 서지정보유통지원시스템 홈페이지
(http://seoji.nl.go.kr)와 국가자료공동목록시스템(http://www.nl.go.kr/kolisnet)에서
이용하실 수 있습니다.(CIP제어번호 : CIP2015005447)

구본진

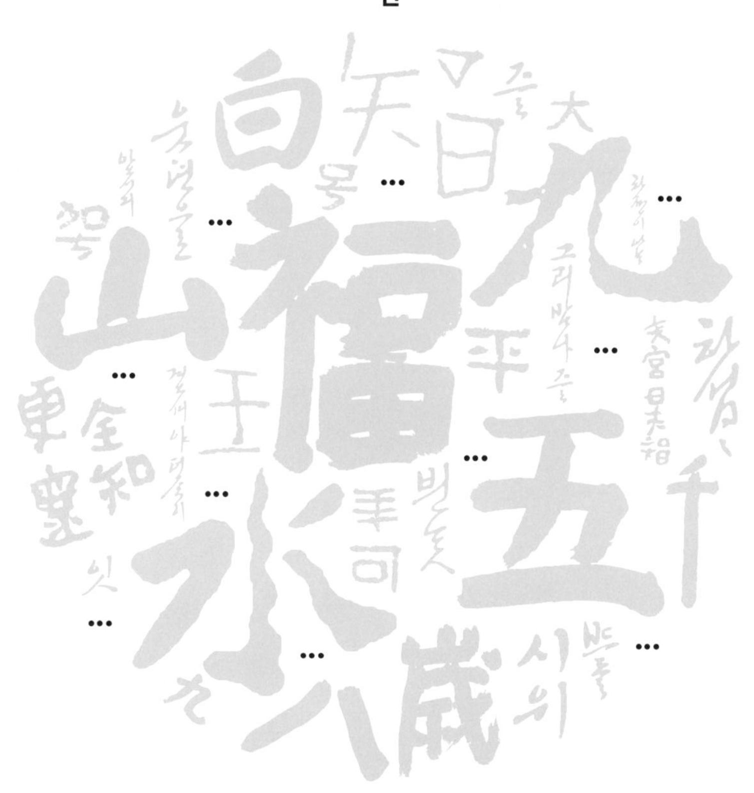

글씨에서 찾은 한국인의 DNA

어린아이 한국인

김영사

어린아이는 순진무구요 망각이며,
새로운 시작, 놀이, 스스로의 힘에 의해
돌아가는 바퀴이며
최초의 운동이자 거룩한 긍정이다.

니체

한민족의 핏줄과 박동을 찾아서

어느 날 갑자기 〈천전리각석川前里刻石〉이라는 도깨비 왕이 내게 나타났다. 경이로운 암각화와 명문은 시간의 흐름을 멈추고 세상을 감지하게 하는 맥박을 점지해주었다. '한국인은 누구인가'는 20여 년간 마음속에 품어온 질문이었다. 독일의 철학자 사비니Friedrich Carl von Savigny의 말대로 법률가는 '민족혼의 대변자'이어야 하기 때문이다. 그 답을 얻기 위해 많은 자료를 찾고 고민했지만 고대 한민족은 투명한 육체를 가지고 어슴푸레하게 다가왔다가는 다시 저 멀리 사라지기를 반복했다. 그런데 이 도깨비 왕이 나의 지친 호기심을 깨우고 큰 꿈을 잉태하게 한 것이다.

나는 사람의 내면을 가장 정확히 파악할 수 있는 열쇠인 '글씨'로 고대 한민족의 첫 시작에 대한, 실체에 대한, 의식에 대한, 문화 원형에 대한 의문을 풀어보자는 꿈을 꾸게 되었다. 그동안 공부해온 필적학 이론,

〈천전리각석〉. 울산 울주군 두동면 천전리 소재. 선사시대의 유적으로 상고시대로부터 신라 말기까지 많은 기하학적인 문양과 명문이 새겨져 있다. 국보 147호.

검사로서의 수사 경험과 30년 가까운 고미술품 수집 경험을 토대로, 고대사의 수수께끼를 '수사하듯이' 해결해보기로 마음먹었다.

어느 외국인 기자는 대한민국의 현대사를 잃어버린 국가적 정체성을 회복하기 위해 몸부림치는 역사라고 보았다. 한민족은 한민족이기 때문에 다른 민족이 될 수 없고 또 다른 민족이 한민족을 모방할 수도 없으며 민족의 정체성을 찾지 못하면 민족의 기억을 모조리 잃어버리는 것이다. 그런데 우리는 오랫동안 중국이 제공하는 양식을 먹고 그 안에 빠져 있다가 20세기 초반에는 일본, 그 후에는 서구 문명 속으로 빠져들어 정체성 혼란을 겪고 있다. 게다가 중국의 동북공정, 일본의 역사 왜곡 등 역사 전쟁은 더욱 심해지고 있다. 고대 글씨에 남아 있는 DNA 암

호를 풀어내면 한민족의 첫 시작과 원형을 밝히고 정체성을 찾아낼 수 있을 것이다. 지식은 '알기 위한' 것이 아니라 '살기 위한' 것이어야 하고 인간과 현재를 위해 봉사해야 한다.

고대라는 경이로움에 대한 동경은 내게 왕성한 탐구심과 삶의 환희를 주었다. 한민족 최초의 글씨를 찾아 헤맸고 한민족의 필적이 있는 곳이라면 어디라도 달려갔다. 더 많은 빛을 찾기 위해 필적학은 물론, 역사학, 고고학, 문자학, 인류학, 진화생물학을 공부했다. 연구를 하다가 벽에 부딪힐 때면 『제신과 무덤과 학자들Gotter, graber und gelehrte』을 쓴 세람C. W. Ceram의 말을 위안으로 삼았다. 직업적 훈련이라는 제동장치나 전문가들이 지닌 신호등이 없어서 전통적인 학문에 의해 생긴

장애물들을 쉽사리 뛰어넘을 수 있는 아마추어 독학자가 강박관념에 쫓겼을 때, 많은 위대한 성취가 이루어졌다는 것이다.

꽤 많은 자료를 찾고 헤아릴 수 없는 글씨들을 보고 고민하다 보니 마침내 어둠이 열리고 고대 한민족이 그 모습을 드러냈다. 나는 '진리의 궁전'에서 고대 한민족을 만나 모습을 꼼꼼히 살피고 진솔한 대화를 할 수 있었다. 그러면서 그동안 가져온 여러 가지 궁금증에 대한 답을 하나씩 찾아갔다. 한민족의 정체성은 무엇인지, 시대에 따라 어떻게 변화하였는지, 현 시점에서 어떻게 발현되고 있으며 통일 시대에는 어떤 전통을 창조해나가야 하는지.

글씨로 분석한 고대 한민족은 매우 자유분방하면서도 순박하고 꾸밈이 없으면서 활력이 충만하고 행동이 신속하며 진취적이었다. 한민족은 어른이 되어서도 젊은 태도와 행동을 가지는 네오테니neoteny 현상이 인류 역사상 가장 두드러진다. 사랑, 낙천성, 웃음, 노래와 춤, 호기심, 장난기 등이 그 특징이다. 한민족의 특성 중 외국어로 번역하기 어려운 것이 '응석'과 '한恨'인데 '응석'은 고대 한민족 고유의 특성이지만 '한'은 역사적 산물에 불과하다. 한민족은 오랫동안 상당히 '중국화'되었지만 고대 한민족의 유전자는 면면이 이어져 내려왔다. 19세기 이후 중국 위상의 약화, 일제에 의한 강점, 자유민주주의 체제의 도입, 한글의 대중화, 글씨 수련의 사실상 중단은 탈중국화, 즉 고대 한민족으로 돌아가는 계기를 마련했다.

현재 홍산문화와 고대 한민족과의 연관성 논란이 있는데 홍산문화의 글씨체는 고대 한민족의 글씨체와 매우 유사한 특징을 보이고 고대 중국인의 글씨체와는 확연하게 다르다. 또 홍산문화 유물에서 고조선 이전의 셈 문자인 '산목算木'이 발견된다. 이는 한민족 역사에 새로운 지평을 열 수 있는 중요한 단서가 될 것이다.

한때의 갈채를 위해서가 아니라 영원한 가치를 지닌 책을 쓰겠노라고, 이번에는 연기만 피우지 말고 활활 타오르겠노라고 스스로 여러 번 맹세했었다. 고난과 좌절을 수없이 반복하면서 피운 '불안의 꽃 Angstblume'이 그동안 알지 못한 사실을 하나라도 알리고 허위와 가식의 꺼풀을 조금이라도 벗겨낼 수 있기를 기대할 뿐이다. 옆에서 지켜보는 것만으로도 지루하고 고될 수밖에 없는 내 불모의 여정을 아무 불평 없이 격려하고 이해하면서 도와준 처 최수현, 외동딸 도윤에게 단지 고맙다는 말만으로는 부족할 것 같다.

단기 4348년 3월

구본진 씀

— 차례

제1부 고대 글씨에서 찾은 한민족의 DNA

제1장 단군은 어떤 사람이었을까?

제2장 단군의 글씨 찾기

제2부 한민족 DNA의 계승과 변화

제4장 중국화되는 한민족

제5장 네오테니가 이울다

제1부

고대 글씨에서 찾은
한민족의 DNA

제 1 장

단군은 어떤 사람이었을까?

1
비밀스런 옛 문

고대사의 수수께끼

한민족은 본래 자유분방하고 꾸밈이 없게 태어났다. 그런데 지금은 한쪽 발목이 쇠사슬에 묶여 있다. 격식, 체면, 겉치레는 움직일 때마다 잘 까당거린다. 이 오래된 쇠사슬은 의심할 여지없이 한민족이 첫 시작을 뗐을 때부터 가져온 실체, 의식, 문화 원형으로 보인다. 그러나 이 책에서 밝히겠지만 실제로는 한민족의 정체성과는 거리가 멀고 외부의 산물에 불과하다.

이 책은 한국인에 대한 이야기이다. 나는 한국인이란 어떤 존재인지에 대한 물음에 답할 수 있다고 생각한다. 내게는 단지 관찰한 느낌이나 짐작을 이야기할 권리는 없고 입증해야 할 의무가 있을 뿐이다.

한민족의 첫 시작, 실체, 의식, 문화 원형을 밝히려면 먼저 단군신화를 살펴보아야 한다. 『삼국유사』는 환인桓因의 아들인 환웅桓雄이 무리

삼천 명을 이끌고 하늘에서 내려와 웅녀와 혼인하여 낳은 단군왕검이 고조선을 건국하였다는 이야기로 시작한다. 이승휴李承休의 『제왕운기帝王韻紀』에도 "처음에 어느 누가 나라를 열었던고, 석제釋帝의 손자로, 이름은 단군일세"라고 하여 단군을 우리 민족의 시조로 못 박았다.

하늘의 후손이 내려와서 나라를 세웠다거나, 인간과 짐승이 결합했다는 건국 신화는 동북아시아 고대국가에 널리 분포하는데 그중에서도 단군신화는 가장 고졸한 모습을 지녔다고 할 수 있다.[1] 일제강점기 즈음에 단군신화가 조작된 것이라고 비아냥거렸던 일본조차도 이제는 다른 모습을 보인다. 다나카 도시아키田中俊明는 "단군신화의 역사성을 둘러싸고 : 사료 비판의 재검토"에서 『제왕운기』에 인용된 『단군본기』는 『구삼국사舊三國史』의 그것이라고 보고 그렇다면 단군 사료는 11세기 이전으로 소급된다고 하였다.[2] 하라다 가즈요시原田一良는 "『본기』 단군즉위년의 복원"에서 단군 원년을 기원전 2085년이라고 주장했다.[3]

단군이 민족 전체의 시조로 받들어진 것은 고려시대였다. 그 이전의 다른 고대국가들은 모두 자기 나라의 시조를 직접 하늘과 연결하고 있었기 때문에 단군을 시조 이상으로 숭모할 수 없었다. 그러나 고려 태조 왕건은 하늘과 직접 관련되지 않았기 때문에 고려에서는 단군을 시조로 받들 수 있게 되었다.[4] 조선 초기에도 서거정徐居正이 왕명으로 편찬한 『동국통감東國通鑑』에서 단군조선을 우리 역사의 시작으로 보는 등 단군이 기원전 24세기에 조선을 건국했다는 것은 국가의 공식적인 역사관이었다.[5]

그러나 정도전이 『조선경국전朝鮮經國典』에서 기자조선의 계승자라는 의미에서 국호를 조선으로 정했다고 하였고, 안정복安鼎福은 『동사강목東史綱目』에서 우리 역사의 시작을 기자箕子로 보았다. 후대로 올수록 사대주의가 심화되고 소중화 사상이 생겨나면서 단군은 부인된다. 일제에 나라를 빼앗기면서 말살될 위기에 놓이지만 한편으로는 민족의 뿌리를 알고 찾으려는 열망이 표출되어 특별한 관심을 받게 된다. 단군은 일제 지배하에서 민족의 정체성과 저항의식의 상징이었고 오늘날 남북 분단의 현실에서는 민족의 정체성과 동질성을 상징한다.

단군과 고조선에 대한 한민족의 특별한 관심은 민족의 뿌리를 알고자 하는 열망의 표출이다. 민족ethnic group의 개념에 대해서는 다양한 견해가 있지만 문화적 차이, 공통의 혈통에 대한 인식을 토대로 상호작용하거나 공존하는 타자들과 구별되는 사람들의 집단을 말한다고 할 수 있다. 특히 한국인에게 있어서는 같은 혈통이라는 의식이 강해서 이를 경험한 외국인들이 질린다고 할 정도이다.[6]

최남선이 『불함문화론不咸文化論』에서 이야기하듯이 단군은 "조선 고대사의 수수께끼를 해결할 수 있는 유일한 관건"이다. 수수께끼 중에서도 가장 핵심은 단군으로 대표되는 고조선 선조들은 어떤 사람들이었을까 하는 것이다. 이 수수께끼를 풀면 한민족의 원형과 정체성을 알아낼 수 있을 것이다. 우리는 단군신화라는 시간의 병 속에 들어 있는 메시지를 읽어내야 한다. 에른스트 카시러Ernst Cassirer가 지적한 바와 같이, 신화는 인간이 의미를 부여하여 만들어낸 작품이고, 일반 문학작품처럼 텍스트와 같은 성격을 지니고 있으며 인간이 세계를 이해하는 틀로 작용한다.[7] 말리노브스키Bronnislaw Malinowski가 신화는 결코 허구적인 설화가 아니며 사라져버린 과거에 대한 설명도 아니고 지금도 부분적으로 살아서 움직이고 있는 커다란 진실에 대한 진술이라고 한 것[8]도 같은 맥락이다. 한민족의 정체성은 신화 속에 갇힌 단군이 비밀스런 옛 문을 열고 따뜻한 모습의 사람으로 돌아올 때 비로소 참모습을 드러낼 것이다. 이는 단군을 민주주의 시대에 맞는 민족 공동체의 상징으로 재인식하는 것이고 '빛의 나라'인 고조선을 희미한 등잔으로부터 빛나는 태양 아래로 끌어내는 것을 의미한다.

『제왕운기』에는 고조선이 붕괴된 후 한반도와 만주 지역에 있었던 한韓(삼한三韓), 부여, 비류, 신라, 고구려, 남옥저, 북옥저, 예, 맥 등 여러 나라는 모두 단군의 후손이었다고 기록되어 있다. 또 "요동에 하나의 별천지가 있으니 지역은 중국과 구별되어 나뉘었네"라고 하고 있어 우리나라를 중국과 확연하게 다른 나라로 보고 있다. 고조선 때 형성되었다는 한민족이 다른 민족과 차별화되는 정체성을 가지고 있는지, 있다면 그 실체는 무엇이고 그 의식은 무엇이며 그 문화 원형은 어떠한 것인지, 이런 문제를 정확히 규명할 필요가 있다. 그렇게 되면 고대 한민족의 모습을 그려낼 수 있을 것이고 오늘날 살아가는 한국인의 유전자(DNA)도 정확하게 알아낼 수 있을 것이다. 그러면 다음과 같은 질문에 대해 명쾌하게 설명할 수 있을 것이다.

- 6.25사변의 잿더미에서 반세기만에 세계 10위권의 경제 강국이 된 한강의 기적은 어떻게 가능했을까?
- 1980년대 중반까지만 해도 외국인들이 가능성이 없다고 보았던

민주화가 어떻게 이루어졌을까?

- 2012년 세계를 휩쓴 가수 싸이의 '강남 스타일' 등 한류 열풍의 실체는 무엇일까?
- 삼풍백화점 붕괴, 세월호 침몰 등 끊임없는 안전사고의 근본 원인과 대책은 무엇일까?
- 장년층의 권위주의와 청년층의 개인주의는 단순히 나이 차이 때문일까?
- 지나치게 자유롭게 행동하는 사람들은 무분별하게 미국인을 모방하기 때문일까?
- 경제발전과 교육받은 계층의 폭발적 증가에도 불구하고 왜 억지 주장이 끊임없이 나올까?
- 제복 입은 경찰이 시민에게 폭행당하는 일이 일상화될 정도로 법이 경시되는 이유는 무엇일까?
- 고교 평준화 등 평등에 대한 강한 집착은 어디에서 비롯되었을까?
- 북한에서의 독재와 3대 권력 세습은 어떻게 가능할까?
- 어떤 통일국가를 건설해야 하고 어떻게 준비해야 할까?

풀리지 않는
의문들

한민족의 원형과 정체성은 오랫동안 자료를 뒤지고 고민하다가 실마리도 찾지 못하던 미제였다. 검찰청에서는 이렇게 골치 아프고 어려운 사건을 '깡치 사건'이라고 한다. 기존의 연구 성과를 점검한 다음 방향을 설정하는 것이 학문 연구의 시작이다. 마찬가지로 깡치 사건 수사도 현재까지 수집된 증거 자료들을 점검하고 수사 방향을 설정하는 것이 그 시작이다. 그동안 한민족의 정체성이 무엇일까 고민하면서 찾은 자료들은 많은 도움을 주지 못했다. 문헌 사료의 결핍, 고고학적 발굴 성과의 부족 등 객관적인 자료가 부족할 뿐 아니라 사람의 '내면'이 아닌 '외면'에 치중했기 때문이다.

고대 한민족과 관련된 문헌은 너무 적다. 안정복은 『동사강목』을 쓰다가 빈번한 내란과 외구外寇의 출몰이 우리나라의 고대 역사를 다 없애버리고 파괴하였다고 분하게 여기고 슬퍼서 탄식하였다. 우리 문헌은 고구려 때 무구검毋丘儉[9]의 약탈로부터 고구려 말기까지 숱한 전쟁으로 말미암아 살아남은 문헌이 거의 없다. 설상가상으로 신라와 고려의 교체기에 그나마 남아 있던 것들까지 거의 사라지고 말았다. 고려 성종이 설치한 서경의 수서원修書院과 임천각臨川閣, 청연각淸讌閣의 장서도 잇따라 발생한 난리와 전란 때문에 없어져버렸으며 그나마 조선의 영릉英陵 시기 이후에 수집한 것들마저 지하고에서 소실되고 말았다.[10] 신채호가 『조선상고사朝鮮上古史』에서 지적하듯이 조선사의 자료 파괴는 내란이나 외구의 출몰과 같은 외부의 요인보다는 저술자 등 내부의 요인이 더 클 수도 있다.

정약용은 『아방강역고我邦疆域考』에서 "우리나라 역사를 말하고자 하는 자는 반드시 중국의 역사를 널리 참고하되, 우리나라에 관계된 것은 모두 빠짐없이 찾아내어 여기저기 실린 것을 종합하고 분류하여, 연도를 고찰해 편찬해 넣은 뒤라야만 바야흐로 사실의 진실을 자세히 밝힐 수 있다"고 했다.[11] 『사기史記』, 『한서漢書』, 『삼국지三國志』, 『진서晉書』, 『산해경山海經』, 『위략偉略』과 같은 중국 사료에는 고대 한민족의 삶을 기술한 부분들이 있다. 그런데 사람의 내면에 대한 정보는 많이 부족하고 중국의 정치적인 입장이 심하게 반영되다 보니 왜곡된 경우가 많다. 중국을 높이고 외국은 깎아내리며(존화양이尊華攘夷), 중국을 위해 중국의 수치를 숨긴다(위국휘치爲國諱恥)는 것이 중국의 역사 편찬 원칙이다. 중국의 량치차오梁啓超조차도 『중국역사연구법中國歷史研究法』에서 이러한 역사 편찬 원칙이 중국 이외의 역사를 왜곡하고 있고 이는 공자 이래의 큰 폐해라고 비판했다. 예를 들어 『삼국지』「위지동이전魏書東夷傳」에서는 고구려인들이 성품이 흉악하고 급하여, 도둑질을 즐긴다고 하고 있는데 다른 고문헌에 나오는 것과는 많이 다르고 믿기 어렵다.

신채호는 『조선상고문화사朝鮮上古文化史』에서 사마천이 쓴 『사기』는 오로지 존화양이를 내세워 배외적 사상을 취함으로써 역사적 사실들을 문란하게 만들어놓았다고 비판한다. 리지린도 중국은 우리 역사를 서슴지 않고 왜곡 말살하였는데 정사正史일수록 그 정도가 더하다고 한다.[12] 사료들은 일종의 '진술 증거'라고 할 수 있는데 중요한 증거이지만 착오, 의도 등의 이유로 신뢰할 수 없는 경우도 많다. 재판에서도 웬만한 '물적 증거' 하나가 여러 증인들의 '진술 증거'보다 더 신빙성을 인정받는 경우가 종종 있다.

고조선의 건국 세력에 대한 연구는 인종 문제나 분류에 매달려 있고 문헌상, 언어학상, 인류학상의 충분한 자료가 없다는 문제가 있다. 그래서 한민족의 뿌리가 어떤 '이름'을 가진 사람들인지, 어디에 살았는지 정도를 알 수 있을 뿐 그 성격이나 정체성, 문화 등 '실체'를 파악하기에는 부족하다.

다수설은 한민족이 고조선 때의 예濊·맥貊·한족韓族 중심이라는 것으로써 이는 크게 토착민설과 전래설로 나뉘고, 전래설은 다시 중국 기원설과 비중국 기원설로 나뉜다. 비중국 기원설을 주장하는 학자가 가장 많은데 이병도李丙燾[13], 손진태孫晉泰[14], 김원룡金元龍[15], 김상기金庠基[16], 김정배金貞培[17], 김정학金廷鶴[18], 정연규鄭淵奎[19], 일본의 시라토리 구라키치白鳥庫吉[20], 러시아의 유 엠 부찐Ю. М. БУТИН 등이다. 중국 기원설은 대만대학교 인류고고학과의 슈이 이푸芮逸夫[21], 린회이시양林惠祥[22] 등 주로 중국학자들이 주장한다. 북한에서는 예·맥·한족으로 보고 있는 점은 같으나 이주민이 아닌 토착민으로 보고 있다.[23] 이와 달리, 다수 종족 구성설을 주장하는 학자들이 있는데 그중 윤내현은 예·맥·한족도 한민족을 구성하는 다수 종족의 일부에 지나지 않는다고 본다.[24]

고조선의 건국 시기, 영토, 정치 구조, 사회와 풍속, 대외 관계, 무역 등에 대한 연구 결과들을 통해서 고조선 선조들의 삶을 엿볼 수 있지만 한민족의 원형과 정체성에 대한 구체적인 정보를 얻기란 어렵다. 어떤 옷을 입고, 무엇을 먹었으며 어떤 집에서 살았는지, 어떤 무기를 어떻게 만들었는지, 어떤 농작물을 재배하였는지, 어떤 글과 예술 작품을 남겼는지 등을 알 수 있을 뿐이다. 고조선의 유물로 확인된 것으로 탁자식 고인돌, 비파형 청동검, 미송리형 질그릇 등을 들 수 있는데 다른 종족과의 교류, 계통, 물질문화 등을 확인하는 데 도움이 되지만 정신문화에 대해서는 거의 정보를 주지 못한다. 그렇다고 언어 분석에 기대하기도 어렵다.

형질인류학적 연구로는 고대 한민족의 머리 모양과 같은 외형적인 부분만 어느 정도 알 수 있을 뿐이다. 북한 사회과학원 력사연구소의 『조선전사朝鮮全史』에 의하면 한민족의 인종적 특징은 언어와 풍습, 문화와 정신적 기질의 공통성을 바탕으로 하는 체질 유형의 단일성으로 나타난다고 한다.[25] 형질인류학으로 분석하면 한국인은 대체로 머리의 좌우 폭에 비해 앞뒤의 길이가 짧고(단두短頭) 머리의 좌우 폭에 비해 귀에서 정수리까지의 길이가 조금 높다(고두高頭)는 특징을 보인다.[26]

미술사학자들의 연구는 범위를 미의식에 한정하고 있는데다가 한민족의 내면에 대한 구체적인 정보를 주지 못한다. 안휘준은 한민족 미술의 특징을 규명하려거나 정의하려는 노력은 계속되었지만 다양하고 광범한 양상을 띠고 있으며 시대, 분야, 지역 간의 차이가 있기 때문에 매우 어렵다고 한다. 중국이나 일본의 미술과 어떻게 다른지를 규명하는 것은 더욱더 어려운 일이라고 인정한다.[27] 또 근거가 확실하지 않고 느낌에 의존하다 보니 야나기 무네요시柳宗悅와 같이 어처구니없는 주장이 나오기도 한다. 그는 조선 미술이나 예술을 '비애의 미' 또는 '애상의 미'라고 보고 그 특징은 선線에 있으며 이러한 미의 세계가 형성될 수밖에 없었던 것은 조선의 반도라는 지리적 환경과 눈물로 얼룩진 비참한 역사에 있다고 믿었다. 조선의 미를 즐거움이 없는 눈물의 미술로 보았고 그 때문에 조선인들은 도자기의 장식에도 불가사의하게도 즐거움의 표상인 아름다운 색채를 쓸 줄 몰랐다고 하고 있다. 그런데 이는 당시 일제강점기의 사회 현실을 한민족의 미적 감각에 잘못 투영한 것이다. 까치호랑이 민화 등에서 보듯이 한민족의 미는 기본적으로 즐거움에 기초해 있음이 명백하다.[28] 국내외의 많은 학자들은 한국 미술의 큰 특징으로 자연미, 곡선미 등을 들고 있다.

정체성의 문제는 결국 사람의 문제이기 때문에 고대 한민족이 과연 어떤 '사람'이었는지, 그 '내면'이 다른 민족과 어떻게 달랐는지에 대한 답을 구해야 해결할 수 있다. 단군을 비롯한 고조선 선조들이 어떤 '사람'이었는지를 밝히는 것이 필요하다. 마음이 따뜻했는지, 의지가 강하고 용기는 있었는지, 성격이 느긋했는지 조급했는지를 밝힐 수 있어야 한다. 이성적이었는지 감정적이었는지, 낙천적이었는지 비관적이었는지, 예술을 즐기고 낭만적이었는지, 어떤 재능을 가지고 있었는지도 확인해야 한다.

수사의 성패는 사람들이 납득할 만한 결정적인 증거를 확보하느냐에 달려 있다. 따라서 어떤 증거를 찾아야 할지를 결정하는 것은 수사의 방향과 직결되는 것으로 수사의 알파요 오메가다. 목표물을 잘못 정하면 아무리 열심히 찾아다녀봐야 고생만 할 뿐 성과가 없게 된다. 지금까지의 연구 자료로 수수께끼를 해결하지 못하고 있는 것은 획기적인 발상의 전환이 필요함을 말해준다. 문제를 야기했던 것과 동일한 의식 상태로는 어떤 문제도 해결할 수 없다.

고대 비밀의 속삭임

루브르박물관 한 모퉁이에는 높이 2.25미터의 돌기둥이 있다. 함무라비법전이 새겨진 고대 바빌로니아의 이 돌기둥은 나의 시선을 꽤나 오랫동안 붙잡아두었다. 우선 문자 중에서도 특이한 형태의 쐐기문자(설형문자楔形文字, cuneiform)가 눈길을 끈다. 라틴어인 쿠네우스cuneus(쐐기)와 포르마forma(모양)에서 나왔다고 하는데 경직되고 날카로운 모양이다. 파키스탄과 아프가니스탄을 포함하는 남아시아, 남서아시아, 중앙과 동아시아의 일부에서 사용되는 브라미Brahmi 문자가 둥글둥글하고 각이 없는 것과는 정반대이다. 아마도 백성들에게 법을 널리 알리기 위해 돌기둥에 조각을 해서 사람들이 많이 오가는 곳에 세워두었을 것이다. 예루살렘의 메아 쉬아림Mea Shearim은 일부 주민들이 인터넷을 사용하지 않고 대자보를 붙여서 필요한 것을 알리는데 이는 종이라는 매체가 있어서 가능한 것이다. 고대 바빌로니아에는 인터넷은커녕 종이도 없었으니 돌기둥을 세우는 방법이 가장 효율적이었을 것이다.

함무라비법전은 기원전 1750년경의 것인데 그보다 늦은 시기에 고조선에도 팔조법금八條法禁이라고 하는 법이 있었다고 『삼국지』「위지 동이전」과 『후한서後漢書』「동이전東夷傳」에 기록되어 있다. 팔조금법, 금법팔조라고도 하는데 전문은 전하지 않고 3개 조만이 『한서』「지리지地理志」에 전한다. 이 팔조법금도 함무라비법전과 같이 돌기둥에 새겨져 고조선의 여러 곳에 세워져 있었을 가능성이 높다.

고조선 당시의 문자로 확인된 것은 아직까지 없지만,[29] 문자를 사용했음은 분명하다. 일반적으로 메소포타미아의 설형문자는 기원전 3100년, 이집트 최초의 문자는 기원전 3100년, 인더스강 유역은 기원전 2500년, 크레타는 기원전 1900년, 중국은 기원전 1200년, 중앙아메리카는 기원전 600년에 사용했다고 알려져 있다.[30] 그런데 양저문화良渚文化(기원전 3300~기원전 2200년경)는 물론, 홍산문화紅山文化(기원전 4700~기원전 2900년경)에서도 문자가 조각된 유물들이 발굴되고 있어 동아시아에서 문자의 사용은 연대가 더 올라간다. 기원전 108년까지 존속했고 매우 발달한 국가였던 고조선에서 문자를 사용하지 않았을 가능성은 없다. 리지린은 고조선에서 기원전 8세기 이전에 한자를 사용하기 시작했다고 주장한다.[31]

고조선에서 문자를 사용했다고 보이는 여러 가지 정황도 있다. 『후한서』「열전」 등의 기록을 보면 중국의 『시경詩經』, 『서경書經』, 『춘추春秋』 등이 고조선에 유입되었다. 우리 역사상 최초의 책이라고 주장되는 『신지비사神誌秘詞』는 풍수도참에 관한 것인데 윤내현은 신지神誌는 고조선의 사관史官을 지칭하는 말이며 이 책이 고조선에서 쓰인 것으로 전해 내려온다고 한다.[32] 또 〈공무도하가公無渡河歌〉는 4언 4구로 된 고대가요로 중국 후한後漢의 채옹蔡邕이 지은 『금조琴操』에 처음 나오고 삼국시대 진晋나라 최표崔豹의 『고금주古今注』에는 관련 설화도 함께 전해진다. 이 시가는 장지연의 『대동시선大東詩選』, 조선총독부가 간행한 『청구시초靑丘詩鈔』 등에서 고조선시대의 것으로 소개되었고 리지린, 윤내현도 같은 입장이다.[33]

함무라비법전 돌기둥이 20세기 초에서야 발견되었듯이 지금 어디엔가 고조선의 글씨가 잔뜩 적힌 돌기둥이 기지개를 켤 날을 기다리며 숨을 고르고 있을지 모른다. 고조선의 글씨가 있는 유물을 찾아내면 고대사의 수수께끼를 풀 수 있을 것이다. 그러면 왜 하필이면 글씨를 찾아야 하는가?

2
잊혀진 지혜의 실마리

안톤 패트리히와 아이빈스 박사

평균적인 수준의 지능을 가졌으며 학생 시절 성적이 변변치 않았음. 20세에서 40세 사이의 남자. 전문적인 기술자가 아니며 불안정한 정신 상태에 놓인 채 열등감에 싸여 있기 때문에 일반 사람들과 정기적으로 어울리지 않을 것임. 예를 들면 창고 같은 데서 일하는 단순 노무자. 외모는 보수적이고 체격은 건장. 세상 사람들의 관심을 끌고 싶어 범행을 했을 것. 부모는 알코올중독자이거나 이혼했을 것. 이미 과거에 크지 않은 범죄를 저질러서 경찰 조사를 받은 적이 있었을 것으로 추정.

1962년 6월과 7월 스위스 루체른에서 다섯 번에 걸쳐 폭탄이 터졌다. 이 가운데 3개는 유명 음식점의 엘리베이터 안에서 터져 5명을 다치게 하고 10만 스위스 프랑의 재산 손실이 생겼다. 경찰은 기폭 장치를 추적하여 이를 판매한 총포 거래상에서 아플레드 스퓌니라는 이름과 그가 쓴 주소를 찾아냈다. 필적 감정을 의뢰받은 M. 리츠노가 필체를 앞과 같이 분석했다. 스위스 경찰은 리츠노의 조언에 따라 12명의 용의자를 심문하여 1명으로 좁혔는데 그 용의자는 안톤 패트리히였다. 그는 20세였고 창고에서 일하는 잡역부였으며 옷차림새는 보수적이었다. 최근 권투 챔피언 자리를 2개나 땄다. 그의 부모들은 음주 운전으로 여러 차례 적발된 뒤에 이혼을 하였다. 용의자는 처음에는 범행을 부인했지만 결국 '사회에 복수하기 위해서' 범행을 했다고 자백했다.[34]

2001년 미국에서 탄저균이 든 편지로 4명이 살상되는 사건이 터지자 FBI는 범인의 필적을 글씨의 크기, 기울기, 변화, 정돈성 등을 분석하여 개인적 특성을 분석했다. 범인은 성인 남자, 타인과 별로 접촉하지 않는 직업군, 상당한 과학 지식을 보유한 자, 또는 적어도 과학에 깊은 관심을 가진 자, 다른 사람과의 관계에서 테크닉이 부족한 자, 혼자 있기를 좋아하는 자로 보인다고 했다. 그 결과를 충족시키는 범인을 추적해 들어가서 결국 미국 육군전염병연구소의 세균 전문가 브루스 아이빈스 박사가 지목되었다. 그가 기소를 앞두고 자살하는 바람에 사건은 미궁에 빠진 채 종결되었다.

대한민국에서는 1991년에 유서 대필 사건이 세상을 떠들썩하게 했다. 전민련 사회국 부장이었던 김기설이 유서를 남기고 투신자살을 했는데 동료 강기훈이 유서를 대필했다는 이유로 자살방조죄로 기소되어 대법원에서 유죄가 확정되었다. 이때 결정적인 근거가 된 것이 강기훈의 유서와 김기설의 글씨체가 유사하다는 국립과학수사연구원의 필적 감정 결과였다. 그런데 2007년에 다시 진위 논쟁이 있었고 2014년에는 재심에서 무죄가 선고되었다. 국립과학수사연구원에서 2007년과 2013년에 필적을 재감정하여 최초 감정과 정반대의 결론을 냈기 때문이었다. 결국 강기훈이 범인으로 지목되고 유죄판결을 받을 때도, 재심에서 무죄가 선고될 때도 모두 국립과학수사연구원의 필적 감정 결과가 결정적인 역할을 했다.

2009년에는 젊은 여성 연기자 장모 씨가 자살한 다음 소속사 대표로부터 성 접대를 강요받았다는 장모 씨 명의의 편지가 소속사 대표가 재판을 받고 있는 법원에 제출되었다. 언론을 통해 그 사실이 알려지면서 호사가들의 입방아에 오르내렸지만 국립과학수사연구원에서 장모 씨가 아닌 다른 사람의 필체라는 결론을 내렸고 결국 이를 쓴 사람이 증거위조죄로 처벌받았다.

이처럼 필적 분석은 수사에 광범위하게 활용되고 있다. 수사 과정에서 범죄자가 누구인지를 특정하고 증거를 찾는 것은 매우 까다로운 일이다. 9명의 진범을 놓쳐도 1명의 억울한 사람을 만들지 말아야 하기 때문에 '의심스러울 때는 피고인의 이익으로'라는 형사소송법상 원칙이 있다. 형사사건에서는 '합리적 의심을 배제'할 정도의 확실한 증거가 있어야 유죄판결을 받을 수 있다.

심증이나 어리어리한 증거만 가지고 범인을 체포하거나 기소했다가는 진범도 무죄를 받을 수밖에 없고 오히려 인권침해를 당했다는 반격을 받을 가능성이 높다. 움직일 수 없는 확실한 증거를 찾기 위해 DNA나 지문 감식과 같은 과학적 방법이 총동원된다. 꽤나 신뢰할 수 있다고 알려진 거짓말탐지기 검사도 법원에서는 증거로 인정해주지 않는다. 그런데 글씨가 범인을 특정하고 범죄의 중요한 증거로 종종 사용되는 것은 글씨 분석이 과학적이고 신뢰할 수 있기 때문이다.

글씨는
뇌의 흔적

20년 넘는 검사 생활과 15년 이상의 글씨 수집 경험에서 깨달은 것은 '글씨는 거짓말을 하지 않는다'는 것이다. 글씨에는 쓴 사람의 DNA 정보가 암호화되어 있다. 나는 검사 생활 대부분을 강력부에서 보내면서 조직폭력, 마약, 살인 등 강력 사건을 다뤘다. 강력 사건 수사를 하다 보면 인간 세상의 밑바닥까지 들여다보게 되는 경우가 많다. 수사 현장에서 부딪히는 조직폭력배나 마약 사범, 살인범의 실상은 영화나 드라마와 같은 과장이 없으면서도 때로는 더 드라마틱하기도 하다. 보통 사람들은 상상하기도 어려운 세상의 이야기를 많이 보고 듣게 되면서 인간 세계에 회의도 느끼고 반대로 애착도 느끼곤 한다.

검찰청 조사실은 검사와 피조사자 사이에 쫓고 쫓기는 숨 막히는 심리적 추격전이 벌어지는 '아레나'다. 날카로운 신경전을 벌이면서 조사를 하다 보면 피로가 엄습하기도 하고 감정이 격해지기도 한다. 그러면 잠시 조사를 중단하고 수사와는 직접 관련이 없는 이런저런 이야기를 나누게 된다. 검사와 피조사자로 만났지만 자주 만나서 1미터 안팎의 거리에서 마주보고 이야기를 하다 보면 친해지기도 한다. 그러면 피조사자가 다른 사람의 비밀을 말해주기도 하고 심지어 자신의 은밀한 부분까지 털어놓기도 한다. 아주 가깝지 않으면 알기 어려운 내면의 숨겨진 모습이나 성향을 알게 되는 것이다. 때로는 실제 모습이 겉모습과 너무도 달라서 크게 놀라기도 한다.

나는 수사 과정에서 종종 피조사자에게 자필 진술서를 쓰게 했다. 처음에는 진술서 내용을 보면서 수사 방향을 정하기 위해서였는데 나중에는 글씨체를 보면서 그 사람의 인성이나 숨겨진 내면을 예측하곤 했다. 특이한 성격을 가진 사람들의 글씨체에는 뭔가 특이한 점이 있다는 것을 알게 되면서 글씨체를 유심히 보는 것이 습관이 되었다. 그리고 수사가 마무리되면 그 결과를 피드백하는 경험이 쌓이다 보니 어느 정도 글씨체를 볼 줄 알게 되었다.

처음에는 글씨의 숙련도, 형상, 자획 구성, 배자 형태, 글자의 크기나 비율과 같은 전체적인 인상(게슈탈트gestalt)으로 글씨를 쓴 사람의 학식이나 정신 수준, 개성 등을 알 수 있었다. 그러다가 나중에 그 차이점을 기록하여 비교하고 필적학 이론을 공부하다 보니 분석적으로 설명할 수 있게 되었다. 예를 들어 흉악범의 글씨는 속도가 느리고 각이 많이 지고 마지막 부분이 흐려지고 필압筆壓이 무거우며 글자 사이의 공간이 좁다는 공통점이 있다. 때로는 글자가 뒤섞이고 혼란스러우며 행 간격이 지나치게 좁아 다른 글씨를 침범하기도 한다. 거짓말을 밥 먹듯이 하는 사람의 글씨는 주로 무질서하고 읽기 어려우며 필압은 약하고 기초선이나 기울기, 크기, 간격, 속도 등의 변화가 심하며 느리고 억지로 꾸민 듯한 형태를 가진 것이 많다. 그리고 이미 쓰인 글자에 발전되거나 교정된 것이 종종 눈에 띈다. 자기중심적인 사람은 글씨 간격이 매우 좁고 혼란스러우며 변화가 심한 경향이 있고, 치밀한 사람은 글씨가 매우 작고 명료하며 정돈되어 있고 타이핑된 것처럼 일정하다.

글씨 이외에도 생김새, 표정, 행동, 걸음걸이, 말투 등의 총합이 하나의 아이덴티티로서 사람과 따로 분리될 수 없는 것이다. 따라서 이런 것들을 자세히 관찰하면 사람의 내면을 어느 정도 알아낼 수 있다. 그러나 글씨 분석만큼 정확한 것은 없다. 글씨는 '바로 그 사람'이기 때문이다.

서예의 종주국인 중국은 전통적으로 '글씨가 곧 사람'이라 하여 글씨 쓰기(서법書法)를 지식인의 덕목으로 삼았고 기원전 1000년경에 이미 글씨 분석을 했다. 소동파蘇東坡는 『논서論書』에서 글씨에는 신神, 기氣, 골骨, 육肉, 혈血이라고 하는 다섯 가지 중요한 요소가 있다고 하였다. 청나라의 서론가書論家 왕주王澍는 『논서잉어論書賸語』에서 여기에 근筋, 정精, 맥脈을 더하여 여덟 가지 요소가 있다고 하였다. 글씨를 사람과 동일하게 보고 있는 것이다. 글씨의 수준은 곧 학문과 인격의 수준이었다. 공자는 글씨를 보면 그 사람이 귀한 사람인지 천한 사람인지 알 수 있다고 했고 한나라의 양웅揚雄도 글씨로 군자와 소인을 구별할 수 있다고 했다. 송나라의 유학자 주희가 "글씨를 쓰기 전에 제일 먼저 뜻을 바르게 세우라"고 말한 것은 글씨에 고결한 정신이 담겨 있어야 함을 강조한 것이다. 북송北宋의 황정견黃庭堅의 글씨 〈지주명砥柱銘〉이 2010년 경매에서 3억 9000만 위안(약 667억 원)에 낙찰돼 그 당시까지 거래된 중국 미술품 가운데 최고가를 기록한 것을 보면 중국에서 글씨를 얼마나 높게 평가하는지 알 수 있다.

우리 조상들에게도 글씨는 의사소통의 수단이기도 했지만 궁극적으로 인격 수양의 방편이었고 또 그 결과였다. 글씨는 학문과 수양의 결정체라고 보았기 때문에 자신을 완성하기 위해 글씨를 쓰고 또 썼다. 우암尤庵 송시열宋時烈은 글씨를 '마음의 획이자 덕성의 표출'이라고 말했다. 추사秋史 김정희金正喜는 '문자향文字香 서권기書卷氣'를 강조했는데 글씨와 그림에 학문과 인품이 배어 있어야 한다는 뜻이다. "밤낮을 잊고 한두 달 계속 붓을 잡았던" 조선의 문신 김상숙金相肅은 「필결筆訣. 발跋」에서 "무릇 글씨를 쓴다는 것은 마음이 붓에 들어가는 것이니 마음의 손가락이 필관을 견고하게 잡아야 한다. …… 마음은 붓에 전달하고, 붓이 종이에 전달하면, 종이는 받아서 글씨를 이루니, 소리와 기식이 없어도 덕은 거기에서 존재한다. …… 손에서 도모하지 말고 마음에서 도모해야 하니, 마음이 발동하면 손은 저절로 움직인다"라고 했다.

동양에서 인간의 본성을 탐구하는 철학을 바탕으로 글씨를 연구하는 서론書論이 발달하였다면 서양에서는 합리적인 사고를 바탕으로 글씨를 크기, 모양, 간격, 기울기 등으로 분석하는 필적학筆跡學(Graphology, Graphologie)이 발달했다. 필적학이란 어떤 사람의 필적을 보고 그 사람의 성격을 추론하는 학문 분야이다. 필적학은 글씨를 쓸 때 머리에서 손과 팔의 근육에 메시지를 전달해서 선, 굴곡, 점 등을 만들기 때문에 필적이 내적 세계를 반영할 수밖에 없다는 전제에서 출발한다. 그래서 필적을 분석하면 그 사람의 내면을 파악할 수 있다는 것이다.

로마의 역사학자 수에토니우스Gaius Suetonius Tranquillus가 아우구스투스 황제의 글씨를 분석하여 아우구스투스와 그의 글씨가 놀라울 정도로 가깝다고 한 것이 최초의 필적학적 접근으로 알려져 있다. 그러나 체계적인 필적학은 개인의 글씨가 탄생하기까지 생겨나지 못하였고 르네상스 시대의 장식적 글씨가 쇠퇴한 이후에서야 발전하기 시작한다.

1622년 이탈리아의 의학자 카밀로 발디Camillo Baldi는 필적이 심리, 즉 사람의 성격과 연관성이 있다는 사실을 논리적으로 밝혀냈다. 1875년 프랑스의 장 히폴리토 미숑Jean-Hippolyte Michon은 '필적학'이라는 말을 처음 쓰기 시작했으며, 장 크레피유 자맹Jules Crépieux-Jamin에 의해서 필적학이 크게 발전되었다. 독일의 루트비히 클라게스Ludwig Klages 박사는, 필적은 전체를 파악하는 것이 중요하다는 철학적 방법론을 제시하여 직관적, 경험적 방법에 의해 필적을 추적하기도 했다. 독일의 필적학자 빌헬름 프레이어Wilhelm Preyer는 1895년 그의 저서 『필적 심리Zur Psychologie des Schreibens』에서 글씨를 쓰는 신체의 모든 부분을 지배하는 것은 대뇌이므로 글씨를 '뇌의 흔적'이라고 말했다.

그 후에도 독일, 프랑스, 미국, 영국, 이태리, 이스라엘 등의 필적학자들이 필적학을 발전시켰고 앞의 국가들은 물론, 중국과 일본 등에서도 많은 필적학 서적이 출판되었다. 독일의 필적학자이자 심리학자인 울슈라 아베랄르멘Ursula-Avé-Lallemant이 필적 분석 수단으로 개발한 '별과 파도 검사star wave test'는 취학 전 유아의 발달 기능 검사로 활용되고 있다. 현재 독일, 프랑스, 영국, 스페인, 스위스, 이태리 등의 대학에서 필적학 강의를 개설하고 있다. 과학자 아인슈타인도 필적과 성격에 어떤 연관이 있다고 믿었고 소설가 에드거 앨런 포Edgar Allan Poe는 필적 분석 책을 쓰기도 했다.

명백한 혼란 속에서
질서 찾기

글씨 분석으로 사람의 내면을 알 수 있다는 데 동의한다면 개인이 아닌, 수많은 사람들로 이뤄지는 집단의 성향도 글씨 분석으로 알아낼 수 있다는 데도 동의할 수 있을 것이다. 나는 여기서 자아self라는 개념을 사용하고 싶다. 개별적인 사람의 자아를 의미하는 '개인 자아individual self' 이외에 어떤 집단을 나타내는 '집단 자아collective self'라는 것을 상정하는 것이다. 개인 자아는 개별적 인격, 집단 자아는 집단적 인격이라고 부를 수 있을 것이다. 여기서 말하는 인격이란 도덕적인 문제만을 이야기하는 것이 아니고 교양, 학식, 의지, 도덕성, 이성, 감성, 본능, 성향, 재능 등을 종합적으로 말하는 것으로 그 사람의 모든 것을 말한다. 사람들이 모여서 집단을 이루는 것이므로 구성원들의 성향이 그 집단의 성향이 된다는 데 의심의 여지가 없다.

나는 2009년 일제강점기 35년 동안 정반대의 삶을 산 항일운동가와 친일파의 글씨를 분석한 『필적은 말한다 : 글씨로 본 항일과 친일』을 썼다. 우리 역사상 일제강점기만큼 사회 지도자나 지식인들이 양쪽으로 뚜렷하게 나뉜 시기는 없었다. 식민 상황이라는 극단의 암흑기는 이들을 항일, 친일의 기로에 서게 만들었다. 민족의 독립을 위해 투쟁하거나 일제 권력에 빌붙어 살거나 둘 중 하나를 선택할 수밖에 없게 한 것이다. 그 기로에서 선택을 하게 한 것은 과연 무엇이었을까? 이 질문에 대한 답을 필적 분석을 통해서 찾은 것이다. 명나라의 서예가 항목項穆은 『서법아언書法雅言』에서 서예의 요지는 바름과 기이함에 있다고 했는데, 한마디로 말하면 항일운동가의 글씨는 바름의 글씨요, 친일파의 글씨는 기이함의 글씨라고 할 수 있다.

『필적은 말한다』에서 말한 대로 항일운동가의 전형적인 글씨체는 작고 정사각형 형태로 반듯하며 유연하지 못하고 각지고 힘차다. 글자 간격은 좁고 행 간격은 넓으며 속도가 느리고 규칙성이 두드러진다. 또 꾸밈이 별로 없고 필선이 깨끗하다. 반면 친일파의 전형적인 글씨체는 크고 좁고 길며 유연하고 아래로 길게 뻗친다. 글자 간격이 넓고 행 간격은 좁으며 규칙성은 떨어지고 꾸밈이 심하며 필선이 깨끗하지 않은 경우가 많다. 일부 친일파는 극도로 불안정한 필치를 보인다.[35]

필적학 이론으로 분석하면 항일운동가는 보수적이고 바르며 조심스럽고 사려가 깊으며 의지가 강하다. 자신에게 엄격하며 남에게 피해 주는 것을 싫어하고 행동이 일관되며 신뢰할 수 있고 마음이 착하며 순수하고 겉과 속이 같다. 친일파는 용기와 사회성이 있고 외향적이며 말이 많고 표현하는 것을 즐기며 사려 깊지 못하고 의지가 약하다. 자신에게 엄격하지 않고 남에게도 비판적이지 않으며 새로운 환경에 적응을 잘하고 행동이 일관되지 않으며 변덕스럽고 기회주의적이다. 마음이 착하지 않고 겉과 속이 다른 경우가 많다. 어떤 경우는 독창적이고 즉흥적이며 감정적이고 불안정한 심리를 보이기도 한다. 항일운동가는 올곧고 자신에게 엄격하며 남에게 피해 주는 행동을 하지 못하고 의지가 강하기 때문에 숱한 고난을 겪으면서도 올바른 길을 갈 수 있었다. 반면, 친일파는 의지가 약하고 남에게 피해 주는 것을 아랑곳하지 않으며 새로운 환경에 적응을 잘하기 때문에 일본 제국주의에 협력하여 일신의 안일을 택했던 것이다. 결국 항일운동가나 친일파 모두 본인의 인격 때문에 각자의 길을 선택하게 된 것이다. 항일운동가와 친일파의 성향을 분석한 시도도 없었지만, 있다고 해도 필적 분석만큼 수긍할 수 있는 결과를 내놓지는 못할 것이다.

민족적 요소들이 비합리적일 수는 있지만 구성원들 가슴속에 뿌리 깊이 자리 잡아서 바꿀 수 없는 확고한 것이다. 미국의 저널리스트이자 정치학자인 아이작스Harold Robert Isaacs는 인간이 본질적으로 지니고 있는 부족주의는 인간의 존재 조건에 너무나 깊게 자리 잡고 있다고 한다. 마치 산비탈의 암석을 뚫고 1마일 높이로 힘차게 자라는 나무들처럼 무엇이 그것을 덮고 있든지 간에 이를 뚫고 끊임없이 자라 오른다는 것이다. 중국의 미학자 리쩌허우李澤厚도, 문화 전통은 인간들의 심리 구조 가운데 침전되어 있다고 말했다. 최순우는 '집단 개성'은 성정을 말하는데 한국인이 미국인이나 일본인의 성정과 같아질 수 없다고 한다.[36]

수많은 사람들로 이뤄지고, 다른 문화의 영향을 받을 수밖에 없는 민족의 정체성을 규명하는 것은 명백한 혼란 속에서 질서를 찾아내는 것이어서 어려울 수밖에 없다. 그러나 민족성은 어떠한 '해석'을 통해 유사점과 차이점을 추출하는 과정을 통해서만 주장될 수 있고 이러한 지각은 어떤 식으로든 설명되어야 한다. 민족성이 우리에게 관념적으로라도 분명히 존재한다면, 이를 규명하는 것은 가능할 것이고 도전해볼 만한 일이다. 글씨만큼 개인이나 집단적 인격을 정확히 알아낼 수 있는 것은 없다.

그동안 글씨 분석을 통해 민족성을 이야기한 연구들이 있었다. 체코슬로바키아 출신의 로베르트 사우덱Robert Saudek은 민족성과 습자 교과서 글씨의 관계를 찾아내려고 나선 첫 번째 필적학자로 알려져 있다. 외교관이자 극작가이며 소설가이기도 했던 그는 독일인들의 글씨 모델이 프랑스, 이태리, 영국의 글씨보다 각이 져 있는데 이는 느긋한 이태리 사람들에 비해 독일인의 경직된 성향을 반영한다고 주장하였다. 이 연구는 필체로 민족성의 차이를 규명하려고 시도했던 점에서 의미가 있다.

미국의 필적학자 앤드리아 맥니콜Andrea Mcnichol은 히틀러 일기 사건, 억만장자 소년 클럽 살인 사건, 오 제이 심슨 사건, 존 베넷 램지 살인 사건 등에서 자문했다. 그는 미국과 영국에서 유년기의 아이들에게 교육하는 글씨체의 특징을 비교하고, 독일인의 글씨에 대해서는 흥미로운 이야기를 하고 있다. 1940년대까지만 해도 독일인들의 글씨는 거의 100퍼센트 각이 져 있었는데 독일 아이들을 가르친 방법은 갑작스럽고, 각이 지고, 날카로우며, 나치의 다리를 굽히지 않고 높이 들면서 걷는 행진goose-step과 많이 닮아 있었다는 것이다. 이렇게 교육받은 사람들은 좀 더 공격적이고, 화를 잘 내고, 고집스럽게 된다. 전형적인 독일인은 재미없고 무감정적이며 허튼 짓을 하지 않고 고집스러운 성격인데 이러한 성향은 그들의 글씨체와 관련이 있다고 본다. 그런데 나치의 패망 이후 독일인들은 그들의 필체를 완전히 바꾸어 서구의 둥근 스타일을 받아들이고 각이 진 글씨를 버렸고 이런 교육을 받은 첫 세대가 베를린 장벽을 무너뜨렸다는 것이다.[37]

아무도
가보지 않은 길

태곳적에 사라졌다가 출토된 유물들을 찾아서 글씨를 분석하고 글씨에 암호화되어 남아 있는 고대 한민족의 DNA를 찾아내면 한민족의 첫 시작, 실체, 의식, 문화 원형을 밝힐 수 있을 것이다. 고대 한민족이 아득한 태고 속으로 사라져갔다 해도 그들의 유산은 우리 공통의 핏줄 속에서 끊어지지 않고 면면히 이어져 내려오고 있다. 역사적 재현은 역사적으로 입증된 정체성이라는, 민족성에 대한 시금석을 제공한다. 민족성이란 다른 민족과 차별화되는, 인간 활동의 생산자로서 다양한 상황에 대응하는 행동의 연결 원칙이다.

어떤 민족의 고대 글씨를 분석하여 민족의 첫 시작, 실체, 의식, 문화 원형을 규명하려는 시도는 세계적으로도 그 선례를 찾지 못했다. 고고학이 남겨진 유적이나 유물 등의 물질적인 자료에 주로 의존하는 학문이라면 내가 하는 이 작업은 필적이 남겨진 유물을 바탕으로 하는 것이어서 '필적고고학Grapho-Archeology'이라고 이름 붙일 수 있을 것이다.

고대 글씨가 담긴 유물은 언뜻 보면 그 '내용'을 가진 문헌사학적 자료일 뿐이지만 '글씨체나 유물 그 자체'라는 고고학적 자료이기도 하다.

고고학에서 민족성을 찾는 것은 여간 까다로운 일이 아니다. 영국의 고고학자 시안 존스Siân Jones는 과거와 현재 사이에서 고고학에는 항상 팽팽한 긴장이 있다고 한다. 과거에 무슨 일이 일어났는지를 알려는 욕구와, 과거 사회를 이해하고 오늘날 과거에 대한 지식이 만들어지는 과정에서 역사적으로 조건 지워진 개념과 의미를 이해하려는 욕구 사이의 긴장이다. 이러한 긴장은 민족성의 해석에서 가장 강하게 나타난다는 것이다.[38]

캐나다 출신의 고고학자 브루스 트리거Bruce Trigger에 따르면 북미 고고학과 유럽 고고학의 주된 차이점 가운데 하나는, 고고학자 자신의 문화 역사와 고고학적 과거 간의 관계를 인지하는 방식이다. 유럽에서 고고학 자료는 유럽인의 조상이 남긴 유물로 간주되었으며 다양한 형태의 민족주의가 발흥하면서 민족의 기원과 역사, 특히 특정 민족의 태곳적 기원과 연속성을 나타내는 역사를 연구하려는 경향이 강해졌다. 또한 진화론적 고고학은 유럽인의 진보와 우월성에 대한 증거를 제공하였다. 이에 비해, 북미의 선사시대 유물은 유럽 이주민들의 선조와는 아무런 관련이 없는 것이다. 또한 아메리카 원주민 사회가 정적이고 '원시적'인 것으로 간주됨에 따라, 북미의 선사시대에는 거시적인 문화 진화가 없었던 것으로 가정하였다.[39]

이처럼 고고학은 민족주의와 깊은 관련이 있다. 어쩌면 트리거가 말하듯이 대부분의 고고학적 전통은 그 지향점이 민족주의적일지도 모른다. 시안 존스에 따르면 여러 사례 연구를 통해 민족 주체성을 구성하고 영토권을 정당화하기 위해 고고학을 이용하는 예가 일반적으로 추정하는 것보다 훨씬 더 광범위하다는 사실이 밝혀졌다. 현재 중국의 동북공정이나 일제강점기 당시 조선총독부의 고고학 연구도 그렇다.

미셸 푸코는 고고학적 연구란 언제나 복수적인 것을 지향하는 것이라고 주장한다. 기록들의 복수성 속에서 실행되고 빈틈들과 간극들을 가로지르며, 그 안에서 통일성들이 병치되고, 서로 분리되고, 자신들의 뼈대를 고정시키고, 서로 대항하고, 서로 간에 하얀 공간을 그리는 그곳에 그의 영역을 가진다고 한다.[40] 그만큼 권력에 편승하고 왜곡이 생길 수 있다고 보는 것이다. 도덕적 · 정치적 영향을 받는 상황에서 고고학 지식과 정치적 또는 도덕적 판단 사이에 깔끔한 이분법이 유지되기는 어렵지만 '도덕적' 모델이 아닌 '과학적' 모델이 되도록 노력했다. 또 객관적으로 검증된 방법을 이용하여 증거에 대해 주관성을 최대한 배제하고 가장 설득력 있고 합리적이며 객관적인 해석을 하려고 했다. 사실에 근거하지 않은 민족주의적 또는 인종주의적 해석은 윤리적으로도 비판받아 마땅하다. 독일 고고학에서 민족적 해석을 주도하였고 이를 나치 독일이 파시스트적이고 민족주의적으로 이용하도록 한 구스타프 코신나Gustaf Kossinna의 전철을 밟아서는 안 된다. 그러기 위해 "방망이질 한 번에 방망이 자국 하나, 귀싸대기 한 번에 피 한 줌"이라는 말처럼 뼛속까지 철저하게 깨우치려고 노력했다.

미국, 독일, 프랑스, 중국, 일본 등의 필적학 연구 성과를 최대한 입수하여 비교, 분석하고 검증했다. 숫자가 진리를 보장하는 것은 아니지만 기본적 실험 설계에 결함이 없도록 하고, 자와 분도기를 항상 옆에 놓고 숫자가 권위를 가질 수 있도록 노력했다. 분석 이론(필적학)과 숫자의 유혹(정량화)이 부정한 동맹을 맺지 않았는지 항상 의심하고 또 검증했다. 중요한 것을 전부 수량으로 측정할 수는 없고 통계적 도구의 활용에도 주관적인 판단이 포함되지만 계량적 접근은 객관적이고 일목요연한 결과를 가져올 수 있다.

아무도 가보지 않았고 가기 쉽지 않은 길이어서 논리에 오류도 있을 수 있고 결론 중에 성급한 것이 있을 수 있다. 그래도 나는 그 길을 가려 한다. 그것은 '잉여'가 아닌 '실존'의 문제이기 때문이다. 정인보는 "으슬으슬하던 상고시대의 역사를 거듭해서 살펴보고 비리비리하던 이씨 조선의 역사를 다시 펼쳐보면 우리 조선에서 '얼'의 명멸이 얼마나 중대한 일이었는지 알 것"이라고 말했다.[41] 고대 한민족의 특성을 분석하는 것은 바로 민족의 '얼'을 규명하는 것이다.

제 2 장

단군의 글씨 찾기

1
수수께끼의 열쇠

태양의 침묵

단군을 비롯한 고조선 선조의 글씨를 찾는 것은 고대 한민족의 DNA, 즉 원형과 정체성을 찾기 위한 첫 단추이다. 그런데 유 엠 부찐의 『고조선 : 역사·고고학적 개요』 등 고조선 관련 서적이나 논문에는 많은 유물이 보이지만 글씨는 없다. 북한에서 발행한 『조선유적유물도감』에도 몇 개의 낙랑 글씨가 보일 뿐이다. 한민족의 글씨 유물은 호종조胡宗朝와 같이 술수를 잘 꾸미는 인물에 의해 자취를 감추기도 했다. 송나라에서 온 그는 고려 예종으로부터 권지직한원權知直翰院이라는 벼슬을 받았다. 이곡李穀의 『동유기同遊記』에는 그가 "전국을 순례하고 가는 곳마다 비석을 보면 새겨진 글자를 긁어버리거나 비석을 부수거나 물속에 가라앉히곤 하였다. 종이나 편경으로 이름 있는 것들도 혹 쇠를 녹여 틈새를 메워서 소리가 나지 않게 만들었다"고 전한다. 게다가 삼국통일

이후 강역은 한반도로 좁혀지고 고조선의 강역 대부분은 중국이 차지하게 되어 접근하기 어렵게 되어버렸다. 그래서 신채호는 『독사신론讀史新論』 서론에서 "아, 슬프다. 우리나라는 조상의 발상지를 역외로 돌려버렸기 때문에 그 연혁이 전해지지 않고 거기에 대한 갑론을박만 분분하니, 실로 어디서부터 붓을 대야 할지 알 수 없어 서글픈 생각만 드는구나"라고 탄식하였던 것이다. 일제에 나라를 빼앗기기까지 했고 해방이 되고 나서는 남북이 분단되어 한반도의 절반은 접근이 어려워졌다.

현재 남아 있는 유물 중 고조선의 글씨라고 주장되는 암각화, 명도전, 토기 등은 고조선의 것이라고 인정하기 어렵거나 근거가 약하고, 맞는다고 해도 필적 분석에 적합하지 않다. 한반도에 남아 있는 글씨 관련 유물 중 가장 연대가 올라가는 것은 암각화다. 대한민국 최초로 〈천전리각석川前里刻石〉을 발견한 문명대 교수는 이 무늬들이 고조선을 형성한 일부족인 한韓 부족이 세운, 태양 숭배의 제단일 가능성이 높다고 주장한다.[42] 한국의 암각화는 열다섯 군데 정도가 남아 있는데 대부분 영남 지방으로서 이 지역이 고조선 강역이었는지에 대하여 윤내현과 같이 긍정하는 견해도 있지만,[43] 문헌이나 유물로 보아 인정하기 어렵다. 리지린, 이병도, 유 엠 부찐, 이기백도 같은 입장이다.[44] 또 선사 예술에 대한 비교 연구는 각 대륙에서 발견된 도상학적 표현들 사이에 두드러진 공통점이 있다는 사실을 보여주고 있어서,[45] 글씨 분석처럼 사람의 내면을 정확히 알아내기 어렵다.

〈천전리각석〉과 〈반구대암각화盤龜臺岩刻畵〉는 시대가 가장 앞서고 규모가 커서 대표적인 암각화이다. 〈반구대암각화〉가 구상미술의 최

〈반구대암각화〉. 한반도에 남아 있는 가장 오래된 암각화로서 고래, 물개, 호랑이, 멧돼지, 배, 작살 등의 문양이 있는, 구상미술의 최초 모델이다. 국보 285호.

초 모델이라면 〈천전리각석〉은 추상미술의 최초 모델이라고 할 수 있다. 시대가 그리 멀리 떨어지지 않았고 지리적으로도 매우 가까운데다가 발견 시기도 비슷해서 흥미롭다. 〈반구대암각화〉는 고래, 물개, 바다거북, 사슴, 호랑이, 멧돼지, 개, 배, 울타리, 기물, 작살, 방패 등이 새겨져 있는데 신석기 후기에서 청동기 중기 또는 초기 철기시대에 걸친 시기에 제작되었다고 주장된다.[46] 〈천전리각석〉은 겹둥근무늬, 뱀무늬, 마름모무늬, 타원형무늬 등 여러 무늬뿐 아니라 신라 때 새겨진 한자 글자도 있다. 학자들마다 견해가 조금씩 다르지만 신석기 또는 청동기시대부터 신라시대에 이르기까지 오랜 기간에 걸쳐 제작된 것으로 보고 있다.[47] 문명대 교수의 주장대로 암각화들의 무늬들이 단순한 그림이라기보다는 커뮤니케이션의 수단인 문자였을 가능성이 높다.[48] 실제 또는 상상 속의 사람이나 동물, 혹은 구조물이나 물건 등을 식별 가능한 형태로 표현한 그림문자 또는 점, 선, 원 등이 반복적으로 사용되는 기호인 표의문자일 가능성이다.

명도전이 고조선의 화폐라는 주장이 있다. 『고조선문자』를 쓴 허대동은 명도전의 문자는 상형문자가 아니고 한글 자모와 같은 문자이며 이는 곧 고조선의 것이라고 주장한다. 비슷한 시기의 중국의 동경이나 화폐의 글씨가 기계적인 냄새가 나고 딱딱하며 꾸밈이 심한 데 반해 원절식圓切式 명도전의 글씨는 자연스럽고 부드러운 곡선으로 되어 있어서 가능성이 있다. 그러나 고조선의 영역, 명도전 유적과 세형동검 유적의 지역적인 분포도 차이, 기원전 3~2세기의 청천강 이북과 그 이남 지역의 차이점 등에 대한 보다 정밀한 연구가 필요하다. 또 명도전의 글씨체는 화폐라는 특성상 규격화될 수밖에 없어서 사람의 내면이 그대로 반영되는 일반 글씨와는 다르며, 글자가 많지 않아서 분석에 충분하지 않다.

명도전은 원래 중국 학계에서는 연나라의 화폐로 보는 견해가 강했으나 북한에서 고조선의 화폐라는 주장이 제기되었다. 중국 길림대학 장보촨張博泉 교수도 "명도폐연구속설明刀幣硏究續說"에서 명도전은 첨수도尖首刀, 원절식, 방절식方切式으로 나뉘는데 그중에서 몸체가 둥그런 곡선을 지닌 원절식은 고조선의 화폐라고 주장했다. 원절식도가 만들어진 지역은 동북 지역인데 명이明夷와 조선은 같은 땅에 대한 다른 기록이고 원절식도의 '明(명)'자는 연나라의 도읍 명칭으로 보는 것은 불가능하다고 한다. 또 원절식 명도전의 '明(명)'자는 갑골문에서 원류하고

연燕의 나라 이름으로 보기 어렵다고 주장한다. 국내에서도 박선미가 "기원전 3~2세기 요동지역의 고조선문화와 명도전 유적"에서 고조선의 위치가 요하 이동以東을 포함한 서북한 지역으로서 명도전의 분포 지역과 일치한다고 주장하는 등 같은 입장에 있는 학자가 많다. 이덕일, 김병기는 고조선의 영역이 그럴 뿐 아니라 연나라와 수차례 전쟁을 치른 고조선이 적국의 화폐를 사용했을 리가 없다고 주장한다. 또 연나라는 불과 100여 년간 존속했는데 연나라가 멸망한 이후에도 고조선에서 널리 통용되었다는 것은 수긍하기 어렵다고 한다.[49] 이종호, 이형석도 같은 입장이다.[50] 성삼제는 명도전이 고조선 화폐라고 하기 위해서는 더 많은 검증이 필요하지만 명도전에 새겨진 글자들은 중국에서 해독이 되지 않는다는 점 등을 들어 연나라 화폐가 아닐 가능성이 높다고 본다.[51]

명도전. 한반도에서 출토된 것으로 고조선의 화폐라는 주장이 강하다. 길이 14센티미터, 국립중앙박물관 소장.

고조선은 문피文皮, 즉 표범 가죽과 털옷을 특산물로 했다는 기록이 『관자管子』에 나오는 등 대외교역이 꽤 활발했을 것이다. 또 고조선의 팔조법금 중에 "도둑질한 자는 노예로 삼는데 재물을 바치고 죄를 면하고자 하는 자는 50만을 내야 한다"는 내용이 있다. 한치윤이 쓴 『해동역

〈점제현신사비〉 탁본. 낙랑시대. 꾸밈이 강하고 규격화된 중국 특유의 글씨체로서 전한前漢시대의 서풍을 보이고 있다. 한상봉 소장.

사海東歷史』에는 기자조선에서 자모전子母錢이라는 철전이 주조, 사용되었다는 기록이 있다.

요동반도 여대시 윤가촌 제12호 무덤에서 출토된, 기원전 5~4세기경에 만들어진 것으로 보이는 굽접시에서 두 자를 연결한 문자가 발견되었는데 여기서 발견되는 문양이 고조선의 글씨라는 주장도 있다. 『조선역사 유물』에서는 지금까지 알려진 한문에서는 찾아보기 힘든 것으로서 고조선에 고유한 글자가 있었다는 것을 알려주는 중요한 자료의 하나라고 주장한다.[52] 이형구의 주장대로 지역이나 연대로 보아 고조선의 무덤이라고 해도,[53] 다른 유물과의 관련성 등을 따져보거나 글씨체의 유사성을 확인하지 않은 상태에서 이 문자가 고조선의 것이라고 단정하는 것은 성급하다. 또 단 두 자를 가지고 글씨 분석을 하기도 어렵다.

〈점제현신사비秥蟬縣神祠碑〉를 비롯하여 봉니, 벽돌, 와당에서 발견되는 낙랑시대의 글씨들이 있다. 이들은 한민족 고유의 특성을 가지고 있을 가능성이 매우 높은, 삼국시대 초기의 글씨체와 매우 달라서 한민족의 유물이라고 보기 어렵다. 뒤에서 중국 글씨의 특징을 설명하겠지만 낙랑의 글씨는 모두 꾸밈이 강하고 규격화되어 있는, 전형적인 중국의 글씨체이다.

위창 오세창

마르셀 프루스트Marcel Proust의 말대로 진정한 발견은 새로운 것을 찾는 것이 아니라 새로운 눈으로 바라보는 것이다. 앞으로도 고조선의 글씨체에 관한 충분하고도 직접적인 문헌이 발견될 가능성이 희박하다. 유물이 발굴될 가능성은 있지만 고증이 만만치 않을 것이고 무턱대고 기다릴 수도 없다. 그러나 아무런 증거가 없는 사건은 세상에 없다. 아무리 치밀하게 계획된 범죄라고 해도 모든 증거를 없애기는 사실상 불가능하기 때문이다. 피의자가 자백하거나 명백한 증거가 확보된 사건에서 수사에 실패하는 검사는 없다. 실낱같은 희망도 보이지 않는 사건에서 그 실타래를 찾아 풀어낼 수 있어야 실력 있는 검사인 것이다. 나는 그 차이를 만드는 것은 아이디어와 집념이라고 생각한다. 이렇게 폭풍과도 같은 역경에 부딪힐 때 필요한 것이 바로 상상력이다. 고대 한민족의 정체성을 찾는 일이 험난하다 해도 그만큼 가치 있는 일이다. 남겨진 자료들은 모두 들춰내서 씨줄로 따져보고 날줄로 재어봐서 덤불을 헤치고 나아가야 한다.

이 어려운 수수께끼를 풀기 위한 두 개의 열쇠는 위창葦滄 오세창吳世昌의 작품에서 힌트를 얻을 수 있다. 흥선대원군 이하응과 절친했던 개화파 역매亦梅 오경석吳慶錫의 외동아들인 선생은 우리와 중국의 옛 물건을 많이 소장하고 있었다. 김홍도金弘道, 김정희, 이유방李流芳, 옹방강翁方綱 등 역대 서화가의 글씨와 그림도 즐비했지만 그중에서도 주목되는 것은 글자가 적혀 있는 각종 화폐, 동경 같은 것이다. 위창 선생은 자신이 소장하고 있는 고금의 명물을 연구하고 작품의 소재로 삼았다. 청나라의 우다첸吳大澂이 고대 청동기를 수집하고 탁본한 작품을 많이 했으며 자화상에도 청동기를 그려 넣었던 것과 비견된다. 위창 선생이 남긴 많은 서화, 자료 중에서 가장 중요한 것은 신라의 〈진흥왕순수비眞興王巡狩碑〉, 고구려의 〈평양성각석平壤城刻石〉과 같은 고대 한민족의 글씨가 있는 비석과 와전을 탁본하고 해설한 것이다. 또 상商의 〈동무종명董武鐘銘〉, 주周의 〈단산석각壇山石角〉, 한漢의 〈예기비禮器碑〉, 위魏 양곡梁鵠의 〈공자묘비孔子墓碑〉, 당唐의 〈석고문石鼓文〉 등 고대 중국의 비석, 청동기, 와전, 화폐를 탁본하거나 그려 넣은 것도 의미가 있다. 그중에서도 '삼한의 한 조각 흙'이라는 뜻의 〈삼한일편토三韓一片土〉는 대표작이라고 할 수 있는데 당시 홍수로 한강이 범람하여 경기도 광주군 동부면에서 글자가 새겨진 흙 조각이 발견되자 이를 탁본하고 설명을 쓴 것이다. 이 작품에 위창 선생이 쓴 내용은 다음과 같다.

> 광주군 동부면 선리의 강 주변 한마을 두 곳이 여름 홍수에 물이 세차게 부딪히고 모여서 완전히 잠겼었는데 근처의 봉우리 모래벌판 속에서 갑자기 문자가 있는 옛날 기와의 부서진 조각이 몇 점 출토되니 이 땅은 백제의 옛 수도 한산주와 이어진 곳이다. …… 그 글씨는 용과 같아 호방하면서 굳셈이 있어 고구려 광개토대왕비와 비슷하며, 어떤 것은 둥글고 웅혼하여 신라 진흥왕순수비와 비슷하여 뛰어남이 있다. 비록 기와의 글자가 거의 없어 끊어지고 부서진 옥과 같은 보배에 비교할 수 있으니 어찌 소홀히 할 수 있으랴. 오호라 이 또한 삼한의 한 조각 흙이니, 바라건대 우리나라의 구하는 자는 대대로 보배로 여길지어다. 내가 익숙하게 두드리는 법을 좇을 수 없어 시험 삼아 약로 불 끝에 간 먹물을 기울여서 즙을 내어 부어 탁본을 뜨니, 겨우 그 형태만 있었다. 아울러 그 사연을 기록하여 학식이 많고 사리분별이 올바른 군자의 상세한 고찰을 기다린다.

다음으로 〈부고재진상富古齋珍賞〉은 위창 선생이 소장하고 있던 중국 주周나라, 제齊나라, 진秦나라, 한漢나라, 신新나라 등 일곱 나라의 진귀한 화폐에 새겨진 글씨를 탐독하고 이를 탁본한 것이다. 깨알 같이 작은 글씨로 설명을 쓰고 중간에 아주 작은 도장 28개를 찍었다. 작은 것은

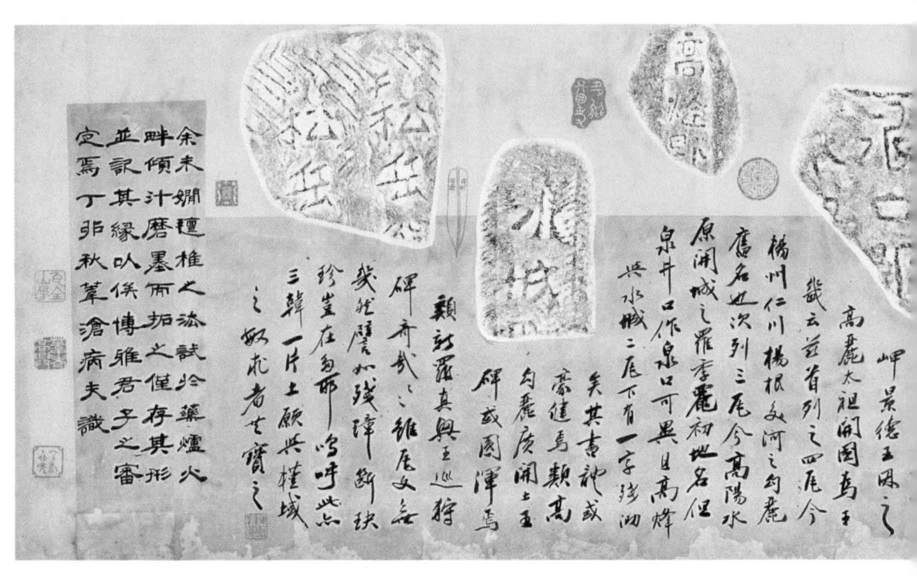

오세창의 〈삼한일편토〉. 1927년. 삼한의 흙 조각 7개를 탁본하고 설명하였는데 3개의 글씨체로 쓰고 14개의 인장을 찍었다. 역사와 예술이 융합된 작품이다. 37.5×139센티미터, 저자 소장.

가로와 세로가 3밀리미터 정도로 너무 작아서 확대경으로 보아야 한다.

그렇다. 수수께끼의 첫 번째 열쇠는 현재 남아 있는 한민족 글씨 중에서 고조선의 특징을 가장 잘 보존하고 있는 것을 찾아내는 것이다. 이를 위해 사료나 유적, 유물, 지리적 여건 등을 확인할 필요가 있다. 두 번째 열쇠는 그 글씨 중에서 한민족 고유 서체의 '순수한 특징'을 추출하고 비교, 분석하기 위한 것으로서 가장 적절한 '비교 대상'을 찾는 것이다. 적절한 '비교 대상'을 찾는 것은 한민족의 순수한 특징을 가지고 있는 유물을 확정하고 순수한 특징이 무엇인가를 알아내기 위해서 필요하다. 글씨체가 고유와 외래의 성분이 복합된 합금과 같다면 성분을 분

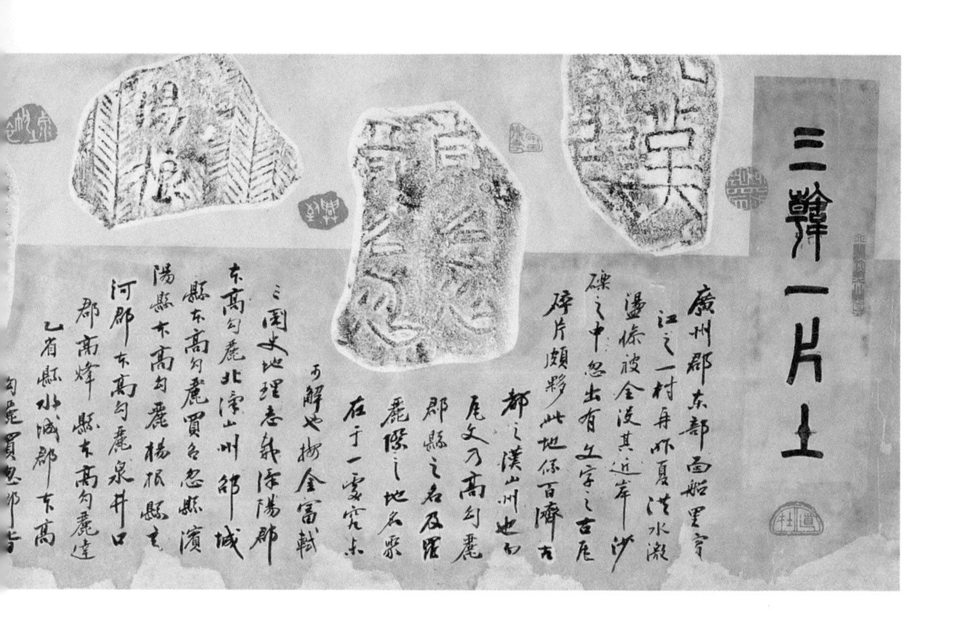

석해서 외래의 성분, 즉 다른 민족의 영향으로 인한 특징을 제거하면 고유의 성분(특징)이 남을 것이다. 조선의 가옥에서 중국계, 퉁구스계, 태평양계의 특징을 추출할 수 있듯이 말이다. 또 유사한 특징이라도 그 차이를 비교, 분석하는 것도 매우 중요하다. 모든 자두가 붉다고 해도 옆에 놓고 보면 색이 조금씩 다르듯이 비교 대상이 있어야 차이가 더욱 도드라지게 보이는 것이다.

첫 번째 열쇠는 상당한 고증도 필요하고 까다롭지만 두 번째 열쇠는 비교적 쉽게 답을 얻을 수 있다. 가장 적절한 비교 대상은 수만 킬로미터 떨어져 있고 교류를 했는지조차 알 수 없는 고대 아라비아의 나바테

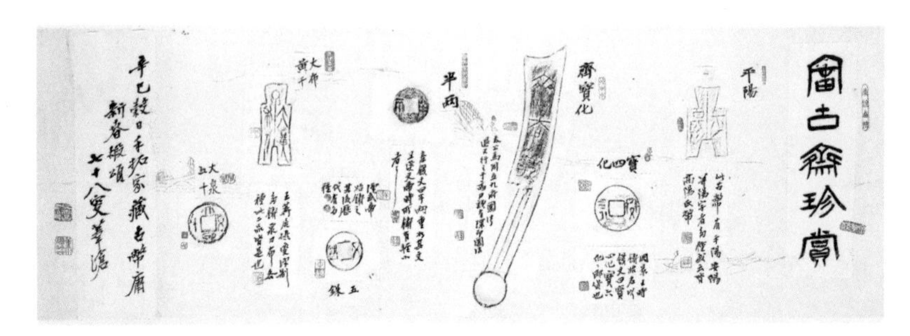

오세창의 〈부고재진상〉. 1941년. 중국의 고대 화폐 7개를 탁본하고 도장 28개를 찍고 설명하였다. 18×56센티미터. 저자 소장.

아인일 수는 없고, 바로 인접해 있고 수천 년 동안 교류해온 중국인일 수밖에 없다. 사실 동아시아의 여러 나라들은 중국의 문화적 그늘에 완전히 포섭된 '중국 문화의 국가'였다는 것이 부인하기 어려운, 하나의 상식에 속한다. 한국이 옛날부터 중국의 영향을 가장 많이 받은 나라라는 것은 중국뿐 아니라 한국에서도 동의하지 않을 수 없는 사실이다.[54]

유전하는 글씨체

10년이 넘게 글씨를 수집하고 연구하는 과정에서 뼈저리게 느낀 것은 글씨체도 유전한다는 것이다. 루돌프 허언스Rudolph S. Hearns는 1959년 "심리적 유형의 유전 : 200여년 간 루스벨트 가족의 필적 연구Heredity of Psychological Types : A Study of Handwriting of the Roosevelt

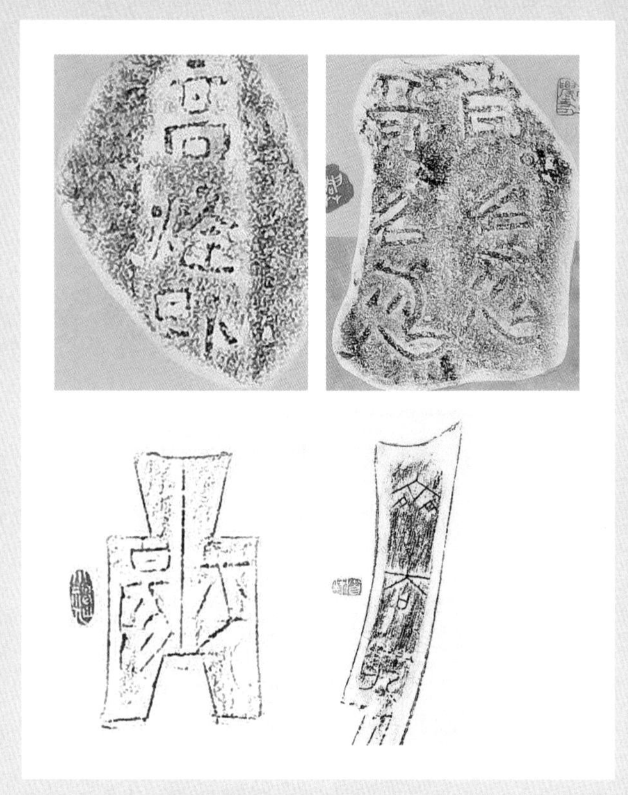

〈삼한일편토〉와 〈부고재진상〉의 글씨 비교. 위쪽 2개는 고대 한민족의 글씨체이고 아래쪽 2개는 고대 중국인의 글씨체인데 한눈에 보아도 확연한 차이를 느낄 수 있다.

Families over 200 Years"라는 연구 결과를 발표했다. 필적학자 리차드 딤스데일 스토커Richard Dimsdale Stocker도 『필적 언어The Language of Handwriting』에서 필체는 유전한다고 주장했다. 글씨는 곧 그 사람이니 글씨체가 유전하는 것은 당연하다.

고조선 선조들의 글씨가 없으면 고조선 선조들의 특징을 가장 잘 보존하고 있는 사람들이 누구였는지를 확정하여 그 사람들의 글씨에서 DNA를 추출하면 된다. 세월호 침몰 사고 때 유병언으로 의심되는 사체가 발견되었을 당시 사체의 DNA와 비교한 것은 유병언의 형과 아들의 DNA였다. 형과 아들의 DNA가 유병언의 것과 동일하지는 않지만 유전으로 인해 확실한 공통점을 가지기 때문이다. 글씨는 인체나 사체처럼 DNA를 추출할 수 있는 중요한 자료이다.

안동에 있는 임청각(보물 182호)은 99칸 규모로 가장 큰 양반 가옥인데, 이 고택에서 석주石洲 이상룡李相龍을 비롯해 무려 아홉 분의 독립운동가가 태어났다. 1911년 이상룡은 신민회가 해외 독립 기지를 건설하고 항일 무장 투쟁을 위한 무관 학교를 설립하자고 결의하자 막대한 재산을 정리한 다음 일가를 이끌고 만주 망명길에 올랐다. 해외 독립운동의 자치기관인 경학사와 신흥무관학교를 설립했고 여생을 독립운동에 바쳤다. 상해임시정부 초대 국무령까지 지냈던 그는 1932년 사망할 때까지 갈라진 독립운동계의 통합에 헌신했다. 이상룡 선생의 5촌 이내 친인척 9명이 독립운동가로 훈장을 받았다. 석주 선생과 아들 이준형李濬衡, 손자 이병화李炳華의 글씨는 전체적인 풍격은 물론, 개별적인 글씨 모양까지도 한 사람이 쓴 것처럼 거의 똑같다. 이름을 가려놓으면 누가

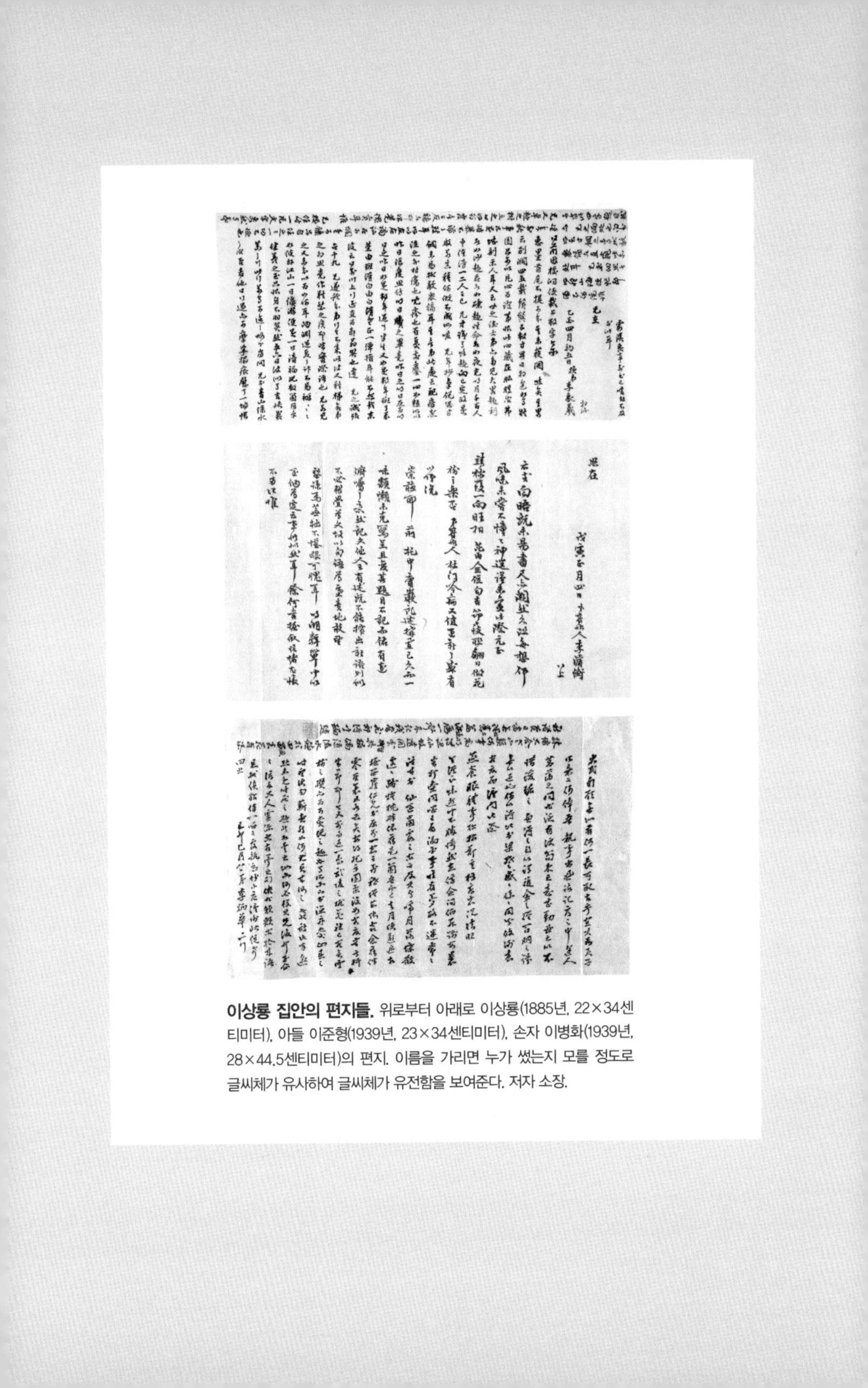

이상룡 집안의 편지들. 위로부터 아래로 이상룡(1885년, 22×34센티미터), 아들 이준형(1939년, 23×34센티미터), 손자 이병화(1939년, 28×44.5센티미터)의 편지. 이름을 가리면 누가 썼는지 모를 정도로 글씨체가 유사하여 글씨체가 유전함을 보여준다. 저자 소장.

김구의 〈경충묘〉. 1947년, 웅혼하면서도 순진무구한 마음씨가 느껴진다. 33.5×91센티미터, 저자 소장.

쓴 것인지 알기 어려울 정도다.

할아버지의 글씨체가 손자에게 유전할 뿐 아니라 천 년 이상의 시간을 두고도 글씨체는 유전한다. 그 사례로 414년에 세워진 〈광개토대왕비廣開土大王碑〉와 1876년에 태어난 황해도 해주 출신의 독립운동가 김구 선생의 글씨체를 들 수 있다. 나는 2012년 백범김구사업회로부터 김구 선생의 글씨에 대한 글을 써달라는 요청을 받고 백범회보 34호에 "〈광개토대왕비〉를 닮은 김구 글씨"라는 제목의 글을 기고했다.

〈광개토대왕비〉와 김구 선생의 글씨는 모두 정확하게 정사각형을 이루면서 글씨에 힘이 넘친다. 하지만 속도가 빠르지 않고 필선이 부드럽다. 이는 용기가 있고 강인하며 큰 포부가 있지만 꾸밈이 없는 천진한 인품을 가진 사람에게서 발견되는 것이다. '가운데 중(中)'자 중에서 '입 구(口)' 부분이 큰 것은 에너지와 힘이 충만하다는 것을 알려주는 것이다. 또 규칙에 얽매이지 않고 자유분방한 특징이 발견되고 글자가 시작되는 부분에서 휘어지지 않고 곧게 시작하는데 이는 자유롭고 꾸밈이

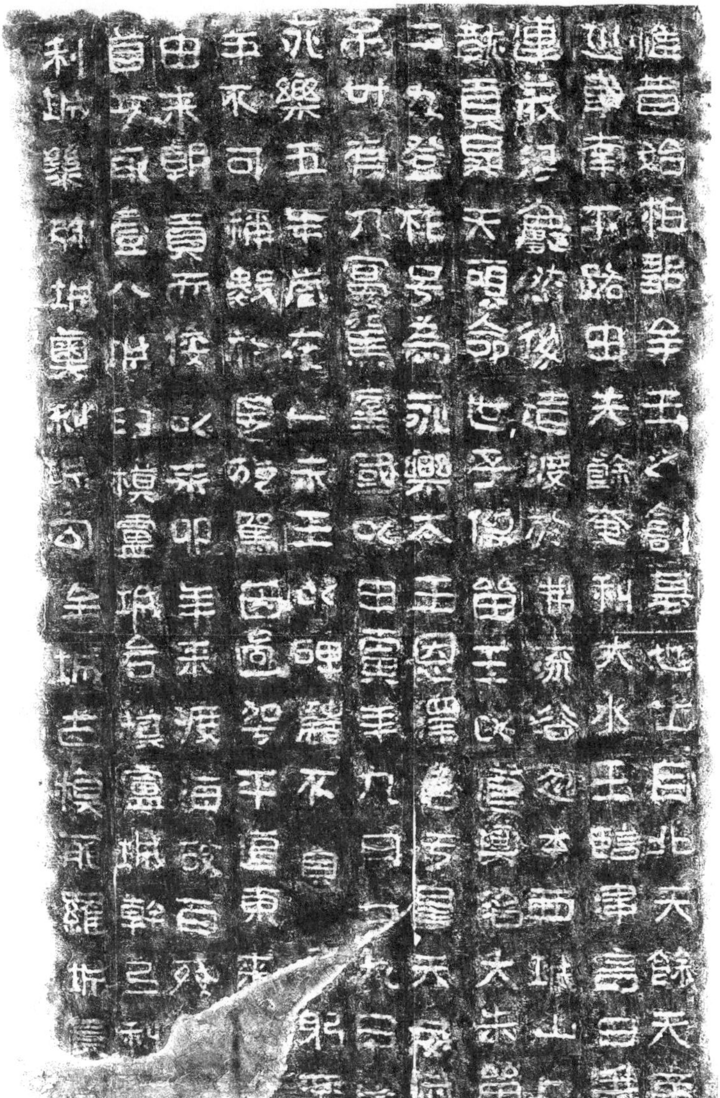

〈광개토대왕비〉 탁본. 동쪽 제1면 상부. 바르고 당당하고 늠름하며 웅혼한 사람이 쓰는 필체이다. 한상봉 소장.

없으며 순진무구하다는 것을 의미한다.

김구 선생과 광개토대왕비의 글씨를 비교한 도판을 보자. 글씨를 연구하지 않은 사람도 알 수 있을 정도로 매우 유사한 특징을 보인다. 가로와 세로가 거의 같은 크기로서 정사각형에 가깝고 꽉 차서 힘이 넘치고 웅장한 느낌을 준다. 필선이 빠르지 않고 필획은 통통하고 부드러우며 필선이 부드럽고 넉넉하며 군더더기가 없이 깨끗하다. 약간 어눌한 듯하지만 소박하고 순수하며 은은한 맛을 느낄 수 있다. 또 틀에 박힌 규칙성보다는 불규칙성이 두드러진다.

혹시 김구 선생이 〈광개토대왕비〉를 보고 따라 쓰는 연습을 한 것은 아닐까? 실제로 김구 선생은 1895년 〈광개토대왕비〉가 있는, 고구려의 옛 수도 지안集安을 여행했었다. 그러나 1947년에 출간된 국사원고본 『백범일지』에 "광개토왕비는 아직 몰랐던 때라 보지 못한 것이 유감"이라는 내용이 있는 것으로 보아 선생이 〈광개토대왕비〉를 보지 못한 것이 확실하다. 또 〈광개토대왕비〉와 김구 선생의 글씨는 전체적인 풍격이 유사하고 같은 특징을 보이는 부분이 많을 뿐 동일한 글씨체는 아니다. 예를 들어, 김구 선생의 글씨는 마지막 부분(날개)이 삐쳐 올라가는 모양을 보이는데 이는 의지가 굳다는 의미로서, 〈광개토대왕비〉에서는 보이지 않는 특성이다.

현재까지 한민족이 썼다는 데 이론의 여지가 없는 글씨 중 가장 오래된 것은 4~6세기 삼국시대의 것으로서 금속문과 벽화의 글씨인데 그 시점은 고조선이 멸망한 시점으로부터 400~600년 정도밖에 안 되었다. 따라서 삼국시대 금석문과 벽화의 글씨가 고조선 글씨의 특징을 '순

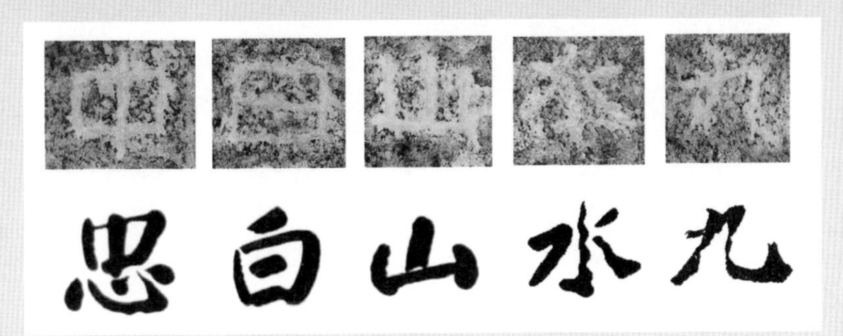

〈광개토대왕비〉와 김구의 글씨체 비교. 윗부분은 〈광개토대왕비〉 석회탁본(국립중앙박물관 소장) 중 일부. 아랫부분은 김구 선생의 글씨 중 일부인데 매우 유사하다.

수하게' 간직할 수 있다. 그런데 연대가 가장 앞선다는 이유만으로 그것에서 고조선의 DNA를 추출할 수 있다는 것을 보장해주지는 않는다. 연대보다는 보존의 '순수성'을 담보할 만한 자료들을 확보해야 신뢰할 수 있는 결론을 낼 수 있다. 때문에 삼국 중 어떤 국가, 어떤 시기의 것을 기준으로 삼을지를 꼼꼼하게 따져볼 필요가 있다.

2

중국 문화를 거부한 고신라

집집마다 모신 단군 화상

고문헌들을 세심하게 뒤지고 유물들을 찬찬히 살펴보고 나서 이른 결론은 법흥왕 재위(514년~540년) 이전, 즉 6세기 초까지의 고신라古新羅(통일 이전의 신라)가 고조선 선조의 특성을 가장 잘 간직하였다는 것이다. 『삼국사기』 「신라본기」 첫머리에는 신라는 '고조선의 유민'들이 내려와 여섯 촌락을 이루어 시작되었고 이것이 진한辰韓의 6부가 되었다고 기록되어 있다. 이는 신라의 건국 주체에 대한 매우 중요한 단서이다. 한 가지 더 의미가 있는 것은 「신라본기」에 의하면 신라는 고조선 멸망 후 첫 '갑자년'에 건국하였다는 것인데 갑자년은 육십갑자의 첫 번째로서 갑자년에 새 왕조가 등장한다는 도참설이 있다. 『삼국사기』의 위와 같은 내용들은 신라가 고조선을 계승하였다는 의식을 나타낸 것이라고 볼 수 있다.

기원전 2세기 말부터 경주 지역에 지석묘支石墓가 사라지고 토광묘土壙墓가 축조되었는데 토광묘를 축조한 사람들은 한나라 침략의 영향으로 남하해온 고조선 유민들이었다. 이들이 사로 6촌의 지배층이 되었다.[55] 김원룡은 『한국문화의 기원』에서 사로를 건국한 육촌은 서천西天 유역에서 형성된 동서 4킬로미터, 남북 8킬로미터의 경주 충적 평야 주변의 구릉지대 경사면에 위치한 초기 철기시대의 집단 취락지였는데 이 육촌의 지배자들은 필시 대동강 유역에서 남하한 고조선계 주민들이었다고 주장한다.[56]

진한의 사로국斯盧國이 신라로 발전했다는 것이 정설인데 정인보는 '삼한三韓'은 '한汗'처럼 '크다' 또는 '임금'이라는 뜻을 가진 일종의 존호이며 이것을 지명으로 오해하여 고조선과 별개의 정치 세력으로 구분하는 것은 잘못이라고 보았다. 또 삼한 중에서 진한이 가장 존귀한 존재로 조선의 왕이라는 뜻의 '한검' 또는 '검한'과 같은 존호이며 여기서 '검'은 신성하다는 뜻이며 '진'은 '숙신'과 '조선' 두 발음을 합쳐서 읽던 것이 변한 말이니 '진한'은 곧 조선의 왕이라는 뜻이라고 보고 마한馬韓과 변한弁韓이 그를 보필했다고 보았다.[57]

『동사유고東事類考』에 의하면 솔거는 농가의 아들로 태어나 어려서부터 그림에 열중했으나, 벽촌에 스승이 없어 천신天神에게 가르침을 청하여 꿈속에서 단군으로부터 신필神筆을 받아 꿈속에서 본 단군 화상을 1,000여 폭이나 그렸다고 한다. 고려의 이규보李奎報가, 솔거가 그린 단군의 화상에 찬贊을 쓰면서 "영외嶺外의 집집마다 모시고 있는 단군님의 화상은, 그때 그림의 절반은 모두 이 솔씨에서 나온 것이다"라고 했다. 이처럼 신라 사람들이 집집마다 단군의 초상을 모시고 있었다는 것은 단군과 고조선을 매우 중요하게 인식했음을 말해준다.

> 진한은 마한의 동쪽에 있다. 그 원로들이 대대로 전하면서 "옛날에 망명한 사람들은 진秦나라의 부역을 피하여 한국으로 오자 마한에서 동쪽의 땅을 분할하여 살게 하였다"라고 하였다.

진수陳壽의 『삼국지』에 전하는 내용으로 진한 사람들의 '민족의 혼'인 역사의식을 알 수 있는 매우 소중한 자료이다. 정인보는 앞의 구절을 두고 신라로 망명해온 이들은 우리가 어떠한 우리이며 우리 고토가 지금은 어떻게 되었는지에 대해 살 깊이 또 뼈 깊이 서로서로 되새기고 이어갔다고 본다. 조선 고토 수복 운동을 벌이던 예인濊人이나 '한사군 축출'을 표방한 부여와 마찬가지로 언제나 자신들의 근본을 잊지 않고 다른 무리와 섞이거나 치우치지 않도록 자신들의 내력을 오랫동안 전해왔다는 것이다. 『삼국지』의 기록들이 소략하고 오류가 많음에도 불구하고 당시 이들의 정서를 떠올릴 만한 그 절절한 유언은 그 빛을 잃지 않고 그대로 전해졌다고 본다.[58]

자신의 근본을 잊지 않고 다른 무리와 섞이거나 치우치지 않으려는 노력은 신라 사회가 성골이나 진골 귀족의 배타적 지위를 지키기 위해 엄격한 제도적 장치를 만들어서 오랫동안 지키려고 했던 것에서도 찾아볼 수가 있다. 정인보도 신라에서 초기부터 골품제도가 엄격하게 지켜진 이유를 국외인의 간섭을 엄격하게 방지하고 '겨레는 스스로 지킨다'라는 깊은 뜻에서 비롯되었다고 분석하고 있다. 신라는 위만衛滿의 난 이후로 남하한 옛 조선의 유민들로 구성된 나라여서 이방인을 받아들였다가 나라를 빼앗겼던 아픈 과거사를 잊지 않고 있었다. 따라서 자국의 왕실 종친이 국정을 주도하되 '제이골'의 귀족이 이를 보필하게 한 반면 가계가 불분명한 사람은 여기서 철저하게 배제시켰다는 것이다.[59]

『삼국사기』 일성니사금조逸聖尼師今條에는 금은의 사용을 엄격하게 제한하는 기록이 있고 지증왕조에는 장례 절차 등을 법으로 규정한 내용도 보인다. 또 「잡지雜志」 흥덕왕 9년조에 보면 "사람은 상하가 있고 지리에는 존비가 있어 명칭과 법식이 같지 않고 의복도 다르다. …… 이에 '옛 법을 따라' 엄령嚴令을 베푸는 것이니 그래도 만일 범하는 자가 있으면 국법을 시행할 것이다"라고 하고 있다. 신라시대 고분도 피장자의 출생 신분이나 사회적 지위에 따라 봉분의 크기, 관곽棺槨의 규모나 재료, 특히 부장품의 매납 내용, 제작과 매납 방법에 매우 엄격한 규칙이 있었다. 이종선에 따르면 순금제과대純金製銙帶는 대체로 피장자의 신분이나 지위에 따라 몇 부류의 등급으로 구분이 가능한데 특히 과대의 아래에 드리워지는 요패수하장식腰佩垂下裝飾의 개수에 의하여 나누어진다고 한다. 고리자루 큰칼(환두대도環頭大刀)은 피장자의 출신이나 지위에 따라 귀금속이 자루를 장식하고 신분과 성별에 따라 한 벌 이상 여러 벌이 부장되기도 한다.[60] 고신라 특유의 금관인 삼산관三山冠의 재료에 금, 금동, 은, 동 등으로 차등을 두고, 같은 재료라고 하더라도 가공 방법의 차이로 구분했다.[61] 또 곡옥 장식의 경우에도 신분에 따라 금모곡옥, 순금제 곡옥 등을 사용하였다.[62] 일정 신분 이하의 사람들은 금이나

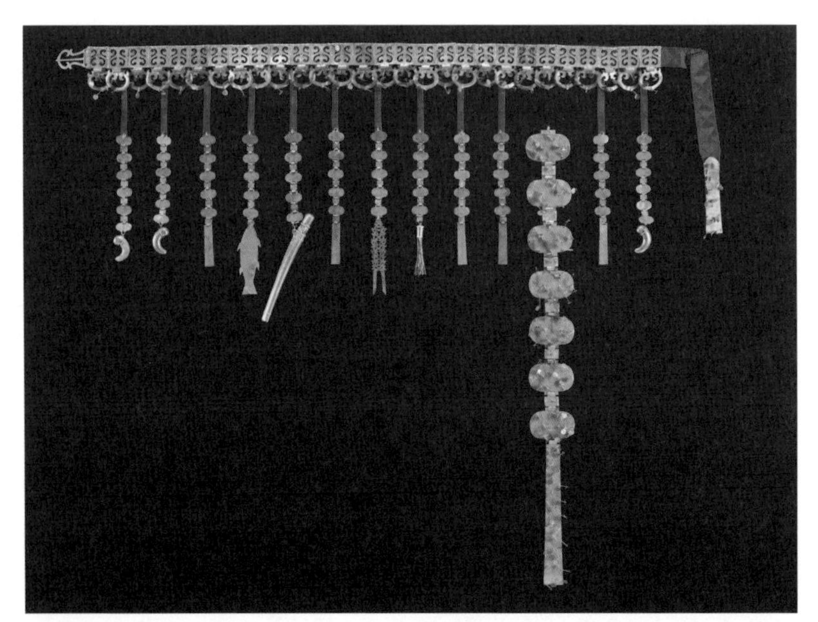

황남대총 북분 금제 허리띠. 신라, 4세기 말~5세기 초. 신라에서는 피장자의 신분이나 지위에 따라 금은의 사용 및 복식 등이 엄격하게 차등화되어 있었다. 길이 120센티미터, 너비 3.6센티미터, 국보 192호, 국립경주박물관 소장.

금동 또는 은제품을 일상생활에서 사용하거나 부장하는 것은 금지되어 있었다.

뼈 깊이 새긴 조상의 한

집집마다 단군 화상을 모셔놓고 나라를 잃은 조상의 한을 뼈 깊이 새기고 살았던 고신라 사람들은 고구려나 백제에 비해 중국의 영향을 거의 받지 않고 고유색을 오랫동안 간직하고 있었다. 고구려는 동명성왕, 백제는 온조왕 등 모두 왕의 칭호를 사용하였지만 신라는 혁거세거서간, 남해차차웅, 유리이사금, 눌지마립간 등과 같이 1대는 거서간居西干, 2대는 차차웅次次雄, 3~16대는 이사금尼斯今, 17~21대는 마립간麻立干이라는 칭호를 사용하였다. 정인보는 그중 이사금은 그 원어가 '임검'으로서 단군왕검의 옛 칭호가 단군의 후예들 사이에서 최고 통치자에 대한 존호가 사용된 것이라고 주장한다.[63]

고구려(372년)와 백제(384년)가 4세기에 불교를 받아들인 것과 달리 신라는 수용을 오랫동안 거부해오다가 결국 528년 이차돈의 순교가 있은 후에야 공인하였다. 이차돈의 순교는 신라가 불교 수입에 대해 저항적이었다는 것을 단적으로 말해주는 사건이다. 또 고구려나 백제는 10간 12지로 된 중국력을 사용했는데, 신라만은 간지력을 일체 사용하지 않고 '○○왕 ○년 ○월 ○일'로 로마력에 가까운 표기법을 사용하였다. 고구려에서는 광개토대왕이 4세기 말 '영락永樂'이라는 연호를 썼지만 신라는 중국식 연호를 사용하지 않았다.

이름도 고유의 것을 고집했는데 〈울진봉평신라비蔚珍鳳坪新羅碑〉에는 법흥왕이 모죽지라는 순신라식 이름을 가지고 있던 것이 기록되어 있다. 의복에 있어서도 동이족 고유의 것을 고집했다. 『삼국사기』「잡지」에는 신라의 색복色服에 대하여 "법흥왕 때에 처음으로 6부 사람들의 복색의 존비 제도를 정하였지만, 오히려 동이의 풍속 그대로였다"라고 기록하고 있다. 김춘추가 당태종을 만나 중국 복식을 따르겠다고 하여 당태종을 감동시켰고 진덕대왕 3년(649년)에 남자들의 복식을, 문무왕 4년(664년)에 여자들의 복식을 중국식으로 바꾸었다.

신라는 진한 시절부터 6세기 초에 이르기까지 중국과의 교류를 거의 하지 않았다. 고구려와 백제가 훨씬 이전부터 중국과 교류를 활발하게 한 것과 비교할 때 매우 특이한 현상이다. 『진서晋書』에 따르면 진한은 280년, 281년, 286년에 서진西晋에 사절을 파견하였고 그 후 91년간 국교가 공백이었다. 신라가 중국과 교류한 최초의 기록은 377년으로서 『자치통감資治通鑑』에 "태원太元 2년 봄 고구려, 신라, 서남 이족夷族은 모두 사신을 파견하고 진晉으로 들어가서 조공을 했다"라고 되어 있다. 그 후 382년에 전진前秦에 사신을 보낸 기록이 있은 후 126년 동안 대중국 외교가 문헌에 보이지 않는다. 특이하게도 『삼국사기』와 『삼국유사』에는 6세기 중엽까지 신라와 중국과의 관계에 대한 기록이 발견되지 않는다. 심지어 『진서晋書』, 『진서秦書』, 『위서魏書』, 『양서梁書』 등에 기록된 신라 관련 기사에 대응하는 기록조차 없다. 해마다 중국에 조공했던 고구려나 백제에 비하면 신라와 중국의 교류는 거의 없다고 할 수 있는 정도였다.

이렇게 중국과 교류가 없던 이유가 신라가 한반도 동남쪽에 위치하여 육상과 해상로가 막혀 있는 지리적인 여건 때문만은 아니었을 것이다. 고대 유리 전문가인 요시미즈 츠네오由水常雄는 신라와 중국의 국교가 없었다는 것은 신라가 정치나 사회, 문화적인 필요성의 면에서 중국과 전혀 관계를 맺을 필요성이 없었음을 나타내는 것이며 이는 출토된 유물의 수준으로 보아도 알 수 있다고 주장한다. 신라는 자국의 정치나 경제 체제 또는 문화 전반에 걸쳐 자신 있게 독자적으로 나아갈 수 있을 정도로 고도화된 나라였다는 것이다.[64] 그러나 신라 문화의 수준이 높다고 하여도 그것만으로 국교를 맺을 필요가 없었다고 보기는 어렵다. 당시 중국의 문화나 경제는 세계 최고의 수준이었으며 군사력 또한 매우 강했기 때문이다. 오히려 신라인들의 중국 문화에 대한 거부감이 큰 원인으로 작용했을 것이다. 정인보도 진한은 역사가 유구한 겨레였으므로 선대부터 한인들과 접촉이 빈번했고 그들의 언어나 문자에도 익숙했을 것이지만 그럼에도 불구하고 한인에 대한 원한이 깊었던 탓에 그들의 언어와 문자를 말하거나 쓰는 것을 단호하게 거부했으리라고 본다.[65] 이종선도 몽골 고원의 서쪽인 알타이 출신들인 김씨 왕족들은 중국과는 문화와 습속이 맞지 않아 불편했을 것이고 그들과 교류하고 싶은 마음이 내키지 않았을 것이라고 주장한다.

돌무지덧널무덤과 수목형 왕관

6세기 초까지의 고신라인들이 중국의 영향을 거의 받지 않았다는 사실은 무덤 양식과 유물에서도 확인된다. 고유섭은 역사적으로 문화 계통상 대양적 요소가 가장 현저하게 발달했던 시기는 고신라기였다고 지적했는데,[66] 정확히 말하면 6세기 초 이전의 고신라에서는 중국의 영향은 찾기 어렵고 다른 나라들의 영향들만 발견될 뿐이다. 무덤은 인간의 죽음에 대하여 의미를 부여하고, 또 죽음을 애도하는 과정에서 생겨나는 속성상 오랫동안 유지되어왔던 전통적인 사상의 토대 위에서 만들어지기 때문에 구조나 모양이 그 집단별로 독특한 형태를 가지는 경향이 있다. 따라서 무덤 양식은 민족의 기원 등을 밝히는 데 매우 중요한 자료가 된다.

고구려의 재래식 무덤은 땅 위에 돌 더미를 쌓고 그 안에 시체를 넣어두는 돌무지무덤(적석총積石塚)이었는데 이는 시베리아에서는 안드로노브 때부터 있던 풍습이다.[67] 그런데 고구려에서는 4세기 말경부터 중국식의 돌방무덤(석실묘石室墓)으로 바뀌고 백제가 곧 그것을 따른 것[68]에 비해 신라는 비교적 늦은 시기까지 독특한 무덤 양식을 가지고 있었다.

신라에서는 4세기 이전에는 토광묘, 지석묘, 옹관묘甕棺墓 등이 사용되다가, 4세기 중엽부터 6세기까지 돌무지 밑에는 목곽이 있고 목곽 안에 시신을 안치하는 나무관과 부장품을 격납하는 구역이 설치되어 있는 돌무지덧널무덤(적석목곽분積石木槨墳)이 유행한다. 돌무지덧널무덤의 기원에 대해서는 고구려의 돌무지무덤과 낙랑의 덧널무덤이 합해진 것이라는 자체 발생설과 북방 기마민족의 이동으로 완성된 형태가 생겼다는 전파설이 있다. 무덤은 각 민족이 행하던 전통 방식에 따르는 것이지 서로 다른 민족의 무덤 양식이 결합하는 것이 아니다. 또 무덤과 껴

묻거리는 관련성이 높은데 돌무지덧널무덤에서 발굴되는 금관, 토기 등이 자체 문화라고 보기 어려워서 자체 발생설은 수긍하기 어렵다. 전파설의 입장에 서 있는 사람으로 이종선, 요시미즈 츠네오 등이 있다. 김원룡은 자체 발생설을 주장하다가,[69] 전파설을 검토해볼 필요성을 느낀다고 하여 입장의 변화를 보인다.[70]

이종선은 『고신라왕릉연구』에서 돌무지덧널무덤의 기원은 시베리아에서 오르도스Ordos를 경유하여 평안도, 경상도로 이어지는 문화 이동 루트상에서 해답을 찾아야 한다고 강조한다.[71] 북중국 오르도스의 무덤 발굴과 고조선·낙랑시대 평양 근방의 발굴 결과를 비교하여 신라의 김씨 왕족이 북중국 오르도스 지방에서 평양 지방을 거쳐 들어온 흉노계일 것이라고 주장한다. 오르도스 금속 문화는 최근 선흉노 또는 조기 흉노기로 불리고 있고,[72] 그 성쇠는 상당 부분 역사상의 흉노족의

경주 계림로 14호 돌무지덧널무덤에서 출토된 보검. 신라. 5~6세기. 고신라가 중앙아시아, 로마와 교류했다는 유력한 증거이다. 길이 36센티미터, 보물 635호, 국립경주박물관 소장.

성쇠와 그 맥을 같이한다.[73] 이종선은 일부에서 주장하는 기마 군단의 급작스런 경주 침입과 정복설을 부정하고 장기간에 걸친 흉노계 민족 이동의 흐름 속에서 흉노계 신라 김씨 왕조가 등장하게 되었다고 보고 있다. 이종선은 흉노계의 김씨 왕족들은 4~6세기 백제, 고구려의 친중국 정책과는 반대로 갔는데 중국과는 교류를 하지 않는 대신에 북방 초원 루트를 통해서 중앙아시아, 로마 지역과 교류했다고 주장하면서 그 증거물로 돌무지덧널무덤에서 나오는 로만 글라스와 보검을 든다.

돌무지덧널무덤은 독특하고 복잡한 구조상 도굴이 어렵기 때문에 다행스럽게도 오늘날까지 보존이 잘 되었는데 발굴되는 유물들도 매우 특이한 양상을 보인다. 그중 가장 관심을 끄는 것은 눈부신 황금빛의 금관인데 이처럼 화려하고, 신비스럽고, 상징성이 강한 금관은 세계적으로도 찾아보기 어렵다. 세계 각지에서 알려진 고대사회의 금관은 모두 합해 10여 점이 조금 넘는다고 하는데 그중 다섯 점이 경주의 신라 무덤 출토품이다.[74] 그간 출토된 금관 다섯 점은 머리띠 모양의 관테에 나뭇가지나 사슴뿔 모양의 장식, 주렁주렁 매달린 비취색 곡옥이라는 뚜렷한 특징을 공유하고 있는데 이는 중국 문화권 국가의 왕관에서는 보이지 않는 것이다.

동양미술사학자인 존 카터 코벨Jon Carter Covell은 곡옥을 '쉼표 모양의 물건'이라고 부르는데 요하遼河문명, 한반도, 일본에서만 발견되고 중국에서는 발견되지 않는다. 평양 청암리 토성에서 출토된 고구려 금관이나 몇 점 알려진 금동관들은 신라 금관과는 판이한 모양을 하고 있고 화려한 세움 장식이나 곡옥은 물론 사슴뿔 모티브를 찾아볼 수 없

서봉총 금관. 신라. 451년 추정. 신라 금관은 나뭇가지·사슴뿔 모양의 장식, 곡옥이 특징인데 이는 중국에서는 찾아볼 수 없는 것이다. 높이 35센티미터, 지름 10.5센티미터, 보물 339호, 국립중앙박물관 소장.

황남대총 북분 금반지(4~5세기, 너비 0.6센티미터, 지름 1.9센티미터, 보물 623호, 국립경주박물관 소장) 와 경주 노서동 금목걸이(5세기~6세기 전반, 보물 456호, 국립중앙박물관 소장). 이러한 금제 장식품들은 그리스 로마 문화권에서 일상화된 것이고 중국 문화권에서는 찾을 수 없다.

다. 선비족이 남긴 삼연三燕 지역의 금제 관식은 세움 장식이 간단하고 관모 꼭대기에 장식되는 달개와 이마에 장식되는 네모난 투조판이 중심을 이루고 있어 나뭇가지, 사슴뿔, 곡옥을 중심으로 하는 신라 금관과 연결하기는 어렵다. 코벨은 신라 금관에 용과 관련된 어떤 것도 없다는 것은 중국 문화와 다른 북방 초원 문화라는 것을 말해준다고 한다.[75]

이러한 점 때문에 황금 문화의 기원에 대한 연구가 이어졌다. 김원룡 등 일부 학자들은 시베리아 쪽과의 연결을 시도하고 관 이외에 신라 왕경인의 독특한 묘제인 돌무지덧널무덤을 스키타이족의 쿠르간Kurgan과 연결하면서 마립간 시대 기마민족에 의한 신라 왕족 교체설이 제기되기도 했다.[76] 요시미즈 츠네오는 『로마문화 왕국, 신라』에서 4세기부터 6세기 초까지의 신라는 중국의 영향을 거의 받지 않고 오히려 그리스 로마 문화의 영향을 받았다고 주장한다. 신라 황금 문화의 원류도 그리스에서 찾을 수 있는데 고대 그리스 신화에서 묘사된 숲의 신 디아나에 대한 숭배에서 탄생한, 성수 가지를 머리띠diadem(신격 상징)에 꽂음으로써 신권을 부여받은 왕의 상징을 나타내는 머리 장식(왕관)의 발단이 되었다는 것이다. 금제 장신구인 반지, 팔찌, 목걸이, 귀걸이 등도 중국 문화권에서는 찾을 수 없는 것이고 오히려 그리스 로마 문화권에서 일상화된 것이다. 요시미즈 츠네오는 신라의 왕의 열 손가락에 모두 반지를 끼고 있었다는 것은 로마 문화의 수용을 보여주는 상징적인 현상이라고 주장한다. 그는 흉노가 거점으로 삼았던 남러시아에는 로마 제국의 식민지가 있어서 로마 문물이 대량으로 유입되었고, 금은제 장신구와 로마 유리, 무기 · 용기류에도 로마 문화의 영향이 짙게 반영되었으며 신라에서 출토된 것들도 분명 그 계보였다고 주장한다. 돌무지덧널무덤의 원류는 4, 5세기에 남러시아를 거점으로 삼았던 흉노(훈족)에 있고 거슬러 올라가면 북아시아의 사카족, 그리고 기원전 7~3세기의 남러시아 스키타이족의 돌무지덧널무덤에서 비롯되었다고 본다.[77] 이한상은 스키타이족 이동설이나 동로마제국의 황금 문화 전래설은 시간, 공간적인 격차가 너무 크고 유물 간 유사도가 낮다는 문제점이 있다고 보고 황금 문화의 전달자는 고구려, 간접적으로는 그에 인접한 선비족 왕조로 본다.[78]

경주 98호 남분 유리병. 4세기 말 내지 5세기 초. 그리스의 오이노코에Oinocoe라고 불리는 유리병과 형태, 제작 기법이 유사하다. 높이 24.8센티미터, 국보 193호, 국립경주박물관 소장.

이처럼 고신라의 유물은 중국과는 확실히 다른 특징을 보인다. 고유섭도 신라 미술에는 외형적으로는 중국적인 특징이 있지만 감성적으로는 오히려 서역적인 것이 특징이고 그리스적인 정신이 서려 있는 것이라고 말하고 있다. 그에 따르면 신라 미술에 있어서의 서역적 모습이라는 것은 결국 신라 미술의 모습이요, 신라 미술의 감성이며, 명랑성과 생동성이라는 아폴로적인 특징이 곧 신라 미술의 특징이다.[79] 요시미즈

삼국시대의 뿔잔. 그리스 로마의 영향을 받은 것으로 보이는 뿔잔은 삼국시대에는 경주, 김해, 부산, 창녕, 달성 등 낙동강 유역을 중심으로 발견된다. 높이 24.4센티미터, 국립중앙박물관 소장.

츠네오는 신라 토기에 손잡이가 달린 것이 많은데 이는 고구려, 백제, 중국에서는 물론 동아시아에서는 잘 출토되지 않는 것으로 그리스 로마계의 컵 디자인의 영향을 받은 것이며 게다가 다양한 모양의 뿔잔은 그리스 로마 문화가 깊이 침투되어 있음을 말해준다고 주장한다.[80] 경주 미추왕릉, 포항 냉수리 돌방무덤에서 토기 뿔잔이 출토되었으며, 특히 금관총에서는 금동으로 제작된 뿔잔이 출토되었다. 가야에서도 말 탄 무사 모양의 뿔잔(국보 275호)이 발굴되었다.

그리스에서 뿔잔은 코르누코피아cornucopia(풍요로운 뿔) 신화로 알려져 있다. 크로노스에 의해 숨겨진 젖먹이 제우스가 아말테이아 산양의 젖을 먹고 자랐고, 그 인연으로 아말테이아의 뿔을 가진 자가 원하는 것은 무엇이든, 꽃이든 과일이든 마실 것이든 그 뿔 안에 가득 차게 되어 풍요의 뿔이 되었다고 한다. 다른 신화에서는 헤라클레스가 강의 신 아켈로우스의 뿔을 빼내서, 거기에다 님프들이 꽃과 과일 같은 것을 흠뻑 담아 여신에게 바쳤다고도 한다. 원래 뿔잔은 기원전 3000년경 크레타

섬에서 만들어졌고 초원 실크로드를 형성했던 스키타이인들의 무덤에서 많이 출토된다. 뿔잔은 북방 유목민들과 문화 교류를 보여주는 대표적인 유물로 알려져 있다. 스키타이인들의 우정 맹세는 커다란 토기 그릇에 맹세자들의 피가 섞인 술을 따르고 그 술에 검, 화살, 전용 도끼, 창을 담갔고 다음에는 길게 주문을 외우고 맹세자들과 참관자 중 가장 존경받는 이들이 그 술을 마시는 것으로 이루어졌다. 신라의 토기들은 넓은 투창과 토우가 장식된 점이 백제나 고구려 토기에서 찾아볼 수 없는 대표적인 특징인데 권영필 교수는 북방 미술, 즉 스키타이 미술과 관계가 있다고 주장한다.[81]

고신라인들이 사용하던 어휘나 시가는 페르시아의 영향을 받았다. 성호경은 6세기 이전까지의 고신라에는 페르시아 어휘가 비교적 많이 나타난다고 한다. 성호경은 〈두솔가〉의 '두솔兜率'은 파흘라비어의 'dos'와 어형이 비슷하며 그 뜻도 '애호, 즐거움 : 기뻐하다 · 즐거워하다, 만족하다'여서 〈두솔가〉의 제작 동기인 '기쁘고 즐겁게 됨'과 일치한다고 주장한다.[82] 또 초기 왕의 이름인 아달라이사금의 '아달라'는 페르시아어 'azhdarhā(강하고 용감한 사람)', 파사이사금의 '파사'도 페르시아어 'pārsā(순수한, 경건한, 신성한)' 또는 'fasar(빛남 · 밝음, 우아함)' 등의 차용어일 가능성이 적지 않다고 한다.[83]

사뇌가詞腦歌는 〈찬기파랑가讚耆婆郎歌〉, 〈보현십원가普賢十願歌〉 등 신라와 고려 초의 문화 엘리트들의 문화적 역량이 잘 발휘된 수준 높은 작품들을 낳은 시가이다.[84] 사뇌가가 중국의 영향을 받았을 가능성은 매우 낮고,[85] 페르시아 등의 영향을 받았을 가능성을 높게 본다. 신라의 사뇌가와 고대 페르시아의 찬가 사이에 본질적인 성격(찬가)이 일치하고, 그와 관련된 형식 면에서의 중요한 유사성(6행 이상이며 주로 10행 내외의 길이로 됨)도 드러나는데다, 그 성격을 나타내는 말도 페르시아어의 차용어일 가능성이 적지 않다고 보는 것이다.[86] 성호경은 '사뇌'의 뜻을 '찬양'으로 보고 있는데 인도·이란어 계통의 중세 페르시아어(기원전 3세기 초~기원후 10세기 초)의 하나인 파흘라비Pahlavi어에서의 'snay'가 '찬양(하다), 화해·진정(시키다), 감사(하다)' 등의 뜻을 가지고 있다는 것이다. 이 말은 현대 페르시아어에도 변형된 형태로 남아 있다고 한다.[87]

거대한 변혁의 소용돌이

고신라의 사회 제도와 일상 관습은 6세기 초를 시작으로 거대한 변혁의 소용돌이를 맞게 되는데 그 정체는 그동안 거부해왔던 '중국화'였다. 최고 통치자에 대해 중국식 호칭인 '왕'의 사용(503년), 중국식인 시호의 사용(514년), 율령의 반포(520년), 불교 공인(528년), 중국식 연호의 사용(536년), 중국식 이름의 사용(6세기) 등이 모두 6세기에 생긴 변화이다. 7세기 전반에는 경주에 돌무지덧널무덤 대신 중국식 석실분이 나타난다.

김원룡은 법흥왕의 치세, 즉 6세기 전반 무렵은 전통 신라가 중국식으로 바뀌는 첫 전환기로서 중요하다고 강조한다. 이는 곧 북방적 고대국가에서 중국적 근대 체제로 방향을 전환했고 이것을 계기로 한민족의 고유한 전통은 크게 바뀌기 시작했다는 것이다.[88] 요시미즈 츠네오가 쓴 『로마문화 왕국, 신라』도 신라가 6세기 초부터 중국 문화를 수용하는 것으로 보고 그 이전까지의 신라 문화만을 다루고 있다.[89]

이사금 등으로 불리던 최고 권력자는 22대 지증왕智證王 503년에 중국식 칭호인 '왕'을 처음 사용하였다. 죽은 이에게 후손이나 신하가 올린 이름을 시호謚號라고 하는데 이는 중국에서 유래한 것이다. 기록에 따르면 514년 법흥왕이 즉위한 뒤 죽은 부왕에게 '지증智證'이라는 시호를 바친 것이 처음이다. 『삼국사기』에 따르면 법흥왕 4년(517년)에 비로소 병부兵部를 두었고 7년에는 율령을 세상에 펴서 알렸다. 신라는 3세기 말과 4세기 초에 유학을 접하기 시작하였으나 6세기에 이르러서야 국가의 인가를 받아 정치사상으로 형성되었다.[90]

이차돈의 순교가 있은 후 공인한 불교는 중국화에 결정적인 역할을 했다. 불교는 원래 인도에서 시작된 것이지만 신라에 전래된 것은 중국화된 불교였다. 김원룡은 불교의 전래는 한국인들을 사상적으로 뒤흔들고 중국화 세뇌에 결정적 역할을 하였기 때문에 고대 한국 문화 형성상 마지막 대사건이라고 본다. 불교는 단지 종교가 아니라 불경의 이해상 한자 보급에 큰 공이 있으며 일종의 '중국학'의 모체로 작용하였으며 건축, 조각, 회화, 공예 등 모든 면에서 중국 미술의 전매 수입자였으며 우리나라를 일종의 소중국으로 만드는 데 절대적인 공헌을 했다는 것이다.[91]

신라는 법흥왕 23년(536년)에 한무제 때와 같은 연호 '건원建元'을 최초로 사용했다. 고유의 방식으로 지어졌던, 신라인들의 이름도 중국식으로 바뀐다. 『삼국사기』「김유신열전」에는 아버지 김서현이 김유신의 이름을 짓는 이야기가 나온다. 경진일庚辰日 밤에 길몽을 꾸었는데 '유신庾信'이라는 옛 사람 이름과 '경진'이 같거나 성음이 가깝다는 이유를 들었다. 이 '유신'이라는 사람은 시문으로 이름이 난, 중국 북주北周의 관료를 말하는 것으로 보인다. 김춘추金春秋의 이름도 '춘추'라는 용어로 보아 중국식일 가능성이 높다.

신라는 6세기 법흥왕 시대 이후에 중국과 깊이 접촉하면서 중국 문화를 흡수하기 시작한다. 564년 북제北齊에 조공한 후 종종 중국의 북제와 진陳에 사절을 보내어 수당과도 깊이 접촉한다. 신라가 중국 문화를 수용하게 된 이유는 6세기를 전후한 삼국의 상황에서 찾을 수 있다. 427년 장수왕의 평양 천도로 위협을 느낀 신라와 백제는 433년 나제동맹을 맺는다. 455년과 475년 고구려의 백제 침공 때 신라는 구원병을 보냈고 481년 고구려가 신라로 쳐들어오자 백제 군대가 도와줄 때까지 나제동맹은 잘 유지된다. 그런데 고구려가 496년과 497년 신라의 우산성을 공격했을 때 백제는 지원병을 보내주지 않는다. 이로 인해 신라와 백제의 관계는 매우 나빠지고 적대적 관계로 돌아선다.[92] 존립 위기에 놓인 신라가 살아남기 위해 몸부림치면서 불가피하게 중국의 문화를 받아들이고 교류를 확대했을 가능성이 높다. 그 후의 상황이지만 『삼국사기』에는 문무왕 9년에 군신을 모아놓고 한 말이 나온다.

지난날에 신라가 고구려, 백제와 절교하여 북쪽을 정벌하고 서쪽을 침공함으로써 잠시도 편안할 때가 없었으며 전사들의 해골은 들판에 쌓여 있고 그들의 몸과 머리는 서로 떨어져 먼 곳에 뒹굴었다. 선왕(무열왕)이 백성의 잔해를 민망히 여겨 귀하신 몸인데도 불구하고 바다를 건너 중국에 가서 군사를 달라고 하였던 것은 그 본뜻이 고구려, 백제를 평정하여 길이 싸움을 없애고 누대의 깊은 원수를 갚고 백성의 가냘픈 목숨을 보전하고자 함이었다.

삼국 간 전쟁은 각국의 국내 정세와 수·당의 외교 전략이 맞물리면서 복잡하게 전개되었고, 승패의 향방은 군사력보다는 국내 정세와 외교 전략에 의해 좌우되었다. 신라는 648년 나당 군사 동맹을 체결함으로써 삼국통일의 발판을 마련하게 된다. 즉 신라는 군사력보다는 정치·외교력을 통해 삼국을 통일한 것이다. 고구려 멸망 이후 신라에 귀순한 고구려 왕족 안승安勝을 고구려 왕으로 삼고 고구려 유민들과 함께 힘을 모아 당나라 군대를 한반도에서 몰아냈다.

요시미즈 츠네오는 신라가 중국과 적극 관계를 맺게 된 배경을 로마 문화와의 교류가 단절되었기 때문이라고 설명한다. 남러시아에서 흑해 서해안 지대, 발칸, 이탈리아를 비롯하여 중부 유럽은 이민족의 대이동으로 황폐해졌다. 465년에 동로마제국의 수도인 콘스탄티노플이 대화재로 거의 소멸되었고 476년에 동로마제국은 멸망한다. 493년에 동고트족은 이탈리아에 왕국을 세우고 493년에 로마 세계와 관계를 맺고 있던 북위北魏는 로마와의 관계를 끊기라도 하듯, 대동大同을 버리고 낙양洛陽으로 천도하였다. 그래서 신라는 더 이상 로마 세계와 관계를 유지할 수 없었고 5세기 말부터 6세기 초에는 완전히 교류가 단절되었을

것으로 보는 것이다.[93]

중국화되기 이전의 고신라는 고조선 고유의 문화를 잘 보존하고 거기에 대외 교류를 통하여 로마 문화 등을 흡수하여 독자적인 힘이 잠재적으로 축적되어 있었다. 이러한 힘은 마침내 삼국통일의 주인공이 되는 원동력이 되었을 것이다. 어떤 이는 6세기 초까지 신라가 중국 문화 대신 로마 문화를 수입했으니 신라인들이 중국화되지 않은 대신 로마화된 것은 아닐까 하고 의문을 제기할 것이다. 그러나 로마 문화의 영향을 받았다고 해도 기간이 그리 오래지 않았고 지리상으로도 매우 멀어서 사회 전반에 큰 영향을 주지는 않았다. 당시 그리스 로마의 글씨는 매우 정돈되고 반듯한 특징을 보이고 있어서 고신라의 글씨와는 전혀 다르다.

정용남은 "신라 단양적성비 서체 연구"에서 신라의 글씨는 고구려, 백제의 글씨와는 달리 우리 민족의 고유성을 더 많이 가지고 있다고 평가하고, 정병모 교수도 『신라서화의 대외교섭』에서 신라만큼 자신의 고유 서체에 대한 애착이 강한 국가도 드물다고 주장한다. 김수천 교수는 5~6세기 한국 서예는 원시적 생명력이 강한 서예였으며 동시기 중국 서예와는 구별된다고 하면서 그것은 중국 서예가 상실하고 있었던 신명의 부정형을 간직하고 있는 것이라고 한다.[94]

3

고조선의 DNA가 암호화된 글씨

신령스러운 자연미,
〈이사지왕 고리자루 큰칼〉

법흥왕 치세 이전인 513년까지의 고신라의 글씨로는 〈이사지왕尒斯智王 고리자루 큰칼〉(5세기 중반~6세기 초), 〈포항중성리신라비浦項中城里新羅碑〉(501년, 보물 1758호), 〈영일냉수리신라비迎日冷水里新羅碑〉(443년 또는 503년, 국보 264호)가 있다. 앞으로 경주의 돌무지덧널무덤들을 추가 발굴하면 이런 글씨들은 더 나올 것이다. 현재로서는 몇 점 안 되어 아쉽지만 고조선 선조들의 DNA를 찾을 수 있어서 얼마나 다행인지 모른다. 이들은 고대 한민족의 전형적인 글씨로서 석굴암이나 불국사 다보탑과 어깨를 나란히 할 수 있는, 보배 중의 보배이다.

〈이사지왕 고리자루 큰칼〉은 2013년 7월 그 존재를 알게 된 것이다. 1921년 조선총독부가 발굴한 신라시대 경주 금관총에서 나온 고리자루 큰칼을 국립중앙박물관에서 보존 처리하는 과정에서 명문이 있음을 발견하고 이를 판독한 결과 '이사지왕'이라는 글자를 확인했다. 그동안 알려지지 않았던 이사지왕이 누구인지, 그가 금관총의 주인이 맞는지에 대한 기사들이 쏟아져 나왔다. 이 명문의 정확한 연대는 알기 어렵지만 무덤 양식, 출토 유물, 글씨체 등을 종합하면 5세기 중반 내지 6세기 초로 보인다. 이 글씨가 가지는 의미는 신라의 최고위층이 인정한 글씨체였다는 데 있다. 금관총의 규모, 출토된 유물, 그 명칭으로 보아 '이사지왕'의 사회적 지위나 재력은 막강했을 것이다. 찬란한 고리자루 큰칼에 '이사지왕'이라는 글씨를 아무나 또는 아무렇게나 쓸 수 있는 것이 아니다. 엄선된 인물이 정성을 다하여 썼을 것이고 왕이나 후손 또는 그 측근으로부터 검수도 받았을 것이다.

〈이사지왕 고리자루 큰칼〉의 글씨는 각 글자의 크기, 형태나 기울기가 매우 다르다. '斯(사)'자가 '王(왕)'자보다 가로는 약 4.3배, 세로는 약 1.5배 크다. 글자의 형태는 글자의 좌우 균형이 이루어지지 않아 글자의 형태가 반듯하지 않다. '智(지)'자 중에 '日(일)' 부분의 세로 왼쪽 획이 오른쪽 획보다 약 30퍼센트 크다. '智(자)'자 중에 밑부분의 '日(일)'이 윗부분의 '矢(시)'와 '口(구)' 중간 밑에 있지 않고 '口'의 밑부분에 치우쳐 있다. 글자의 위치는 글자 행이 반듯하지 않고 왼쪽 오른쪽으로 불규칙하게 세워져 있다. '尒(이)'자의 중심선에 비해 '斯(사)'자는 왼쪽으로 많이 치우쳐 있으며, '智(지)'자는 그보다 2.5배 오른쪽으로 치우쳐 있다. 따라서 '斯(사)'자의 세로 중간선과 '智(지)'자의 세로 중간선은 큰 차이가 있다. 글씨에서 기우뚱하고 바름(기정寄正)과 들쭉날쭉함(참치參差)은 생명력을 고조시키는 핵심적 요소이다. 여기서 '참치'는 '참치부제參

〈이사지왕 고리자루 큰칼〉 글씨(부분). 고조선 선조의 DNA가 암호화되어 있는 글씨로서 어린아이가 쓴 것처럼 자유롭고 천진하다. 국립중앙박물관 소장.

〈이사지왕 고리자루 큰칼〉. 신라. 금관총 출토. 국립중앙박물관 소장.

差不齊'의 준말로서 『시경』「주남周南」 관저關鳴, 『한서』「양웅전하揚雄傳下」, 두보의 「자양서형비차이거동둔모옥사수自瀼西荊扉且移居東屯茅屋四首」 등에 등장한다. 〈이사지왕 고리자루 큰칼〉은 참치부제를 넘어서 '무작위'의 경지에 이르렀다.

이 글씨들은 자연스럽고 꾸밈이 없으며 소박한데 여기서 고졸미를 찾을 수 있다. 유별나게 돋보이는 특징은 없지만 보면 볼수록 그럴 듯하다. 원래 위대한 예술가의 작품은 특별히 돋보이지 않지만 누가 보아도 정말 그럴 듯한 법이다. 진정한 아름다움이란 결코 호화스럽다거나 기교적인 데서 머무르는 것이 아니고 순리에서 나오는 것이기 때문이다. 파르테논 신전을 재건했던 조각가 페이디아스는 별다른 기교라고는 없지만 그의 조각상들은 살아 움직이는 듯하며 보면 볼수록 돋보인다. 반면, 서툰 예술가의 작품은 개인의 손장난 같은 특수성이나 개성이 드러난다.

김원룡은 한민족 미술사에 있어서의 미의 성격은 시대나 분야에 따라서 당연히 변화가 있고 차이가 인정되지만 한민족 고미술의 시간을 초월한 기본적 성격을 자연성이라고 지적하고 있다.[95] 그에 의하면 다나카 도요타로田中豊太郎의 '만들어진 것이 아니라 태어난 것', '자연에 맡겨져서 미망이나 주저가 없음', 윌 곰퍼츠Will Gompertz의 '세부보다는 전체적인 조화와 효과', 제켈D. Seckel의 '생명력과 즉흥성' 등의 성격 파악도 모두 결국 자연성의 강조나 말을 바꾼 표현이라는 것이다.[96] 안휘준은 김원룡의 자연주의에 대해 서양 미술사에서 '자연현상을 있는 그대로 묘사하려는 경향'을 뜻하는 내추럴리즘naturalism과는 현저한 차이가 있고 '자연과 자연스러움에의 경도'로 이해해야 한다고 주장한다.[97] 한민족 미술의 특색, 한민족의 미의 특질을 파악하려고 노력했던 야나기 무네요시는 조선의 미를 자연의 미, 자연의 예술이라고 규정하였다.[98] 코벨은 한국 예술에서 자연과 인간은 서로 협력하는 것으로 다뤄질 뿐 중국 예술처럼 서로 싸우거나 경쟁하려 들지 않으며, 일본의 예술이나 정원처럼 극도의 추상성으로 자연과의 친화성을 나타내지 않는다고 설명한다.[99]

중국의 글씨가 곱고 다듬어진 비단이나 매끄러운 옥판선지라면 우리 글씨는 빳빳한 한산 모시나 투박한 닥종이 같다. 중국의 글씨가 자로 잰 듯이 자르고 다듬어 만든 다음 붉은 칠을 한 화려한 건물을 연상하게 한다면, 우리의 글씨를 보면 삼척의 죽서루가 떠오른다. 죽서루는 절벽 위 일정하지 않은 바닥을 따라 17개의 기둥을 놓았는데 자연석을 다듬지 않고 그대로 써서 기둥의 길이가 모두 다르다. 죽서루, 소쇄원, 촉석루에서 보듯이 한민족은 자연 풍광 속에 집을 멋들어지게 지어 자연과 동화되도록 하고 자연의 생명력을 잘 살렸다.

시대적으로 통일 이전 삼국시대의 서예 작품에서 소박미가 두드러지는데 그중에서도 신라의 글씨는 우리 민족의 고유성을 더 많이 가지고 있고 중국에서는 볼 수 없는 글씨로 평가되어왔다. 이러한 글씨들에 대해서는 자유분방함과 토속적 성격으로 보고 독자성을 인정하는 학자가 있는 반면, 치졸하고 미숙한 단계 또는 서체 발전의 낙후성을 반영한 것으로 보는 학자들도 있다.[100]

그러나 이는 잘못된 견해이다. 5세기 신라 고분에서 발굴되는 금관, 요대 장식, 귀걸이 등 장신구는 매우 세련되고 우아한 모습을 보이고 세계적으로 가장 아름다운 작품으로 꼽힌다. 다른 고분에서 출토된 공예품들까지 말할 필요조차 없다. 이 고리자루 큰칼과 함께 출토된 금관(국보 87호), 허리띠 장식(국보 88호), 순금제 귀고리, 금동제 신발, 3만 점이 넘는 각종 구슬, 금제와 은제의 허리띠를 보라! 얼마나 정교하고 화려하며 아름답고 찬란한지를 말이다. 중국 미술사의 황금시대 성당盛唐 공예에서도 이런 수준의 금속류는 찾아볼 수가 없다. 코벨은 금관총 금관과 허리띠, 금령총 금관을 예로 들면서 "5세기의 신라인들은 그들의 고대의 상징을 답습하면서 세계에서 가장 아름다운 예술품을 창출했다"고 극찬했다. 그녀는 고대 신라의 지성을 과소평가할 일이 절대 아니라고 힘주어 말했다.[101] 최순우가 이야기하듯이 신라의 미술 공예가 유독이 분야에서만 조형 관록을 발휘했던 것이 아니라 여러 분야에서 어깨를 나란히 해서 비로소 이러한 전통이 이루어진 것이다. 어느 누가 이런 찬란한 유물을 만든 사람들을 두고 치졸하고 미숙하다고 할 수 있단 말인가?[102]

4세기 중반의 신라를 가리켜 『고사기古事記』 「추아이仲哀천황」 편에서는 "금은을 비롯하여 눈이 부실 것 같은 여러 가지 진귀한 보물이 그 나라에 많이 있다"라고 하였다.[103] 『일본서기日本書紀』 「추아이천황」에는 "천황은 어찌하여 웅습熊襲이 불복하는 것을 걱정하십니까? 이는 여육膂肉의 공국空國입니다. 거병하여 토벌할 만한 것이 못 됩니다. 이 나라보다 훨씬 나은, 보물이 있는 나라가 있습니다. 말하자면 처녀의 눈썹(睩) 같고, 항구를 향하고 있는 나라가 있습니다. 눈이 부시는 금, 은, 채색이 많이 그 나라에 있습니다. 이를 고금栲衾 신라국이라고 합니다"라고 하고 있다.[104] 『파마국풍토기播磨國風土記』에는 "옥갑玉匣이 눈부신 나라, 점침苫枕, 보물이 있는 나라 백금白衾 신라의 나라가 있

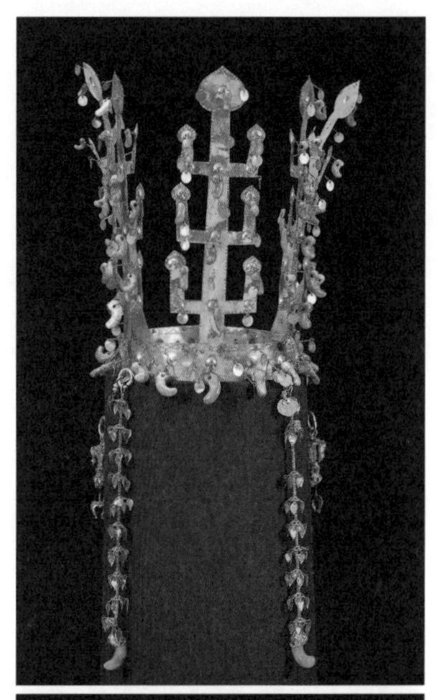

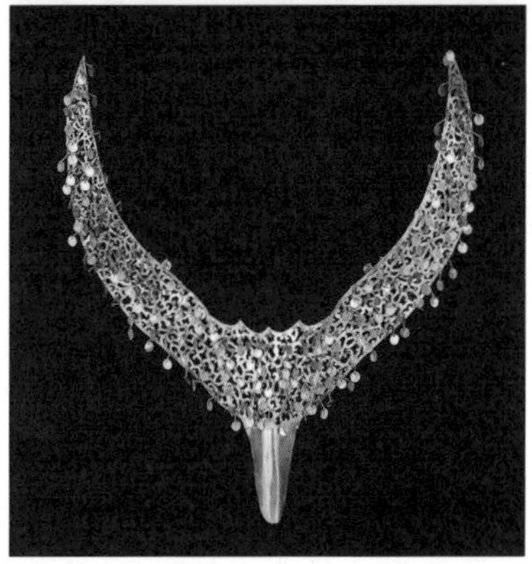

금관총에서 출토된 금관(높이 27.5센티미터, 국보 87호)과 금제 관식(높이 40.8센티미터, 국보 87호). 세계적으로도 가장 아름답다고 꼽히는 이 유물들을 만든 신라인들의 지성은 매우 높았을 것이다. 국립중앙박물관 소장.

다"라고 한다.[105]

정형화되고 세련된 글씨를 숙련되고 발전된 것으로 보는 것은 중국, 그것도 일부의 시각에 치우친, 편협한 생각일 뿐이다. 정작 중국에서도 서예에서 규격화된 정돈보다는 잘 정리되어 있지 않은 부족한 듯한 변형을 이상적인 미로 여기는 견해가 많다. 이러한 형태미를 순수 동양 예술 언어로 '대졸大拙'이라 한다. 노자는 『도덕경』에서 "사람은 땅을 본받고 땅은 하늘을 본받고 하늘은 도를 본받고 도는 자연을 본받는다고 보고 가장 위대한 기교는 고졸한 것과 같다(대교약졸大巧若拙)"고 말했다. 또 "신령스러움은 저절로 그렇게 됨을 해치지 않고 사물이 저절로 그렇게 됨을 지키면, 신령스러움이 가해질 곳이 없으며 신령스러움이 가해질 곳이 없으면, 신령스러움이 신령스러운지를 모른다"고 했다. 채옹蔡邕은 『구세九勢』에서 "무릇 글씨는 자연에서 비롯되었다"라고 하였고 당나라의 장회관張懷瓘은 『평서약석론評書藥石論』에서 대교약졸을 서예에 적용시켜 다음과 같이 말했다.

> 큰 기교는 마치 졸렬한 듯하며, 밝은 도는 마치 우매한 것과 같다고 했듯이 널리 살피면 어리석음과 지혜로움이 섞여 있고, 연구하여 음미하면 마음과 정신이 놀라기도 슬퍼지기도 하며, 온갖 신령이 엄연하게 앞에 있는 듯하고 만상이 가득하게 보이므로, 우레와 번개가 흥하고 멸하며 빛과 그림자가 뒤섞이는 가운데 무설無說을 살펴서 실정을 궁구하고 무형無形을 살펴서 탐구하여 금산옥림金山玉林이 내면에 가득할 것이니, 무슨 기이함이 있지 않으며 무슨 괴이함이 쌓이지 않으리오.

이렇게 중국 고대 서예 미학 사상의 주류는 졸함을 배우고 기교를 억누르는 것이었고 그 후에도 이런 사상은 이어졌다. 송나라의 구양수歐陽脩는 다른 사람의 글씨를 모방하는 것을 노예의 글씨(노서奴書)라고 했고 소동파도 고인의 글씨를 모방하는 것을 금기시하면서 글씨에 인간성이 그대로 표출되어야 한다고 주장했다. 그는 천진한 성격을 가졌으며 구름이 가고 물이 흐르듯이 자연스럽게 썼는데 "내 글씨는 마음대로 써서 본래 법이 없다"는 시 구절이 이를 잘 표현하고 있다.

미불米芾은 위진시대의 글씨를 목표로 삼았는데 이 서풍의 본질적인 아름다움은 평담천진平淡天眞이고 이는 글씨의 지극한 뜻이라고 생각하였다. 그중에서도 특히 진무제晉武帝의 글씨가 태고인의 기상이 있으며 자연스럽고 순박한 기질이 있다고 칭찬하고 있다. 명나라의 장필張弼은 초서草書에 뛰어났는데 "천진난만이 나의 스승이다"라는 말을 남겼다. 명나라 말의 동기창董其昌은 진솔함을 추구하는 당시 유행하던 기풍의 일인자였다. 왕주王澍가 제일 숭상한 것도 위진시대의 글씨였다. 그는 "고인들의 글씨가 좋은 이유는 의식적인 작용을 가하지 않고 하늘의 기밀이 그대로 드러나기 때문이다"라고 하였다. 청나라의 서예가 부산傅山은 "차라리 졸할지언정 공교하게 하지 말고 차라리 미울지언정 예쁘게 하지 말고 차라리 지리멸렬할지언정 가볍고 매끄럽게 하지를 말고 차라리 진솔할지언정 꾸미기를 노력하여 안배하지를 말아라"라고 했다.

유견오庾肩吾의 『서품書品』, 우화虞和의 『논서표論書表』, 왕승건王僧虔의 『논서論書』 등은 서예가의 우열을 평가하면서 '천연天然'과 '공부工夫'라는 두 가지 기준을 사용한다. 천연이란 후에 '천질자연天質自然'이라는 말로 쓰였는데 천성적으로 뛰어난 성질이 자연스럽게 표현되고 있음을 의미하며 공부란 인간의 노력에 의해 다듬어지는 기교를 의미한다. 당나라의 장언원張彦遠이 지은 『역대명화기歷代名畵記』는 중국의 태고 이래의 화가 371명의 전기와 함께 회화에 관한 자료 등을 다루고 있다. 여기서 그는 자연스러운 것을 상품상으로 하고, 신비스러운 것을 상품중으로 하고, 묘한 것을 상품하로 하고, 정精한 것을 중품상으로 하고, 근세謹細한 것을 중품중으로 하였다. 자연을 제일 첫머리에 두고 있는 것이 특징인데 그가 말하는 자연이란 정신을 오롯이 모으고 흉중의 사상을 종횡무진 내달려 대자연의 진체를 깊이 깨달아, 사물과 나의 존재를 완전히 잊고 육체적 속박과 인간의 자질구레한 지혜를 벗어난 것이며, 진晉의 고개지顧愷之가 그 전형이라고 하였다.

춤추는 곡선미,
〈포항중성리신라비〉

신라 비석 중에서 시기가 가장 앞서는 〈포항중성리신라비〉는 2009년 5월에 발견되었다. 6세기 초의 다른 신라비와 마찬가지로 모양이 일정하지 않은 화강암 자연석(최대 높이 104센티미터, 최대 폭 49센티미터, 두께 12~13센티미터, 무게 115킬로그램) 그대로에 비석 면을 간단히 다듬은 다음 글씨를 새겼다. 전체 12행에 행마다 6 내지 21자가 있는데 재산 분쟁과 관련된 판결 내용을 담고 있다. 일반적으로 종이나 토기 등에 손으로 직접 쓴 글씨는 자기 마음대로이고 자유로우나 비석에 새긴 글씨는 대체로 표준적이며 정규적이고 엄격한 법도가 있다. 아름답기로 유명한 아랍어에서도 대략 11세기까지 코란을 필사하는 데 사용된 유일한 서체인 쿠파Kufah 서체는 획의 각과 수직적 선에 주안점을 두고 있다. 이 우아하고 엄숙한 서체는 고대 아라비아 금석문의 비명체碑銘體에서 비롯된 것이다. 이는 부드러운 형태 때문에 글쓰기가 쉬워서 서적에 주로 쓰인 나스키Naskhi 서체와 대비된다. 고신라시대 대다수의 석문은 국가적인 일을 기록하거나 국가에서 세운 것으로 개인적인 일이나 개인이 세운 것은 거의 없다. 이런 경우에는 일정 기간 숙련되고 전문적인 서사자에 의해 기록되었을 것이고 글씨체는 정중하고 엄숙하기 마련이다.

그런데 〈포항중성리신라비〉는 처음부터 어떻게 비를 새길 것인가를 충분히 생각하지 않고, 손이 가는 대로 돌의 요철凹凸을 피해가면서 즉흥적으로 '써' 내려간 듯하다. 이런 글씨를 종이에 쓰기도 쉽지 않은데 돌에 새겼다는 것이 신기하기만 하다. 같은 글자라도 다른 형태를 추구하였고 법칙에 얽매이지 않고 자유분방하게 구성하여 필획과 자형이 예측 불가능하고 질박하다. 글자의 대소와 기정과 참치 변화는 박진감이 느껴진다. 김수천 교수는 이를 두고 "신들린 무당의 춤"이라고 표현했다. 이 비석의 글씨는 누가 쓰고 누가 새긴 것인지 알 수는 없지만 무작위, 고졸의 경지에 올라 있는데 어느 날 갑자기 우연히 생겨난 것은 아닐 것이다.

글을 시작을 하면서 위에 공간을 거의 두지 않고 있고 글자를 시작하는 부분(기필起筆)에 비틀림이 없다. 가장 작은 글자와 가장 큰 글자의 크기 차이가 큰데 최소 약 2×2센티미터, 최대 약 3×5센티미터로서 3.75배 차이가 난다. 글자의 형태는 글자의 기울기가 각양각색으로 형태가 매우 불규칙적이다. '支(지)'자가 여러 번 사용되고 있는데 그중 가장 위의 가로획의 기울기가 2행에서는 5도, -10도, 5행에서는 0도, 8행에서는 10도, 9행에서는 -10도, 10행에서는 20도로서 최고 30도의 차이를 보인다. 8행의 '知(지)'자는 25도 기울기를 보이기도 한다. 세로획의 기울기도 마찬가지로 3행의 '尒(이)'자는 110도, 9행의 '尒(이)'자는 85도로서 차이가 크다. 즉 같은 글씨라도 3행의 '尒(이)'자는 왼쪽으로 기울어져 있고, 9행의 '尒(이)'자는 오른쪽으로 기울어져 방향이 제각각이다.

같은 글자라도 같은 모양이 없고 다양하고 무궁무진한 형태로 쓰고 있다. 글자 행이 심하게 기울어져 있고, 글자의 간격이 불규칙적이다. 3행에서 가장 왼편에 있는 글자인 '子(자)'자의 세로 오른쪽 끝과 가장 오른편에 있는 글자인 '抽(추)'자의 세로 오른쪽 끝은 무려 16.2센티미터의 차이가 나는데 정도의 차이만 있을 뿐 다른 행의 경우에도 같은 형태를 보인다. 글자 행의 간격에 차이가 크다. 9행의 '更(경)'자와 10행의 '後(후)'자의 가로 간격은 0.85센티미터인데 9행의 '豆(두)'자와 10행의 '民(민)'자의 가로 간격은 4.3센티미터로서 다섯 배가 차이가 난다. 글자 위아래 간격도 차이가 크다. 5행의 '伐(벌)'자와 '皮(피)'자의 위아래 간격은 4.3센티미터인데 6행의 '使(사)'자와 '人(인)'자의 위아래 간격은 0.85센티미터로서 역시 다섯 배의 차이가 난다.

서법이나 형식과 같은 것에 아무런 구애 없이 붓 가는 대로 각 되는

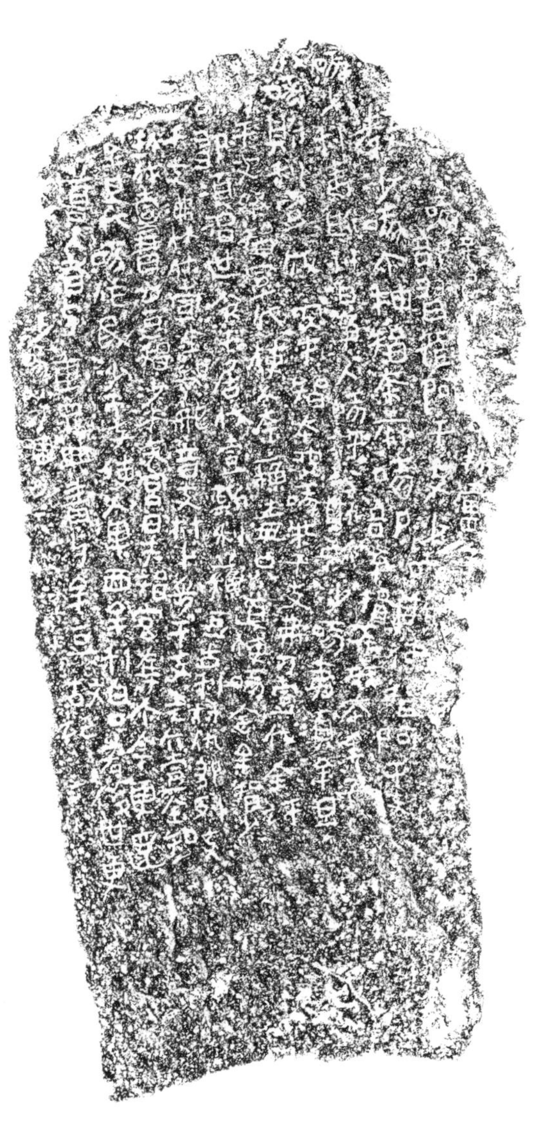

〈포항중성리신라비〉 탁본. 신들린 무당의 춤을 연상할 만큼 자유분방하면서도 아름다운 곡선미가 두드러진다.

대로 뻗어가고 있어 무작위의 서법을 이루고 있다. 글자의 크기가 일정하지 않으며 가로 세로줄도 맞추지 않았고 같은 글자를 쓰더라도 다양한 형태로 쓰고 있는 것은 중국의 영향을 받기 이전의 고신라 특유의 서풍으로 예스럽고 질박하며 자연스럽다. 이러한 부정형은 고신라뿐 아니라 고조선 선조들의 독창성과 고유성이 그대로 드러난 것으로 신석기시대의 빗살무늬토기에서도 이런 특징을 찾아볼 수가 있다.

빗살무늬토기. 신석기시대. 서울 강동구 암사동 140-2 외 출토. 한민족의 문화 원형은 빗살무늬토기의 문양에서 찾을 수 있다. 높이 36.8센티미터. 국립중앙박물관 소장.

〈포항중성리신라비〉의 글씨체는 원만한 필획의 부드러움 가운데서도 엄정한 필의와 처세를 유지함으로써 골격이 풍부하게 내재된 아름다운 곡선미를 뿜어내고 있다. 이 글씨는 해서楷書의 형태를 하고 있는데 해서가 특징으로 하는 직선으로 표현되지 않고, 둥글둥글한 곡선으로 되어 있어 마치 전서篆書를 보는 것 같다. 이러한 부드러운 곡선은 신라의 〈울진봉평신라비〉, 〈단양적성비丹陽赤城碑〉, 〈창녕진흥왕순수비昌寧眞興王巡狩碑〉, 〈남산신성비南山新城碑〉, 고구려의 〈모두루묘지명牟頭婁墓誌銘〉, 〈중원고구려비中原高句麗碑〉, 백제의 〈창왕명석조사리감昌王銘石造舍利龕〉 등에서도 볼 수 있다. 고대 글씨 중에는 곡선 형태의 것도 있고 직선 형태의 것도 있다. 그러나 이처럼 아름다운 곡선이 춤을 추는 듯이 생동감이 있는 경우는 동서고금을 통하여 찾아보기 어렵다. 같은 시기인 중국 남북조시대의 해서가 강인한 직선의 형태를 하고 있는 것과 확연하게 구별된다. 청나라의 유희재劉熙載는 "글씨는 굽으면서도 곧은 형체가 있어야 하고, 곧으면서도 굽은 운치가 있어야 한다. 만약 느리면서도 엄정하지 않고, 빠르면서도 머무르지 않는다면 이것은 이른바 굽고 곧다는 것을 잘못 이해한 것이다"라고 했다.

이러한 곡선을 글씨에서만 볼 수 있는 것은 아니다. 우리의 도자기를 보면 어느 나라의 도자기보다도 깊은 애정이 느껴지는데 그 중심에는 절묘하고 아름다운 곡선이 있다. 매끄러운 허리, 훔훔한 어깨와 오므린 작은 입을 가진 고려청자 매병, 욕심이라고는 찾아볼 수가 없이 어리숙하게 둥근 달항아리, 좌우대칭이 무시되고 자유롭고 활달한 추상 무늬의 분청사기의 곡선을 보라. 날아오를 듯한 한옥의 처마, 우아하고 격조 높으며 지체 있는 맵시로 세계적으로 정평이 난 한복도 곡선이 주된 감상 포인트이다. 상원사동종이나 성덕대왕신종은 신비롭게 아름다운 소리로도 유명하지만 바람에 나부끼는 듯 극도로 섬세한 비천상의 아름다운 곡선이 일품이다.

미술사학자들도 한국 미술의 두드러진 특징을 선線으로 보고 있다. 야나기 무네요시는 예술의 구성 요소로 형태, 빛깔, 선을 들었다. 그는 "선의 참뜻은 직선을 원하는 것이 아니다. 직선이 아닌 곡선이야말로 선의 마음이라 할 수 있을 것이다. …… 선의 미는 실로 곡선의 미에 있

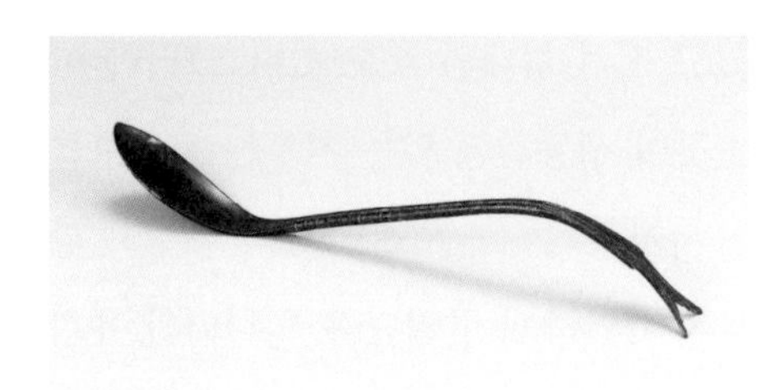

고려의 청동 숟가락. 곡선미는 한국 미술의 두드러진 특징이다. 길이 28.8센티미터, 국립중앙박물관 소장.

는 것이 아닐까"라고 했다.[106] 또 "예술에 있어서 이 선을 가장 많이 소유하고 있는 경우를 찾는다면 조선의 예술이 바로 그 절절한 예가 될 것이다. 이 민족만큼 곡선을 사랑한 민족은 달리 없지 않는가. 심정에서, 자연에서, 건축에서, 조각에서, 음악에서, 기물에 이르기까지 모든 것에 선이 흐르고 있다"고 쓰고 있다.[107] 그는 호류지法隆寺 소장의 백제관음, 석굴암, 봉덕사 범종, 상원사 범종, 고구려 사신도, 첨성대, 도자기, 항아리, 고려 때의 숟가락, 조선의 책상다리, 서랍의 고리, 부채 자루, 장도칼의 칼집, 버선, 신발 한끝에도 곡선의 피가 흐르고 있다고 했다.[108] 맥큔E. McCune은 한민족 미술의 미가 선線과 형形의 미에 있다고 하였다.[109] 코벨은 한중일 3국 가운데 한국 예술이 가장 따뜻하고 친근감을 느끼게 하고 중국 역시 한국보다 당기는 맛이 덜하다고 했는데[110] 한국 미술의 곡선미와 관련이 있을 것이다.

〈포항중성리신라비〉 글씨체의 곡선은 마치 둥그스름한 산봉우리나 구불구불한 소나무를 보는 듯하다. 한반도의 산봉우리는 가파르거나 날카롭지 않고 부드러우며 엄마 품과 같이 마음을 편하게 한다. 소나무의 힘차고 우람한 모습에서 뿜어내는 강직성, 줄기와 가지의 자유스럽고 부드러운 곡선에서 보여주는 유연성은 한민족의 정서를 빼닮았다. 흔히들 한국인은 태어나서 죽을 때까지 소나무와 함께한다고 하는데 한국인이 좋아하는 나무에 대한 설문 조사에서 소나무가 압도적인 차이로 뽑혔다. 김원룡이나 야나기 무네요시는 한국인의 정서는 한국의 자연 환경을 닮았다고 말한다.

백자 철화 끈무늬 병. 조선. 16세기. 조선의 백자 중에는 이렇게 풍만한 양감과 부드러운 곡선미가 돋보이는 것이 많은데 특히 이 도자기의 거침없이 그어 내린 힘찬 선은 높은 미적 경지를 보여준다. 높이 31.4센티미터, 보물 1060호, 국립중앙박물관 소장.

고대 한민족은 노래와 춤을 무척 좋아했는데 그 노래와 춤은 어떤 격식이 있는 것이 아니라 〈포항중성리신라비〉의 글씨체처럼 자유로웠을 것이다. 우리의 전통 정형시는 3·4조, 4·4조와 같은 규칙을 지키는 비율이 3분의 1밖에 안 되고 한 음보 안에서 음절수를 적절히 가감함으로써 율동감을 얻고 있다. 일본의 와카和歌나 하이쿠排句와는 다른 특징이다. 『후한서』 「동이열전東夷列傳」에는 "(한韓에서는) 해마다 5월에는 농사일을 마치고 귀신에게 제사를 지내는데 밤낮 없이 술자리를 베풀고 떼 지어 노래 부르고 춤을 춘다. 10월에 농사의 추수를 끝내고 또 이와 같이 한다"라고 했다. 『주례周禮』 「천관天官」에 따르면 동이의 음악 '말악韎樂'을 가르치는 특별 과목 '말사韎師'가 있었는데 고조선의 무악이 상당히 오래전부터 외국에 전해졌음을 알 수 있다.[111]

『삼국지』는 부여인들은 길을 가다가도 주야와 노소를 가리지 않고 하루 종일 노래 소리가 끊이지 않고 음력 12월에 제천의식을 올리고 도읍에서 큰 모임을 열어 며칠 동안 음주와 가무를 즐겼는데 이를 영고迎鼓라고 했다고 기록한다. 예에서는 10월에 하늘에 제사를 지내고 밤낮으로 음주와 가무를 즐겼는데 이를 무천舞天이라고 했고 진한에서도 가무를 즐겼다고 전한다. 고구려에서도 가무를 즐겨서 도읍이고 부락이고 가리지 않고 밤만 되면 남녀가 무리를 지어 다니면서 서로 노래를 부르며 사랑을 속삭였으며 10월에 제천의식을 올리고 도읍에서 큰 대회를 열었는데 이를 동맹東盟이라고 하였다. 또 마한에서 해마다 5월에 파종을 마치고 나서 귀신에게 제사를 지내는데 함께 모여서 밤낮 쉬지 않고 노래하고 춤추고 술을 마신다. 수십 명이 다 같이 일어나서 서로 따르며 음악에 맞추어 한 발로 땅을 차듯이 밟으며 허리를 숙였다 폈다 하면서 손발을 흔들며 춤을 춘다. 그 춤사위의 절주節奏는 중국의 탁무鐸舞와 비슷하다. 10월에 농사를 모두 끝내고 나서 또다시 이와 같이 한다고 전한다. 중국의 고대사회에서는 신분이 다르면 함께 음식을 먹거나 술을 마실 수 없음은 물론 함께 노래하고 춤춘다는 것은 상상도 할 수 없었다.

『삼국사기』에는 왕이 가무歌舞를 짓고 상류층의 연회 주최자가 왕족을 모시고 직접 춤을 추고, 그리고 춤으로 인하여 마제의 딸이 태자의 비가 되는 기록이 나온다. 이를 보면 춤과 노래가 상류사회의 필수 덕목이었고 삶 속에서 일상적으로 이루어지는 행위이면서도 매우 중요했음을 알 수 있다.

처음 미사흔이 올 때에 육부에 명하여 멀리 맞이하게 하였고, 만나게 되자 손을 잡고 서로 울었다. 형제들이 모여 술자리를 마련하고 마음껏 즐겼으며, 왕은 스스로 가무를 지어 그 뜻을 나타냈는데 지금 향악의 우식곡憂息曲이 그것이다.

지마이사금 원년(112) 일찍이 파사왕이 유찬의 못가에서 사냥할 때 태자가 따라 갔다. 사냥을 마친 후에 한기부를 지나게 되었는데, 이찬 허루가 잔치를 베풀었다. 술이 얼근하게 취하자 허루의 아내가 어린 딸을 데리고 나와서 춤을 추었다. 이찬 마제의 아내 역시 자기 딸을 이끌고 나왔는데 태자가 보고서 기뻐하였다. …… 마제의 딸을 태자의 짝으로 삼았다.

백제 무왕 37년 3월에 왕이 좌우 신료들을 거느리고 사비하(금강) 북포에서 연유宴遊하였다. 양쪽 강기슭에는 기암괴석이 착립錯立한데다가 간간이 기화이초奇花異草가 끼어 있어서 마치 그림과 같았다. 왕은 술을 마시고 즐거움이 극도에 이르러 북과 거문고를 타며 스스로 노래를 불렀고, 종자들도 여러 차례 춤을 추었다. 당시 사람들이 그 곳을 대왕포大王浦라고 불렀다.

그 외에도 신라 왕이나 귀족이 직접 글을 짓고 춤을 추었다는 기록은 여러 군데서 발견된다. 진덕왕이 〈태평가太平歌〉, 흥덕왕이 〈앵무가鸚歌〉를 지었으며 득오곡得烏谷은 〈모죽지랑가慕竹旨郎歌〉, 신충信忠은 〈원가怨歌〉를 지었다. 『삼국사기』에는 헌강왕이 임해전에서 여러 신하와 잔치할 때 주연이 무르익자 왕은 금琴을 타고 좌우 신하들은 각각 가사를 지어 바치며 한껏 즐겁게 놀다가 파한 기록이 나온다. 『삼국유사』는 헌강왕이 남산에서 직접 춤을 추었다는 이야기를 전한다.

예측 불가의 역동성,
〈영일냉수리신라비〉

〈영일냉수리신라비〉는 높이 67센티미터, 너비 72센티미터, 두께 25~30센티미터의 화강암을 일부 가공하여 앞면 12줄 152자, 뒷면 7줄 59자, 윗면 5줄 20자 등 모두 3면에 글씨를 새겼다. 이 비석은 앞면에 '지도로 갈문왕至都盧葛文王'이라는 지증왕의 즉위 전 호칭을 썼고, 계미癸未라는 간지로 미루어 443년 또는 503년에 건립된 것으로 보고 있다.

〈포항중성리신라비〉와 연대나 발견 지역이 매우 근접한 때문인지 글씨가 매우 유사한데 자연스럽고 자유분방하며 즉흥적이고 소박한 느낌이 강하며 글씨를 쓰기 시작하면서 위에 공간을 거의 두지 않고 있다. 이순태는 〈영일냉수리신라비〉가 〈포항중성리신라비〉의 글씨체를 매우 닮았다고 하면서 '斯(사)', '敎(교)', '道(도)', '干支(간지)', '智(지)', '利(리)', '子(자)', '居(거)', '世(세)' 등의 글자를 들고 있다. 〈포항중성리신라비〉와 다른 특징이 있다면 곡선보다는 직선이 좀 더 많이 보이고 필획이 가는 편이라는 것을 들 수 있다.[112] 전체적으로 옆으로 넓어진 것들이 많은데

선이 매우 단순명료하다. 조선의 목기에서 보듯 무조건 생략하는 것이 아니라 글씨의 선을 자연스럽고 간단하면서도 직접적이고 분명하며 본래의 품격을 잘 지키고 있어서 아름다움이 느껴진다. 고대 아테네의 정치가 페리클레스가 "우리는 단순한 가운데서 찾아내는 미를 사랑한다"고 한 바 있듯이, 아름다움은 꾸미거나 복잡한 데서가 아니라 단순한 데서 나오는 것이다.

이 비석 글씨는 어떤 형식에 얽매이지 않은 부정형으로 이는 한국 미술의 핵심적인 특징이다. 이 부정형은 고유섭이 조선 고미술의 특색으로 이야기한 '무기교의 기교', '무계획의 계획', '질박한 맛', '둔후한 맛', '순진한 맛', '비정제성', '비균제성', '무관심성', '구수한 큰 맛', '자연미', '무작위', '해학' 등과 같은 맥락이다.[113] 고유섭은 '비정제성'의 예로 팔부중의 졸렬에서 완전 정제를 이루지 못하는 석굴암 내부의 조각, 기물의 형태가 원형적 정제성을 갖지 못하고 왜곡된 기형을 가진 도자기를 든다. 그는 '비균제성', 즉 아시메트리asymmetry의 예로 불국사에 동서로 놓인 석가탑과 다보탑을 들면서 비균일성은 공상 · 환상의 자유 발휘라는 특색을 이루는 것으로 음악적인 특성에도 통하는데 조선 미술이 환상적이며 음악적이라는 것은 시대적 특성이 아니라 전통적 특색이라고 설명한다.[114] 코벨은 단별로 된 탑파가 아니라 상반되는 2개가 한 벌이 된 탑은 다보탑과 석가탑 말고는 세상에 유례가 없다고 한다.[115] 고유섭은 '구수한 특질'에서 '구수'하다는 것은 순박 순후한 데서 오는 큰 맛이요, 예리하고 모나고 찬 이러한 데서는 오지 않는 맛인데 이러한 맛은 신라의 모든 미술품에서 현저히 느낄 수 있지만 조선 미술 전반에

〈영일냉수리신라비〉. 글씨체가 매우 자유분방하고 부정형이 심하게 나타나서 예측할 수 없다.
국보 264호

서 느끼는 맛이라고 했다.[116] 최순우도 소박한 아름다움과 기교를 초월한 방심의 아름다움을 한국적인 미감이라고 하였다.

이 비석은 우선 3면이 모두 글씨의 배치 등을 달리하여 변화가 심하다. 전면은 상단보다 하단이 넓고 좌측보다 우측이 높은 사다리꼴인데 〈포항중성리신라비〉와 같이 가로와 세로 줄을 맞추지 않고 새겼다. 이는 고신라가 중국화되기 이전의 글씨에서 볼 수 있는 중요한 특징이다. 후면의 전체적인 모양은 전면과 비슷하나 전면과는 달리 다듬지 않은 상태이고 오른쪽 공간이 많이 비어 있다. 상면의 경우 전면과는 반대로 완전히 왼쪽으로 경사진 형태를 취하고 있다. 글자의 결구結構가 똑바르지 않고 한쪽으로 기울어져 있어서 부정형이 많다.

글자의 크기는 최소 3.2×2.1센티미터, 최대 5.4×3.2센티미터 정도로서 일정하지가 않고 가로획의 방향이 우상향을 하다가 끝나는 부분에서 우하향으로 바뀌기도 한다. 필획의 꺾이는 각도나 가로와 세로획의 교차각이 직각에 가까운 것도 있지만 일부는 예각을 형성하고 있다. 2행의 '麻(마)'자와 '耳(이)'자의 왼쪽 끝이 4.3센티미터 차이가 날 정도로 글자행이 일렬을 이루지 않는다. 8행의 '得(득)'자와 '先(선)'자의 경우에도 마찬가지이다. 1행의 '王(왕)'자와 2행의 '得(득)'자의 간격은 3.7센티미터인데 7행의 '前(전)'자와 8행의 '節(절)'자의 가로 간격은 1.1센티미터로서 3.7배의 차이가 나는 등 행 간격이 일정하지 않다. 그러다 보니 각 행의 글자 수도 일정하지가 않다. 〈영일냉수리신라비〉의 자형은 동형 반복된 글자를 찾아볼 수 없고 변화무쌍하고 살아 움직이는 듯하여 어떤 방향으로 갈지 예측이 어렵다. 그러면서도 눈에 거슬리지 않고 나름의 조화를 이루고 있다.

예측 불가의 역동성은 고대사회의 놀이에서도 알 수가 있다. 1975년에 경주 안압지를 발굴하던 중 연못 바닥의 갯벌에서 나무로 만든 조그마한 14면 주사위가 발견되었다. 참나무로 만들어진 이 주사위는 정사각형 모양의 면이 6개, 육각형 모양의 면이 8개 있었고 높이는 4.8센티미터였다. 주사위의 면에는 각 면마다 4개 정도씩 글자가 새겨져 있었는데 주사위에 있는 글자를 해석하면 다음과 같다. 술자리에서 주사위를 던져 그 위에 쓰인 글자대로 행동한 것인데 짓궂은 장난을 하면서 여유 있게 놀았던 것을 알 수 있다.

술 세 잔 한 번에 마시기(三盞一去)
스스로 노래 부르고 스스로 마시기(自唱自飮)
술을 다 마시고 크게 웃기(飮盡大笑)
덤비는 사람이 있어도 가만히 있기(有犯空過)
소리 없이 춤추기(禁聲作儛)
여러 사람이 코 때리기(衆人打鼻)
얼굴을 간지럽혀도 꼼짝 않고 있기(弄面孔過)
타인에게 마음대로 노래를 청하기(任意請歌)
팔 구부린 채 다 마시기(曲臂則盡)
술 두 잔이면 쏟아버리기(兩盞則放)
스스로 '괴래만'이라는 노래 부르기(自唱怪來晩)
월경 한 곡 부르기(月鏡一曲)

더러운 것을 버리지 않기(醜物莫放)

시 한 수 읊기(空詠詩過)

이렇게 변화무쌍하고 살아 움직이는 듯한 글씨들은 자유분방함을 넘어 강한 생명력을 느끼게 하는데 이런 글씨는 동시대 또는 그 이전의 중국에서는 물론, 동서고금을 통하여도 찾기 어렵다. 대개 서양의 예술이 동양에 비해, 전통보다는 자유 개성을 토대로 발달한다고 보는데 그 중에서도 초기 인류 문명 중 가장 빛나는 것으로 평가받는 미노아문명(기원전 3650~기원전 1170년)은 자유롭고 생동감 넘치는 것으로 유명하다. 그 발생지는 호메로스가 『오디세이아』에서 "포도주빛 바다에 아름답고 비옥한, 사방이 바다로 둘러싸인 섬"으로 노래한 크레타섬인데 『그리스인 조르바』를 쓴 니코스 카잔차키스가 태어난 곳이기도 하다.

호메로스가 이렇게 노래한 지 2,500년이 지나 아서 에반스Arthur John Evans가 중부 크레타의 북부 지역에서 크노소스의 '위대한 도시'를 발굴, 재건하는 작업에 착수했고 미노스 왕의 궁전을 발견했다. 고대 오리엔트 예술 전체에서 미노아문명의 예술만큼 사회학적으로 해명하기 곤란한 것은 없다는 평가를 받는다. 즉, 이 예술은 이집트 및 메소포타미아 예술에 비해서 특수한 위치를 차지하고 있을 뿐만 아니라 구석기시대의 종말로부터 고전기 그리스시대 개막까지의 미술사 전 과정을 통해서도 하나의 예외를 형성하고 있다는 것이다.[117]

미노아 예술은 현존하는 고대 미술 중 최고로 꼽히는데 자연에 대한 감각을 극적이고 세련되게 묘사하는 것으로 유명하다. 다양한 색채들

B형 선상문자. 기원전 1450년. 자유분방하고 생동감 있는 문화를 가진 미노아문명의 글씨로서 생동감이 넘치지만 고대 한민족 글씨의 자유분방함에는 못 미친다. 저작자 샤론 몰러스Sharon Mollerus, 저작자 표시 CCL.

이 미묘하게 조화를 이루고 있고 표현이 호방하며 자유로워서 독특한 느낌을 주고 사실적이며 동적이고 인간의 자유가 발현된 것이다. 아르놀트 하우저Arnold hauser는 다채롭고 분방하며 대담하고 생동감 있으며 개성적이고 양식 면에서 자유로우며 자연을 존중하는 경향이 강한 예술이라고 보았다.[118] 이 지역에서 아서 에반스는 점토판에 새겨진 원시적인 문자를 발견하고 'B형 선상문자線狀文字'라는 이름을 붙였다. 이 글씨들은 다른 고대 글씨들에 비해서는 매우 자유분방하고 생동감이 넘치는 것이지만 가로 괘선이 있고 크기와 기울기가 일정하여 고신라 글씨의 자유분방함에는 미치지 못한다.

제 3 장

고대 한민족을 말하다

1
천성이 뛰어난 군자

'빈자의 성녀' 테레사 수녀

고대 한민족 글씨의 두드러지는 특징인 둥글둥글한 곡선의 형태는 천성이 착하다는 것을 의미한다. 미국필적학회를 만든 휴고 하겐Hugo J. von Hagen 박사는 『필적학Graphology』에서 쾌활하고 태평하며 부드러운 대화 능력을 가지고 평화를 사랑하는 사람이 둥근 글씨를 쓴다고 한다. 반면 조용하고 완고하며 냉정하고 강한 심성을 가진 사람들은 각이 진 글씨를 쓴다고 한다. 날카롭거나 각이 진 글씨는 정의와 형평을 좋아하는 사람이 좋아하고 잔인하고 야만적이며 동물적 습성이 있는 사람, 살인 · 폭력 · 강간 범죄자들에게 많다고 분석한다.[119]

스위스의 필적학자 막스 풀버Max Pulver는 글자의 모양은 쓰는 사람의 내적 · 외적 세계를 받아들이는 방식을 나타낸다고 설명한다. 둥근 글씨는 수동적인 사람이, 매우 각이 진 글씨는 저항적인 사람이 쓴다는 것이다.[120] 필적학자들은 둥근 글씨는 친화적이고 사회성이 있으며 다정하고 편안한 사람을 의미한다는 데 대체로 의견이 일치한다. 또 여성스럽고 외부의 영향을 쉽게 받으며 적응력이 있고 즐거움과 그것을 위한 돈을 버는 데 애착을 가질 수 있다고 본다. 강하고 각이 진 글씨는 용기가 있고 열심히 일하며 적극적이고 현실적이면서 물질적이며 신뢰할 수 있으나 무례하고 거칠며 이기적이고 저항적이며 융통성이 없다고 말한다.

테레사 수녀의 글씨. 둥글둥글한 글씨는 사랑과 감성으로 가득 찬 품성을 말해준다.

둥근 글씨를 쓰는 대표적인 사람은 테레사 수녀이다. '마더 테레사'로 불렸던 그녀는 인도 콜카타의 빈민가에 살면서 '사랑의 선교 수녀회'를 설립하여 빈민, 고아, 나병 환자 등을 구원하는 데 몸 바쳐 일했다. 평생 봉사와 희생의 삶을 살아서 '빈자의 성녀'로 추앙받았고 1979년 노벨평화상을 수상하였다. 둥글둥글한 글씨는 그녀가 온화하고 융통성 있으며 밝고 긍정적이며 유머 감각이 있고 사랑과 감성으로 가득 차 있었다는 것을 말해준다.

둥글둥글한 글씨체는 여성에게서 많이 나타나는데 특히 화가 오키프와 같은 예술가, 영화배우 제인 폰다와 같은 연예인에게서 많이 볼 수 있고 식사 장애가 있는 여성에게서도 발견된다고 알려져 있다. 찰스 왕세자가 순진무구하고 따뜻한 마음에 끌려 결혼을 결심했다는 영국의 다이애나 왕비도 매우 둥근 글씨를 썼다. 그녀의 부드러운 리듬의 필체는 사랑하고 사랑받고자 하는 욕망이 많았다는 것을 알려준다. 피겨 요정 김연아의 영문 서명(YunA Kim)은 Y의 윗부분과 A에서 둥글둥글한 특징이 발견되어 예술가적 감성을 가지고 있다는 것을 알 수 있다. 특히 시작 부분이 매우 크고 활기찬데 이는 대범하고 기가 세며 자기 과시욕이 크다는 것을 의미한다. A의 가로선이 매우 길어 인내력이 뛰어나다는 것을 보여준다. 경쟁자였던 아사다 마오의 글씨에서도 예술적 감성을 볼 수 있지만 기가 약하여 활달함과 대범함을 갖춘 김연아의 적수가 될 수 없었다.

여성 정치 지도자들도 이런 특징에서 크게 벗어나지 않는다. 엘리자베스 1세나 빅토리아 여왕, 미국의 힐러리 클린턴 국무장관은 기가 세고 강인하며 자기 과시적인 면모를 보여주지만 부드러운 필선과 통통한 형태를 가지고 있어 부드러움도 있다. 재위 45년간 영국을 세계의 주요국으로 끌어올려, 뉴욕타임스에 의해 지난 1000년간 최고의 지도자로 선정된 엘리자베스 1세는 강하고 용기 있는 여성이었다. 그녀는 스페인과의 전투를 앞두고 "나는 연약한 여성의 몸을 가지고 있지만 왕의 심장과 위를 가지고 있다"라고 말한 바 있다. 엘리자베스 1세의 글씨의 속도는 매우 빠른데 이를 보면 각종 상황에 대해 매우 빠르게 결정했을 것이다. 중간 영역의 분명하지 않은 문자는 세밀한 부분에 관심이 적었다는 것을 보여준다. 서명은 크고 과시적인데 자신의 의견을 드러내는데 주저하지 않았던 것을 알 수 있다. 힐러리 클린턴은 매력적이면서도 솔직한 글씨체를 가지고 있다. 넓고 열린 모양이어서 다른 사람들의 아이디어를 받아들이고 진취적인 사고를 하고 있음을 보여준다.

미키마우스와 디즈니랜드를 만든 월트 디즈니의 서명.
풍부한 상상력과 유머 감각을 가진 사람의 글씨체이다.

글씨의 어떤 특징이 남성 또는 여성에게만 나타나는 경우는 거의 없다. 글씨를 보고 쓴 사람이 남성인지 여성인지를 구별할 수 있는지에 대해서 필적학자들 사이에 논란이 있지만 완벽하게 구별하는 것은 불가능하다. 둥근 형태의 글씨 또한 남성에게서도 발견된다. 영국의 진화론자 다윈, 인도의 간디 수상, 미국의 빌 클린턴 대통령, 발명왕 에디슨, 만화가 월트 디즈니도 둥근 글씨체를 썼다.

필선이 둥근지, 각이 졌는지가 의미하는 것에 대해서는 동서양의 필적학자들이 비슷한 견해를 보인다. 다만 중국이나 일본은 한자나 히라가나, 가타가나를 사용하고 서양에서는 알파벳을 사용하기 때문에, 즉 사용하는 문자의 형태가 다르기 때문에 주로 관찰하는 부분이 다르다. 중국이나 일본의 필적학자들은 예를 들어 전절부轉折部(예를 들어 '口〔입구〕'자에서 오른쪽 윗부분)가 경직되었는지 아니면 각이 지지 않고 둥그스름한지를 따진다. 일본에서는 전절각형轉折角型과 전절환형轉折丸型이라고 부른다.

한편, 독일, 프랑스, 미국 등 서양의 필적학자들은 알파벳을 분석하기 때문에 글자의 형태도 보지만 연결 형태를 주로 보는데 각진 형태

전절각형	정직함, 고집이 있음, 원칙을 중시함, 조직 관념이 강함, 교양이 있음, 취향이 고상함, 품행이 단정함, 근신함, 모험을 좋아하지 않음, 우의를 중시함, 정의감과 책임감이 있음, 규칙적, 꼼꼼함, 침착하고 여유가 있음, 진지하고 고지식함, 올곧음, 꾸준히 노력함, 지나치게 착실함, 기존의 규칙을 중시하고 규정을 잘 지킴, 자존심과 자신감이 강함, 사고가 명료함, 판단력이 뛰어남, 처세를 근엄하게 함, 이치를 추구함, 보수적
	저항적, 이기적, 기계적, 융통성이 없음, 민첩하지 못함, 아이디어가 나오기 어려움, 상식의 포로가 됨, 반항적, 두뇌 회전이 그다지 빠르지 않음, 추진력이 결핍되어 있음, 일을 지나치게 소심하게 함
전절환형	성격이 밝음, 온화함, 선량함, 합리적, 상상력이 풍부함, 아이디어가 많음, 유연성과 융통성이 있음, 상식에서 벗어나는 경우가 많음, 유머와 센스가 있음, 세심함, 사교적, 기품이 있음, 분쟁을 좋아하지 않음, 스스로 편안하게 지내는 것을 좋아함, 비교적 일을 원만하게 처리함, 예술적 재능이 있음
	진솔함이 부족함, 공격성과 과단성이 약함, 걱정 근심이 많음

(angle, Winkelbindung), 화관 형태(garland, Girlande), 아케이드 형태(arcade, Arkade), 실 형태(thread, Fadenbindung)의 네 가지로 나눈다. 각진 형태는 그 모양이나 리듬이 군대 행진과 같은 느낌을 주고, 화관 형태는 열린 컵을 닮았으며 사랑스러운 유동적인 리듬을 보이고, 아케이드 형태는 아치 모양이거나 컵을 엎어놓은 것과 같으며, 실 형태는 확실한 형태가 없다고 설명한다.[121] 헬무트 플루크Helmut Ploog는 『필적의 의미Handschriften deuten』에서 각진 형태는 흑백논리를, 화관 형태는 열린 손을, 아케이드 형태는 아치형을, 실 형태는 적응을 의미한다고 하였다.[122] 필적학자들은 화관 형태가 이상적인 형태라는 데 의견이 일치하는데 고대 한민족의 글씨가 그렇다. 사우덱은 미국이나 영국에서는 화

각진 형태	강인함, 저항력, 지구력, 이지적, 실질적, 단호함, 결단력 있음, 분명함, 정확함, 자기 비판적, 정직함, 도덕주의, 정신적인 엄격함, 근력, 도전적, 날카로움, 확고함, 견고함, 목적의식 있음, 포기하지 않음, 인내심 있음, 적극적, 안정성, 매우 열심히 일함, 열정적, 용감함, 경쟁적, 외부의 영향을 받지 않음, 자기중심적, 높은 지적 능력, 과학적이고 논리적, 자제력이 강함, 엔지니어·기술자·수학자·물리학자 등에 나타남
	무정함, 관대하지 않음, 불화, 부조화, 모순, 성급함, 경직됨, 융통성이 없음, 냉정함, 냉담함, 완강함, 저항하기를 즐김, 갑작스러움, 권세를 부림, 편향됨, 비타협적, 적응력이 떨어짐, 양보하기를 주저함, 거침, 자기 갈등, 공격적, 논쟁을 좋아함, 일상적인 분쟁, 따지기 좋아함, 화를 잘 냄, 격하기 쉬움, 울화 행동, 호전적, 반란을 생각함, 사고의 난해함, 적응시키기 어려움
화관 형태	선함, 호의, 긍정, 인정, 공손함, 관용, 순응, 양보, 유화, 온후, 관대, 동정, 자연스러움, 속박되지 않음, 걱정 없음, 열린 마음, 친밀, 허물없음, 유연함, 활동성, 즐거움, 쾌활함, 자유분방함, 단순함, 직선적, 즐길 수 있음, 자애로움, 부드러움, 다정함, 이해심 있음, 우호적, 사회성 있음, 넓은 마음, 감수성이 예민함, 민감성, 헌신적, 친절함, 동정심이 있음, 자연을 좋아함, 감성적, 주목받기를 희망함, 기분 좋은 삶을 향한 그리움, 현실적, 물질적, 육체적, 외향적, 적응력, 표현을 잘함, 빠른 속도로 생각함, 느긋하게 사는 삶, 다른 사람의 감정을 다치지 않게 하려고 조심함, 분쟁에서 좋은 중재자가 될 수 있음, 싸우는 것을 바라지 않지만 가정이나 가족을 지키기 위해서는 무서울 정도의 강인함을 보이기도 함
	약함, 단호하지 않음, 일이 발생하도록 내버려둠, 한가하게 하는 일 없이 보냄, 게으름, 느긋함, 주도권이 부족함, '노'라고 말하지 못함, 침체됨, 후퇴, 불편함, 외부의 영향을 받기 쉬움, 참을성이 약함, 쉬운 길을 택함, 일관되지 않음, 집중하지 못함, 순진함, 묵종함, 진실하지 않음, 변덕스러움, 엄격함의 결여
아케이드 형태	품위 있는 사교 예절, 규칙성, 통일성을 지향함, 탁월성, 노력, 정확함, 체계적, 주의 깊음, 협업, 신중함, 자제력 있음, 관습에 순응, 스트레스에 적응하는 능력, 강한 목적 지향, 미리 계획함, 형태와 스타일에 대한 감각, 기분에 의해 좌우되지 않음, 감정을 직접 표현하지 않고 조심스럽게 나타냄, 정형적, 혈통·전통·외교 의례·관습을 매우 중시함, 엄격하게 규율된 생활을 좋아함, 권력에 대한 욕구, 전통이나 규율에 따라 체면을 세우는 데 관심이 많음, 태도의 일관성, 조심스러움, 사려 깊음, 고귀함

아케이드 형태	자기 보호적 성향, 감정적, 장애, 불안, 부정직, 불성실, 신뢰하기 어려움, 화관 형태보다는 형식적이고 통제됨, 형식적, 허식, 허울 과시, 비밀스러움, 거짓말쟁이, 립 서비스를 잘함, 감정적인 고립을 좋아함, 외부 세계와의 단절, 소극적, 매너리즘, 현실감 상실, 비굴함, 거리감, 미술가·건축가·작가 등에 종종 나타남
실 형태	신속, 유동성, 속박하기 어려움, 멋짐, 자유로움, 편안함, 다양성, 다재다능, 사교적, 창의적, 외교력, 책략, 가변성, 재주, 적응력, 즉흥적으로 해내는 능력, 혁신의 다이내믹함, 판단이 빠름, 열리고 넓은 마음, 낙관주의, 요령이 있음
	애매함, 무례함, 어색함, 엉성함, 결단을 잘 못함, 줏대가 없음, 기만, 신뢰하기 어려움, 기회주의적, 헌신의 부족, 불충, 헤아리기 어려움, 창조적이지만 일을 끝까지 하지 않음, 형성된 형태와 관습을 버림, 예측하기 어려움, 외부의 영향을 받기 쉬움, 교활, 겉치레, 질투, 무의식적인 원한, 복수심, 히스테리의 보호색

관 형태를 요구하지만 독일에서는 각진 형태를 요구하며 독일 이외에는 완전히 각진 형태는 거의 없다고 한다.[123] 각진 형태는 앞에서 본 전절각형과 동일하고, 화관 형태는 전절환형과 가장 유사하다.

루트비히 클라게스Ludwig Klages는 『필적과 성격Handschrift und Charakter』에서 연결 형태를 다음과 같이 분석했다.[124] 각진 형태는 저항력, 내구력, 안정성, 단호함, 확고부동, 현혹되지 않음, 강함, 무정함, 관대하지 않음, 불화, 조화롭지 못함, 모순, 냉혹한 언행, 자극에 민감함, 성급함을 의미한다. 화관 형태는 선량, 호의, 친절, 긍정, 인정, 공손함, 관용, 양보, 유화, 온후, 관대, 동정, 뜻을 받아들임, 자연스러움, 속박되지 않음, 걱정 없음, 태평, 마음이 열림, 편견이 없음, 친밀, 허물없음을 뜻한다. 개방성, 외부의 영향을 받기 쉬움, 단호하지 않음, 약함, 자제력 부족, 변덕, 일이 발생하도록 내버려둠, 한가하게 하는 일 없이 보냄, 게으름, 느긋함, 주도권이 부족함을 의미하기도 한다. 아케이드 형태는 소극적, 숙고, 폐쇄, 조심스러움, 사려 깊음, 탁월함, 고귀함, 선택된 예의범절, 거리감, 개방성 결여, 부정직, 불성실, 거짓말쟁이, 신뢰하기 어려움, 피상적, 외형, 형식, 격식, 의례, 참칭, 자부, 자만, 비굴함을 드러낸다. 실 형태는 다양성, 다방면의 능력, 가변성, 적응력, 민활, 천부의 재능, 책략, 외교술, 사교술, 예측하기 어려움, 불확실, 열정적인 다감함, 외부의 영향을 받기 쉬움, 암시, 애매함, 불순, 지조가 없음, 위장, 변장, 교활, 겉치레, 질투, 무의식적인 원한, 복수심, 히스테리의 보호색을 뜻한다. 다른 학자들도 클라게스의 견해와 크게 다르지 않다.

어진 이의 나라

고대 한민족의 천성이 착하다는 것은 글씨의 다른 특징에서도 확인된다. 글자를 시작할 때 비틀림이 없고 곧은데 이는 꾸밈이 없고 순박하다는 것을 말해준다. 필기의 속도가 빠르고 기초선이 꾸불꾸불하고 때로는 변하는데 이는 사교 능력과 유연성이 있다는 것을 의미한다. 또 글자를 쓸 때 붓끝을 치키듯이 하는 운필이 없는데 이는 경쾌하고 재빠르지만 무책임하다는 것을 말해준다. 발전하는 기울기, 다소 상향의 기초선, 강하거나 중간 필압은 삶에서 즐거움을 찾는다는 것을 말해준다.

한민족이 어질다는 기록은 고문헌에서도 자주 발견된다. 『산해경』에서는 고조선이 "군자의 나라"이며 그 백성들이 "양보하기를 좋아하고 다투지 않는다"고 했다. 『설문해자說文解字』에서는 "이夷란 동방에 사는 사람이다. 오로지 동이만이 대의를 따르는 대인이다. 동이의 풍습은 어질다. 어진 이는 장수하는 법이며 그곳은 군자들이 죽지 않는 나라다"라고 하고 있다. 『후한서』「동이열전」에는 "동방은 이夷이며 이는 근본이다. 만물이 땅에서 나오는 근본이다. 동이의 풍속은 어질다. 천성이 유순하다. 군자의 나라요 불사不死의 나라다"고 기록되어 있다. 또 "(예濊에서는) 사람들은 끝까지 서로 도둑질하지 않고 문이 없어 이를 닫지 않고, 부인은 절개가 있고 믿음이 있다"라고 하고 "부여 사람들은 근실하고 인후해서 도둑질이나 노략질을 하지 않는다"고 한다.

『삼국지』「위지동이전」에서는 "예濊 사람들은 성격은 신중하고 성실하며 욕심이 적고 염치가 있어서 남에게 청하거나 비는 일이 없다"라고 하고, 변진弁辰에 대해서 "이곳 풍속은 가무와 음주를 즐긴다. 이 지역의 풍속은 사람들이 길 위에서 마주치면 언제나 멈춰 서서 상대에게 길을 양보한다"고 한다.[125] 『진서晉書』에서는 마한의 풍속이 "서로 굽히고 복종하는 것을 귀하게 여긴다"라고 적고 있다.[126] 『진서晉書』「숙신전肅愼傳」에는 "말로 약속을 하고 …… 바깥에 놓아두어도 서로 탐내지 않는다"라고 한다.[127] 『한서』와 『삼국지』에는 "낙랑조선은 벌금이 여덟 항목뿐이지만 …… 대문을 닫지 않아도 사람들이 도둑질을 하지 않는다"라고 하였다.[128] 그래서 공자는 동이의 나라에 가서 살고 싶어 했다. 『논어』「자한子罕」 편에는 "동이는 천성이 뛰어나다. 공자는 도가 행해지지 않음을 아프게 여겨 구이九夷의 나라에 가고 싶어 했다. 참으로 연유 있는 일이다"라고 했다.

『삼국지』「오환선비동이전烏丸鮮卑東夷傳」 한전韓傳에는 "(한韓의) 풍속은 옷을 입고 모자를 쓰기를 좋아하여 하호下戶들도 군郡에 조알朝謁하러 갈 때에는 모두 옷과 모자를 빌려 착용하는데 자신의 인수印綬를 차고 옷을 입고 모자를 착용한 사람이 1,000명이 넘는다"고 전한다. 하호는 고조선 이래 노비를 제외하고는 가장 낮은 신분으로서 평소에 옷과 모자를 착용하지 않았는데 자신보다 신분이 높거나 부유한 사람들이 착용하고 있는 옷과 모자를 빌려 입었다는 것이다. 이는 고대 중국 같으면 상상도 할 수 없는 일로서 신분에 대한 차별이 심하지 않았다는 것을 의미한다. 고대 한민족의 어진 마음은 화랑들의 계율인 세속오계 중 하나가 산 것을 죽일 때도 가려서 죽인다는(살생유택殺生有擇) 데서도 알 수 있다.

은은하고 깨끗한
화강석

종교적으로 숭앙하는 신이나 인물 조각에는 그 민족이 이상으로 삼는 인물상이 표현된다. 고대 한민족이 이상적으로 생각하는 인물상은 부처님 조각상에서 찾아볼 수 있다. 샌프란시스코 아시아미술관에 가면 여러 국가의 고대 불상들을 볼 수 있는데 나라마다 얼굴이 다르다. 한국의 불상은 온화한 미소를 머금고 있고 중국의 불상처럼 거만해 보이거

부여 군수리 석조불좌상. 백제. 고대 한민족은 따스하며 마음씨 좋은 사람을 이상적으로 생각했다. 높이 13.5센티미터, 보물 329호, 국립중앙박물관 소장.

나 일본, 캄보디아의 불상처럼 무표정하지 않으며 티베트의 불상처럼 무섭지도 않다. 신라의 석굴암 본존상은 감히 범접할 수 없을 만큼 숭엄하지만 모나거나 무섭지 않고 부드러운 인상으로 그윽한 미소를 짓고 있다. 고구려의 '연가칠년延嘉七年'이 새겨진 금동여래입상(국보 119호)도 엄숙함을 잃지 않으면서도 담담하게 웃음 짓고 있다. 특히 백제의 불상은 '백제의 미소'로 유명한데 부여 군수리 석조불좌상(보물 329호)은 소박하고 따스하고 부드러우며 마음씨 좋은 사람의 얼굴을 하고 있다.

미술품 경매에서 가장 높은 가격을 호가하는 근대 화가는 박수근이다. 그의 인기는 〈빨래터〉, 〈절구질하는 여인〉, 〈골목안〉과 같이 한국적 소재를 가장 한국적인 화강석의 느낌으로 표현한 것과 관련이 있을 것이다. 한민족은 화강석을 떡 주무르듯이 하여 다보탑, 석굴암, 불국사 돌계단, 경희루 등 훌륭한 건물과 조각을 많이 남겼다. 한국에 화강석이 풍부하다는 이유도 있었겠지만 성격이 밝고 온화한 한국 사람들이 화려하지 않고 은은하면서도 따뜻하며 깨끗한 흰색의 화강석을 좋아하기 때문일 것이다. 한국인이 가장 좋아하는 나무가 소나무라면 가장 좋아하는 돌은 화강석이며 도자기는 순백자일 것이다.

한민족을 '백의민족'이라고 부르는데 실은 고려시대부터 조선에 이르기까지 우리나라가 동방에 위치한다고 해서 흰색을 금지했었다. 동방은 '나무(木)'에 해당하며 흰색은 '쇠(金)'에 해당하는데 쇠가 나무를 이겨서 흰옷을 입는 것은 나라가 망할 징조라는 것이다. 하지만 여전히 흰색 옷을 즐겨 입었다. 염료를 구하기 어려웠고 국상을 비롯한 상이 잦았다는 이유도 있었지만 한민족이 흰색을 특별히 좋아했기 때문이다. 결과적으로 관인에게만 흰색 옷을 입지 못하게 했고 정병과 서인에게는 허용했다.[129] 한민족이 흰색을 좋아하는 것은 흰색이 태양의 밝음을 뜻하기 때문이라고 해석하는 학자들도 있다. 조선의 순백자, 화강석에서 볼 수 있는 다정하고 따뜻하면서도 깨끗한 흰빛을 한민족은 그리도 좋아한다.

광양 중흥산성 쌍사자 석등. 통일신라. 화강석은 한민족 건축에서 빼놓을 수 없는 재료이다. 높이 250센티미터, 국보 103호, 국립중앙박물관 소장.

화강석의 색은 단순하며 복잡하지가 않은데 한민족이 남긴 각종 유물은 단순미가 특징이다. 한옥, 한복, 도자기는 물론이고 일상생활 용기에서도 쉽게

조선의 사방탁자. 19세기. 직선의 네 기둥을 세우고 얇은 나무를 가로로 대서 4개의 층을 형성한 단순한 구조이다. 높이 149.5센티미터, 국립중앙박물관 소장.

찾을 수 있다. 조선의 목가구에는 단순하고 소박한 자연미가 두드러지며 간결한 구성, 쾌적한 비례, 절제미가 압권이다. 군더더기 하나 없는 단순함은 화려하지는 않지만 오히려 더 고급스럽고 세련되어 미학의 절정을 보여주며 현대적인 감각에도 잘 맞아서 서양식 주택에서도 빛을 발한다. 화가 김종학, 권옥연은 조선 목가구에 푹 빠져서 둘 다 명품 컬렉션을 만들었다. 권옥연은 화려하고 장식이 많으며 희귀한 것들을, 김종학은 단순하고 현대적 감각이 있는 것들을 주로 모았는데 김종학 컬렉션이 더 낫다는 평가가 많다. 조선 목가구의 맛과 멋은 단순함과 소박함에서 나오기 때문이다. 모노파의 창시자인 서양화가 이우환의 작업도 단순함과 고요함이 그 특징이다.

고대 한민족의 특성은 그 후에도 한민족의 핏줄에 남아 면면히 이어져왔다. 그와 관련된 속담들은 쉽게 찾을 수 있다. 『한국속담활용사전』을 지은 김도환은, 속담은 민족 사회의 오랜 경험과 지혜를 솔직하게 반영한 속된 말로서, 본질적으로 민중의 것이라고 한다. 한국 속담에는 한 민족의 성정과 기질이 그대로 녹아 있다.

온화, 선량	마음 한 번 잘 먹으면 북두칠성이 굽어보신다. 겉은 검어도 속은 희다. 마음 바로 가져야 죽어도 옳은 귀신 된다. 도둑개(도둑고양이) 살 안 찐다. 명산 잡아 쓰지 말고, 배은망덕하지 말라. 없이 살수록 심덕이 깊어야 복이 온다. 음덕에는 부처님도 웃는다. 한 끼 얻어먹은 은덕도 천 냥으로 갚는다.
자애로움, 동정심이 있음	호랑이도 쏘아놓고 보면 불쌍하다. 한 뼘 낯에 침 못 뱉는다. 남을 물에 넣으려면 제 발부터 물에 들어간다. 남의 눈물 빼놓으면 제 눈에 피눈물 난다. 남의 뺨을 치자면 나도 맞아야 한다. 내가 아픈 매는 남도 아프다. 문전 나그네 흔연대접하랬다. 물 인심은 짐승한테도 후하게 써야 한다. 밥 먹을 때는 개도 구박하지 않는다. 피를 입에 물고 남에게 뿜으면, 제 입이 먼저 더러워진다. 부처님 공양 말고 배고픈 사람 밥 먹여라. 한 톨 콩이라도 나누어 먹어라. 형제간에는 콩도 반쪽 나누어 먹는다. 머슴 먹일 것 아끼다가 그해 농사 다 망친다.
넓은 마음, 관대함	미운 아이 떡 한 개 더 준다. 남의 일 봐주려면 삼년상까지 치러줘라. 내 떡이 두 개면, 남의 떡도 두 개다. 넘어지면 밟지 않는다. 제 자식이 귀하면 남의 자식도 귀하다. 밥 한 숟갈 주면 정이 없다. 도망가는 도적은 쫓지 않는다. 비는 장수 목 치는 법 아니다.

감성적, 감정적	말도 부끄러우면 땀을 흘린다. 같은 말도 툭 해서 다르고, 탁 해서 다르다. 말이란 아 해 다르고 어 해 다르다. 가재는 게 편이요, 초록은 한 빛이라.
느긋하게 사는 삶	죽을 먹고 살아도 속이 편해야 산다. 헛간에 솥을 걸어놓고 살아도 속만 편하면 산다. 죽사발이 웃음이요 밥사발이 눈물이라. 때린 놈은 오그리고 자고 맞은 놈은 다리 뻗고 잔다. 도둑한테 당한 사람은 발 뻗고 잘 수 있어도, 도둑은 마음 편히 잘 수 없다.
다른 사람의 감정을 다치지 않게 하려고 조심함	넓은 하늘을 보지 말고, 한 뼘 얼굴을 보랬다. 추위에 떠는 놈 앞에서 옷 장사 마라.
분쟁을 좋아하지 않음, 일을 원만하게 처리함	좋은 게 좋은 것이다. 이승에서 송사 열두 번 하면 염라대왕도 알아본다.
유연성, 융통성	나무도 결이 세면 부러진다. 너무 강하면 부러진다. 댓진 먹은 뱀의 대가리 똥 찌른 막대 꼬챙이 돌밥이 맛있다니까 바가지발 더 가지고 울타리 밑에 가 먹는다. 옆구리에 뿔났다. 모난 돌이 정 맞는다. 제 털 뽑아 제 구멍에 넣는다.
사회성 있음, 외향적	먹는 것은 하나를 주면 정이 없다. 부유하면 나누어 쓰는 것이 있어야 한다. 음식은 여럿이 먹어야 맛이 있다. 한 잔 술에 인심 나고, 반 잔 술에 한숨 난다.

죽을 먹고 살아도 속이 편해야 산다

조선일보 논설위원을 지낸 이규태의 『한국인의 의식구조』는 한국인의 특성을 분석한 대표적인 책이다. 이규태는 고문헌과 일상생활에서 나타나는 한국인의 감정, 사고방식 등을 분석한 에세이식 칼럼집을 써서 상당한 호응을 얻었다. 외국인이 쓴 것으로는 타임스 서울 특파원 등으로 남북한에 15년 동안 거주한 마이클 브린Michael Breen의 『한국인을 말한다The Koreans』를 들 수 있다.

이 책들이 지적하고 있는 특징을 고대 글씨에서 찾아볼 수 있는 것과 그렇지 않은 것으로 나눌 수 있다. 이런 분류가 의미를 가지는 것은 고대 한민족부터 가진 특성인지를 가릴 수 있기 때문이다. 고대 글씨에서 찾아볼 수 있는 특성은 다음과 같다.

온화, 선량	• 목적성 선물이 아니더라도 선물하기를 좋아하는 특이한 민족 기질이 있다.(이규태) • 유흥비는 매우 비싸지만 계산을 하는 것은 하나의 영예로 받아들이기 때문에 카운터에서 서로 돈을 내기 위해 가벼운 실랑이나 몸싸움이 벌어지기도 한다.(브린)
감성적, 감정적	• 능력보다는 끈끈한 인간관계가 우선이다.(이규태) • 직장에서 자신의 직무나 직책 이외에도 신뢰할 만한 리더나 동료에게 개인 신상이나 감정 문제 해결에 의존하려 한다.(이규태) • 다수의 사람과 접합한 의리를 기틀로 하고 있는 일본과 달리 가족 의식과 인정이 앞선다.(이규태)

감성적, 감정적	• 동류의식이 매우 강하다.(이규태) • 세상이 객관적으로 인정하는 실질적인 가치에는 무관심하고 자기 자신의 감상적이고 환상적인 상향 지향과 하향 제동의 가치에만 집착한다.(이규태) • 자연 앞에 공손히 무릎을 꿇고 인력이나 인지는 자연의 힘이나 섭리에 우월할 수 없다고 여겼고 이는 비합리주의를 체질화시켰다. 자연의 불규칙적인 변화는 비합리적이기 때문이다.(이규태) • 한국 학교에서는 서양 학교에서와는 달리 정보 수집과 학습에 대한 학문적인 접근이 분석적이고 경험적인 접근 방식에 의해 이뤄지지 않는다.(브린) • 근대화된 한국이 필요로 하는, 이성적으로 사고하고 준법정신이 투철한 인재를 양성하는 역할을 제대로 수행하지 못하고 있다.(브린) • 분쟁이 있을 때 논리적으로 해결하기보다는 감정적이고 선동적인 반응을 보인다.(브린) • 어떤 사물을 분류하거나 듣는 사람의 머릿속에 건물의 조감도를 그려주거나 그 건물이 지어진 이유를 설명해주지 않는다. 마찬가지로 왜 덕수궁을 관광해야 하는지 사람들을 설득시킬 능력도 없다.(브린) • 사고 능력이 부족하고 정보에 대한 필요성도 인식하지 못한다.(브린) • 민주적 절차에 따라 갈등을 해결하지 않고 소리를 지르고 무리한 요구를 한다.(브린)
느긋하게 사는 삶	• 횡적 유대나 연대성의 의도가 강한 서양에 비하여 한국의 파티는 연대성보다는 축제성이 강하다.(이규태)
다른 사람의 감정을 다치지 않게 하려고 조심함	• 영어의 'I'가 대문자로 쓰이는 유일한 특권을 가지는 데서 알 수 있듯이 서양에서 '나(私)'가 중심 발상이지만 한국에서의 '나'는 마이너스 이미지와 가치를 가지고 지위가 형편없이 낮다.(이규태)
사회성 있음, 외향적, 사교적	• 잔치 체질이 있어서 별식이나 차린 것 없이는 손님을 초대하지 않는다.(이규태) • 서양인들보다 더 사교적이다.(브린) • 다른 사람들과 어울리는 시간이 많아 책을 읽는 시간이 많지 않으며 혼자 있을 때는 금방 잠들어버리곤 한다.(브린)

사회성 있음, 외향적, 사교적	• 술자리가 벌어지면 자신의 잔을 비우고 술을 따라 친구에게 권해야 한다. 종종 폭탄주를 권하기도 한다.(브린)
집중하지 못함	• 하루 종일 일하면서 놀고 놀면서 일한다.(이규태)
엄격함의 결여	• 공사가 분명하지 않다.(이규태) • 서양 사람들이 모든 것을 계약서에 써넣자고 말하면 괴로워하고 한국인들에게 계약이란 관계의 시작을 의미하는 상징 같은 것이다.(브린) • 한 명 한 명은 매우 친절하고 공손하지만 공공 의식이 결여되어 있다.(브린)
개방성	• 불교, 유교, 천주교가 들어올 때마다 기성 가치관과 별다른 충돌 없이 수용될 정도로 외래 종교나 사상이나 문물에 너그럽다.(이규태) • 한국 식사의 특징은 모두 한자리, 한상에서 일습으로 완료되고, 일품성이 아니라 잡식성이라는 데 있는데 이러한 잡식성은 외래문화를 선별하지 않고 무작정 흡수하는 태도에서도 나타난다.(이규태) • 새로운 문물을 서양인들보다 훨씬 쉽게 받아들이며 서양인들보다 더 자유롭고 개방적이다.(브린)
자연을 좋아함	• 한국인의 예술은 흐름새를 뜻하는 풍류이며 자연과 인간이 동화되는 것이다.(이규태) • 분지라는 큰 집 속에서 자연과 숨결을 같이하며 살고, 또 그렇게 살기를 원하기 때문에 자연과 동화해서 자연 속에 산다.(이규태)
자유분방함	• 겉으로 권력을 가진 자와 상사에게 수동적이지만, 속으로는 반란을 꿈꾼다. 약속도 없이 사무실로 불쑥 찾아와 오후 내내 말을 걸기도 한다.(브린) • 중국인들이나 일본인들에 비해 개인주의적이고 자유로운 특성을 가지고 있다.(브린)

『한국인의 의식구조』나 『한국인을 말한다』에서 지적하고 있는 현대 한국인들의 특성 중 일부는 고대 한민족의 글씨에서는 파악하기 어렵다. 이것들은 고대 한민족의 특성은 아니었지만 그 후의 역사적인 이유 등으로 생긴 것으로 보아야 한다.

『한국인의 의식구조』에서는 한恨은 다른 나라 언어로는 번역하기 어려울 정도로 독특한 의미를 가지며 한국인의 의식구조에서 비중이 매우 높다고 한다. 『한국인을 말한다』에서는 한국인들은 엄청난 양의 고통의 응어리를 가슴에 품고 산다고 지적한다. 1970년대 화가 천경자의 『한恨』이라는 수필집은 베스트셀러였고, 이나미 박사의 지적대로 그때만 해도 한국인들은 '한'이 될지라도 참고 견디는 정서가 한국인의 유전자에 깊이 박힌 고유의 심성이라고 생각했다.[130]

고대 글씨를 분석해보면 한민족은 원래 '한'을 가지고 살던 민족이 아니었다. 성격이 밝고 온화하며 개방적이고 유연하며 활동적이고 쾌활하며 자유분방하고 단순하며 사회성 있고 관대하며 자연을 좋아하는 고대 한민족이 '한'을 품고 살았을 수가 없다. 나는 자유분방한 한민족이 중국의 영향으로 경직된 문화 속에서 살게 된 것이 '한'의 원인이 되었을 것으로 생각한다. 내 안에서 생기는 감정을 죽이는 것, 억압하는 것은 어느 누구에게도 불행일 수밖에 없는데 자유분방하고 활동적인 한민족에게 그 고통은 훨씬 컸을 것이다. 특히 여성의 경우 '남녀칠세부동석', '남존여비'와 같은 주자학적 명분론을 강요받았고 "처갓집 세배는 앵두꽃 꺾어 가지고 간다"는 속담처럼 친정에 가기도 어려울 정도로 사회 활동을 심하게 제한받았다.

이규태는 한국인들이 행복한 상태에 대한 의식이나 감정이 어떠한 이유에서든지 극도로 희석되어 있으며 행복과는 인연이 먼, 행복을 경원하는 습성이 체질화되어 있다고 한다. 또 자기 처지를 그늘의 인간, 소외된 인간으로 비하하거나 자책과 자벌自罰 같은 것으로 곧잘 불행을 해소한다고 한다. 그러나 성격이 밝고 온화하고 유연하고 활동적이며 쾌활하고 자유분방한 고대 한민족은 이런 특성과는 거리가 멀다.

『한국인을 말한다』에서는 한국인들은 일본인들과는 달리 서로 어울릴 줄을 모르고 모든 사람은 잠재적인 적이라고 지적한다. 그런데 고대 한민족은 우호적이고 사회성이 있으며 사교적이었다. 브린은 자신보다 사회적 신분이 낮은 사람들을 무시하는 경향이 있다고 하였지만 관대하고 외향적이며 사교적이었던 한민족 고유의 특성은 아니다.

이규태와 브린은 한국인이 체면과 격식을 매우 중시한다는 이야기를 많이 하는데 조선시대나 현대 한국인에게는 수긍이 가는 지적이지만 고대 한민족의 특성과는 거리가 멀다. 이규태는 20세기 초 프랑스 군대의 통역관으로 일하던 임운은 강요에 못 이겨 프랑스 군복으로 갈아입었으나 관모만큼은 목이 잘려도 벗을 수 없다고 버틸 정도로 목숨보다 체면을 소중하게 생각한다고 지적한다. 또 정약용의 문집에 수록된 것을 보면, 집 아이의 약을 구하는 편지는 800자에 이르는 장황한 것이었으나 정작 그 약을 구한다는 대목은 '구가아수종약求家兒水腫藥'이라는 단 여섯 자로 그나마 부기에 들어 있을 정도로 형식적이고 의례적인 말을 남발한다고 지적한다.[131] 루이비통 핸드백이나 롤렉스 시계 등 유명 상표에 대한 집착이 강하고 내용보다 형식을 좋아하고 실리보다 명분을 좋아한다고 분석한다. 또 차등한 특수성으로 사물을 보는 서양인과 달리 평등한 보편성의 중심 원리로 사물을 보고 "남이 하니까……"는 한국인에게 그 무엇보다도 강한 정당성이며 남을 따라야 일단 안심한다고 지적한다.[132]

브린은 한국에는 죽은 사람의 비석이 많을 뿐 아니라, 살아서도 송덕비, 공적비 등이 즐비할 정도로 이름에 집착한다고 한다. 또 사회적 신분을 중시하는 경향이 있는데 만약 남들로부터 자신에게 적합하다고 생각하는 사회적 지위에 걸맞은 대우보다 못한 대접을 받게 될 경우 매우 화를 내고 젠체하는 것을 좋아한다고 한다. 자신이 가진 것 이상을 갖고 있는 것처럼 뽐내고 직장인에게는 그가 실제로 담당하고 있는 일보다 명함이 더 중요하다고 지적한다. 그에 따르면 한국인은 경직되고 수직적인 조직 구조를 가지고 있고 직장에서 서로간의 호칭으로 그들의 직위를 주로 사용하는데 그 직함과 영향력에 어울리는 상징 같은 것이 매우 중요해진다고 한다. 이런 지적을 받는 특성들은 고대부터 가졌던 것이 아니라 그 후에 생겨난 것으로 볼 수밖에 없다.

2
자유분방과 즉흥성

테레제를 위하여

살아 있는 생명체에 의해 생산되기 때문에 세상에는 완벽하게 규칙적인 글씨란 없다. 그렇다고 해도 고대 한민족의 글씨처럼 불규칙하고 변화무쌍하기도 어렵다. 규칙성을 판단하는 기준으로는 글씨의 크기·모양·방향·간격, 행의 간격, 필압, 리듬, 여백 등을 들 수가 있다. 장 크레피유 자맹은 크라우스H. Krauss와 함께 쓴 『필적학과 그 실제 적용Die Graphologie und ihre praktische Anwendung』에서 규칙성은 정확성, 질서, 안정성, 불변성을, 불규칙성은 활발, 민첩, 변덕스러움을 의미한다고 한다.[133]

독일 출신으로 히틀러의 등장 이후 뉴욕으로 이주한 필적학자 울리히 소네만Ulrich Sonnemann은 『정신 진단 수단으로서의 필적 분석Handwriting Analysis as a Psychodiagnostic Tool』에서 규칙성의 장점으로 극기, 금욕, 견고함, 결단력, 인내, 집중력, 추진력을, 단점으로 긴축, 냉담, 감정의 결핍, 판에 박힌 듯함, 무료한 성격, 자기 무시, 자기 강제, 순응하지 못함을 들고 있다. 불규칙성의 장점으로는 따뜻함, 충동성, 활발함, 창의력, 순응이, 단점으로는 균형 감각 부족, 방향성 부족, 변덕스러움, 수심에 참, 의지가 약함, 주위를 산만하게 함이 있다고 한다.[134] 다른 필적학자들의 의견도 이와 크게 다르지 않다.

자유분방한 글씨는 주로 예술가에게서 찾아볼 수 있다. 음악의 성인으로 불리는 베토벤은 악필로 알려져 있다. 그의 소나타 '엘리제를 위하여Für Elise'는 베토벤이 사랑했던 소녀 테레제Therese Malfatti를 위하여 만든 것이어서 원래 제목이 '테레제를 위하여Für Therese'였다. 출판사 직원이 잘못 읽어서 제목이 바뀌었을 정도로 그의 글씨는 읽기 어려웠다. 베토벤의 불규칙한 필체는 생각의 속도가 매우 빠르고 에너지가 넘치는 것을 의미하지만 그의 성급함과 좌절감을 말해주기도 한다. 리듬과 글씨 크기의 변화는 자존감이 크게 변화하는 것을 말해준다. 기초선의 심한 변화는 그가 매우 예민

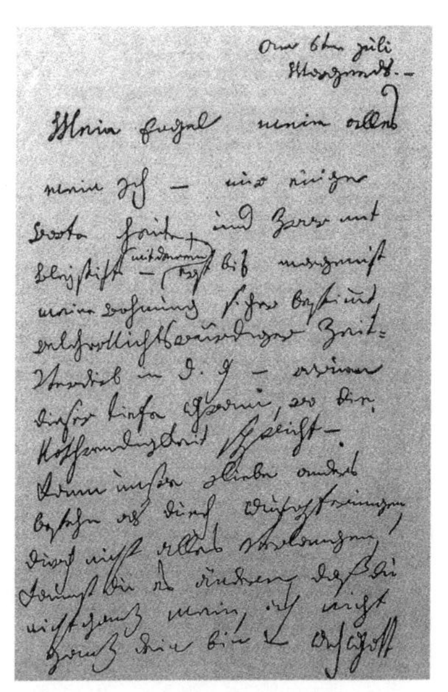

베토벤의 편지. 리듬과 글씨 크기, 기초선의 변화가 심한데 이는 머리 회전이 매우 빠르고 에너지가 넘치지만 성급하고 변덕스러웠음을 말해준다.

<table>
<tr><td rowspan="2">규칙성</td><td>정확성, 질서, 규율, 의지가 강함, 인내, 책임감, 생각·감정·노력의 일관성과 균형, 믿고 의지할 만함, 자기 훈련, 집중, 감정과 충동의 통제, 손재주가 있고 논리적, 안정 지향적, 승부욕이 강함, 성취욕이 강함, 정의감이 풍부함</td></tr>
<tr><td>일방적, 생동감 없음, 냉정함, 구습을 바꾸기 어려움, 강요, 경직, 기계적, 신경적으로 억압됨, 의지를 과대평가함, 단조로움, 인위적, 완벽주의, 격식을 차림, 자기 색깔이 없음, 유연성 부족, 대인 관계에 냉담, 범사에 수수방관함, 의기소침, 게으르고 나태함, 사람이나 사물에 관심이 없음, 가정에 무관심한 경우도 있음</td></tr>
<tr><td rowspan="2">불규칙성</td><td>활력, 자유분방, 즉흥성, 충동적, 열정적, 따뜻함, 적극적으로 일함, 자신감이 강함, 마음이 열림, 기분파, 상상력, 외부적 표현, 예술적 타입, 변화를 좋아하고 모험을 즐김, 쉬지 않는 마인드, 친구를 잘 사귐, 남을 돕는 것을 좋아함, 창조적, 사고가 민첩함, 감정이 풍부함</td></tr>
<tr><td>의지박약, 일관성 없음, 변덕스러움, 예측하기 어려움, 불안정, 목표가 없음, 성급함, 건망증이 심함, 외부 환경·기분·감정에 종속됨, 균형 감각 부족, 흥분하기 쉬움, 정서 변화가 강렬함, 애매함, 불명확, 자기통제가 약함, 신뢰하기 어려움, 정신적 충격을 참지 못함, 먼저 공격을 당하면 이성을 잃음, 인내력이 약함, 외부 충격에 약함, 스스로 어떻게 해야 하는지 확신하지 못하고 걱정함, 모든 충동·필요·욕구가 얼굴·목소리 톤·행동에 나타남</td></tr>
</table>

하고 변덕스러웠다는 것을 의미한다. 그는 감정이 고조되었을 때와 침체되었을 때의 차이가 심했을 것이다.

러시아의 대문호 톨스토이와 레오나르도 다빈치도 베토벤에 못지않게 읽기 어려운 '악필'로 알려져 있다. 톨스토이의 글씨는 알아보기가 매우 힘들어서 그의 아내이자 친구이고 비서였던 소피아가 매일 정갈하게 다시 썼다고 한다. 그런데 이들의 글씨는 엄밀한 의미에서 '악필'이 아니다. 머리의 회전이 매우 빠르고 개성이 뚜렷하며 자신감이 넘치

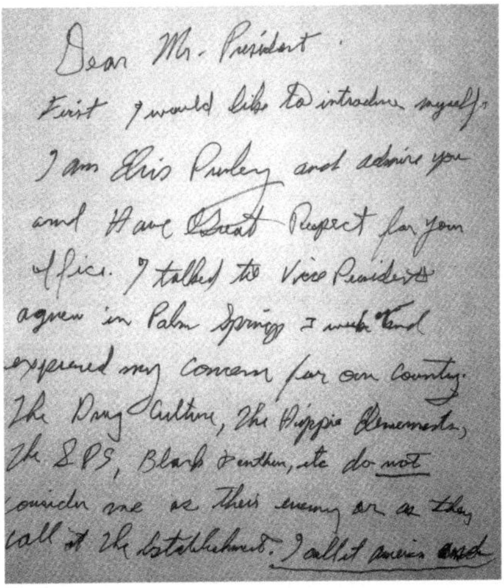
Dear Mr. President.
First I would like to introduce myself.
I am Elvis Presley and admire you
and Have Great Respect for your
office. I talked to Vice President
Agnew in Palm Springs I week tend
expressed my concern for our Country.
The Drug Culture, The Hippie Elements,
The SDS, Black Panthers, etc do not
consider me as their enemy or as they
call it The Establishment. I call it America and

엘비스 프레슬리의 편지. 자유분방한 필체는 정열적이고 자신감이 있으며 모험심이 많았다는 것을 의미한다.

고 활력이 넘치는 면에서 보면 오히려 좋은 글씨라고 할 수 있다.

대중 가수와 영화배우로 크게 성공한 엘비스 프레슬리의 글씨도 자유분방하고 불규칙성이 돋보이며 기초선이 구불구불한데 그의 쉬지 않는 열정과 흥분을 보여준다. 그의 글씨는 균형 잡혀 있지 않은데 유독 큰 대문자는 자신감을 나타내지만 중간 부분이 약하여 에고가 발달하지 못한 것을 말해준다. 아랫부분이 특별하게 긴 것을 보면 낭비벽이 있고 충동적으로 돈을 쓰며 새롭고 특별한 것에 대한 모험 충동이 있다는 것을 알 수 있다.

한민족을 닮은 분청사기

고대 한민족이 자유분방하고 즉흥적이었다는 사실은 고문헌에서도 찾아볼 수 있다. 『삼국지』 「위지동이전」에서는 마한 사람들이 외적에게 굴종하지 않는 것은 물론이고 젊은이들이 일을 할 때에도 등가죽을 밧줄로 꿰어 이리저리 다니면서 하루 종일 소리를 지르는 기이한 풍속이 있었다고 전한다. 또 앞에서 본 대로 고대에는 도읍이고 부락이고 가리지 않고 밤만 되면 남녀가 무리를 지어 다니면서 술을 마시고 노래를 부르고 춤을 추었다는 기록들이 많이 있다.

성현成俔은 『용재총화慵齋叢話』에서 가난뱅이는 빚을 내서라도 실컷 먹어대고, 군사들이 움직이면 군량 짐이 반을 차지하며 관료들은 조반早飯, 조반朝飯, 주반晝飯에 수시로 모여 술을 마신다고 비판했다. 술을 좋아한 세조는 주연을 자주 베풀어서 많은 신하들이 병에 걸릴 지경이었는데 세조는 아무리 마셔도 취하지 않았던 홍윤성에게는 바다를 기울여 술을 마실 정도라는 의미의 '경해傾海'를 당호로 지어주고 인장도 새겨주었다. 세종 때 이조판서 허조는 술로 몸을 망친 자가 많으니 술을 절제하도록 국가에서 엄명을 내려야 한다고 주장했으나 세종은 엄히 금한다고 무슨 소용이 있겠느냐고 답했다. 조선 왕실에서는 술로 사망하는 사람이 많다며 술의 폐해와 훈계를 담은 교서를 간행해 나누어주기도 했다. 조선시대에는 재해를 당했을 때 술을 제조하거나 마시는 것을 금지한 금주령을 종종 내렸는데 그래도 민간에서는 여전히 술을 빚었다.

이극돈의 상소문에는 "우리나라 사람들은 풍년이 들면 먹을 것은 아끼지 않고 중국 사람이 하루 먹을 분량을 그냥 한 끼에 먹어치우고 있습니다"라는 구절이 있다. 대부분의 동서양 국가가 그랬듯이 삼국시대 이후로 조선시대까지는 농번기에는 세 끼, 나머지는 두 끼를 먹었는데 한민족이 대식가라는 것은 국내는 물론, 일본인, 중국인, 서양인들이 남겨둔 기록에서도 확인된다. 『대동운부군옥大東韻府群玉』에 '조포석기朝飽夕飢'라는 말이 나오는데 아침에 배가 터지도록 다 먹어버리고 저녁에 굶는다는 뜻이다.

한민족의 자유분방하고 즉흥적인 특성은 한민족의 대표적인 유물인 도자기에도 남아 있다. 도자기에는 만든 도공이나 사용한 사람들의 심성이 그대로 드러날 수밖에 없다. 세계적으로 한민족처럼 도자기를 많이 사용한 민족이 드물고 우리의 도자기는 아름답기로 정평이 나 있다. 그중에서 가장 한국적인 것으로 달항아리와 분청사기를 들 수 있다. 최순우는 "백자 항아리에 표현된 원의 어진 맛은 그 흰 바탕색과 어울러 너무나 욕심이 없고 너무나 순정적이어서 마치 인간이 지닌 가식 없는 어진 마음의 본바탕을 보는 듯한 느낌이다"라고 했다.

백자호 중에서 부드럽고 둥근 모양을 가진 것이 달항아리인데 풍만하고 당당하면서도 넉넉하고 어진 선의 흐름이 매우 아름답다. 달항아리는 유백색 또는 설백색 단색으로 순결하고 천진무구한 한민족이 좋아하는 색이다. 어떤 이는 성리학의 영향으로 순결, 고결 등을 지상 가치로 여긴 사대부들이 백자를 좋아했다고 하는데 꼭 성리학의 영향으로 볼 것은 아니다. 고대 한민족의 천성이 착하고 천진무구하다 보니 성리학이 도입되기 이전부터 화강석과 같은 백색을 좋아했다. 서양화가 김환기는 달항아리 작가라고 할 만큼 달항아리를 많이 그렸는데 "나의 예술의 모든 것은 조선의 백자 항아리에서 나왔다"고 했다. 그는 몹시도 달항아리를 사랑해서 수십 점을 가지고 있었으며 술에 취하면 달항아리를 안고 덩실덩실 춤을 추었다고 한다. 김환기의 달항아리 연작은 한국의 자연을 대표하는 하늘빛인 푸른색과 한국의 문화재를 대표하는 달항아리가 절묘한 조화를 이뤄 세련된 한국미를 보여준다. 미국의 미니멀리스트 화가 엘스워스 켈리Ellsworth kelly는 "모든 것을 비운 결과물인 조선 백자 달항아리의 선에 매료되어 작품의 영감을 얻었다"고 한 바 있다.

백자 달항아리. 조선. 17세기. 달항아리는 한민족이 가장 사랑하는 유백색 또는 설백색 단색과 넉넉하고 어진 곡선을 갖고 있다. 높이 46센티미터, 입지름 20.3센티미터, 바닥지름 15센티미터, 보물 1437호, 국립중앙박물관 소장.

분청사기는 고려청자만큼 예쁘지는 않지만 잘생겼고 있는 그대로 만들어내서 좌우대칭이 무시되고, 매우 불완전하지만 잔재주나 억지로 만들어내지 않은 건강한 아름다움이 있다. 흙바닥 또는 모래바닥에 되는 대로 앉아 있어 수세미가 된 형태로, 모래알이 그대로 붙어 있을 정도로 소박하다. 분청사기에서 종종 볼 수 있는 음각화는 피카소처럼 모든 불필요한 규칙을 거부하고 매우 자유롭게 그려져 있는데 간략하게 생략되어 있으면서 활달하다. 최순우는 이를 두고 욕심 없고 부드럽고 무던한 그릇의 선과 장식 무늬의 탈속한 무심한 경지라고 이야기했다.[135]

고유섭은 고려의 청자는 불교적, 분청사기는 민중적, 청화백자는 문인적, 조선조의 순백자는 유교적인 것이라고 이야기했다. 계통적으로

분청사기 박지 연꽃무늬 병. 분청사기는 15세기와 16세기에 조선에서 생산된 것으로 한민족의 특성이 가장 잘 나타나 있다. 높이 30.6센티미터, 입지름 12.7센티미터, 국립중앙박물관 소장.

따지면 분청사기는 불교 신앙의 기물의 연장으로 철저히 민중적인 것으로 남게 되고, 유교 정신이 아직 지배성을 얻지 못하던 때, 즉 과도기적 작품이라고 분석한다.[136] 고대 한민족의 특성은 아무래도 중국화된 귀족보다는 중국화되지 않은 민民에 많이 남아 있을 수밖에 없기 때문에 가장 민중적인 분청사기는 중요한 의미를 가진다.

한국어에는 특별하게도 의성어와 의태어(이를 합하여 오노마토페onomatopée라고 한다)가 풍부한데 이는 한민족의 감성이 풍부한 것과 관련이 있다. 스위스의 언어학자 소쉬르Ferdinand de Saussure는 언어의 근본 원리 중 첫 번째로 의미와 소리 사이에는 어떠한 필연적 관계가 없는 '자의성'을 들고 있는데 이것의 예외가 오노마토페이다. 일본어도 오노마토페가 풍부하다고 알려져 있지만 한국어를 따라오지 못한다. 우리 속담에 "같은 말도 툭 해서 다르고, 탁 해서 다르다", "말이란 아 해 다르고 어 해 다르다"는 것이 있다.

변덕
죽 끓는 듯하다

글씨의 불규칙성이 말해주는 변덕스러움, 일관성이 없음과 같은 고대 한민족의 특성은 속담 중에도 많이 나타난다.

변덕스러움	간에 붙었다 쓸개에 붙었다 한다. 강아지 이름 바꾸듯 한다. 거머리 속 뒤집힌다. 고양이 눈깔 변하듯 한다. 까마귀 꿩 잡을 계교 변덕 죽 끓는 듯하다. 누에 똥 갈 듯한다. 늙은이 성미를 죽 끓듯 한다. 마음이 열두 번씩 변사를 한다. 마음처럼 간사한 것은 없다. 민심은 조석변이라. 바람에 풀 쓸리듯 빽덕어멈 변덕 같다. 사람 변하기로 치면 순식간이다. 사람의 마음은 하루에도 열두 번씩 변한다. 사람의 마음처럼 간사한 것이 없다. 여름 감주 맛 변하듯 한다. 여름 숙주나물 변하듯 한다. 연기 변하듯 한다. 엿가락 휘듯 한다. 오뉴월 감주 맛 변하듯 한다. 오뉴월 보리 단물 변하듯 엿가락 휘듯 한다. 오뉴월 감주 맛 변하듯 한다. 오뉴월 보리 단물 변하듯

자유분방	김칫국을 먹든지, 식혜를 먹든지 남이사 진갑에 낮서방을 보건, 환갑에 밤시앗을 보건 남이야 갓 쓰고 자전거를 타건 말건 남이야 똥뒷간에서 낚시질을 하건 말건 남이야 메주로 팥죽을 쑤어 먹든, 얼음 덩어리를 지켜 먹든 남이야 지게를 지고 제사를 지내든 말든 상관 말랬다. 동냥자루도 제멋에 찬다. 똥칠을 하건 회칠을 하건 맹물에 조약돌을 삶아 먹더라도 제멋에 산다.
즉흥적, 충동적, 기분파	개 좇 꼴리듯 한다. 내일 쇠다리보다 오늘 메뚜기 다리에 끌린다. 나중에 삼수갑산을 갈 망정 일단 먹고 보자. 내일 사돈 온다고 오늘 굶는 바보 우중에 보 막는 놈
예측하기 어려움	가을 날씨와 사람의 마음은 모른다. 사람은 조석으로 변한다. 사람의 마음, 물이요 구름이라. 우스운 게 사람 마음이다. 자고 나면 인심도 변하고 세상도 변한다. 장마철 하늘같다.
외부 환경 · 기분 · 감정에 종속됨	가을바람에 새털 못에 잉어가 뛰니까 사랑방 목침이 뛴다.
일관성이 없음	들어갈 때 마음 다르고 나올 때 마음 다르다. 똥 싸러 갈 때 맘 다르고, 싸고 난 후 맘이 다르다. 개는 믿어도 사람은 못 믿을 짐승이라. 간사한 것이 사람 마음이라. 지어먹은 마음이 종짓굽에도 안 찬다.
변화를 좋아함	개구리 때가 너무 울면 솔개한테 차인다. 노래가 아무리 좋아도 늘 들으면 싫증이 난다. 작년이 옛날이다. 말도 갈아타야 와랑자랑 한다. 맛있는 음식도 늘 먹으면 싫다.

이규태의 『한국인의 의식구조』와 브린의 『한국인을 말한다』에서 지적하고 있는 특징 중 고대 글씨에서 찾아볼 수 있는 특성은 다음과 같은 것이 있다.

변덕스러움	• 조대비의 친정 조카 조영하의 아들 조석윤은 1888년에 벼슬하기 시작하여 19년 동안 137번이나 벼슬을 옮기는 등 잦은 전직은 한말의 전 관원에 있어서 보편적이었다.(이규태) • 자신이 원하는 바를 얻지 못할 경우에는 이내 짜증을 내면서 위험하고 변덕스러운 행동을 한다.(브린)
자유분방	• 음식점의 주방과 창고가 식당 안까지 침범하고 자동차 수리 센터는 인도까지 나와 있으며 가게 주인들은 상자들을 진열대에 마구 얹어놓거나 빈 상자들을 보도에까지 쌓아놓는 등 무질서하다.(브린)
친구를 잘 사귐	• 다른 사람의 감정이나 과오도 잘 받아주는 경향이 있다.(브린)
즉흥적, 충동적, 기분파	• 그림에 원근법이 발달하지 않을 만큼 눈이 발달하지 않은 반면 대담하고 담대하여 오늘을 악착같이 고수하는 집요함은 있지만 내일을 위해 발돋움하는 진취력이 부족하다.(이규태) • 사업과 관련된 결정을 내릴 때 사전 조사나 깊은 생각을 하지 않고 결정을 내리는 경우가 종종 있다.(브린)
외부 환경·기분·감정에 종속됨	• 정치뿐 아니라 경제, 사회 모든 분야에서 어떤 상황의 지속성보다는 그 상황의 변화에 따라 동화하는 취향이 농후하다.(이규태)
일관성이 없음	• 시한적으로 정착되지 못하고 항상 바쁘며 성급하고 장래나 다음을 감안하지 않는 '단칼 의식'이 있어 한국인의 10년은 중국인의 100년보다 길 수 밖에 없다.(이규태)

그런데 이규태는 『한국인의 의식구조』에서 한국인의 특성 중 모험을

즐기는 서양과는 달리 불안한 모험보다는 위험 요소를 배제하여 안전하게 한다고 지적하는데,[137] 이는 모험을 즐겼던 고대 한민족의 특성과는 맞지 않는 것이어서 그 후에 역사적, 경험적으로 변화한 것이라고 볼 수 있다.

3

신속성과 활력 충만

한민족 고유의 필기 속도

사람은 저마다 고유한 필기 속도를 가지고 있는데 고대 한민족은 속도가 매우 빠른 글씨체를 썼다. 빠른 글씨의 특징으로는 다음과 같은 것들을 들 수 있는데 아래와 같은 특징이 많으면 글씨의 속도가 빠른 것이고 적으면 그 반대이다.

특징 1. 글씨가 다소 큰 편이 많고 아주 크거나 작지 않다.
특징 2. 크기가 마지막으로 갈수록 작아진다.
특징 3. 획이 부드러운 곡선 형태이고 모서리의 각이 져 있지 않다.
특징 4. 개별 글자의 마지막 부분이 완전한 모양을 갖추지 못하고 소홀하게 처리되어 있다.
특징 5. 명료하지 않고 비뚤어지고, 섬세하지 못하여 읽기 어렵다.

특징 6. 알파벳 i의 점이나 t의 막대기가 생략되는 것과 같이 글자의 일부가 생략된다.

특징 7. t의 막대기가 과장되어 있는 등 마지막 필획이 연장되고 생생한 경우가 종종 있다.

특징 8. 자모의 머리 모양과 선 모양이 연결되어 있다.

특징 9. 유창하며 거리낌이나 유보가 없고 느슨하지 않다.

특징 10. 자모 또는 알파벳이 열린 형태이다.

특징 11. 자연스럽고 지나치게 정교하거나 어설프지 않다.

특징 12. 글자 간격과 행의 간격이 넓다.

특징 13. 흔히 간략한 약식체(예를 들어, '會(모일 회)'를 '会', 'They will'을 'They'll')를 쓰는 등 형태가 단순화되는 경향이 있다.

특징 14. 줄이 가지런하지 않은데 가로 행의 경우 행의 기울기가 위쪽을 향하고 세로 행의 경우 왼쪽을 향한다.

특징 15. 글씨가 내려가는 힘이 크다.

특징 16. 글자의 마지막 획을 삐침같이 끌어올리지 않는다.

특징 17. 글씨의 압력이 극단적으로 무겁거나 가볍지 않다.

특징 18. 활발하고 리듬감이 있는 패턴을 보이고 패턴이 규칙적이거나 무질서하지 않다.

고대 한민족의 글씨는 속도가 빠른 글씨체의 특징들을 대부분 갖추고 있는데 앞의 특성에 따라 정리하면 다음과 같다.

특징 1. 〈포항중성리신라비〉는 최소 약 2×2센티미터, 최대 약 3×5센티미터이고, 〈영일냉수리신라비〉는 최소 약 3.2×2.1센티미터, 최대 약 5.4×3.2센티미터로서 다소 큰 편이다. 아주 크거나 아주 작은 글씨는 없다.

특징 2. 〈이사지왕 고리자루 큰칼〉의 마지막 글자인 '王(왕)'자는 '斯(사)'자의 가로는 1/4.3, 세로는 1/1.5에 불과하여 마지막 부분으로 갈수록 작아지는 경향이 있다.

특징 3. 〈이사지왕 고리자루 큰칼〉, 〈포항중성리신라비〉, 〈영일냉수리신라비〉 모두 획이 부드러운 곡선 형태이고 모서리에 각이 져 있지 않다.

특징 4. 〈영일냉수리신라비〉 3행의 '都(도)'자의 오른쪽 부분은 '阝(언덕 부)'인데 '卩(병부 절)'같이 쓰는 등 글자의 마지막 부분이 완전한 모양을 갖추지 못하고 소홀하거나 단순하게 처리되어 있다.

특징 5. 〈이사지왕 고리자루 큰칼〉, 〈포항중성리신라비〉, 〈영일냉수리신라비〉 모두 글자가 명료하지 않고 비뚤비뚤하여 읽기 어렵다.

특징 6. 〈영일냉수리신라비〉 7행의 '前(전)'자의 마지막 획이 과장되게 연장되어 있다. 〈영일냉수리신라비〉가 매우 공식적인 내용을 돌에 새긴 것이라는 것을 염두에 두면 이는 특이하다. 종이에 붓으로 썼다면 이런 특징이 훨씬 두드러질 것이다.

특징 7. 〈이사지왕 고리자루 큰칼〉, 〈포항중성리신라비〉, 〈영일냉수리신라비〉 모두 유창하며 거리낌이나 유보는 찾을 수가 없다.

특징 8. 〈영일냉수리신라비〉 1행의 '用(용)'자와 같이 열린 형태의 글자는 종종 찾아볼 수가 있다.

특징 9. 〈이사지왕 고리자루 큰칼〉, 〈포항중성리신라비〉, 〈영일냉수리신라비〉 모두 매우 자연스럽고 정교한 것과는 거리가 멀며 그렇다고 어설프지도 않다.

특징 10. 〈포항중성리신라비〉, 〈영일냉수리신라비〉의 글자 간격과 행 간격은 빠른 속도로 써 내려가도 걸리적거리지 않을 만큼 충분히 넓다.

특징 11. 〈포항중성리신라비〉, 〈영일냉수리신라비〉의 행이 가지런하지 않으며 행의 기운이 오른쪽으로 기우는 부분도 있지만 전체적으로는 왼쪽으로 기울고 있다.

특징 12. 〈이사지왕 고리자루 큰칼〉, 〈포항중성리신라비〉, 〈영일냉수리신라비〉 모두 글자의 마지막 획은 밑으로 쭉 뻗고 있고 삐쳐 올라가는 특징은 발견되지 않는다. 글자를 쓸 때 붓끝을 치키듯이 하는 운필은 인내가 강한 것을 의미하고, 글자를 쓸 때 붓끝을 치키듯이 하는 운필이 없는 것은 경쾌하고 재빠르지만 책임감이 약하다는 것을 말해준다.

특징 13. 〈이사지왕 고리자루 큰칼〉, 〈포항중성리신라비〉, 〈영일냉수리신라비〉 모두 글씨의 압력이 극단적으로 무겁거나 가볍지 않다.

특징 14. 〈이사지왕 고리자루 큰칼〉, 〈포항중성리신라비〉, 〈영일냉수리신라비〉 모두 활발하고 리듬감이 있는 패턴을 보이고 패턴이 규칙적이지 않다.

울리히 소네만은 글씨의 속도가 빠른 것은 민첩함, 활발함, 변화의 욕구, 신경질적, 괴팍함, 기백, 열정, 목표 의식 있음, 관심과 주도성, 반응시간이 짧음, 사고의 신속, 지적, 추상적, 차분하지 못함, 변덕스러움, 경솔함, 서두름, 피상적, 굳세지 못함, 불안정함, 계획이 없음, 신뢰할 수 없음, 격하기 쉬운 성질을 말해준다고 해석한다. 반대로 속도가 느린 것

속도가 빠름	두뇌 반응이 매우 활발함, 지적, 신체 건강함, 반응이 기민함, 성격이 호쾌함, 행동이 신속함, 민첩함, 활력이 충만함, 역동적, 적극적, 진취적, 열정이 있음, 변화의 욕구, 자기표현 능력이 강함, 기백, 열정, 목표 의식 있음, 관심과 주도성, 추상적, 외롭고 쓸쓸한 것을 참지 못함, 대인 관계에 열정, 친구가 많음, 다른 사람을 돕는 것을 좋아함, 솔직 담백함, 유려함, 자연스러움
	차분하지 못함, 정서가 안정되지 않음, 제멋대로 함, 자제력이 약함, 신경질적, 괴팍함, 변덕스러움, 경솔함, 서두름, 피상적, 굳세지 못함, 계획이 없음, 신뢰할 수 없음, 격하기 쉬운 성질, 화가 나 있을 때 다른 의견을 받아들이지 못함, 눈앞에 있는 것만 바라보고 나중 일은 거의 생각하지 않음, 부드럽게 나오면 받아들이지만 강하게 나오면 받아들이지 않음, 일을 대충대충 끝냄
속도가 느림	조리 있고 질서 정연함, 신중함, 주도면밀하고 치밀함, 따져보고 헤아려봄, 구체적인 사고, 예지력, 변혁을 생각하지 않음, 보수, 고집, 끈기 있음, 사물에 대한 감각 있음, 사업에 대한 의욕 있음, 비밀을 유지함, 신경질적이지 않음, 한가함
	비활동적, 타성, 관성, 게으름, 주저함, 우유부단, 게으름, 사고와 행동이 느림, 상상력이 없음, 재미없음, 아둔함

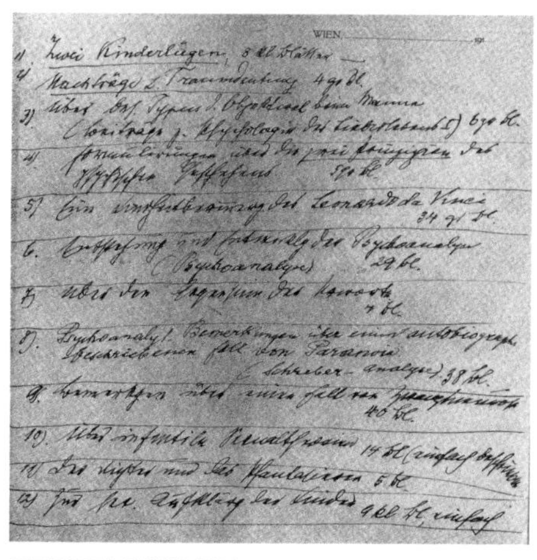

프로이트가 작성한 문서. 매우 빠르고 각이 진 글씨는 높은 지적 능력과 열정을 말해준다.

은 한가함, 예지력, 신중, 용의주도함, 끈기, 사물에 대한 감각 있음, 구체적인 사고, 비활동성, 타성, 관성, 게으름, 주저함, 우유부단, 신경질적이지 않음, 사고와 행동이 느림, 상상력이 없음, 재미없음, 아둔함을 나타낸다고 해석한다.[138] 다른 필적학자들의 해석도 울리히 소네만과 크게 다르지 않다.

성공한 인물 중 상당수가 글씨의 속도가 빠른데 대표적으로 이순신 장군, 암행어사 박문수, 학자 서경덕, 의병장 고경명, 외교관 신헌, 학자 조식을 들 수 있다. 정신병리학자 프로이트, 나폴레옹 황제, 철혈 재상 비스마르크, 케네디 대통령, 방송인 오프라 윈프리, 넬슨 제독도 글씨의 속도가 빠르다. 박문수의 글씨는 속도가 매우 빨라서 많은 정보를 신속하게 취합, 분석하여 행동으로 옮겼던 것을 알 수 있다. 그는 해결사 같은 역할을 담당했고 수많은 일화를 남겼다. 프로이트의 글씨는 매우 강한 필력이 특징으로 열정과 에너지를 느끼게 해준다. 또 중간 영역의 글자의 크기가 변화무쌍한데 이는 변덕스럽고 예측하기 어려운 인물이라는 것을 말해준다. 또 각이 진 글씨는 그가 매우 논리적이고 확고한 아이디어가 있으며 리더의 성향을 가졌음을 의미한다.

고구려의 '연가칠년延嘉七年'이 새겨진 금동여래입상의 광배에 새겨진 글씨, 백제의 6세기 유물인 '정지원鄭智遠'이 새겨진 석가불삼존입상(보물 196호), 전남 나주 복암리에서 발굴된 백제 목간 등 한민족의 글씨는 대부분 모두 내려오면서 왼쪽으로 기울고 있다. 필적학자들은 가로 행의 글씨에서 오른쪽 위로 향하는 것과 세로 행의 글씨에서 왼쪽으로 쏠리는 것은 낙천적 기질을, 그 반대의 경우는 우울증 성향을 보인다는 데 대부분 일치한다. 성공한 인물들 중 대다수가 긍정적인 사고를 하는데 대표적인 인물이 전설적인 팝스타 마이클 잭슨, 골프 황제 타이거 우즈, 미국 팝아트의 선구자 앤디 워홀이다. 마이클 잭슨의 첫 문자인 M의 오른쪽 위 꼭짓점은 왼쪽 위 꼭짓점보다 훨씬 높은 위치에 있다. 타이거 우즈의 사인은 첫 자인 T의 가로선이 매우 가파르게 올라간다. 반대의

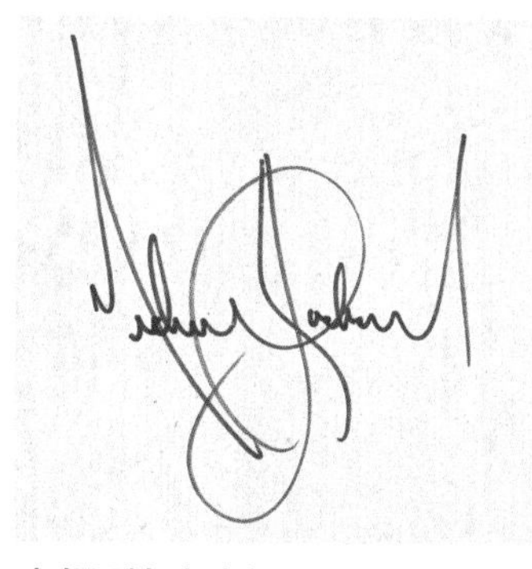

마이클 잭슨의 서명. 첫 자인 M의 왼쪽 위 꼭짓점과 오른쪽 위 꼭짓점의 기울기가 거의 180도로 매우 가파르게 올라가고 있을 뿐 아니라 부드러움과 강함을 겸하고 있어서 비범한 인물이었음을 알 수 있다. 저자 소장.

타이거 우즈의 서명. 첫 자인 T의 가로선이 가파르게 올라가고 W자가 큰 호를 이루면서도 나머지 글자는 작고 일정한 것은 긍정적이고 기가 세면서도 안정되고 논리적이며 치밀하다는 것을 말해준다. 저자 소장.

'연가칠년延嘉七年'이 새겨진 금동여래입상의 광배에 새겨진 글씨. 고구려. 539년. 행이 밑으로 내려갈수록 왼쪽으로 기울고 있는데 이는 한민족이 신속하고 낙천적이라는 것을 보여준다. 국립중앙박물관 소장.

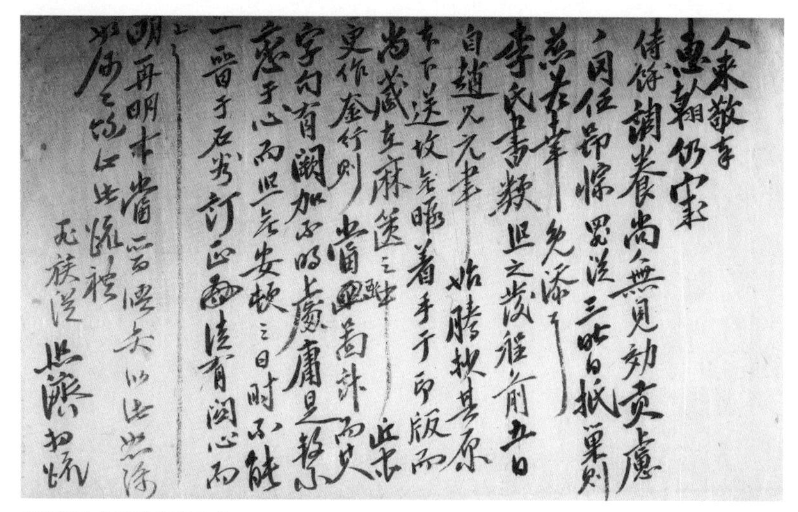

독립운동가 안희제의 편지. 일제강점기. 시작 부분에 여백을 거의 남기지 않고 있는데 이는 적극적이고 긍정적인 성향이라는 것을 말해준다. 20×34.5센티미터. 저자 소장.

사례로 독재자 히틀러, 러시아의 요승 라스푸틴, 작가이자 평론가 찰스 램을 들 수가 있다. 이들의 글씨는 오른쪽으로 가면서 밑으로 내려가는데 비참한 말로를 맞았다는 공통점이 있다.

활력이 있는 글씨체의 특징은 글자 사이의 자간 거리가 크고, 가로로 쓸 때는 글자가 위쪽을 향하며(세로 행인 경우는 왼쪽을 향한다), 글자가 크지만 필획이 확 트이거나 느슨한 것이다. 독일의 필적학자 한스 크노블로흐Hans Knobloch 박사는 『필적학 : 사례 소개Graphologie : Exemplarische Einführung』에서 활력 있는 글씨는 강렬함, 힘참, 공격적, 직선적, 충동적, 날카로움, 충전됨, 분주함, 열정, 완전히 균형 잡히지 않음, 앞을 보기 어려움을 의미한다고 해석한다.[139] 〈이사지왕 고리자루 큰칼〉, 〈포항중성리신라비〉, 〈영일냉수리신라비〉 모두 글자를 처음 시작할 때 여백을 두지 않고 바로 시작하는데 이는 적극적이라는 것을 뜻한다. 김구를 위시한 항일운동가들이 그 예이다. 반대로 첫 번째 줄이 윗부분과 거리가 있는 경우에는 진지하지만 모험심이 없음을 의미한다.[140]

걸음걸이가 마치 달려가듯이 한다

고대 한민족이 신속하고 활력이 충만하며 적극적이었다는 자료는 고문헌에 많이 남아 있다. 부여에 대해서는 『후한서』「동이열전」에서 "부여 사람들은 거칠고 크고 씩씩하고 용맹스럽다"고 하고 있고, 『삼국지』, 『진서晉書』에서도 "그 백성들이 강인하고 용감하다"라고 하였다. 옥저에 대해서는 『삼국지』「위지동이전」에서 "사람들의 성격은 질박하고 정직하고 강인하고 용감하며, 소와 말이 적어서 기병전에는 미숙하나 긴 창을 들고 걸어가며 싸우는 보병전에는 능숙하다", "형벌을 사용함에 엄격하고 즉시 처리하여 사람을 죽인 자는 죽이고 그 가족은 노비로 삼는다"라고 하고 『후한서』에서도 "강인하고 용감하다"라고 하였다.

고구려에 대해서는 『삼국지』「위지동이전」에서 "기력만 있으면 전투를 익혔다"라고 하고 있다. 『후한서』「동이열전」에서는 "걸음걸이가 마치 달려가듯이 한다"라고 하는데 고구려 고분벽화 속의 철갑을 두른 말과 병사의 모습이 날렵하고 강인해 보인다. 고구려에서는 형벌에 있어서도 신속하고 엄정함을 중시하여 죄인을 감옥에 오랫동안 잡아두지 않고 즉시 처리하곤 하였다. 마한에 대하여는 『삼국지』 「위지동이전」에서 "마한의 풍속은 무질서하다. 나라 안의 부락마다 비록 수령이 있기는 하나 마을에 섞여서 같이 살기 때문에 서로 잘 통제할 수가 없다. 무릎을 꿇고 절하는 예절은 없다. 사람들의 성격은 강인하고 용감하다"라고 한다. 『후한서』 「동이열전」에서는 "그 사람들이 씩씩하고 용감하다"라고 하였으며 『진서晉書』에서는 "성질이 용감하다"라고 하였다. 『관자管子』 「소광小匡」에는 조선의 기병을 가리켜 '기구騎寇'라고 부르는 것이 나온다. 기구는 말을 탄 도적이란 뜻인데 이를 보면 조선의 기병은 이미 전국시대부터 용맹을 발휘하였던 것을 알 수 있다.[141]

우물에 가서
숭늉 찾는다

신속하고 활력이 충만하였던 고대 한민족의 특성은 후대에도 이어졌고 이는 속담에서 쉽게 찾을 수 있다.

행동이 신속함, 민첩함, 반응이 기민함	흥부 새끼들 섬밥 먹어 치우듯 해야 복 받는다. 가랑이에서 비파 소리가 난다. 가랑잎에 불 붙여놓은 것 같다. 게 눈 감추듯 한다. 날 저문 나그네 길 가듯 한다.

행동이 신속함, 민첩함, 반응이 기민함	곽란에 약 지러 가듯 하다. 굶어 죽은 귀신이 붙었나. 귀신 제삿밥 먹듯 한다. 깨가 기냐 짜르냐 한다. 꼬리가 빠지게 꽁지에 불 단 듯이 꿀단지에 개미 떼 덤비듯 한다. 늦참한 상주 제청에 뛰어들 듯 너른 마당 번개 치듯, 좁은 마당 벼락 치듯 눈썹에 불붙는다. 단 쇠뿔 뽑듯 한다. 도둑놈 소 몰듯 한다. 두꺼비 벌레 삼키듯 똥내 맡은 쉬파리 같다. 먹구름장 밑에 대목 장사꾼 싸대듯 목마른 사람이 물 마시듯 바짓가랑이에서 자개바람이 인다. 백송골이 꿩 차듯 뱀장어 앞의 미꾸라지 꼴 사타구니 불붙은 듯 수염에 불 끄듯 한다. 엎드려지며 곱드러지며 여우볕에 콩 볶아 먹는다. 재빠르기는 말 새끼라. 천둥에 개 걸음
활력이 충만함, 신체 건강함	꿩병아리처럼 쏘다닌다. 가을 중 시주 다니듯 개발에 땀 괴게 뛴다. 나간 놈의 몫은 있어도, 자는 놈의 몫은 없다. 동에 번쩍, 서에 번쩍 발바닥에 불이 난다. 발바닥이 안 보이게 뛴다. 번개를 따라가겠다. 비둘기 콩 주워 먹듯 한다. 송진덩이에 불붙듯 한다. 솥뚜껑에 엿을 붙였나 오금에서 방울 소리가 난다. 재 든 날 싸대듯 한다.

자기표현 능력이 강함	개도 무는 개를 돌아다본다.
적극적이고 진취적, 열정이 있음	나는 홍범도에, 뛰는 차도선 나들이하는 개가 꿩도 잡는다.
서두름, 성미가 급함	가마 타고 옷고름 단다. 걷기도 전에 뛰려고 한다. 겉가마도 안 끓는데 속가마 끓는다. 기러기 털 타듯 한다. 사흘 길 하루 가서 이틀 쉰다. 그믐달 보자고 초저녁부터 나설까. 제 수염에 불 끄듯 떡 줄 놈은 생각도 않는데, 김칫국부터 마신다. 꿈도 꾸기 전에 해몽 너구리 보고 피물 돈 내어 쓴다. 노루는 잡지 않고, 골뭇감 먼저 마련한다. 담비 집 보고 꿀 돈 내어 쓴다. 돼지 꼬리 잡고 순대 달라고 한다. 우물에 가서 숭늉을 찾는다. 땅 벌집 보고 꿀 돈 내어 쓴다. 메밀밭에 가서 국수를 달라겠다. 물 보기 전에 바지부터 벗는다. 밀밭에 가서 술 찾는다. 바지 한 가랑이에 두 다리 넣고 나선다. 배지도 않은 아기 금줄부터 꼰다. 우물 들고 마시겠다. 이제 감꽃 떨어졌는데 홍시 찾는다. 잡지도 않고 마리 반씩 가른다. 중매쟁이 보고 기저귀 장만한다. 중신아비 비역하겠다. 쥐도 나오기 전에 야옹 소리부터 한다. 콩 마당에 서슬 치겠다. 콩밭에 가서 두부 찾는다.
자기가 관심이 없는 일에는 대충대충 끝냄	가을 머슴꾼 비질하듯 꽃게나 방게나 옆으로 기기는 마찬가지라. 고양이 세수하듯 한다. 나그네 말죽 먹이듯 눈 먼 큰아기 미나리 다듬는 듯

자기가 관심이 없는 일에는 대충대충 끝냄	달리는 말 위에서 산 구경하기 달리다 딸기 따 먹듯 도감 포수 마누라 오줌 대중하듯 한다. 두 푼 주고 떡 사먹듯 한다. 뒤 마려운 년 국거리 썰듯 한다. 미친년 뛰듯(모 심듯이, 무 썰듯, 방아 찧듯) 의붓아비 산소에 벌초하듯 장님 매질하듯 한다. 처삼촌 묘에 벌초하듯, 의붓딸 새남하듯 청어 굽는 데 된장 칠하듯 헌 젓가락 짝 맞추듯
경솔함	값도 모르고 흥정 붙인다. 기둥이야 되든 말든, 목침 먼저 자른다.
계획성 없음	갓 사러 갔다 망건 산다. 길을 떠나려면서 신날도 안 꼬았나. 꿩 잡는 게 매 끝이 좋으면 다 좋다. 둘러가나 질러가나 가면 그만이다. 둘러치나 메어치나 옆길로 가더라도 서울만 가면 제일이라. 질러가나 돌아가나 서울만 가면 된다. 놀다 죽은 염소나 일하다 죽은 누렁소나 죽기는 일반이다. 놓고 치나 메고 치나 메로 치나 절구로 치나 떡방아는 한 가지라. 방앗간에서 울었어도 그 집 조상 엎어치나 돌려치나 우거지로 먹으나 시래기로 먹으나 맞으나 안 맞으나 쏴나본다. 족제비 한 마리를 막자고 해도 싸리나무 석 단은 베어 와야 한다.
피상적	도깨비 땅 마련하듯 한다. 바람과 그림자를 잡으려 한다. 바람 밥 먹고 구름 똥 싼다. 방귀를 동인다. 버마재비가 도끼 들고 나무 찍는 격 버마재비 바윗등 밀기 주먹구구식이라. 주먹흥정을 한다.

제멋대로 함	개떡 주무르듯 한다. 죽을 쑤든 떡을 치든 죽이 되든 밥이 되든 물불 가리지 않는다. 미친놈 널뛰듯 엎어지든 넘어지든 이래도 한 세상 저래도 한 세상 이리 가두 흥, 전주 가도 흥 창을 열고 보나 닫고 보나 같다.
차분하지 못함	급하면 무당 판수도 믿는다. 급하면 밀밭만 지나가도 주정하고 오동나무만 보고도 춤춘다. 급하면 밑 씻고 똥 눈다. 급하면 바늘허리에 실 매어 쓴다. 급하면 삼태기로라도 앞을 가린다. 왜냄비 끓듯 외할미 속에서 나와야 할 성미라. 죽 쑤어 식힐 동안이 급하다.
눈앞에 있는 것 만 바라보고 나중 일은 거의 생각하지 않음	가랑잎으로 눈 가리고 아웅한다. 급할 때는 거짓말이 사촌보다 낫다. 급하면 나라님 감투 끈 살 돈도 잘라 쓴다. 급하면 흙으로 빚은 부처님 다리로 붙안는다. 외상이면 소도 잡아먹고, 공짜라면 양잿물도 먹는다. 내일의 닭은 모르고, 오늘의 달걀만 안다. 내일의 천자보다 오늘의 재상이 낫다. 달콤한 사탕이 우선 먹기는 좋다. 발등에 떨어진 불만 보고, 염통 곪는 것은 못 본다. 발등에 떨어진 불부터 끈다. 우선 단 게 곶감이라

『한국인의 의식구조』와 『한국인을 말한다』에서 주장하는 한국인의 의식 중에서 고대 글씨에서 나타나는 특성이 있는데 고대 한민족 때부터 가지고 있던 특성이다.

행동이 신속함, 민첩함, 반응이 기민함	• 유행의 전파 속도가 빠르다.(이규태) • "흥부 새끼들 섬밥 먹어치우듯 해야 복 받는다"는 남도 속담이 있듯이 밥을 빨리 먹는 것이 미덕이다.(이규태)
기백, 열정, 목표, 목표 의식 있음	• 야심이 가득 찬 민족이다.(브린)
자기표현 능력이 강함	• 일본인들은 자신의 감정을 억제하는 반면 한국인들은 자신의 감정을 겉으로 나타내는 것을 부끄럽게 생각하지 않는다.(브린) • 감정의 표현이 분명할 뿐만 아니라 다른 사람의 감정이나 과오도 잘 받아주는 경향이 있다.(브린)
일을 대충대충 끝냄	• 일에 임할 때 철저함이나 끈기나 집요함 같은 결과를 생산하려는 집념이 없고 유야무야하게 얼버무리는 데 능숙하다.(이규태) • 일을 빨리 처리하는 대신 업무의 품질은 좀 떨어지는 편이다.(브린)
제멋대로 함	• 법을 잘 지키지 않고 정치인들은 이기적이고 법을 무시한다.(브린)
눈앞에 있는 것만 바라보고 나중 일은 거의 생각하지 않음	• 미래를 위한 현재의 희생에 별반 가치를 두지 않는다. 십년대계라 하여 겨우 10년을 내다보는 것이 대계가 되는 것이 한국인의 미래 시간의 한계를 암시한다.(이규태)
계획성 없음	• 내용이나 과정보다 우선 결과를 얻고 보려는 심성, 즉 결과주의적 성향을 가진다.(이규태)
신뢰할 수 없음	• 서구에서는 계약은 어디까지나 계약이며 그것은 만난萬難을 제치고서라도 지켜야만 하지만 한국의 계약은 계약이라기보다는 일반적인 행동 지침에 불과하다.(이규태)
스스로 제어하는 힘이 약함	• 복받쳐 오르는 감정을 억제하니 못한 나머지 죽음에 이르는 사람도 종종 있다. 쉽게 분노하고 화를 낸다.(브린)

그런데 『한국인의 의식구조』나 『한국인을 말한다』에서 말하는 한국인의 특징 중에서 고대 글씨에서는 추출하기 힘든 특성들도 있다. 『한국인의 의식구조』에서는 한국인이 쓴 자서전에는 자신의 실수나 과오에 대해 솔직하게 써놓은 글이 거의 없을 정도로 자신의 실수, 과오, 결점을 완강하게 은폐한다고 한다. 자신은 어리석었다는 등의 추상적인 처리를 하는 경우는 있으나 이는 겸손하다는 느낌을 불러일으키기 위한 수단일 뿐이라고 지적한다.[142] 또 한국인들이 자기 의사를 현명하게 은폐하며 분명히 반대 의사를 표명할 때 '노'라고 말하지 않고 '예스'를 선행시킴으로써 상대방의 의사를 좌절시키고 감정 표현을 억제했으며 감정의 직정적인 표현은 부덕시하여 슬픈 감정뿐만 아니라 기쁘고 반가운 표정도 직정적으로 표현해서는 안 되었고 신기한 것을 보아도 호기심을 드러내서는 안 되었다고 지적한다.[143]

『한국인을 말한다』에서는 한국인들은 학교에서 선생님이 "알았습니까?" 하고 물으면 학생들은 비록 모르고 있더라도 "예" 하고 전원 일치해서 대답하는 것이 상례일 정도로 본심과 다른 말을 한다고 지적한다.[144] 그러나 고대 한민족은 매우 솔직하고 담백한 성향을 가지고 있었으며 자기표현 능력이 강했기 때문에 이런 것들은 한민족 고유의 특성은 아니다.

『한국인을 말한다』에서는 매우 까다롭고 말다툼을 자주 한다거나 한국어에는 과장이 섞여 있는 경우가 종종 있다거나 쉽게 분노하지만 때때로 화가 나지 않는데도 일부러 화가 난 것처럼 행동할 때가 많다고 지적한다. 일을 대충대충 하는 데 익숙하고 온화하고 개방적이며 사교적인 고대 한민족이 매우 까다롭거나 말다툼을 자주 하지는 않았을 것이다. 또 솔직한 고대 한민족은 일부러 화가 난 것처럼 행동할 때가 많거나 과장이 심했을 리가 없다. 이러한 특성들은 고대 한민족에게서는 찾아보기 힘들었는데 나중에 생긴 것이라고 해석할 수밖에 없다.

4
정신적 네오테니

어린이화 현상

지금까지 분석한 고대 한민족의 특성에 딱 들어맞는 용어가 있는데 바로 '네오테니neoteny'이다. 이 단어는 독일어의 Neotenie에서 온 것으로 그리스어의 'νέος(젊은)'과 'τείνειν(성향)'에서 유래한다. 네오테니 현상은 어린이화 또는 유년화 현상이라고 부르는데, 어떤 생물이 어른이 되어서도 어릴 때의 모습을 유지하도록 진화하는 경우를 말한다. 애완견의 모습은 늑대의 어릴 적 모습과 흡사하다고 한다. 아형 보유pedomorphism는 어린이에게서만 볼 수 있는 특성을 보유하는 것을 말한다. 론다 비먼Ronda Beaman은 네오테니란 인간이 본래 신체, 정신, 감정, 행동의 모든 측면에서 어린아이 같은 특성이 줄지 않고 오히려 두드러지는 쪽으로 성장하고 발달한다는 것이라면서 그 특성으로 기쁨, 사랑, 낙천성, 웃음, 눈물, 노래와 춤, 경이감, 호기심 등을 들고 있다.[145]

의사이자 영국 뉴캐슬대학 심리학 교수인 브루스 찰튼Bruce G. Charlton은 어른이 되어서도 젊은 태도와 행동을 유보하는 것을 '정신적 네오테니psychological neoteny'라고 부른다. 그에 따르면 인간은 더 큰 '정신적인 네오테니'가 되도록 발달한다. 고등교육을 받은 사람과 탁월한 과학자들은 좀 더 정신적으로 네오테닉한 특성을 보인다. '아기 얼굴'을 한 학생이 덜 네오테닉한 학생보다 학업 성취도가 높고 실제로 어른의 학습 능력은 네오테닉한 특성이라고 여겨져왔다. 인간의 신체적 네오테닉화는 정신적으로 네오테닉한 특성을 야기하는데 이는 궁금증, 장난기, 애정, 사회성과 협동하려는 내적인 욕망이다. 미국의 코미디언 스티브 앨런Steve Allen은 "나는 늘 내 안에 있는 아이를 알고 있다. 그 가운데 으뜸인 유머는 정말이지 유치하다. 유머는 세상에 이롭고 현명하며 철학적으로도 가치가 있다. 하지만 인간의 가장 경이로운 점 가운데 하나는 바로 유치함이다"라고 했다. 유치함은 미성숙한 것이 아니라 매우 중요한 인간의 미덕이라는 것이다.[146] 그런데 어른이 된다는 것은 감정을 억누르거나 죽이는 기술을 배우는 것이라고 믿는 많은 사람들에 의해 나이가 들면서 감정은 억압받는다. 감정을 죽이는 것, 감정을 누르는 것은 불행한 일이다.

고등한 동물은 성장 과정에서 보다 하등한 동물의 성체成體 단계를 되풀이한다는 반복발생설recapitulation이 있다. 생물의 개체 발생에 관하여 에른스트 헤켈Ernst Heinrich Haeckel이 제창하여 19세기 말의 과학에서 가장 영향력 있는 개념으로 받아들여진 이론으로 프로이트, 융 같은 학자가 반복발생론자였다. 인간을 우수한 인종과 열등한 인종으로

서열화하려는 과학자들은 이 이론을 따라 열등한 인종의 성인이 우수한 인종의 아이들과 비슷하기 때문에 백인이 우수하고 흑인이 열등하다고 보았다.

그런데 네오테니는 이 주장을 정반대로 뒤집는다. 네오테니의 맥락에서는 아이들의 특징이 계속 유지되면서 느리게 발달하는 것이 '좋은', 즉 더 우수한 것이다. 우수한 그룹은 성인이 되어도 아이들과 같은 특성을 유지하고 열등한 그룹은 보다 고등한 아이들의 단계를 지나 원숭이와 흡사한 상태로 퇴화해가는 셈이다.[147]

네오테니 이론을 연구하는 학자들은 몽골리안이 가장 네오테닉하다는 데 상당히 일치하고, 그중 일부는 이를 근거로 몽골리안이 가장 진화한 인종이라는 결론을 내리기도 한다. 네덜란드의 해부학자 루이스 볼크Louis Bolk는 인간이 본질적으로 네오테니의 특성을 가지고 있다고 주장했다. 그는 어른은 성적으로 성숙된 태아라는 '태형 보유fetalization' 이론을 만들었고 호모사피엔스의 종족은 지연 정도의 차이에 따라 나뉘었으며 네오테니가 가장 강하게 나타나는 인종이 '원숭이와 흡사한 인간 선조'로부터 가장 멀리 떨어진 위치를 차지하기 때문에 우수하다고 선언했다. 심지어 인류를 고등 인종과 하등 인종으로 나누는 것은 충분히 정당화된다고 주장했다. 그런데 몽골리안은 얼굴 모습이 일반적으로 눈, 위, 이마에 튀어나온 부분이 없고, 얼굴이 평평한 대신 광대뼈가 튀어 나오고 눈이 둥근 편이며 코가 높지 않다. 콧구멍 크기가 중간 정도에 속하는데 두개골은 인류 중에서 가장 가냘프고 연약해 보이며, 유인원과 비교해서 가장 진화된 것으로 여겨진다.

진화생물학자 스티븐 제이 굴드Stephen Jay Gould는 일그러지고 비틀린 많은 생물학 이론과 개념에 대해 비판해왔다. 그는 『개체 발달과 계통 발달Ontogeny and Phylogeny』에서 몽골리안의 모습은 이른바 '네오테니 현상'으로 진화한 것으로 인류 중에서 가장 어린 모습을 한 체형을 나타낸다고 주장한 바 있다.[148] 『인간에 대한 오해The mismeasure of man』에서는 동양인이 백인이나 흑인들보다 확실하게 네오테닉하며 가장 네오테닉한 인종이라는 것은 피할 수 없는 결론이라고 했다.[149]

인류학자 애슐리 몬터규Ashley Montagu도 『젊게 나이 들기Growing Young』에서 모공의 빈도, 땀샘의 숫자 등 여러 점에서 볼 때 몽골리안이 백인이나 흑인보다 네오테닉하다고 한다. 특히 몽골리안 여성이 남성보다 더 네오테닉한데 그 차이는 백인 남녀나 흑인 남녀에 비해 더 크다고 한다. 저술가이자 인류학자인 리처드 그로싱어Richard Grossinger 교수는 2000년에 『배아 발생 : 종족, 성, 정체성Embryogenesis : Species, Gender, and Identity』을 썼다. 그는 "만일 어린이화가 진화된 상태의 특성이라면 몽골리안이 대부분의 면에서 가장 태아화되어 있고 가장 큰 발전을 할 수 있다는 것이 명백하다"고 주장한다.

둥글고 불규칙하며 자유분방한 고대 한민족의 글씨는 어린아이 필체의 특성을 가지고 있어서 전형적으로 네오테닉한 특성을 가졌음이 확실하다. 필체를 보면 어느 정도의 나이 때 쓴 것인지를 알아낼 수 있다. 어릴 때는 천진난만하고 비뚤비뚤하며 나이가 들면서 균형을 잡아가고 필획에 힘이 생기고, 중년이 되면 유연한 필체를 구사하게 되며 노년이 되면 필획의 힘이 떨어지고 노숙한 필체를 보인다. 캐런 크린스틴 어멘

드Karen Krinstin Amend와 매리 스탠스버리 루이즈Mary Stansbury Ruiz는 『필적 분석Handwriting Analysis』에서 어린아이들의 글씨의 특징으로 둥글고 불규칙적이며 불안정한 것을 들고 있다.[150]

중국의 판리에范列와 순칭진孙庆军이 쓴 『필적으로 본 인생(从笔迹看人生)』에서는 7세에서 12세의 필적의 특징은 단순하고 유치하며 일부러 만들지 않고 천진난만함이 충만하다고 한다. 12세에서 15세의 청소년기는 유치하기도 하지만 성숙하기도 해서 아동과 성인의 중간 정도에 있다고 본다. 이때의 필체는 개성이 나타나기 시작하며 가로선은 수직으로 평평하며 이어지는 선이 적당하게 나타나고 구성에는 혹은 방정하고 혹은 가늘고 좁고 혹은 치우치고 두텁다. 글씨는 기본적 요구 사항에 부합하도록 배치되어 있다는 것이다.[151]

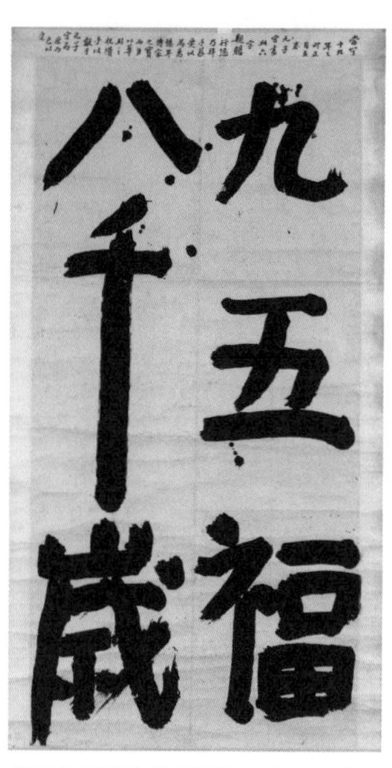

순조가 5세에 쓴 글씨. 조선, 1795년. 일반적으로 어린아이의 필체는 천진난만하고 비뚤비뚤하며 단순하고 유치하며 일부러 만들지 않고 천진난만함이 충만하다. 158×77.5센티미터, 국립중앙박물관 소장.

중국의 후아우 빙용鏵無冰泳은 『필적심리탐비笔迹心理探秘』에서 글씨 구성은 연령에 따라 규범화하는 추세를 보인다고 한다. 그에 따르면 '규범화'의 속뜻은 단지 문자가 세밀하고 정제되었다는 것만을 말하는 것이 아니라 필획이 펼쳐진 위치, 글씨의 방향이 규범화된다는 뜻이다. 나이가 많은 사람은 글자의 필획 처리에서 '도달'을 넘어서고 문자 사용에서 뚜렷하고 흐리터분하지 않으며 동시에 글자의 경사는 한 걸음 한 걸음 바로잡고 글자 모양은 방정함을 위주로 한다고 한다. 그에 따르면 글씨의 대소, 미감은 연령 변화 단계에 따라 변화하는데 12세 이전에는 글씨가 크고 12~15세는 가장 작고 소수는 개성 미학을 찾기 시작한다. 16~25세는 점차 커지는데 기세가 가장 좋으며 문자 개성이 최초로 생기고 중년에는 꼭 알맞으며 50세 부근까지는 변화가 없다고 한다.[152]

사람은 철들면서
죽는다

고대 한민족에게는 어린아이와 같은 순수함이 있었다. 동방삭東方朔의 『신이경新異經』에서는 "동방에 사람들이 있는데 남자는 모두 …… 흰 띠에 검은 관을 쓰고 여자는 다 색옷을 입는다. …… 언제나 공손하게 앉되 서로 시비를 걸지 않으며 서로 칭찬은 하되 헐뜯지 않으며 누구에게 우환이 있는 것을 보기라도 하면 목숨을 바쳐서라도 구하기에 얼핏 보기에는 어리석어 보여서 '선인善人'이라고 한다"라고 하고 있다. 고대 한민족이 천진난만했다는 것은 유물로도 알 수가 있다. 신라의 토우는 동물, 인물 등을 생기 있게 만들었는데 매우 천진난만하면서도 요점을 정확하게 파악하여 표현하고 있어 보는 이를 즐겁게 한다. 점토를 떡 주무르듯 하여 빚어낸 이 토우들은 언뜻 보면 서툰 듯하지만 이처럼 표

토우 영감님과 토우 여자. 신라. 아름다운 건강미가 넘치고 눈과 입의 표정에서는 장난기가 발동된다. 국립중앙박물관 소장.

현해야 할 것만 정확하게 추출하여 생동감 있고 실감나게 만들기도 어렵다. 활을 들고 사슴을 쫓고 있는 사람, 금·비파 또는 관악기를 연주하는 사람, 노래를 부르는 사람, 팔을 부드럽게 벌리고 춤을 추는 사람, 성교하는 남녀가 있다. 지팡이를 짚고 있는 노인, 성기가 강조된 남자, 출산 중인 여자, 뛰고 있는 호랑이, 구멍에서 기어 나와 개구리를 삼키려고 하는 개구리, 새, 자라도 있다. 이들 토우에서는 아름다운 건강미가 넘치고 눈과 입의 표정에서는 장난기가 발동된다. 최순우는 '익살과 고요의 아름다움'을 한국미가 지니는 두드러진 특색으로 보았다.[153]

"단원 전에 단원 없고, 단원 후에 단원 없다"라는 말이 있을 정도로 단원 김홍도는 우리 회화사에서 독보적인 존재이다. 그는 명성에 걸맞

김홍도의 〈고누놀이〉. 더벅머리 총각에서 민民의 정겹고 익살스러운 서정이 느껴진다. 《단원풍속도첩》, 28×23.8센티미터, 보물 527호, 국립중앙박물관 소장.

게 여러 장르의 그림에서 모두 탁월했지만 가장 정감이 가는 것은 민民의 정겹고 익살스러운 서정이 담겨 있는 풍속도이다. 고누를 하고 있는 더벅머리 총각, 풍악의 박자에 맞춰 춤추는 무동, 씨름하는 남자 등이 정겹고 유쾌하다. 풍속화가 김득신의 〈대장간〉도 풀무질하는 소년, 웃통을 벗어던지고 메를 치는 청년, 집게를 잡은 주인 등이 어우러져 민民의 모습이 잘 드러나 있다. 〈파적도破寂圖〉는 어느 부부가 애써 키운 병아리를 도둑질해가는 도둑고양이를 몰고 뛰는 모습을 생생하게 묘사했다.

석수란 원래 악귀를 쫓아 죽은 사람을 수호하기 위해 무덤 안이나 앞에 놓는 기괴한 신수를 표현한 공상적인 동물이다. 그런데 백제 무령왕릉 석수는 뭉뚝한 입, 짧은 다리, 뚜렷하지 않은 발톱이 무섭지 않고 친근해 보인다. 한민족이 그린 호랑이는 어질고 호탕한 모습을 하고 있어

무령왕릉 석수. 백제. 6세기 초. 한민족은 석수도 이처럼 무섭지 않고 친근하게 만들었다. 높이 30센티미터, 길이 47센티미터, 너비 22센티미터, 국보 162호, 국립공주박물관 소장.

백자 청화 양각 철화 소나무·호랑이 무늬 필통. 조선. 한민족이 그린 호랑이는 강아지처럼 무섭지 않고 정겨운 모습이다. 높이 13.3센티미터, 지름 13.6센티미터, 국립중앙박물관 소장.

무섭지 않고 때로는 가까이하고 싶을 정도로 정겹다.

서양화가 장욱진은 한국인의 삶에 대한 남다른 관심을 가졌는데 동화책의 그림 같은 독특한 화풍을 보여주었다. 대표작인 〈자동차 있는 풍경〉, 〈가족〉, 〈초당〉, 〈모기장〉 등은 그의 동심과 해학을 보여준다. 동양화가 운보 김기창은 〈태양을 먹은 새〉나 〈예수의 일생〉 연작, '청록산수' 등에서 화가로서의 재능을 마음껏 펼쳤다. 그의 대표작은 역시 민화를 재해석한 '바보산수'나 '바보화조'였는데 어린아이 같은 순수함, 꾸밈없는 소박함, 자유로움과 일탈의 세계를 선보였다.

탈에는 민民의 시름과 희망, 울분과 익살, 풍자와 탄식이 어우러져 있지만 그 바탕에 있는 것은 역시 웃음이다. 그 웃음은 비아냥거리거나 남을 해치는 것이 아니라 만사에 태평스러운 소박한 너털웃음이다. 눈꿈

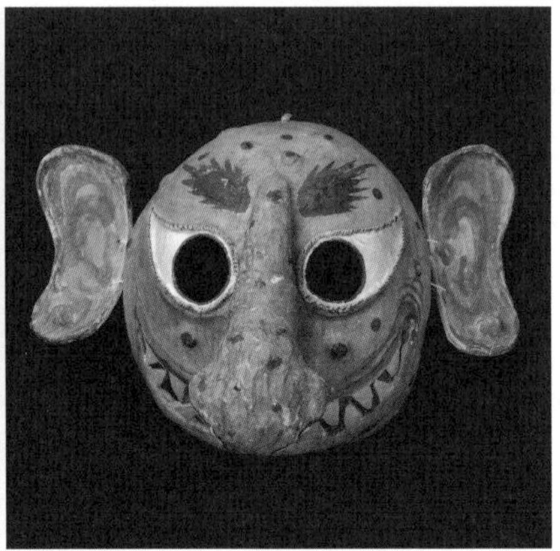

말뚝이탈(33.4×47센티미터)과 각시탈(38×25센티미터). 탈에는 민民의 시름과 희망, 울분과 익살, 풍자와 탄식이 어우러져 있다. 국립중앙박물관 소장.

쩍이, 상좌, 왜장녀, 소무당, 노장, 취발이, 샌님, 미얄할미, 신할애비, 부네, 초랭이, 먹중, 말뚝이, 작은어미 등의 이름을 가진 우리 탈들은 그 이름만큼이나 민속적이고 민중적이다. 야릇한 눈웃음을 하고 있는 이 탈들을 보기만 해도 웃음이 절로 난다.

네오테닉한 특성은 도자기 중에서는 분청사기에 가장 많이 나타나 있다. 국립중앙박물관에 있는 분청사기 철화 제기는 공주시 반포면 학봉리에서 출토된 것인데 흥에 겨운 도공이 낙서를 한 듯하다. 이 선에는 조선의 민民들이 늘 가지고 있었던 해학과 익살이 담겨 있다. 호암미술관에 있는 분청사기 추상문편병도 같은데 이러한 추상 무늬 분청사기는 호남 지방 각지에서 15세기 무렵에 다량으로 생산되었다. 계룡산 기슭에서 16세기에 구워낸 분청사기 철화초문대접에는 수수하고 정다운

분청사기 철화 제기. 조선. 5세기 후반~16세기. 흥에 겨운 도공이 낙서한 듯 어리광과 익살이 묻어난다. 높이 9.2센티미터, 국립중앙박물관 소장.

백자 철화 구름 용 무늬 항아리. 조선. 17세기. 용의 모습은 영험하고 신비하고 두려운 존재가 아니라 언제든지 곁에 두고 함께 놀고 싶은, 친구 같은 존재이다. 높이 31.3센티미터, 입지름 18.7센티미터, 바닥지름 14.8센티미터, 국립중앙박물관 소장.

귀얄 자국 위에 검붉은 철채로 자유롭게 선을 긋고 있는데 도공의 어리광과 익살이 담겨 있다. 17세기의 백자 철화 구름 용 무늬 항아리에서는 용을 희화적으로 그려내고 있다. 어린아이가 그리듯이, 구불구불한 몸을 그리고 점을 여기저기에 찍고 눈은 동그랗게 그려 넣었고 구름은 구불구불한 선으로 처리했다. 소탈하고 어리광스러운 이러한 용의 모습은 영험하고 신비하고 두려운 존재가 아니라 언제든지 곁에 두고 함께 놀고 싶은, 친구 같은 존재이다.

인류 역사상
가장 네오테닉한 사람들

네오테닉한 특성과 관련된 속담들이 있다. "나이가 들면 어린애가 된다", "남자는 죽을 때가 돼야 철이 나고, 여자는 죽을 때가 돼도 철이 안 난다", "늙으면 도로 아기 된다", "늙은이하고 아이는 괴는 데로 간다", "사람은 철들면서 죽는다", "환갑에 철든다"와 같은 것들이다.

한국인의 네오테닉한 특성과 관련해서 주목되는 것이 '응석'이다. 이것의 사전적 의미는 "어른에게 어리광을 부리거나 귀여워해 주는 것을 믿고 버릇없이 구는 일"로서 아양을 떤다, 어리광을 부린다고도 표현된다. 한국에는 어린아이뿐 아니고 성인이 되어서도 선배에게 응석이나 애교를 부리는 것을 종종 볼 수 있는데 특히 술자리에서 많다. 한국 사회가 유달리 술에 매우 관대한 것이나 노사관계에서 서로 자기주장만 일방적으로 내세우는 것 모두 응석 심리의 일종이다. 이규태는 『한국인의 의식구조』에서 응석에 대해서 많이 언급하고 있는데 '어른 아기' 현상이라고 부른다. 그는 모체와의 동화 양육 기간이 길어지면서 한국인에게 형성된 특유한 심성이 '응석'이며 어린이들의 특성이면서 늙어 죽을 때까지 한국인의 의식을 지배하는 중요한 인자라고 보았다. 고려부터 조선에 이르기까지 오늘날의 신고식과 같이 신입 관리들을 길들이는 일종의 집단 따돌림이 있었는데 이를 '면신례免新禮'라고 한다. 신입 관리에게 뇌물을 받거나 신입 관리가 병을 얻거나, 기절하거나 목숨을 잃는 폐단도 있었지만 흙탕물에서 구르기, 목욕물 마시기, 동물 울음소리 따라 하기, 얼굴에 똥칠하기와 같은 심한 장난도 많았다.

한국인의 특성 중 외국어로 번역하기가 어려운 것이 응석과 '한恨'이다. 그중 응석은 고대 한민족에게도 있었던 것이고 '한'은 고대 한민족의 것이 아닌 역사적인 산물이다. 서양에는 응석에 해당하는 단어가 없고 철학자 니체가 말한 '르상티망ressentiment'은 사회적 약자가 강자에게 불평을 한다는 심리 상태를 말하는데 응석과는 다르다. 중국에서도 응석에 해당하는 단어를 찾을 수 없다. 일본에는 '아마에甘え' 정신 구조, 즉 어리광과 응석 부림이 특유의 문화를 이루고 있는데 응석과 유사하다고 할 수 있다.

나는 모든 사람을 한 줄로 늘어세우는 인종의 '서열화'에 대해 분명히 반대한다. 서양 학자들이 정량화를 통해 시도하였던 서열화는 많은 경우에 있어서 편견으로 가득 찼을 뿐만 아니라 부정확하고 심지어는 조작되기도 했던 것을 잘 알고 있다. 그래서 네오테닉한 인종이 가장 진화했다는, 루이스 볼크 등의 학설에 대해서 조심스럽다. 그런데 글씨체로 분석해보면 한민족이 어떤 민족보다도 네오테닉하다는 것은 분명하다. 다음 장의 중국인의 필체 분석에서 보겠지만 네오테니의 관점에서 보면 중국인은 한민족과는 비교가 되지 않는다. 감정을 죽이고 누르는데 익숙했던 중국인에게 네오테닉한 성향이 많을 수가 없다.

'아마에' 정신 구조가 있는 일본의 고대 글씨도 고대 한민족처럼 네오테닉하지 않다. 일본의 초기 황실 글씨체는 백제의 글씨체와 유사했다. 그런데 전형적인 일본 글씨체는 후지와라노 아리토시藤原有年의 〈찬기국사해등원유년신문讃岐国司解藤原有年申文〉(867년), 후지와라 긴토藤

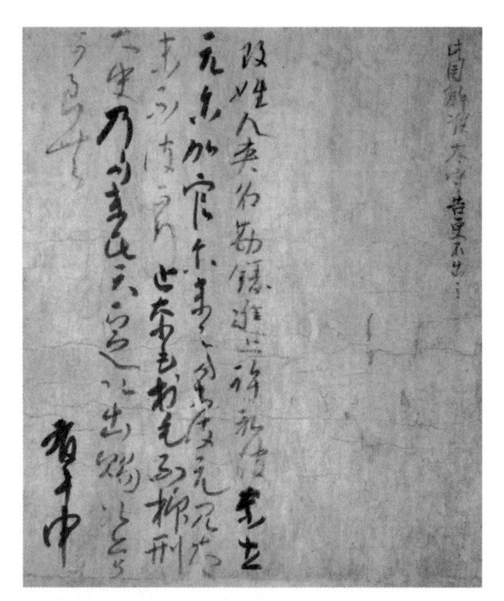

〈찬기국사해등원유년신문讃岐国司解有年甲文〉. 후지와라노 아리토시藤原有年. 일본. 867년. 힘이 없고 가늘며 필선이 깔끔하지 못한 전형적인 일본의 글씨이다. 30.3×265.4센티미터. 동경국립박물관 소장. ©TNM Image Archives.

原公任의 〈북산초北山抄〉(997년경)와 같이 선에 힘이 없고 가늘며 필선이 깔끔하지 못한 특징을 보인다. 이는 일본의 문자인 히라가나를 보아도 알 수가 있는데 주로 상류층 여성들이 사용했기 때문에 온나데女手, 즉 여자의 글씨로도 불렸던 것이다. 7세기 무렵에 한자의 음音과 훈訓을 빌려 고대 일본어를 표기하기 위한 음절문자로 만요가나万葉仮名가 생겨나서 8세기와 9세기 사이에 만요가나의 초서체가 히라가나 서체가 되었다. 문자는 이를 사용하는 민족이 좋아하는 형태를 반영할 수밖에 없는데 히라가나는 흐느적거리는 실 형태이다. 글씨로 분석한 일본인들은 요령이 있고 편안하며 적응력이 뛰어나고 여러 방면에 능력이 있으며 책략과 외교술이 뛰어나다. 하지만 활력이 약하고 생각이 명료하지 않으며 복수심이 있고 교활하며 겉치레를 잘하고 결단을 하지 못하며 신뢰하기 어렵고 기회주의적이며 지조가 없다.

한민족이 가장 네오테닉하다는 내 주장과 같은 입장인 서양학자도 있다. 미국의 인류학자 리처드 퓨얼Richard D. Fuerle은 『우리들 사이에서 활보하는 에렉투스Erectus Walks Amongst Us』에서 머리, 얼굴, 팔, 다리 등의 신체 특징 등을 분석한 다음 "지구상에서 동아시아 사람들이 가장 네오테닉하고, 그중에서도 피하지방이 많은 한국인들이 가장 네오테닉하며 바로 그 다음에 중국인과 다른 몽골리안들이 네오테닉하다"라고 한다.[154]

제2부

한민족 DNA의
계승과 변화

제 4 장

중국화되는 한민족

1
글씨로 본 중국인

예의와 격식에 어긋남 하나도 없도다

한민족 역사에 가장 영향을 많이 준 국가는 단연 중국이다. 그런데 중국이란 나라는 역사가 매우 길고 땅도 광활할 뿐 아니라 여러 종족이 섞여 있으며 인구도 대단히 많아서 어디까지가 중국인지를 구별하기가 매우 어렵다. 뿐만 아니라 중국은 다양한 문화들을 융합하여 새로운 문화를 만들어내는 거대한 용광로의 역할을 해왔다. 6세기 초 이전으로 한정하더라도 춘추시대에만 100여 개의 제후국이 있는 등 수많은 나라들이 생겼다가 없어지기를 반복했고 드넓은 땅 위에 꽤나 많은 글씨 유물이 남아 있다. 이렇게 다양한 유물들을 분석해서 그 특징을 말하기란 쉬운 일이 아니다. 하지만 고대 중국의 글씨들은 공통점을 찾을 수 없거나 그때그때 다른 것은 아니다. 앞에서 고대 한민족의 특징이 가장 잘 나타나는 글씨로 6세기 초까지 고신라의 글씨를 분석했기 때문에 여기서도 같은 시기까지의 글씨를 중심으로 보기로 한다. 고대 중국은 종이가 발명되기 이전 또는 석각에 의해 글씨가 행해졌던 시기로서 주나라의 금문, 진秦나라의 각석, 한나라의 비, 북위를 위주로 한 육조의 석각, 당나라의 비가 있다.

가장 두드러지는 특징으로는 용필用筆이 규격화되어 있고 자른 듯이 바르고 가지런하며 정연하다는 것을 들 수 있다. 각이 매우 뾰족하여 마치 송곳처럼 날카로우며 직선 위주의 글씨로서 곡선의 느낌은 찾아보기 어렵다. 원래 문자의 형태상 곡선으로 써야 할 부분조차도 무리하게 직선으로 쓰고 있는 모습을 보면 고대 중국의 글씨가 얼마나 직선 위주였는지 알 수가 있다. 고대 한민족의 글씨가 곡선 위주인 것과 극명하게 대비된다.

〈내자후각석萊子候刻石〉(서한西漢, 16년), 〈예기비〉(동한東漢, 56년), 〈서옥화산묘비西獄華山廟碑〉(동한, 64년), 〈형방비衡方碑〉(동한, 68년), 〈을영비乙瑛碑〉(동한, 153년), 〈무영비武榮碑〉(동한, 168~172년), 〈희평석경熹平石經〉(동한, 175년), 〈장천비張遷碑〉(동한, 186년), 〈수선비受禪碑〉(위魏, 220년)에서 그런 특징들이 보인다. 〈왕기잔비王基殘碑〉(위, 261년), 〈곡랑비谷郎碑〉(오吳, 272년), 〈여헌묘표呂憲墓表〉(후진後秦, 402년), 〈찬보자비爨寶子碑〉(동진東晉, 405년), 〈대대화악묘비大代華嶽廟碑〉(북위北魏, 439년), 〈저거안주조사비沮渠安周造寺碑〉(북량北凉, 445년)에서도 같다.

이러한 조짐은 서주西周시대의 갑골문에서도 찾을 수가 있는데 결구는 엄정하면서도 호방하며 자획 또한 힘이 있고 강하다. 이는 상商나라의 갑골문과는 많은 차이를 보인다. 상나라의 갑골문은 글자에 쓰인 편방偏旁 부수의 쓰는 법과 위치가 고정되어 있지 않고 이자異字 또한 아주 많으며 자형에 있어서 장단, 대소, 정반도 고정되어 있지 않고 결체結體가 자유스럽고 활발하며 배치 또한 들쭉날쭉하고 정연하지 않다.[155]

〈장천비〉 탁본(부분). 완강하게 네모꼴을 이루고 직선 일변도이고 매우 굵은 글씨체로서 마치 굵고 큰 소리로 소리치는 것처럼 시선을 끈다. 『중국법서선中國法書選』, 니겐샤二玄社 간행.

'口(구)' 형태의 오른쪽 윗각을 보면, 〈내자후각석〉의 '國(국)'자, '日(일)'자는 87도 및 93도, 〈을영비〉의 '首(수)', '言(언)', '魯(로)', '相(상)', '書(서)'자는 87도~90도, 〈무영비〉의 '和(화)', '君(군)'자는 90도 및 93도, 〈희평석경〉의 '四(사)'자는 77도, '吉(길)', '各(각)', '故(고)', '谷(곡)', '貞(정)'자는 89도~91도, 〈저거안주조사비〉의 '者(자)', '是(시)', '右(우)', '喜(희)', '嘆(탄)', '覺(각)'자는 87도~90도 등 거의 90도에 가깝다. 오른쪽 윗각에서만 이런 특징을 보이는 것은 아니고 획의 방향이 바뀔 때 매우 급하게 꺾이는 모습이 극적이다. 〈장천비〉의 '己(기)', '也(야)', '出(출)', '有(유)', '之(지)', '家(가)', '麗(려)', '略(약)', '藝(예)', '向(향)', '西(서)', '能(능)'자의 형태를 보면 꺾임 부분이 매우 급격하고 부드러움이라고는 찾기 어려우며 완강하게 네모

〈찬보자비〉 탁본(부분). 중국인들이 남조南朝 시대 최고의 각석 서예라고 꼽는 이 비석의 '子(자)', '通(통)', '自(자)'자 등의 가로와 세로 필획은 매우 뻣뻣하다. 『중국법서선』, 니겐샤 간행.

꼴을 이루고 있다.

각이 진 글씨는 완고하고 냉정하며 강인하고 인내심이 많으며 저항하기를 좋아하고 융통성이 없으며 비타협적이라는 의미여서 자기중심주의자, 이기주의자, 순응거부주의자에게도 나타난다. 그 예로 비스마르크, 미국의 흑인 운동 지도자 마틴 루터 킹, 아르헨티나의 대통령 영부인 에바 페론을 들 수가 있다.

고대 중국의 글씨는 전형적인 '전절각형' 또는 '각진 형태'인데다가 틀에 박힌 듯 규격화되어 있다. 그 필적학적 의미는 원칙을 중시하고 기계적이며 강인하고 인내심이 뛰어나며 규칙적이고 꼼꼼하며 침착하고 여유가 있고 고지식하며 올곧고 규정과 질서를 잘 지키며 처세를 근엄하게 한다는 것이다. 이는 중국 역사에 미친 영향력이 다른 것과 비교할 수도 없는 유교의 성격에서도 잘 드러난다. 유가 또는 유교의 대표적인 인물인 공자는 예수나 석가모니와 이름을 나란히 하는, 인류 역사상 가장 위대한 사상가로 꼽힌다. 그런데 『논어』에 보면 공자는 다른 사상가들과 달리 '새로운 것을 창조'

하지는 않고 '옛 것을 전할 뿐' 이라고 스스로 말하고 있다. 이 '술이부작述而不作'이라는 말은 유교, 더 나아가서는 중국 사상의 핵심을 잘 보여준다. 공자는 리쩌허우의 표현과 같이 "고대의 전적 · 예의 · 전통문화의 보존자요, 전파자요 심사자"였고 공자 스스로도 그렇게 하기를 자처했던 것이다.[156] 그런데 공자가 평생 간절히 사랑했고 옹호했으며 자신의 모든 노력을 기울여서 회복하려고 그토록 매달린 모델은 '주례周禮'라는 것으로서 주나라 초기에 만들어진, 일종의 체계를 가진 제도, 문물, 법도, 예의 등이었다.

마틴 루터 킹의 서명. 각진 글씨는 완고하고 냉정하며 강인하고 인내심이 많다는 것을 의미한다.

그러면 하필이면 왜 주나라 초기인가? 원래 '예禮'라고 하는 것은 먼 옛날 씨족 부락이 개체 성원에게 반드시 준수하고 집행할 것을 요구한 행위 규범이었는데 고대 사회에서 복을 받기 위해 귀신을 섬기는 일에서 비롯되었다고 한다. 『설문해자』에서도 '禮(예)'자의 '示'는 '神(귀신 신)'자에서 왔고, '豊'은 그릇에 곡식을 담은 모양이라고 풀이한다. 그런데 『예기禮記』에 따르면, 상나라 사람들은 영령(귀신)들을 의식보다 우위에 둔 반면에, 주나라 사람들은 의식을 영령들보다 우위에 두었다. 이는 의식의 '대상'보다 실제적 '의식'이 더 중요하다고 생각하게 된 것을 의미하는데 그 획기적 변화의 시기가 바로 주나라 초기인 것이다. 옛날 토템 가무와 주술 의식이 진일보하여 완비되고 분화된 것이 곧 이른바

'예禮'와 '악樂'인데 그것들의 계통화된 완성은 대체로 은殷 · 주 왕조가 교체되는 시기였다. 따라서 '주례'라는 것은 높고 낮음, 귀함과 천함, 나이가 많고 적음 등의 분명하고도 엄격한 질서 규정을 가지고 있었고 매우 복잡한 것이었다.

대영박물관에 있는 기원전 900년경의 정장 연옥상(높이 약 24센티미터)은 각이 진 대형 관을 쓰고 있으며 옷깃도 각이 지고 옷자락 끝 부분도 사각으로 접혀 있으며 양손을 앞으로 모아 잡고 있다. 하야시 미나오林巳奈夫는 이 인형을 보면 자세뿐만 아니라 관에서 의복까지 문자 그대로 사각사면으로 되어 있어 딱딱한 행동거지나 말씨까지도 상상되어진다고 한다. 이것이 후대까지도 유교의 고전에 의해 예의작법禮義作法의 본보기가 되는, 당시 주대周代의 귀족 사회를 상징하는 자세라고 보고 있다.[157]

주나라의 시가들을 모아놓은 『시경』에는 이런 구절이 있다.

> 나는 근신하면서
> 예의와 격식에 어긋남 하나도 없도다.
> 관청의 무속인이 고하기를
> 효성스런 자손에게 복 내려주시고
> 향기 가득한 효성스러운 제사에
> 신들께서도 즐기어 받으셨노라.
> 온갖 복을 내려주소서.
> 바라는 대로 법식대로 하며

공손하고 민첩하고
바르고 빈틈없이 제사 드렸기에
영원히 가장 큰 복락을
때맞춰 억만으로 내려주소서.

그런데 서주 후기부터 천자의 권위가 실추되기 시작했고 주례는 춘추시대 중기부터는 점차 무너져서 군주는 이미 군주가 아니고 신하는 이미 신하가 아니며 아비는 이미 아비가 아니고 자식이 이미 자식이 아닌 상황이 되었다. 유가들은 이런 상황을 개탄하고 '예악'을 되살리려고 노력했다. 공자의 중심 사상은 '예'이고 주된 사명은 '도道'의 전파자가 되는 것이었는데 이 '도'라는 용어는 이미 『시경』과 『서경』에 나오는 것이다. 『논어』에서의 '도'는, 예의에 맞는 가족상의, 그리고 사회 · 정치적 질서의 총화뿐만 아니라, 이러한 역할들 사이의 관계를 지배하는 예의에 맞는 행위-제의적, 의식적, 윤리적-에 대한 '객관적'인 규정들을 가리킨다.[158] 공자에게 있어서의 '예'는 계급, 조직, 권위, 힘을 의미하는 온전한 의미에 있어서의 사회 · 정치적 질서에서 결속되어야 하는 질서를 의미한다. 유가의 경전인 『의례儀禮』는 제사혼상祭祀婚喪 등에서 각종 지위, 순서, 동작은 물론, 심지어 일거수일투족까지 놀라울 정도로 매우 세밀하고 복잡하고 명확한 규정을 담고 있다. 공자 스스로도 예악을 엄격하게 실천했는데 『논어』 「향당鄕黨」에서 "(공자께서는) 마치 말을 못하는 사람인 양 공손했고, …… 빠른 걸음으로 나아갈 때에도 새가 날개를 펴듯 단아했으며 …… 생선이나 고기가 상했거나 바르게 잘리지 않은 것은 먹지 않았고 자리가 바르지 않으면 앉지 않았다"라고 하고 있다.

'예'는 제사에서 일상생활까지 군사 · 정치로부터 일상생활의 제도 의례까지를 하나로 한 총칭으로 실제로는 곧 명문화되지 않은 법이다. 그것의 기본 특징은 개인의 행위, 활동, 동작, 태도 등을 어떤 일정한 형태로 하도록 하는 강제성의 요구이며 이렇게 개인에 대한 약속과 제한을 통하여, 집단 조직체의 질서와 안정을 유지하고 보증하려는 것이었다. 유가에서 예를 매우 중요시하여 예가 아니면 보지 말고, 예가 아니면 듣지 말며, 예가 아니면 말하지 말고, 예가 아니면 움직이지 말라고 할 정도였다. 심지어 『시경』에는 "사람이면서 예가 없다니 어찌하여 빨리 죽지 않는가"라고 하여 예를 갖추지 않은 사람은 짐승과 같은 존재로 보았다. 그런데 이러한 '예'에 대한 관념은 공자나 유교에만 한정된 것이 아니고 중국 역사를 관통하는 것이다. 리쩌허우는 화하華夏 예술과 미학은 먼 옛날의 예악 전통에서 발원했다고 본다.[159]

맹자도 예의 '객관적' 규정들을 신봉하고 심지어 이것들을 반드시 학습해야 한다고 믿고 있다.[160] 유가와 대립한 묵자도 의례의 개념을 전적으로 부정하지 않는다. 그는 평등주의자는 아니고 정치적 질서가 마땅히 먼저 주도해야 하며 정치적 질서뿐만 아니라 가족적 질서도 계급, 역할, 신분에 따라 그 계급 구조가 명확하게 드러나야 한다고 믿는다.[161] 순자 철학의 핵심도 '예'이다. 순자에게 있어 무릇 '예'라는 것은 살아서는 즐겁게 꾸미고, 죽은 사람을 보낼 때는 슬픈 것을 꾸미고, 제사를 지낼 때는 공경함을 꾸미고, 전쟁을 치를 때는 위풍을 꾸미는 것이다.

리쩌허우는, 공자의 사상과 서로 대립되는 사상을 가진 손자, 노자,

한비자 등의 생활 지혜와 세밀한 사유의 특징은 유가의 실용 이성 정신과 서로 부합하고 있기 때문에 유가의 기초 위에서 흡수, 동화되었고 유가의 실용 이성과 더불어 중국인들의 지혜의 본질적 특성을 구성한다고 말한다. 결론적으로 그들은 유가 속에 용해되고 흡수되어버렸다는 것이다.[162] 제자백가의 사상을 종합하여 사상의 통일을 구하려고 노력했던 『여씨춘추呂氏春秋』「심분람審分覽」에는 "천하에 반드시 천자가 있어야 하는 것은 천하의 행동을 하나로 통일하기 위한 것이다. 천자가 반드시 근본을 장악하려는 것은 천하를 하나로 단결시키기 위한 것이다. 통일이 되면 잘 다스려지고 통일되지 않으면 어지러워진다"고 말한다. 이러한 새로운 창조 속에서도 유가는 우세를 점하고 주도적인 위치를 점한다.[163] 벤저민 슈워츠Benjamin I. Schwartz는, 노자는 '예'에 대항하려고 했는데 이러한 법칙들과 규정들이 고안된 이유는 도덕적 영향으로서의 인과 의로써 더욱 노골적인 사회적 악들에 대처하기에는 한마디로 역부족이라는 유가의 깨달음 때문이라는 자신의 믿음을 반영하는 것으로 보고 있다. 공자 자신은 '예'가 하늘의 질서의 일부라고 믿었고 '예'의 실행이 습관화되고 자발적으로 행해지는 사회를 꿈꾸었던 것이 사실이지만, 반대로 노자는 이것들이 의식적으로 고안되어졌고 의도적으로 성행되어졌다고 생각했으며 묵자는 불필요한 문명의 사치품들과 긴밀한 관계를 갖고 있다고 보았다는 것이다.[164] 송명이학宋明理學에 있어서도 가장 중요한 주제는 인간의 윤리 질서를 기본적인 주축으로 삼는 공맹의 도를 재건하려는 것이었다.[165]

고대 중국에서는 형식을 지키지 않는 심한 경우, 일을 그만두는 데 그치지 않고 자칫 목숨을 잃을 수도 있었다. 춘추시대 위나라에 제사성자諸師聲子라는 유명한 대부가 있었다. 기원전 481년에 군왕 위출공衛出公의 부친인 괴외蒯聵가 위출공의 군주 자리를 빼앗았다. 위출공은 제나라로 도망갔고 대부들도 이를 따랐다. 제나라에서 위출공은 대부들을 모아놓고 술을 마시는 연회를 베풀었다. 제사성자는 연회에 참석하여 양말을 신고 자리에 앉았는데, 이를 본 위출공이 불같이 화를 내며 "오문午門으로 끌고 가 그의 다리를 잘라라"고 명령했다. 제사성자는 다리에 종기가 나서 군왕이 보고 구토를 할까 봐 양말을 벗지 못했다고 여러 번 자초지종을 설명했고 주위의 대부들도 이를 설득했지만 아무 소용이 없었다. 제사성자는 일어나서 나가려고 했지만 위출공은 그의 팔을 붙잡고 "네 다리를 자르고 말겠다"라고 하였다. 제사성자와 옆에 있던 사관司寇 해승亥乘이 "그렇다면 오늘은 우선 즐기고 내일 죽일지 말지를 결정해달라"고 빌었지만 위출공은 더 화가 났다. 위출공은 제사성자의 마을을 없애고 해승의 관직을 박탈할 것을 명령했다. 위출공이 이렇게 화가 난 것은 맨발은 경의를 표하는 방식이었기 때문이다.

중국에서 '예'는 목숨을 걸고 지켜야 하는 것이었다. 신하는 왕에게 복종과 충성의 의무를 지고, 왕은 신하들을 대함에 있어서 예의 법칙에 따라야 하듯이 예는 상호성을 갖고 있다. 의복 때문에 신하들에게 쫓겨난 왕도 있었다. 기원전 559년 어느 날, 위나라의 왕 헌공獻公은 고급 관리인 대부 손문자孫文子, 영혜자寧慧子와 함께 식사를 하기로 약속을 했다. 두 사람은 예정대로 정해진 시간, 정해진 장소에서 조복朝服을 입고 의관을 단정히 하고 기다렸지만, 해가 질 때까지 헌공은 나타나지 않았다. 알아보니 그가 정원에서 사냥을 하고 있다고 하여 두 사람은 하는 수 없이 단정한 차림으로 정원으로 달려갔다. 헌공은 그들을 보자 피관皮冠도 갈아입지 않고 그들과 이야기를 나누기 시작했다. 그러자 대부 두 사람은 화가 머리끝까지 났다. 피관은 사냥이나 전쟁 때 입는 옷으로 짐승이나 적을 상대할 때만 입는 것이었다. 따라서 군왕이 신하를 만날 때는 우선 피관을 벗은 후에야 말을 할 수 있었다. 군왕이 자신들을 짐승 같이 업신여겼다고 생각한 손문자는 바로 정변을 일으켜 헌공을 국경 밖으로 쫓아내고 헌공의 동생을 왕으로 삼았는데 이가 위상공卫殇公이다. 제나라로 피했던 헌공은 12년이 지난 뒤에야 돌아올 수 있었다.

비록 천 편의 시를 쓴다 해도
역시 하나의 문체이다

원래 병사들이 전장에서 항상 같은 전투대형으로 배열되지 않는 것처럼 문자의 외형을 구현할 때 언제나 동일하고 유일한 방식을 취하는 것은 아니다. 물 또는 불의 형상을 본떠서 병사 또는 문자들의 배열로부터 나오는 잠재력은 다양하기 때문에 한번 정해졌다고 해서 결코 변하지 않는 것은 아니다. 그런데 고대 중국 글씨는 모두 일정한 크기에 방향이나 선의 길이가 기계로 찍어낸 것 같이 천편일률적이고 생동감이 부족하다. 또 글자의 간격, 행의 간격 등이 매우 일정하다. 같은 글자라도 쓸 때마다 다르고, 똑같이 쓰는 경우가 없었던 고신라의 글씨와 비교

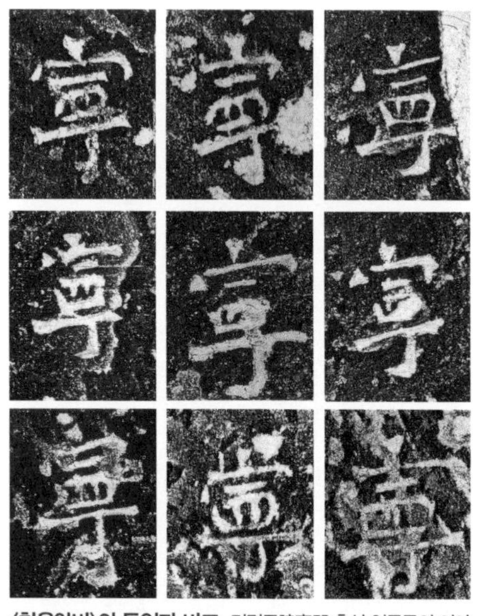

〈찬용안비〉의 동일자 비교. 건령군建寧郡 출신 인물들의 이야기가 많아서 '建(건)', '寧(녕)'자가 유달리 많이 나오는데 기계로 찍어낸 것 같이 형태가 천편일률적이다. 『중국법서선』, 니겐샤 간행.

된다.

〈태산각석泰山刻石〉(진秦, 기원전 219년)에는 '臣(신)'자가 다섯 번 나오는데 찍어낸 것처럼 거의 같고 가로는 4.3~4.5센티미터, 세로는 6.1~6.2센티미터이고 세로와 가로의 배분이 정확하게 이루어지고 있다. 〈찬보자비〉에는 '不(불)', '之(지)', '歌(가)', '事(사)', '子(자)' 등이 여러 번 나오는데 거의 비슷한 형태를 보인다. 〈찬용안비爨龍顔碑〉(유송劉宋, 458년)는 〈찬보자비〉와 함께 '이찬비二爨碑'라고 불리는 비석으로 필획이 강건하고 웅장하며 질박하고 굳세다는 평가를 받는다. 남중南中의 대성인 찬爨씨가 중원이 어지러운 틈을 타서 '만이蠻夷의 왕'이 되어 만들었던 서찬국西爨國의 왕부의 구성을 설명하는 내용이다. 48명의 인물 중 대부분이 영주寧州 소속이고 그중 21명이 건령군建寧郡 출신이어서 '建(건)', '寧(녕)'자가 많이 나오는데 이들이 모두 거의 비슷한 형태를 보이고 있다. '龍(용)', '子(자)'자도 마찬가지이다.

그 외에도 〈역산각석嶧山刻石〉(진秦, 기원전 219년), 〈화산비華山碑〉(한,

161년), 〈왕사인비王舍人碑〉(동한, 183년), 〈공이비孔羨碑〉(위, 220년), 〈범식비範式碑〉(위, 235년), 〈조진비曹眞碑〉(위, 235~236년), 〈왕기잔비〉도 그렇다. 〈부휴비郛休碑〉(서진, 279년), 〈태공여망표비太公呂望表碑〉(진晉, 289년), 〈정장유조상기鄭長猷造像記〉(북위, 501년), 〈손추생등조상기孫秋生等造像記〉(북위, 502년), 〈고귀언조상기高歸彦造像記〉(동위東魏, 543년), 〈원현준묘지元顯儁墓誌〉(북위, 513년)도 마찬가지이다.

이처럼 자른 듯이 바르고 가지런한 것은 행동이나 말이 일관성 있고 이성적이라는 것을, 간격이 매우 일정한 것은 재주가 있으며 논리적이라는 것을 말해준다. 또 글자의 크기가 일정하고 모눈종이 같은 형태, 즉 원고지와 같은 칸에 꽉 채우는 형태를 보이는데 이는 안정 지향적이라는 것을 알려준다. 현재에도 중국인들은 변화를 두려워하고 소극적인 성격을 가지고 있는데 이는 고대에도 마찬가지였다. 규칙적인 글씨를 쓰는 대표적인 사람은 과학자 아인슈타인, 에디슨, 링컨 대통령, 정치가 벤저민 프랭클린, 홈즈 판사이다. 이들이 이런 글씨를 쓰는 것을 보면 규칙적인 글씨가 자기 훈련, 집중, 감정과 충동의 통제, 손재주가 있음, 논리적, 성취욕이 강함, 냉정함, 완벽주의를 의미한다는 것을 확인할 수 있다.

중국인은 벌떼 근성과 획일성을 가지고 있다고 알려져 있는데 획일성은 각양각색의 사람들에게 그 개성을 가리지 않고 일률적으로 동일한 표준을 제시하여 해결하는 것이다. '천편일률千篇一律'은 중국인의 이런 특성을 잘 나타내는 용어로서 중국 양梁나라의 문학비평서인 『시품詩品』에서 비롯되었다. 즉 진晉나라 사공司空 장화張華의 시는 그 근원이

홈즈 판사의 편지. 글씨체가 매우 일정하고 간결하게 정돈되어 있어서 논리적이고 냉정하며 완벽주의라는 것을 알 수 있다.

동한의 유명한 시인 왕찬王粲에게 있었고 그 문체는 화려하고 아름다우며 사물에 그 흥을 실음이 뛰어나고 문자를 절묘하게 사용함이 매우 아름다웠다. 그런데 눈이 좋은 선비들이 마치 그가 여자처럼 부드러운 정이 많고 고상한 기품이 적음을 탓했고 특히 남조의 시인 사영운謝靈運은 "장화는 비록 천 편을 쓴다고 해도 역시 하나의 문체이다"라고 평가했다는 것이다. 중국인들이 이렇게 규격화된 데는 여러 가지 이유가 있겠지만 역사적인 경험이 큰 역할을 했을 것이다. 춘추시대에만 왕 죽이기가 서른여섯 번, 나라 망하기가 일흔두 번이라고 한다. 이처럼 혼돈의 시대에 민民이 겪었을 어려움은 상상 이상이었을 것이다. 수많은 전쟁을 겪고 권모술수가 난무하고 수많은 국가와 왕조의 흥망을 지켜보면서 중국인들은 '튀지 않는 법'과 '꾸밈'이라는 생존의 방법을 터득했을 것이다.

고대 중국의 전설상의 제왕인 황제皇帝는 최고의 복식 발명가였으며, 최초로 복식 체제의 초안을 세운 대예학자였다. 다른 천하의 왕 복희伏羲가 훌륭한 요리사였던 것을 보면 중국에서 나라를 다스리는 것을 '엉클어진 실을 정리'하는 것 또는 '작은 생선을 조심스럽게 요리'하는 것으로 생각했기 때문이기도 하겠지만 그만큼 옷과 음식을 중요하게 생각했기 때문일 것이다. 중국 문화는 먹는 것에서 나왔다고 할 정도로 중국에서는 먹는 것을 가장 중요하게 생각했다. 하지만 '의식주', '의식부모衣食父母(옷과 먹을 것을 제공해주는 사람)' 등 옷이 음식보다 항상 앞에 오는 것을 보면 옷을 음식보다 더 중요하게 생각했음을 알 수 있다. 중국인이 복장을 중시한 것은 멋을 부리거나 편안하려는 것보다는 타인에 대한 예의 때문이다. 중국 문화는 전통적으로 '독특하고 튀는 차림'에 대해 반대하고 혐오했다. 눈에 튀는 차림은 나쁜 사람, 깡패, 호색한, 성품이 나쁜 사람의 대명사였다.[166] 품행이 단정한 군자는 『논어』에 나오는 것처럼 반드시 형식과 바탕이 잘 어울려야(문질빈빈文質彬彬) 했고, 기이한 차림을 해서는 안 됐다. 기이한 복장은 타인에 대한 멸시이고 때에 따라서는 대중과 단체에 대한 멸시로 보여 '대중의 분노'를 살 수도 있다. 중국 고대사회에는 일상생활이나 옷 입고 치장하는 것을 막론하고 궁정은 민간과, 도시는 농촌과, 상층은 하층과 비교해 항상 더욱 호화롭고 사치스러웠으며 정교하고 선진적이었다.[167]

고대 중국에서는 모자를 함부로 쓸 수 없었다. 춘추시대 정鄭나라 군주 정문공鄭文公의 아들인 자장子臧은 도요새의 털로 만든 모자인 취휼관聚鷸冠을 썼는데 황색, 갈색, 회색으로 빽빽하게 얼룩무늬가 있었다.

이런 모자를 쓴 것은 예의에 맞지 않고 특이한 차림에 속했다. 정문공은 그 이야기를 듣고 무척 분노하여 사람을 사서 자기의 친아들을 죽이도록 했다.

기원전 601년 동주東周의 사신 단양공單襄公은 왕명을 받들어 송나라에 갔고, 또 길을 빌려 진陳나라를 지나 초楚나라에 갔다. 진나라에 이르렀을 때 진나라의 군주 진영공陳靈公은 초나라의 유행하는 모자를 쓰고 정부를 만나러 다니고 손님은 내버려두고 보지 않았다. 단양공은 귀국하여 정왕에게 진영공은 큰일을 당하고 나라는 반드시 망할 것이라고 보고했다. 그의 예언은 2년 만에 현실로 나타났다. 진영공은 정부의 아들에 의해 마구간에서 활에 맞아 죽었고 진나라 역시 초나라 군대의 공격을 받았던 것이다.

규칙적인 글씨의 필적학적 의미 중 하나는 구습을 바꾸기 어려워서 습관의 노예가 된다는 것이다. 옛날의 것을 중시하고 지금의 것을 경시하는 경향은 세계 어느 나라에서나 찾아 볼 수가 있지만 중국인의 이에 대한 확신 정도는 다른 민족과 비할 것이 아니다. 아서 핸더슨 스미스 Arthur Henderson Smith는 중국인은 구습을 답습하는 경향이 있다고 하면서 전통 중국인이 사서오경을 보는 것은 마치 경건한 기독교 신자가 헤브라이어로 된 성경을 보는 것과 같은데 이 사서삼경을 증보할 필요성도 인정하지 않는다고 말한다.[168] 중국인들은 현실의 조건을 개선하려고 노력하기보다는 분수에 만족하는 경향이 강하다. 아서 핸더슨 스미스는 중국인들이 모두 자기가 갖고 있는 모든 것에 만족하여 개선하고 싶지 않은 것은 아니지만 확실히 분수에 만족하고(知足) 지금의 조건을 개선하는 것을 반대하는 경향이 강하다고 말한다.[169] 리쩌허우는 장자가 취하고 있던 이른바 '초월'은 사물의 필연성에 대한 도피와 같고, 장자 철학은 확실히 중국 문화와 중국 민족에 여러 가지 소극적인 영향을 미쳤다고 본다. 장자는 유가의 '낙천지명樂天知命', '안빈낙도安貧樂道', '무가무불가無可無不可(가능한 것도 없고 불가능한 것도 없음)' 등의 관념과 결합하여 외부로부터의 충격을 저항 없이 잘 받아들이고 자신과 다른 사람을 속이고 그럭저럭 되는 대로 살아가는 노예적 성격에 더욱 나쁜 작용을 불러일으켰다고 본다.[170]

군자가 꾸미지 않는다면
소인과 무엇이 다른가

일반적으로 현대의 글씨체는 고운(姸) 반면 고대의 글씨체는 소박(質)하기 마련이지만 고대 중국의 글씨는 소박한 느낌이 적고 자연스러운 느낌이 약하며 주도면밀하고 인위적이며 기계적이고 꾸밈이 심하다. 〈과두문蝌蚪文〉, 〈난서부欒書缶〉, 〈희평석경〉, 〈노준비魯峻碑〉(동한, 173년), 〈조도잔비趙尌殘碑〉(동한), 〈조전비曺全碑〉(동한, 185년), 〈삼체석경잔석三體石經殘石〉(위, 241년), 〈임성태수부인손씨비任城太守夫人孫氏碑〉(진晉, 272년)가 그 예이다. 〈천발신식비天發神識碑〉(오, 276년), 〈선국산비禪國山碑〉(오, 276년), 〈황제삼임피옹비皇帝三臨辟雍碑〉(진晉, 278년), 〈광무장군비廣武將軍碑〉(전진, 368년), 〈중악영묘비中岳靈廟碑〉(북위, 456년), 〈우궐조상기牛橛造

〈조전비〉 탁본(부분). 글씨가 자연스럽지 않고 기교가 있으며 꾸밈이 심하다. 『중국법서선』, 니겐샤 간행.

〈정장유조상기〉 탁본(부분). 매우 인위적이어서 자연스러움이라고는 찾아보기 어렵다. 『중국법서선』, 니겐샤 간행.

像記〉(북위, 495년), 〈정장유조상기〉, 〈후태비조상기候太妃造像記〉(북조北朝, 503년)도 그렇다. 중국의 서예가 또는 중국 이론에 따르는 한국의 서예가들은 이런 글씨를 보고 "운필이 정교하다", "화려하고 기교가 있다", "법을 잘 지켰다", "신중하고 긴장미가 있다" 등으로 평가한다.

일반적으로 고운 글씨를 좋아하고, 소박한 글씨를 경시하는 경향이 있지만 중국의 서예 이론가 모두가 고운 글씨를 찬양했던 것은 아니고 소박함이야말로 보배로운 것이라고 여기는 사람들도 많았다. 북송의 서예가이자 화가인 미불米芾은 그림, 문장, 글씨, 시, 고미술 등에 조예가 깊었다. 그는 위진시대 글씨의 평담천진平淡天眞(평범하고 담백하며 자연스럽고 진실함)한 아름다움이야말로 글씨의 지극한 뜻이라고 생각하였다. 미불은 특히 진무제晉武帝의 글씨를 높게 평가했는데 태고인의 기상이 있으며 자연스럽고 순박한 기질이 있기 때문이라고 했다. 미불은 진晉·당의 많은 법서들을 검토해본 결과, 당나라 말기에는 서품의 격조가 낮아졌다고 하면서 유공권 등을 아름다움이 없고 추하기만 한 글씨의 시조라고 비난하였다. 이러한 사고방식의 계기가 된 서품은 당시의 고관 이위李瑋가 소장하고 있던 〈진현십사첩晉賢十四帖〉을 보고 진인晉人의 진적眞蹟 속에서 왕희지王羲之보다 뛰어난 풍기風氣를 찾아낸 것이었다. 제나라의 서예가로서 『논서論書』를 쓴 왕승건王僧虔도 "글씨의 오묘한 이치는 신채神彩를 최고로 삼고, 형질形質이 그 다음이다. 이 두 가지를 겸하는 사람이라야 고인古人을 계승할 수 있다"고 하였다. 노자가 이야기한 대로 사람들이 잔꾀(기교와 솜씨)가 많아질수록 이상한 일들이 점점 생기는 것이다.

중국에도 〈삼노기일비三老忌日碑〉(동한, 52년), 〈축군개통포사도각석鄐君開通褒斜道刻石〉(동한, 63년), 〈안국묘사제기安國墓祠題記〉(동한, 157년), 〈창힐묘비蒼頡廟碑〉(동한, 162년), 〈석문송石門頌〉(동한, 148년), 〈찬보자비〉와 같이 자유분방하면서 자연적인 의취가 있는 글씨로 평가되는 것도 있다. 하지만 〈이사지왕 고리자루 큰칼〉, 〈포항중성리신라비〉, 〈영일냉수리신라비〉는 물론 〈단양적성비〉, 〈창녕진흥왕순수비〉, 〈남산신성비〉와 비교해서도 인위적인 경향이 강하고 자연스럽지 못하다. 필적학에서는 이런

〈석문송〉 탁본(부분). 고대 중국 글씨 중에서는 자연스럽고 자유분방하다는 평가를 받고 있지만 고신라의 글씨와 비교하면 확연히 꾸밈이 심하고 부자연스럽다. 『중국법서선』, 니겐샤 간행.

특징은 틀에 박히고 통일적인 것을 좋아하고 체면을 중시하는 것을 의미한다고 본다.

겉모양을 꾸민다는 '수식修飾'이라는 단어의 어원은 말린 고기를 만들고 밥그릇을 닦는다는 뜻이다. 상고시대에는 '수修'자가 없고 '수脩'자만 있었는데 '脩'의 원래 의미는 (향료를 넣어 만든) 말린 고기이다. 수식은 있어도 그만, 없어도 그만이 아니고 반드시 해야만 하는 것이었다. '수명지불립修名之不立'이라는 말은 이름을 닦지 않는 것이니 곧 명성을 더럽히는 것을 말한다. 『한서』「가의전賈誼傳」에는 '보궤불식簠簋不飾'이라는 말이 나오는데 보궤는 모두 고대 청동기로서 식기와 제기를 말하고 불식은 자주 닦지 않아 더러운 것을 말하니 곧 부패한 대신을 일컫는다. 한편 중국에는 '도장 여행'이라는 것이 있다. 사업을 위해 도장은 인가 부서를 따라 길고 긴 여행을 떠나는데 3개월이나 1년이 걸리는 장기 여행인 경우도 흔하게 있다. 콩젠(콩샹린孔祥林)은 중국 5,000년의 역사는 이러한 형식주의의 역사라고 말한다.[171]

『논어』에 보면 위나라의 대부 극자성棘子成이 공자의 제자인 자공子貢

'장생무극長生無極'이 새겨진 수막새. 중국. 전국시대. 기와에서도 꾸밈이 심한 고대 중국 글씨를 볼 수 있다. 지름 17.2센티미터, 국립중앙박물관 소장.

에게 "군자는 바탕이 되는 우수한 소질과 인품만 있으면 되지 왜 또 꾸며야 합니까?"하고 묻는다. 자공은 "애석하다. 우수한 소질이나 인품은 꾸미는 것과 같은 것이니 서로 없어서는 안 된다. 호랑이 가죽이 개와 양의 가죽과 다른 것은 무늬가 있기 때문이다. 만약 이런 아름다운 털을 없앤다면 호랑이 가죽이 개와 양의 가죽과 무엇이 다르겠는가? 마찬가지로 군자가 꾸미지 않는다면 소인과 무엇이 다른가?"라고 대답했다.

큰 땅을 가진 중국은 북방과 남방이 많이 다르다. 북방 사람들은 손님을 초대할 때 항상 상다리가 휘어지도록 한 상 가득 음식을 차린다. 요리도 매우 알차다. 닭 한 마리, 오리 한 마리, 돼지 다리나 양 다리가 통째로 올라온다. 술은 큰 컵으로 마시고, 고기는 통째로 뜯는다. 남방은 북방보다 접시가 훨씬 작고, 양도 매우 적다. 거의 젓가락질 한 번이면 끝이다. 하지만 요리의 모양과 색이 다채롭고 종류가 많아서 닭 한 마리로 여러 가지 음식을 만들고, 생선 한 마리로 두세 가지 맛을 볼 수 있다. 그래서 북방 사람들은 남방 사람들을 쩨쩨하다며 무시한다. 남방 사람들도 북방 사람들을 마음에 들어 하지 않기는 마찬가지다. 더 흥미

로운 것은 그들이 서로 가식적이라고 생각하는 것이다.[172]

체면은 중국인에게 큰 의미를 갖고 중국인의 많은 것을 좌지우지한다. 현대에도 중국인들이 체면을 중시하는 것은 잘 알려져 있는 사실이다. 상하이 사람들은 "갑자기 불이 나는 것은 안 무서워도, 넘어지는 것은 무섭다"라고 한다. 아서 핸더슨 스미스는 『중국인의 특성Chinese characteristics』에서 체면을 첫 번째 특성으로 내세우면서 모든 중국인의 한 가지 특성이라고 말한다.[173] 콩젠은 실제 살인 사건을 예로 들면서 자신의 체면을 깎아버린 상대를 죽이려고 온갖 수단을 다 동원한다고 한다.[174]

이처럼 체면을 세우는 일은 연극적인 요소가 풍부하다. 중국에서는 처세든 일이든 모두 연출적인 성격이 있고 중국인에게는 강렬한 연극적 본능이 있다. 아서 핸더슨 스미스는 중국에서 연극은 거의 유일하게 전국적인 오락이라고 할 수 있으며 연극에 대한 중국인의 열정은 마치 영국인이 체육에 빠져 있고 스페인 사람이 투우에 빠져 있는 것과 다르지 않다고 설명한다.[175] 그에 따르면 중국인들은 워낙 말을 에둘러 하기 때문에 중국어를 얼마나 유창하게 하든지 간에, 심지어 모든 어휘를 이해할 수 있고, 들었던 구절을 한 글자 한 마디씩 쓸 수 있다 해도 말하는 사람의 마음속 뜻을 정확하게 알 수는 없다. 그 원인은 자연히 말하는 사람이 마음속의 뜻을 말하지 않고 다만 일부 어느 정도 유사한 사실에 대해서만 말하고 상대방이 그중에서 그의 뜻을 알아채거나 혹은 그 일부분의 뜻을 알아듣기를 희망하기 때문이라는 것이다.

또 중국인들은 자기의 이익을 언급할 때면 신중하며 다른 사람의 이익을 언급할 때에는 가능한 시끄러움을 가져올 수 있거나 다른 사람의 미움을 살 수 있기에 특히 더욱 조심한다. 또 나쁜 소식을 가능한 오랫동안 덮어 감추고 게다가 위장하려는 특징이 있다.[176] 이중톈은, 중국인은 서양 사람들처럼 마음대로 말할 수 없었고 누구나 다 말할 수 있거나, 어떤 말이든 다 말할 수 있는 게 아니었다고 한다. '반대하는 말'을 할 수 없을 뿐 아니라, '하고자 하는 말'도 마음대로 할 수 없었다. 말할 때는 장소, 대상, 자기의 신분(이런 말을 할 자격이 있는지 없는지)을 봐야 했다. 태도, 말투, 방식, 분수에도 주의해야 했으며 법규를 아는 중국인들은 '함부로 말하지' 않는다는 것이다.[177] 현대 중국인들도 목적을 이루기 위해서는 면종복배, 계략, 술책, 뭐든지 꾸미고 다 동원한다는 것은 중국인 스스로도 인정한다.[178] 프랑수아 줄리앙François Julien은 중국에서 조작은 너무나 당연한 것으로 받아들여지고 실생활 속에서 널리 활용되고 있다고 지적한다.[179]

죽으면 위로는 군주도 없고 아래로는 신하도 없다

고대 중국의 글씨에는 매우 크거나 매우 작은 것이 꽤 있다. 〈서협송西狹頌〉(동한, 171년)의 글자는 가로와 세로가 모두 5~6센티미터 정도인데 빈 공간이 별로 없을 정도로 크게 배치했다. 이 글씨를 보고 중국인들은 늠름하고 야성미가 넘치며 박력이 있다고 표현한다. 반면에 1976년 중

〈서협송〉 탁본(부분). 박력과 야성미가 넘치는 글씨로서 공간을 최대한 살려 크게 배치했다. 『중국법서선』, 니겐샤 간행.

국 협서성 기산현 봉추촌에서 발견된 서주시대의 미각微刻 갑골문 293편 중 하나는 겨우 2.7제곱센티미터로 작은 동전 크기이고, 글자를 새긴 면적은 1.7제곱센티미터에 불과한데 그 안에 30개의 갑골문이 새겨져 있다. 글자는 머리카락처럼 가늘고 개별적인 글자의 직경은 1밀리미터가 되지 않는다. 어떻게 이런 작은 글씨를 정확하게 새겼을까 놀라울 정도이다.

매우 작은 글씨가 말해주듯이 중국인은 아주 실용적이며 현실감각이 있고 냉정하게 문제를 판단할 줄 안다. 필적학자 캐롤라이나 톨게시Karolina Tolgyesi는 중국인의 글씨를 보면 중국인들이 열심히 일하고, 집중되어 있으며, 감정적이지 않고, 실용적이고 차분하다고 분석한다.[180] 리쩌허우는 중국인들은 각종의 실제 사무, 정치 · 상업, 경험 과학, 인간관계 등에서 심사숙고하는 것이 습관이 되어, 어떠한 속내나 표정도 드러내지 않은 채 냉정하고 신중하며 주도면밀하게 계산하고 평가한다고 말한다. 그러면서 "일체의 실제 상황 속에서 …… 중국인들은 다른 동방의 민족보다 훨씬 뛰어났다"는 엥겔스의 말을 인용한다. 중국인들에게는 실리주의 사상이 배어 있어서 그들이 추구하는 학문 자체도 실제로는 인생을 어떻게 살아가야 하는가, 정치는 어떻게 시행되

큰 글씨	열정, 열광, 격정, 성취 욕구가 강함, 확장 지향, 모험을 즐김, 진취적 기상, 호방함, 사람에게 후함, 흥취가 있음, 적극성, 자존심, 표현 욕구가 강함, 개방적, 사교적, 활동 지향, 근면
	교만함, 불손, 오만, 현실감각이 약함, 소박, 순진, 충동성, 허영심이 강함 (아주 큰 글씨 : 대담, 거침이 없음, 교만, 불손, 오만, 자기중심적, 자부심이 강함, 이기적, 과대망상증, 정신병)
아주 작은 글씨	속도가 느림, 매우 치밀하고 신중, 일에 집중, 정밀한 사고, 현실감각, 냉정한 억제, 주의력과 경계심이 있음, 근신, 겸손, 절제, 경미한 확장 지향
	자신감 부족, 열정 부족, 불안정, 열등감, 소극적, 망설임, 주저하고 쩨쩨하고 탐욕스러움, 이기적, 기만적

어져야만 하는가 하는, 눈앞의 인생에 도움이 되는 실용적인 생각뿐이고 추상적인 문제나 초월적인 형이상학이라는 방향으로는 나아가지 않는 특징이 있다는 것이다.[181] 리쩌허우는 화하미학에는 플라톤의 이데아론은 없으나 오히려 서방 근대의 감각학(Aesthetics, 감성에 관한 학문)에 가깝다고 본다. 이는 또한 처음부터 중국 전통의 미와 심미에 관한 의식이 곧 금욕주의가 아니었음을 표명하는 것이라고 한다. 그것은 그러한 감성-미美 · 성聲 · 색色(색깔과 여색까지 포함하여)의 즐거움을 배척하지 않았을 뿐만 아니라, 포용하고 긍정하고 찬상讚賞하여, 이는 '인지상정'이며 '천하가 다 같이 좋아하는 것'이라고 여겼다는 것이다.[182] 리쩌허우에 따르면 이런 생각은 낭만적 상상의 자유로운 발전, 논리적 형식의 순수한

제련과 추상적 사변을 충분하게 발전시키는 것을 속박, 제한하고 억압한다.[183] 리쩌허우는, 장자는 현실 인생을 강조하고 감성을 부정하지 않았으며 즐거움을 강조했는데 그가 주장한 즐거움은 비록 세속적인 감성적 쾌락은 아니지만 그러나 완전히 감정을 벗어난 것도 아니라고 설명한다.[184] 『장자』에 나오는 "죽으면 위로는 군주도 없고, 아래로는 신하도 없다. 계절에 따라 힘써야 할 일도 없어 유유히 마음 내키는 대로 천지를 자신의 수명으로 삼으니 천하의 만민을 부리는 왕의 즐거움이라 하더라도 이것보다 더할 수는 없을 것이다"라는 구절은 그가 즐거움을 강조했다는 것을 알 수가 있다. 리쩌허우는 '즐거움(樂)'은 중국 철학 안에서 실질적으로 본체의 의미를 지니고 있다고 주장하고,[185] 아서 핸더슨 스미스도 중국인들의 상락常樂을 반드시 한 가지 민족의 성격으로 인정해야 한다고 말한다.[186] 또 작은 글씨는 절제를 의미하는데 중국인들은 예로부터 철저하게 아끼는 근성이 있어서 꼭 필요한 식품마저도 아낄 정도이다.

'산山'이 새겨진 거울. 중국, 전국시대. '산山'자의 결구는 아주 엄정하며 자획 또한 힘이 있고 직선이며 강하다. 지름 11.4센티미터, 국립중앙박물관 소장.

고대 중국인들의 글씨의 또 다른 특징은 각진 부분에서 힘이 있고 강한 특징이 발견된다는 것이다. 또 결구는 아주 엄정하며 자획 또한 아

〈손추생등조상기〉 탁본(부분). 각진 부분에 힘이 매우 강하고 결구는 엄정하다. 『중국법서선』, 니겐샤 간행.

〈을영비〉 탁본(부분). 행 간격이 좁은 글씨를 쓰는 사람은 남에게 피해 주는 것을 개의하지 않는다. 『중국법서선』, 니겐샤 간행.

주 힘이 있고 강하다. 〈공주비孔宙碑〉(동한, 164년), 〈한인명韓仁銘〉(동한, 175년), 〈윤주비尹宙碑〉(동한, 177년), 〈장천비〉, 〈번민비樊敏碑〉(동한, 205년), 〈손추생등조상기〉 등 많은 고대 중국 글씨에서 이런 모습을 볼 수 있다. 필적학자들은 규칙적이고 꼼꼼하며 진지하고 융통성이 없으며 규정을 잘 지키고 공격적이며 인내력이 강하고 자기주장을 굽히지 않는다는 것을 의미한다고 분석한다. 글씨의 시작 부분에 돌출된 것이 종종 발견되는데 〈서악화산묘비西嶽華山墓碑〉(동한, 165년), 〈희평석경〉, 〈왕기잔비〉, 〈순악묘지荀岳墓誌〉(서진, 295년)에서 보는 바와 같다. 시작 부분에 획

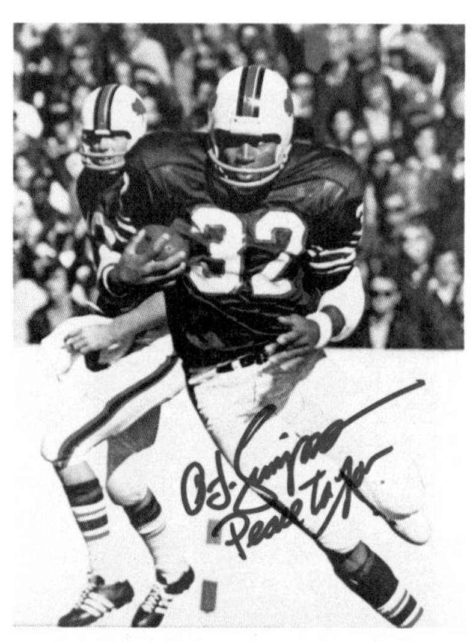

오 제이 심슨의 글씨. 행의 간격이 좁아서 다른 행의 글씨를 침범하고 글자가 불명확하여 사고가 명확하지 않다는 것을 알 수 있다. 첫 글자가 매우 크고 마지막 글자가 호를 그리고 있는 것은 기세가 매우 센 것을 의미한다.

의 비틀림이 있는 것은 자기주장과 의지가 강함을 의미한다.

고대 중국인들의 글씨는 행의 간격이 좁다. 〈신처호부명문新郪虎符銘文〉, 〈소실석궐명少實石闕銘〉, 〈사삼공산비祀三公山碑〉(동한, 117년), 〈경군비景君碑〉(동한, 143년), 〈을영비〉, 〈형방비〉, 〈교관비校官碑〉(동한, 181년), 〈백석신군비白石神君碑〉(동한, 183년), 〈정계선비음鄭季宣碑陰〉(동한, 185년)과 같다. 때로는 〈맹효거비孟孝琚碑〉(동한), 〈공양전전公羊傳磚〉(동한, 85년), 〈등태위사비鄧太尉祠碑〉(전진, 367년)와 같이 그 정도가 심해서 행 사이에 거의 틈이 없는 것도 있다. 좁은 행 간격은 남에게 피해 주는 것을 개의하지 않음을 의미한다. 1995년 자신의 부인을 칼로 살해한 혐의로 기소되었다가 무죄판결을 받은 미국의 미식축구 선수 오 제이 심슨의 글씨도 행의 간격이 좁아서 다른 행의 글씨를 침범한다. 심슨은 2007년 9월 라스베이거스에서 무기 소지 강도죄, 총기 소지 침입죄, 납치죄 등으로 체포되어 유죄판결을 받았다.

고대 중국인들은 공격적이고 강하며 때로는 남에게 피해 주는 것을 개의하지 않고 잔인하기도 했다. 사료를 보면 춘추전국시대 등 고대 중국에서는 인육을 절여서 젓갈로 만들어 먹었다. 『예기』 등을 보면 기원전 480년, 위나라에서 내란이 일어났다. 전투 중에 공자의 충실한 제자 자로子路가 적의 창에 갓의 줄이 잘렸다. 자로는 "군자는 죽어도 관을 벗지 않는다"고 하여 두 손으로 갓끈을 잡고 있다가 칼에 맞아 죽었는데, 죽은 후에도 살이 뭉개지는 형벌을 받았다. 자로의 유해는 발효되어 젓갈로 담가지는 수모를 당했다. 공자가 이를 듣고 매우 슬퍼한 나머지 주방에서 고기로 만든 젓갈을 버리라고 분부하고 다시는 젓갈을 먹지 않았다고 한다.

『후한서』「동이열전」에도 사람 고기로 만든 젓갈 이야기가 나온다. 고구려 태조대왕은 한나라 연합군과 싸울 때 수성遂成을 보내어 한군과 맞서되 거짓으로 항복하는 척하면서 그들을 조정하라는 밀명을 내렸다. 수성은 적들을 속이기 위하여 항복의 증거로 한나라의 포로 100여 명을 넘겨주게 되는데 이 소식을 들은 한나라 조정은 다음과 같은 조서를 각 주, 군에 내린다. "수성 등은 포악하고 거역함이 이루 형용하기 어려울 지경이어서 사지를 잘라 젓으로 만들어 백성들에게 조리돌림을 해야 옳으나 운 좋게도 용서를 받아 죄를 빌면서 항복하였다."

과거 중국에는 항상 두 집안 혹은 두 마을 사이에 대규모의 싸움이 있었는데 대체로 체면이나 자원 다툼 때문이었다. 일단 싸움이 벌어지면 두 집안, 두 마을 사람들 모두가 출동하여 싸움에 뛰어들었는데 절대 물러서지 않고 용감하게 앞장섰다. 사전에 모의된 싸움의 경우, 종종 아주 잔인한 의식이 거행됐다. 이 의식에서는 먼저 생포된 '상대편' 사람의 배를 가르고(청장년이나 상대방의 우두머리를 우선한다), 간장을 꺼내 조상들께 제사를 지낸 후에 큰 솥을 걸어 끓여 익힌 후 가족이나 마을 사람들이 고기와 국물을 나누어 먹었다. '인육연'에 참가하는 사람은, 어떤 경우에는 성인 남자에 한했지만 적어도 모든 가정에서 한 사람은 참가했다.[187]

남이 내 얼굴에 침을 뱉으면
저절로 마를 때까지 기다린다

고대 중국 글씨는 전형적으로 속도가 느린 글씨이다. 앞서 이야기하였던 글씨 속도를 판별하는 기준을 고대 중국 글씨에 대입시켜보면 다음과 같다.

특징 1. 글씨가 아주 작거나 아주 큰 것이 종종 있다.
특징 2. 글씨 크기는 마지막으로 갈수록 작아지지 않고 같은 크기를 유지한다.
특징 3. 획이 부드러운 곡선이 아닌 직선 형태이고 모서리의 각이 져 있다.
특징 4. 개별 글자의 마지막 부분도 완전한 모양을 갖추고 소홀하게 처리하지 않는다.
특징 5. 글자의 각 부분들이 모두 명료하고 비뚤어지지 않고 반듯하며, 섬세한 부분도 모두 명료하여 잘 읽을 수 있다.

특징 6. 글자의 일부가 생략되는 경우가 거의 없다.

특징 7. 마지막 필획이 연장되기보다는 확실하게 매듭을 짓고 있다.

특징 8. 자모의 머리 모양과 선 모양이 연결되어 있다.

특징 9. 철저하게 계획적으로 쓰인 것처럼 거리낌이나 유보된 부분이 많다.

특징 10. 글자가 열려 있지 않고 닫혀 있다.

특징 11. 자연스러운 면이 별로 없고 지나치게 정교한 경우가 많다.

특징 12. 글자 간격이나 행의 간격도 좁은 경우가 많다.

특징 13. 형태가 단순화되는 경향이 거의 없고 정확하게 또박또박 쓴다.

특징 14. 줄이나 기준선이 매우 가지런하다.

특징 15. 글씨가 내려가는 힘이 일정하다.

특징 16. 글자의 마지막 획을 삐침같이 끌어올린 경우가 많다.

특징 17. 글씨의 압력이 매우 무거운 경우가 많다.

특징 18. 무겁고 일정한 패턴을 보이고 매우 규칙적이다

속도가 느린 글씨의 대표적인 인물은 에디슨이다. 그의 글씨는 유연하면지만 t의 가로획이 매우 긴데 이는 뛰어난 인내력을 가지고 있다는 것을 말해준다. 여백이 별로 없는 것은 매우 활동적이라는 것을, 잘 정돈된 글씨 형태는 정돈된 내면을 가지고 있다는 것을 의미하고 화관 형태의 연결 형태는 유연하고 다른 사람들의 말에 귀 기울인다는 것을 알려준다. 링컨 대통령, 『노인과 바다』를 쓴 헤밍웨이, 『마지막 잎새』를 쓴

Jay Gould Esq
Dear Sir,
Mr Eckert does not want me to be connected with the A.&P. It was not necessary that a man should be knocked down and have a foot forced down his throat with a crow-bar, there are many other and gentler methods, for instance, keep an impatient man like my self waiting 3 weeks to decide about removing a partition, causing me to wait for days and weeks for small sums due, doubting my honesty in a transaction of four dollars; urging me to produce things and then refuse to pay for them, granting no money to conduct experiments, and then say why I am not doing something for the Co. In fact conducting his business with me in a manner that it was one long lingering disappointment. I have never complained but once or twice in these two years,

에디슨의 편지. 글씨체를 보면 그는 강한 지구력과 인내력을 가졌고 내면이 매우 잘 정리되어 있었다.

오 헨리도 t의 가로선이 길고 전두환 대통령, 축구선수 박지성의 글씨도 가로선이 매우 긴데 강한 인내력을 나타내는 것이다.

'만만라이慢慢來'는 지금도 중국 어디서나 들을 수 있는 말이다. 속도가 느린 중국인들은 언제나 여유 있고 서두르는 법이 없다. 중국에는 "빨리 하려고 하면 일이 되지 않는다", "급히 들어가면 금방 물러나게 된다", "천천히 하는 것은 겁나지 않지만 멈출까 봐 두렵다"는 속담이 있다. 중국에는 '투어미엔지간唾面自干'이라는 말이 있다. 송나라 때 서로를 배려해주는 형제가 있었는데 동생이 태수로 부임하게 되자 형이 누가 얼굴에 침을 뱉어도 그것을 닦지 않고 마를 때까지 참겠다고 한 말에서 나온 것이다. 청나라 이여진李汝珍의 풍자소설 『경화연鏡花緣』 등에 종종 등장한다. 아서 핸더슨 스미스가 중국인들의 '묵묵히 견지'하는 특성은 세상에 둘도 없다고 말하는 등 외국인들은 중국인의 인내심에 혀를 내두른다. 중국인들은 아무런 원망도 없이 기다리고 태연하게 고난을 참을 수 있는 능력이 있다는 것이다.[188]

1980년대 중국의 대외 정책을 일컫는 용어로 '도광양회韜光養晦'가 있는데 이는 자신의 재능이나 명성을 드러내지 않고 때를 기다리며 참고 기다린다는 뜻이다. 청조 말의 이종오李宗吾는 『후흑학厚黑學』을 저술했는데 '후흑厚黑'이란 두꺼운 얼굴을 뜻하는 '면후面厚'와 시커먼 속마음을 뜻하는 '심흑心黑'을 줄인 말이다. 유비는 뻔뻔한 '후면厚面', 조조는 음흉한 '흑심黑心'의 처세술을 보여주는 대표적인 인물로 꼽을 수 있을 것이다.[189] 설욕을 위해 20년 동안 곰의 쓸개를 핥았다는 '와신상담臥薪嘗膽'으로 유명한 구천句踐이 이종오가 꼽는 '후흑'의 달인이다. 또 '후흑'의 대가인 사마의司馬懿는 시기가 불리하면 모욕을 견디며 때가 오기를 기다리고 때가 왔을 때 적에게 잠시의 틈도 주지 않고 거세게 밀어붙여 궤멸시키는 수법을 동원했다.[190] 인내력이 강한 중국인들은 '후흑'의 성향을 가지고 있는 것이다. "뜻대로 안 되는 상황이 닥쳐도 순순히 받아들인다(역래순수逆來順受)", "자신을 굽혀 일을 성사시켜라(위곡구전委曲求全)" 같은 말들도 있다.

중국에는 군자는 10년 뒤에 복수해도 결코 늦지 않다는 속담이 있다. 인내력이 강한 것은 중국인들의 순환론적인 관점과 낙관주의적 성향과 관련이 있을 것이다. 서양에서는 역사의 전개 과정을 직선적으로 파악하는 데 반해 중국에서는 순환하는 것으로 파악한다. 리쩌허우는 중국 의학의 기초 이론을 세운 『황제내경皇帝內經』은 진한시대의 우주론과 관련이 있는데 이 우주 도식은 폐쇄성, 순환성, 질서성이라는 특징을 가지고 있다고 본다. 그중 폐쇄성은 과대망상과 보수적인 태도로 표현되며 순환론은 진정한 진화를 부정하고 있고 앞으로 나아가는 것은 다만 복고에 불과하고 역사의 변천은 천도天道의 순환에 불과하다고 말한다.

질서라는 성격은 자기 분수를 지키고 주어진 명에 따르는 숙명론적인 태도를 동반하는 것이어서 사람들은 자신이 이미 정해진 위치에 고정되어 있고 그것에서 벗어날 수 없다는 도식의 그물 속에서 살아가고 있다는 것을 스스로 인정하여 '생각은 자신의 지위가 가지고 있는 범위를 넘지 않게' 되고, 바깥에서 오는 압력을 참고 견뎌 더욱 노예근성을 배양하여 누구도 '아니오!'라고 감히 말하지 못한다는 것이다. 이러한 질서는 사람을 보수적이고 나약하게 만들어 감히 모험을 하지 못하게 만들었다고 본다.[191] 리쩌허우는 중국인들은 숙명론을 믿고 진화를 부인하는 순환론의 관점을 가지고 있다고 보는데 이 관점은 다른 한편으로는 엄청난 인내심을 가지고 계속적으로 분투하는 신념의 기초가 될 수 있다는 점에서 진정으로 철저한 비관주의자는 거의 드물다고 한다. 중국인들은 낙관적으로 미래를 바라보려고 하며, 매우 어려운 처지에 놓여 있다 하더라도 끝까지 '어려움이 극에 달하면 태평한 때가 오는(부극태래否極泰來)' 날이 있을 것이고 '때가 되어 좋은 운이 돌아온다(시래운전時來運轉)'는 점을 믿는다. 환경이 아주 나쁘더라도 와신상담하는 인내력으로 언제나 믿음을 가지고 분발하고 낙관주의적인 경향을 보이는 것이다.

인종에 대한 다양한 개념들은 19세기 동안 지속되었던 두 가지 사상적 전통 속에서 발달한 개념과 어느 정도 일치하는 부분이 있었다. 그 하나는 비교해부학과 밀접하게 결합되었던 체질'인류학적' 전통이며, 다른 하나는 비교언어학 및 16세기에 시작된 성서연대기학의 기존 민족적 전통과 긴밀히 연관되었던 '민족학적' 전통이었다. 19세기 초반, 인종에 대한 개념화는 이 두 가지 사상적 전통 내에서 상당히 다르게 진행되었다.

인류학적 전통은 퀴비에Georges Léopold Cuvier와 같은 초기 해부학자들로 거슬러 올라갈 수 있는데 이들은 생리학적 · 해부학적 연구를 기반으로 인종을 분류하였다.[192] 현대 한국인의 체질에 대한 연구에 따르면 한국인의 머리뼈가 다른 민족과 구별되는 가장 뚜렷한 특징은 '머리의 길이가 짧고 높이가 매우 높다'는 점이다. 여기서 머리의 길이는 이마에서 뒤통수까지의 거리를 말하며, 높이는 아래턱뼈 윗부분의 '으뜸점'에서 정수리까지의 거리를 말한다. 특히 머리뼈의 높이가 높은 것은 구석기시대 사람부터 지금의 한국인에 이르기까지 계속해서 나타나는 특징이다. 황하 중류의 지류인 위하渭河 유역의 앙소 주민들은 중두형에 속하며 이마도 곧지 않고 제껴졌고 머리뼈가 높을 뿐 아니라 얼굴뼈도 높아서 한민족과는 다르다.[193]

어떤 말과 글을 쓰는가도 민족의 정체성을 결정하는 핵심 요소 중 하나이다. 언어적 특징은 인종에 대한 가장 신뢰할 만한 지표로 간주되었으며 프리차드Edward Evan Evans-Pritchard와 같은 민족학자들은 다양한 인종 간의 역사적 관계를 추적하기 위하여 언어적 유사성을 이용하였다.[194] 한국어에 대해서는 알타이어계설 등 여러 학설이 있지만 어느 학설에 의해도 티베트어계에 속하는 중국어와 거리가 먼 것은 분명하다. 세종대왕이 훈민정음을 만든 데는 한자와 우리말이 일치하지 않아서 불편하다는 이유가 컸다. 이러한 사실은 두 나라의 국민이 서로 다른 뿌리에서 나왔음을 뜻하는데 글씨체로 본 한국인과 중국인은 달라도 너무 다르다. 좋고 나쁨을 떠나서 한민족의 중국화는 정인지鄭麟趾의 표

분석	고대 한민족	분류	고대 중국인	분석
자유분방하고 개성 있음, 꾸밈이 없고 소탈함	자연스러움	**형태**	인위적이고 주도면밀하여 기계적	틀에 박히고 통일적인 것을 좋아함, 체면을 중시함, 엄격함
행동이나 말의 일관성이 약함, 기분이나 감정에 좌우됨	비규칙적	**규칙성**	규격화되어 있음	행동이나 말이 일관성 있음, 이성적
밝은 성격, 상상력이 풍부함, 속도가 빠름, 적응력이 있음, 친밀함, 관대함	부드러움	**네모 부분에서 각진 부분**	힘이 있고 강함	규칙적이고 꼼꼼함, 진지함, 융통성이 없음, 규정을 잘 지킴, 공격적이고 강함
순박함, 꾸밈이 없음, 순진, 온순, 유순	비틀린 데가 없음	**기필(획의 시작 부분)**	비틀린 부분이 있음	자기주장이 강함, 의지가 강함
변화를 좋아하고 모험을 즐김	큰 글자와 작은 글자의 혼합형	**글자의 형태**	모눈종이 같은 형태(원고지와 같은 칸에 꽉 채우는 형태, 글자의 크기가 일정)	안정 지향적
적극적	붙어 있음	**첫 번째 줄과 윗부분의 거리**	떨어져 있음	진지하지만 모험심이 없음
기분에 의해 좌우됨, 기분파	비등간격형	**글자에서의 가로 및 세로 간격**	등간격형	손재주가 있음, 논리형
경쾌하고 재빠름, 인내력이 약함	붓끝이 밋밋하게 끝남	**결구(끝 부분)**	붓끝이 치키듯이 올라감	인내력이 강함, 견디며 버팀, 끝까지 노력함, 자기주장을 굽히지 않음

에너지가 넘침	큰 호를 그림	**둥근 말미 부분**	큰 호를 그리는 경우가 적음	에너지가 넘치지 않음
사교성이 있음	불규칙적	**템포**	규칙적	정확함
사교성이 있음, 에너지가 넘침, 변덕스러움	다소 구불구불한 형태	**기초선**	직선 형태	성실함
포용력이 있음, 용기, 결단력, 개방성, 외부 세계에 대한 관심, 억제를 잘 못함, 미래 지향적, 조급함, 저지르는 것을 통제하지 못함	상대적으로 넓음	**열린 공간의 간격(하나의 문자가 몇 개의 부분으로 구성되는 경우 그 간격)**	상대적으로 좁음	포용력이 약함, 절제력, 인내, 주의, 집중, 내적인 자유의 부족, 걱정, 직설적이지 못함, 행동의 억제
자신에게 관대함, 새롭거나 다른 환경에 적응 잘함, 유유자적함	넓음	**글자 간격**	좁음	스스로 판단하고 자의식이 강함, 자기표현과 자기 인식에 엄격함
행동에 거침이 없음, 판단이나 일을 하는 속도가 빠름, 활력이 있음, 열광, 확장 지향, 진취적 기상, 적극성, 관철과 활동 지향, 근면, 현실감각이 약함, 소박, 순진, 충동성, 자존심, 자신 있는 태도, 감성적인 주장 요구, 걱정, 정열	다소 큰 편이고 아주 크거나 작지 않음	**크기**	아주 작거나 아주 큰 등 과장된 크기가 많은 편임	아주 작음 : 속도가 느리고 매우 치밀하며 신중함, 일에 집중, 현실감각, 냉정한 억제, 절제, 경미한 확장 지향, 다이내믹함이 부족, 소극적, 망설임, 주저함, 쩨쩨하고 탐욕스러움, 이기적, 기만적, 자신감이 부족함 아주 큼 : 대담하고 거침이 없음, 교만, 불손, 오만, 자기중심적, 자부심이 강함, 이기적, 과대망상증, 정신병

남에게 피해 주는 것을 싫어함	넓음	**행 간격**	좁음	남에게 피해 주는 것을 개의하지 않음

현을 빌면 "둥근 장부가 네모진 구멍에 들어가 서로 어긋남과 같은" 것이었다.

2
무쇠처럼 강인한 신라

일그러진 호쾌함, 〈울진봉평비〉

고조선의 DNA를 잘 간직한 글씨로 〈이사지왕 고리자루 큰칼〉, 〈영일냉수리신라비〉, 〈포항중성리신라비〉를 들었는데 같은 특징들을 가진 고신라비들은 더 있다. 〈울진봉평비蔚珍鳳坪碑〉(524년, 국보 242호), 〈천전리각석〉(525년 및 539년), 〈영천청제비永川菁堤碑〉(536년, 보물 517호)가 대표적이다. 이들 세 개의 비는 글자의 크고 작음이 두드러지게 나타나고 부정형의 구조를 하고 있어 필획이 어느 방향으로 향할지 예측하기 어려워 원시적 생명력과 팽팽한 긴장감을 느끼게 한다.

글자의 모양은 일정하지 않고 큰 것, 작은 것, 비뚤어진 것, 부정형한 것 등 다양한 형태를 이루고 있어서 무질서한 듯 보이지만 전체적인 흐름은 어색하지 않다. 거칠고 다듬지 않은 자연석에 새겼기 때문에 글자 간격은 불규칙하다. 또 중복되는 글자들의 모양이 모두 달라서 반복

〈울진봉평비〉 탁본(부분). 한민족 고유의 특징이 잘 드러난 글씨체를 보여주는 대표적인 비석이다. 높이 204센티미터, 윗너비 32센티미터, 가운데너비 36센티미터, 밑너비 54.5센티미터

된 글자꼴이 보이지 않는다. 〈울진봉평비〉의 경우, 서른 번 정도 나오는 '智(지)'자를 비롯해서 중복되는 글자가 60자 가량 있는데 같은 글자꼴은 찾아 볼 수 없다. 임창순은 〈울진봉평비〉를 두고 큰 폭의 차이로 일그러진 듯 졸하며 더욱 호쾌함을 볼 수 있다고 했는데 넓게 보면 신라시대의 금석문 전반에서 느낄 수 있는 것이다.

〈천전리각석〉의 오른쪽 부분에 먼저 새긴 〈원명原銘〉(525년)과 왼쪽 부분에 나중에 새긴 〈추명追銘〉(539년)은 글씨체에 차이가 있다. 〈원명〉은 〈이사지왕 고리자루 큰 칼〉, 〈영일냉수리신라비〉, 〈포항중성리신라비〉에 좀 더 가깝다. 12행의 '大(대)'의 가로는 6.3센티미터, 세로는 2.9센티미터, 6행의 '妙(묘)'의 가로는 4.7센티미터, 세로는 5.2센티미터, 10행의 '吉(길)'의 가로는 1.6센티미터, 세로는 2.9센티미터, 10행의 '干(간)'의 가로는 1.6센티미터, 세로는 2.4센티미터이다. 가로의 차이는 3.9배, 세로의 차이는 2.2배 차이를 보인다. 〈추명〉의 경우 삐침과 갈고리에서 이미 전형적인 해서의 서사법이 나타나고 있고 일부 결구에서는 행서行書나 초서의 서사법이 보이고 있으며 필획의 전절부에서 부드럽게 운필되어 단아한 남조南朝의 해서 풍취를 엿볼 수 있다. 〈영천청제비〉는 북위의 비나 묘지에서 나타나는 해서와 유사한 특징을 나타내고 있다.

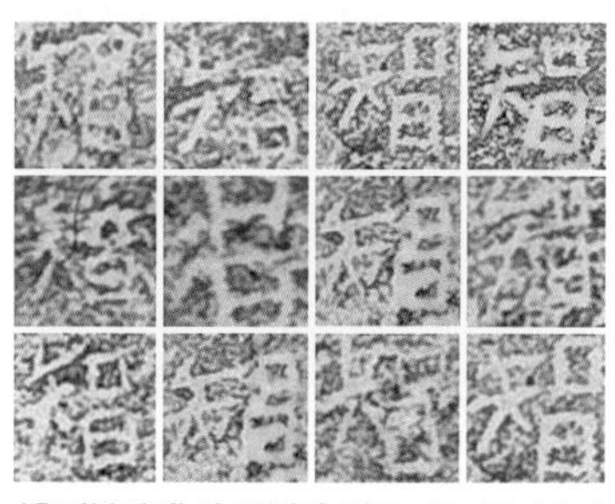

〈울진봉평비〉의 동일자 비교. 〈울진봉평비〉에는 '智(지)'자가 30회 정도 나오는데 크기나 기울기 모양이 모두 제각각이다.

자형은 기본상 정방형을 취하고 삐침의 각도가 좌하향으로 고정되어 전체적으로 해서의 특징을 보인다. 신라의 글씨체가 중국화되기 시작한 것을 알 수가 있다. 하지만 이들 금석문에서도 법흥왕 이전 고신라 비석들의 특징이 강하게 남아 있다.

『삼국사기』에 김대문金大問이 지었다고 전하는 『화랑세기花郎世記』는 그동안 사라진 책으로 분류되었으나 1989년 2월에 갑자기 필사본 『화랑세기』가 공개되었다. 꽤 인기 있었던 드라마 〈선덕여왕〉의 미실美室도 필사본 『화랑세기』에 나오는 인물이다. 비교적 최근에 확인된 구지溝池, 포석사 등이 기록되어 있다는 등의 이유로 필사본 『화랑세기』가 진본이라고 주장하는 학자도 있고, 책의 내용 중 혼인 제도 등에 관한 부분이 기존 연구 결과와 다르다는 등의 이유로 위서라는 주장도 있다. 여기에 나오는 미실이 연인 사다함에게 보내는 향가 「송사다함가送斯多含歌」에 대해서도 진위 논쟁이 있다. 그런데 위서 주장 근거 중에는 근친혼, 아내 상납과 남의 아내 빼앗기, 사통 관계 등이 현재의 윤리관으로는 받아

〈천전리각석〉 탁본. 왼쪽의 〈추명〉(539년)은 오른쪽의 〈원명〉(525년)보다 중국의 영향이 더 많이 발견된다. 67×97센티미터, 국립중앙박물관 소장.

들이기 어렵다는 것도 있다. 용수龍樹가 천명공주를 아내로 맞게 되자 자신의 처 천화공주를 용춘공龍春公에게 주고 용춘공이 선덕공주를 모시게 되자 진평왕은 다시 천화공주를 백룡공白龍公에게 준 이야기가 나온다. 또 마복자摩腹子라는 풍습도 나오는데 이는 하위 계급의 임신한 여성이 상위 계급의 남성과 성관계를 하여 태어난 아이를 말한다. 예를 들어, 왕의 마복자는 왕자나 공주는 아니지만 왕의 보호를 받는다. 필사본 『화랑세기』를 인정하는 입장인 이종욱 교수는 형사취수, 근친혼, 사통 관계가 신라 사람들에게 무한정 허용된 것은 아니었고 나름대로의 원칙이 있었다고 주장한다. 필사본 『화랑세기』를 보면 정비와 소비, 정처와 부처, 처와 첩이 엄격하게 구분되어 있고 그들에게서 출생한 자식들도 적자와 서자로 구별하고 있다는 것이다.[195]

필사본 『화랑세기』의 내용은 글씨로 분석한 신라인의 자유분방한 모습과 매우 닮아 있다. 신라의 토우에서도 남녀가 사랑을 나누는 장면을 매우 적나라하게 묘사하고 있다. 또 골품제를 유지하기 위해서 근친혼이 상당히 보편적으로 행해졌을 것이다. 유럽의 합스부르크가도 명문가의 순혈을 보존하겠다는 목적으로 근친혼을 한 것으로 유명하다. 카를로스 2세, 필레페 4세, 마리 앙투아네트 등은 입이 다물어지지 않는 부정교합인 '합스부르크 립Hapsburg Lip'으로 고생했는데 그 원인도 근친혼이었다고 한다. 현재의 잣대로 신라의 윤리관을 재단하여 진위 판정의 근거로 삼는 것은 설득력이 약하다.

중국화가 시작되다

6세기 중반에 접어들면 본격적으로 남북조시대 서법을 연상하게 하는 글씨들이 나타나기 시작한다. 고신라가 중국화된 시기와 중국풍의 글씨가 나타나는 시기가 거의 일치하는 것이다. 〈단양적성비〉(6세기 중반, 국보 198호), 〈황초령진흥왕순수비黃草嶺眞興王巡狩碑〉(568년, 북한 국보 문화 유물 110호), 〈북한산진흥왕순수비北漢山眞興王巡狩碑〉(568년, 국보 3호), 〈마운령진흥왕순수비摩雲嶺眞興王巡狩碑〉(568년, 북한 국보 문화 유물 111호), 〈창녕진흥왕순수비〉(561년 추정, 국보 33호)가 그것이다. 신라는 6세기 진흥왕 때 이르러 내부 결속을 강화하여 정복 활동을 전개하면서 삼국 간의 항쟁을 주도하기 시작하는데 한강 유역을 빼앗고 함경도 지역까지 진출한다. 이러한 진흥왕의 정복 활동에 관한 기록이 〈단양적성비〉와 4개의 〈진흥왕순수비〉로서 이들은 신라에서 중국 문화를 받아들인 이후 격식에 맞는 글과 글씨로 작성된 최초의 작품이다.

왕의 '순수巡狩', 즉 왕이 천하를 돌면서 천지 산천에 제사 지내고 각 지방의 세력 관계와 민심 동향을 살펴서 영토를 통제, 관리하는 것을 기념하고 자신의 의지를 현지 주민에게 주지시키기 위해 만든 비석이어서 중국의 영향이 좀 더 빠르고 강했을 것이다. 청나라의 학자 캉유웨이康有爲는 『광예주쌍즙廣藝舟雙楫』에서 "진흥왕순수비는 기이하고 뛰어나며 예스럽고 중후하다. 타 지역의 이족 후손에게서 나왔지만 한漢의 문풍에 영향을 받아 중국의 문형과 같은 위대한 작품"이라고 했다. 그는 〈진

〈단양적성비〉 탁본. 신라가 중국의 문물을 받아들이기 시작한 이후 글씨체에서도 고대 중국인의 글씨체의 특징이 확연하게 나타나기 시작하는데 이는 곧 신라인의 중국화를 의미한다.

흥왕순수비〉의 높은 격조와 아름다움은 고금의 으뜸이라고 하면서 중국의 대표적인 해서의 하나인 〈장맹용비張猛龍碑〉보다도 높이 평가했다.

그 이전의 비들은 가로 줄은 전혀 맞추지 않고 세로 줄도 대충 맞추었을 뿐인데 〈단양적성비〉와 4개의 〈진흥왕순수비〉는 정돈되고 구획화되어 가로와 세로의 간격을 맞추어 쓰는 '종유행從有行 · 횡유열橫有列'형을 택하고 있다. 장방형, 편방형, 정방형 등 다양한 결구를 사용했는데 장법이 비교적 정연하고 안정적이다. 글자의 크기, 글자 간격, 행의 간격이 종전에 비해 상당히 정연해졌다.

당시 중국 중원에서 유행하던 글씨체와 비석 형태를 가진 〈황초령진흥왕순수비〉는 울타리를 치듯이 선을 긋고 그 안에 12행, 행마다 약 33자 정도의 글자를 새겼는데 글자 크기가 모두 동일하지는 않지만 큰 차이를 보이지 않는다. 2행과 4행의 '交(교)'자는 세로 길이는 거의 같고 가로 길이만 2.6센티미터, 2.2센티미터로서 1.2배에 불과하고 '知(지)'자는 8행, 9행, 11행, 12행에 있는데 가로 길이는 2.2~2.6센티미터이고, 세로 길이는 2.5~3.1센티미터로서 각 1.2배 정도에 불과하다. 가로획의 기울기는 주로 0도에 가깝고 세로선은 주로 90도에 가까워 글자의 형태가 반듯하다.

글자 행 간격과 위아래 간격이 큰 차이를 보이지 않고 일정한 편이다. 행 간격에 있어서 8행의 '干(간)'자와 9행의 '知(지)'자의 간격은 1.3센티미터로 8행의 '服(복)'자와 9행의 '舍(사)'자의 간격 0.9센티미터보다 1.4배 크다. 글자 위아래 간격에 있어서 8행의 '干(간)'자와 '比(비)'자와의 간격은 2.5센티미터로 8행의 '冬(동)'자와 '知(지)'자의 간격 1.9센티미터보다 1.3배 크다. 글씨체의 모양에 있어서도 삐침과 파임과 갈고리가 모두 전형적인 서사법을 보이고 있다. 그 이전의 비석들은 비의 형식을 갖추지 않고, 모두 자연석을 그대로 이용하거나 약간의 손질만을 거친 것이다. 그런데 〈황초령진흥왕순수비〉는 비신을 판석으로 정교하게 다듬고 좌대와 개석을 갖추고 있어 자연석비 양식과는 확연히 구분된다. 이렇게 몇 가지 점에서 획기적인 변화를 보이는데 모두 중국의 비를 따른 것이다.

그동안 많은 학자들은 〈진흥왕순수비〉 등이 나타나면서 신라의 글씨체에 큰 변화가 왔고 그것이 중국의 영향을 받았다는 사실을 알고 있었다. 그런데 글씨체의 조형, 즉 '미적'인 관점에만 머물러 있었고 '글씨체'의 중국화가 '사람'의 중국화를 의미한다는 것을 인식하지 못했다. 또 그 이전의 신라의 글씨체가 고조선의 전형적인 특징을 가지고 있었다는 사실을 알지 못했다. 글씨체의 변화는 단순히 미 또는 미의식의 변화만이 아닌 '사람'이라는 본질의 변화인 것이다. 중국의 글씨를 따라 쓰면서 글씨체가 바뀌었을 가능성이 높지만 반드시 따라 쓰지 않더라도 중국의 영향으로 중국인의 성향을 가지게 되면 자연히 중국인의 글씨체를 쓰게 된다. 글자의 크기나 행의 간격 등이 정연해진다는 것은 그 이전과 비교해서 자유분방함이 적어지고 속도는 느려지며 좀 더 규격화되는 것을 의미한다. 삐침과 파임과 갈고리가 보이는 것은 의지가 강하고 자기주장을 굽히지 않는다는 것을 말해준다. 따라서 신라인들은 그 이전보다 덜 자유분방해지고 생각이나 행동의 속도는 느려지며 격식을 따지게 되었고 의지는 강해지지만 소박한 맛은 적어지고 단순하지 않고 고집이 세졌다는 것을 의미한다. 이는 고대 한민족의 네오테닉한 기질이 약해졌다는 의미도 된다.

그러나 고유문화에 대한 자부심이 대단했고 저력을 가진 신라인들이 하루아침에 중국인들처럼 될 수는 없었다. 불교 전래 과정에서 이차돈의 순교에서 보듯이 신라는 외래문화 수입에 적극적이지 않고 오히려 저항적이었다. 불교문화를 수입한 이후에도 신라인의 기질에 맞도록 토착화하려는 본능적인 작용이 있었다. 이는 당시 금석문의 글씨체에서 확인할 수 있다.

우선 〈단양적성비〉와 〈진흥왕순수비〉는 그 이전의 신라비의 특징도 일부 그대로 가지고 있다. 글자의 크기도 중국의 비석처럼 일정하지는 않고 정제된 가운데에서도 자유분방하고 기필起筆(처음 부분)과 수필收筆(끝 부분)이 정확하지가 않다. 운필이 경직되지 않아 참치하기도 하고, 아래가 길고 위가 짧기도 하며, 왼쪽으로 기울다가도 오른쪽으로 기울어지기도 하고, 필획과 자형에 따라 여러 가지 결구가 나타난다. 방필方筆보다는 원필圓筆, 직필보다는 곡필을 많이 사용하여 부드러운 느낌을 준다. 또 〈단양적성비〉는 '子(자)', '女(여)', '智(지)', '使(사)' 등 같은 문자가 여러 번 사용되었는데 그 모양이 모두 다르며 〈창녕진흥왕순수비〉도 그렇다.

〈단양적성비〉와 〈진흥왕순수비〉는 종전에 비해서는 덜하지만 자유분방한 맛을 가지고 있다. 〈명활산성작성비明活山城作城碑〉(551년), 〈임신서기석壬申誓記石〉(552년 또는 612년, 보물 1411호), 〈대구무술명오작비大邱戊戌銘塢作碑〉(578년), 〈남산신성비〉(591년) 등에서는 가로와 세로의 배열이 일정하지 않고 글자 크기와 모양의 변화를 예측하기 어려우며 반복되는 같은 글씨체가 없어서 박진감이 넘치고 역동적이며 자연스럽고 졸박한 특징을 여전히 찾을 수 있다. 〈영천청제비〉, 〈명활산성작성비〉, 〈대구무술명오작비〉, 〈남산신성비〉는 저수지나 산성을 축조하는 등과 관련된 비석이고 수도에서 떨어져 있다. 따라서 국가의 최고 통치자에 관계된 중차대한 일을 기록한 〈진흥왕순수비〉와 〈단양적성비〉와 달리 최고 위층이 아닌 관료의 글씨체였을 가능성이 높다. 이를 보면 신라는 왕실을 중심으로 중국과의 교류, 불교의 수입 등을 통해 중국의 영향을 많이 받게 되고 그 영향이 점차 지방 유력자나 관료에게 내려가게 되었던 것

〈황초령진흥왕순수비〉 탁본. 당시 중국에서 유행하던 글씨체와 비석의 형태를 가졌다. 108×44.5센티미터, 한상봉 소장.

을 알 수가 있다.

〈단양적성비〉와 〈진흥왕순수비〉에서 보이는 글씨체들은 6세기 중반 이후의 신라의 금석문에서 유행하였을 뿐 아니라 일상적인 서사인 목간 등에서도 사용되었다. 목간의 글씨는 '민民의 글씨'라고 할 수 있는 것이다. 헤로도토스Hērodotos는 이집트의 민용문자民用文字를 데모티코스demotikos(민民의 문자)라고 불렀는데 이 민용문자는 나일강 삼각주의 업무용 서체에서 유래되었고 기원전 7세기부터 서기 5세기까지 신관문자를 대신해 쓰였다.[196] 신라의 목간은 1975년 경주 안압지에서 처음 발굴된 이래 경주 이외에도 함안의 성산산성, 하남의 이성산성 등지에서도 발굴되었는데 현재까지 알려진 바에 따르면 6~8세기의 것이다. 목간의 글씨는 귀족보다는 민民의 글씨체에 근접해 있던 것이 분명하다.

성산산성의 목간은 비교적 성숙한 행서이고 6세기 금석문, 특히 〈단양적성비〉의 토속적인 서풍과 유사한 면이 많다. 특히 일부 목간에서는 매우 빠른 속도로 써내려간 초서를 보는 듯하다. 목간의 내용이 지방 향촌 사회의 유력자들의 회합에 대한 기록인 것으로 보아 당시 신라의 왕경뿐만 아니라 지방에도 이미 중국화된 글씨가 보급되어 사용되고 있었음을 알 수 있다. 월성해자月城垓字 목간의 서체는 해서와 행서가 모두 성숙하고 일부는 필치가 매우 뛰어나며 초서의 자형도 보인다.[197] 목간 이외에 토기에 쓰이거나 새겨진 문자도 석문의 문자에 비교할 때 소박하고 자연스럽다. 글씨가 보이는 토기로는 6세기 말에서 7세기 초의 〈묵서명 뚜껑굽다리접시〉, 경주 인왕동의 월성해자에서 출토된 〈제의용 토기의 기대편 명문〉 등이 있다.

삼국통일을 이룬 힘

삼국 초기에는 신라가 가장 약하였고 중엽부터 강해지지 시작하였지만 여전히 고구려나 백제보다 못하였다. 그러나 신채호가 『독사신론』에서 이야기한 대로, 삼국 말엽에 이르러서는 광영光榮이 혁혁하던 고구려가 먼저 기울어졌고 무열武烈이 쩌렁쩌렁하던 백제는 후에 쓰러지고, 유독 신라만 홀로 흥하였다. 최남선의 표현대로 "한구석의 작은 나라로 하여금 동방에 있는 통일 정권의 최초 건설자가 되는 영광을 갖게"[198] 한 원인은 무엇일까?

신채호는 『조선상고사』에서 삼국 중에서 건국이 가장 늦은 신라가 힘을 키우는 원동력이 된 것이 화랑 제도이고 조선을 조선으로 되게 한 것도 화랑이라고 한다.[199] 신채호는 화랑도가 기본 가르침으로 여긴 풍류風流는 시와 음악을 말하는데 신라는 화랑들이 중심이 되어 시와 음악으로 사람들을 가르치고 그 마음을 위로해서 군사적으로나 문화적으로 강한 나라로 성장한 것이라고 본다. 최치원은 「난랑비서鸞郎碑序」에서 "우리나라에 현묘한 도가 있으니 풍류라 한다. 그 교를 창설한 내력은 선사仙史에 자세히 실려 있으니 실은 삼교(유교, 불교, 도교)를 포함하여 군생을 접화하는 것이다"라고 하였다. 『삼국유사』에서는 "진흥왕은 천성이 멋스러워 신선을 크게 숭앙하며 민가의 아름다운 처녀를 가려서 원화原花로 삼았다. …… 그 후 몇 해가 지난 후에 왕은 또 나라를 흥하게 하려면 반드시 풍월도風月道를 먼저 일으켜야 된다고 생각하여 양가의 덕행 있는 사내를 뽑아 고쳐서 화랑이라 하였다"라고 적고 있다.

화랑의 참모습을 찾을 수 있는 유물이 있는데 바로 〈임신서기석〉이다. 화랑이 직접 새겼을 뿐 아니라 개인적인 일을 기록한 것이어서 토기의 글씨체 같이 꾸밈이 없고 진솔하기 때문이다. 〈임신서기석〉은 자연석 중에서 비교적 반질반질한 면을 이용하여 5행에 74자를 새겼다. 신라의 비석 중에서 보기 드물게 글자 모두가 선명하고 식별이 가능하다.

칼 뷔트Karl With는 신라 불상을 보고 "신선하고, 굳세고, 혈기 있고, 발육되고, 호흡하고, 생동하고, 성스럽고, 청정한 인격의 의기로 채워 있다"[200]라고 하였는데 〈임신서기석〉 글씨가 바로 그렇다. 송곳으로 판 것 같이 강한 느낌이 나고 글씨가 삐뚤삐뚤하며 힘이 넘치고 자유분방하다. 고구려, 백제의 글씨와 비교할 때 신라 글씨의 특징은 간결하고 짤막한 것이 많고 획마다 굵기의 차이가 크지 않으며 직선체의 글씨가 상대적으로 많고 글자의 형태, 크기, 방향 등이 좀 더 자유분방하다는 것이다. 〈영일냉수리신라비〉, 〈임신서기석〉, 〈울진봉평비〉는 원필보다는 방필을 많이 사용하여 강건한 맛이 난다. 직선체의 글씨는 부드러움보다는 공격적이고 강인하며 꼼꼼하고 융통성이 없으며 규정을 잘 지킨다는 것을 의미한다. 글씨가 간결하고 짤막하다는 것은 현실감각이 있고 절제를 할 줄 알며 일에 집중하고 냉정하다는 것을 의미한다. 긴 글씨가 열정, 팽창 의욕, 적극성, 실천력 등을 의미하는 것과 대비된다. 자유분방한 글씨의 의미는 활력, 정열, 적극성, 자신감 등이다.

〈임신서기석〉의 글자의 크기가 일정하지 않다. 4행의 '七(칠)'자는 가로 1.6센티미터, 세로 0.8센티미터인데 반해, 5행의 '傳(전)'자는 세

〈임신서기석〉. 신라 고유의 자유분방함이 나타나면서 화랑의 글씨답게 강한 힘이 느껴진다. 최고 높이 32센티미터, 최대 너비 12.3센티미터, 보물 1411호, 국립경주박물관 소장.

로 2.6센티미터, 4행의 '誓(서)'자는 가로 2.3센티미터로서 가로 크기는 1.4배, 세로 크기는 3.3배 차이가 난다. 또 행 간격과 글자 간격이 일정하지 않고 차이가 많이 난다. 3행의 '國(국)'자와 4행의 '先(선)'자의 행 간격은 1.2센티미터인데 1행의 '誓(서)'자와 2행의 '此(차)'자의 행 간격은 0.3센티미터로서 4배의 차이가 난다. 1행의 '十(십)'자와 1행의 '六(육)'자의 위아래 간격은 0.3센티미터인데 3행의 '不(불)'자와 3행의 '安(안)'자의 위아래 간격은 0.9센티미터로서 3배의 차이가 난다. 또 반복되는 같은 글자 형태가 없다. 이처럼 강인함과 자유분방함이라는 이질적인 기질이 절묘하게 조화를 이룬 글씨는 매우 드물다. 신라의 화랑들은 강인하고 현실감각이 있으며 절제할 줄 알고 냉정하며 적극적이고 활력이 있으며 자신감이 넘쳤을 것이다.

토인비는 『역사의 연구Study of History』에서 문명의 성장은 자기 결정 능력의 증대이고 쇠퇴는 그 능력의 상실이라고 본다. 자기 결정 능력은 창조적 인물들과 그들을 모방하는 민民의 자발적이고 자주적인 생각과 행위에서 나오는 것이기 때문에 성장하는 사회의 특성은 강제와 획일이 아니라 자유와 분화라고 보았다. 글씨체에서 보듯이 신라인들은 매우 강인하고 자유분방했는데 강인함이 자유로움과 결합되었을 때 그 힘은 엄청났을 것이다. 게다가 신라인들은 현실감각이 뛰어나고 절제할 줄 알며 냉정해서 실리적인 외교를 하였기 때문에 신라가 삼국통일의 주역이 된 것으로 볼 수 있다. 신라가 삼국통일을 이룰 당시의 글씨체를 비교해보면 신라가 고구려나 백제에 비해서 고대 한민족 고유의 특성을 많이 가지고 있었던 것이 분명하다.

3
당당하고 늠름한 고구려

위풍당당한 〈광개토대왕비〉

한민족이 남긴 대표적인 글씨로 〈광개토대왕비〉(414년)를 꼽는 데 주저할 사람은 많지 않을 것 같다. 높이 6.3미터, 폭 1.5미터, 무게 37톤의 세계에서 가장 큰 비석으로 그 위풍당당함이 보는 사람을 압도한다. 1880년 처음 발견되었을 때 청나라의 금석학자 구양보歐陽輔는 "이 비는 얼마나 위용이 있고 수려하던지 중국 내에서도 이것에 필적할 만한 것은 없다. 오吳의 선국산비禪國山碑도 겨우 그 반밖에 미치지 못한다"라고 했다. 그 첫머리에 "옛날 시조 추모왕께서 창건하니라. 왕은 북부여에서 오셨으며 천제의 아들이고, 어머니는 하백河伯의 따님이다. 알을 깨고 세상에 나오셨다"라고 해서 고구려가 천하의 주인임을 선언하고 있다. 글자 사이의 간격이 넓은 것도 비석의 품위를 높여준다. 고바야시 아카라小林章는 『폰트의 비밀』에서 푸투라Futura라는 폰트를 사용

〈광개토대왕비〉 탁본(부분). 18~19세기 말. 위풍당당하고 품위가 있어서 한민족의 늠름한 기상이 드러난다. 각 28×44.2센티미터, 한상봉 소장.

하는 루이 비통 로고가 고품격으로 보이는 이유는 글자의 간격이 넓기 때문이라고 설명한다. 로마시대의 대문자에서도 이런 형태를 사용했는데 마치 낮은 목소리로 천천히 얘기하는 어른의 음색처럼 권위가 있다는 것이다.[201] 판테온이나 티투스 개선문의 글자체도 그렇다.

한 글자의 크기가 가로와 세로 모두 약 14~15센티미터에 달해 장엄하고 힘이 충만한 글씨는 당시 중국 위진남북조시대에 유행하던 해서와는 전혀 다르다. 〈예기비〉, 〈조전비〉, 〈장천비〉 등의 후한시대 팔분八分과는 달리, 점과 필획의 굵기를 인위적으로 과장하여 가늘거나 굵게 하지 않았다. 많은 사람들이 전한시대의 예서인 고예古隷에 속한다고 하는데, 언뜻 보면 〈노효왕각석魯孝王刻石〉(기원전 56년)이나 〈내자후각석〉과 유사한 듯하지만 자세히 보면 많이 다르다.

〈광개토대왕비〉는 한민족 고유의 글씨체의 특징을 많이 가지고 있다. 세로로 선이 그어져 있지만 글자의 배치와 모양이 매우 자유분방하고

자연스럽다. 자유분방함과 부드러운 곡선이 중국의 어느 비석에서도 느낄 수 없는 독특한 분위기를 만들어낸다. 체형은 정방형, 직방형, 사다리꼴, 마름모꼴 등 다양한 형태를 가지고 어떤 것은 위쪽이 크고 아래쪽이 작은데 그 반대의 것도 있고, 어떤 것은 왼쪽이 오른쪽보다 큰데 또 그 반대의 것도 있다.

글자의 형태에 있어서는 규칙성보다는 불규칙성이 더 눈에 띈다. '王(왕)'자, '之(지)'자 등 같은 글자가 반복되는데 그 기울기나 선의 길이, 모양이 일정하지가 않다. '王(왕)'자에 대해서 보면 제1면 2행, 3행, 제2면 7행의 글자의 가로획들은 0도에 가까운데 반해 4행, 5행, 7행의 맨 아래 가로획은 약 -10도이다. 제2면 4행의 중간 가로선은 -8도이고, 맨 아래 가로선은 중간까지는 -7도이다가 중간 이후부터는 15도로 방향이 바뀌고 있다. 또 제1면 2행의 글자보다 제4면 7행의 글자가 세로 길이가 2.5센티미터 길다.

글자 행은 비교적 반듯한 편이지만, 가로 줄이 수평으로 반듯하지는 않다. 제1면 7행의 '山(산)'자, 8행의 '五(오)'자는 그 옆 글자인 6행의 '陵(릉)'자, 9행의 '臣(신)'자보다 맨 아래 가로선이 5센티미터 정도 올라가 있는 등 일정하지가 않다. 점획의 처리가 극히 단순하게 되어 있으며 군더더기 없이 깨끗하여 단순미를 느끼게 한다. 점과 직선으로만 이루어졌지만 그 직선과 점을 다양하게 운용하여 변화를 추구하고 있다. 필획이 각이 가파르지 않고 넉넉하며 부드럽다. 특이한 형태의 간화자도 있다. 특히 '岡(강)'자와 '開(개)'자의 경우에는 중국의 서예 자료에서는 찾아볼 수 없는 독특한 형태를 띠고 있다.[202] 『양서』, 『후한서』는 "고구려 사람들은 깨끗한 것을 좋아한다"라고 했다. 엑카르트Andre Eckardt는 한국미의 중추 개념으로 단순성을 강조하고 있고 최순우도 소박한 아름다움과 기교를 초월한 방심의 아름다움을 한국적인 미감이라고 하였다.

〈광개토대왕비〉의 글씨체는 인품이 훌륭하고 속도가 빠르며 자유분방하고 깨끗하며 순수한 한민족의 특성을 그대로 보여준다. 당당하고 늠름하며 웅혼하고 에너지가 넘치는 글씨이다. '가운데 중(中)'에서 '입 구(口)' 부분이 매우 큰 것은 에너지가 넘치는 것을 보여준다.

〈광개토대왕비〉와 전체적인 서풍이 같은 것으로 〈광개토대왕호우명廣開土大王壺杅銘〉, 〈계해년癸亥年 인장〉(423년 추정), 〈중원고구려비中原高句麗碑〉(5세기 중반, 국보 205호)가 있다. 이를 보면 〈광개토대왕비〉는 지배층의 공식 서체 성격을 띤다고 할 수 있다. 많은 학자들은 〈광개토대왕비〉의 연대가 가장 앞선다는 이유로 이 비를 비롯한 고구려의 글씨체가 백제와 신라에 영향을 미쳤다고 보지만, 〈광개토대왕비〉가 고대 한민족 글씨체의 원형을 보여준다고 할 수는 없다. 가로와 세로의 행을 맞추고 글자의 배합과 간격이 비교적 균등한 것 등은 중국의 영향을 받았음을 보여준다. 5세기 초반의 〈광개토대왕비〉, 〈덕흥리고분묵서德興里古墳墨書〉(408년)는 물론, 4세기 중반의 〈안악3호분묵서安岳三號墳墨書〉(357년)도 전체적인 구성이나 글자의 형태에서 6세기 중반 신라의 〈단양적성비〉, 〈진흥왕순수비〉 등과 유사하다. 이를 보면 고구려가 신라보다 상당히 빨리 중국화된 것을 알 수 있다. 고구려는 삼국 중 중국의 문화를 가장 먼저 받아들였고 고구려에서 유행한 서법은 한과의 교류와 관계가 깊다. 전국시대 중국에서 사용하던 화폐인 오수전五銖錢, 화천貨泉 등이 고구려의 수도였던 지안集安 지역에서 출토된다.

〈광개토대왕호우명〉. 고구려. 415년. 〈광개토대왕비〉와 같은 글씨체를 보인다. 높이 19.4센티미터. 국립중앙박물관 소장.

대륙을 호령한 패기

『삼국사기』에는 동명성왕이 말을 잘 타고 활을 잘 쏘아 사냥에서 부여 왕을 이겼다는 이야기가 나온다. 『삼국지』 「위지동이전」에는 "고구려의 별종들이 소수小水에 의지하여 나라를 세워서 그 나라를 소수맥小水貊이라고 한다. 이곳에서 좋은 활이 나오는데 이를 맥궁貊弓이라고 한다"고 하고 또 고구려인들은 "기력만 있으면 전투를 익혔다"고 기록되어 있다. 『구당서舊唐書』「동이전東夷傳」 고구려조에는 "고구려 사람들이 각처의 큰길가 네거리마다 경당扃堂이라고 하는 큰 집을 지어 이곳에서 청년자제들을 모아놓고 밤낮으로 독서하고 활쏘기를 익혔다"라고 한다. 고구려 고분에는 말을 타고 활을 쏘거나 갑옷을 입고 투구를 쓰고 있거나 사냥하거나 씨름을 하는 벽화가 많은데 패기가 충만하고 힘이 넘친다. 장천 1호분 벽화에는 씨름을 벌이는 사람들이 묘사되어 있고 덕흥리 고분벽화에는 기마 궁술 대회 장면이 있는데 5개의 과녁이 있고 초조한 모습으로 자기 차례를 기다리는 기사 등이 그려져 있다. 고유섭은 고구려의 고분벽화를 "고흐의 힘에 넘치는 동요"라고 했는데 벽화 속의 무사들은 날렵하고 강인하며 조금도 굼뜬 데가 없다.

조선 말기까지 정월 대보름날 저녁에도 행해지던 석전石戰(돌싸움)에 대한 최초의 기록은 『수서隋書』「고구려전」에 보인다. "고구려는 매년 정초에 패수浿水 위에 모여 좌우 두 편으로 나누고 서로 돌을 던지며 싸운다. 이때 국왕은 수레를 타고 와서 구경한다"고 하여 고구려에서는 석전이 하나의 국가적 연중행사로서 국왕의 참석 하에 행하여졌던 사실을 알 수 있다.

4세기 무렵 고구려가 요하선을 확보하고 요동 지방을 차지한 뒤 철의 생산이 급속도로 늘어나게 되고 우수한 제철 기술을 가진 고구려는 동북아시아의 최강자가 된다. 연해주에서의 철의 사용은 매우 이른 시기에 이루어졌고 방사선 탄소로 분석한 결과 기원전 11~기원전 9세기로 추정된다.[203] 이는 중국의 철기 출현 시기보다 빠른 것이다. 철銕을 의미하는 한자 자체는 금속(金)과 이(夷)족의 명칭으로 이루어진 것이다. 철의 주조 기술은 동이족이 발명하였고 그 후 중국인이 이용했다.[204] 고구려는 세계 최강국이었던 수나라, 당나라와 싸워서 이기기도 했다. 서울 아차산에서 산마루를 따라 늘어선 고구려의 병사들이 보초를 서며 적을 경계하던 요새가 여럿 발견되었고 이곳에서 철제 농공구와 무기가 많이 출토되었는데 무기의 강도는 오늘날 기계를 만드는 강철에 맞먹는다고 한다. 같은 시기 백제의 철제 유물은 속까지 녹슬어 푸석푸석하지만 고구려의 것은 겉만 녹슬었을 뿐이어서 녹을 깨끗이 닦아내면 지금도 사용할 수 있을 정도이다.

고구려의 방창용防槍用 방패에는 앞쪽에 끈을 묶을 수 있는 구멍이 4개 있는데 심장을 보호하기 위해 끈을 묶어 고정했을 것이다. 고구려의 옛 영토인 다싱안링大興安嶺의 무덤에서 발굴된 것으로 제철 기술이 매우 발달했던 고구려에서 만든 무기답게 단단하다. 이 방패를 스펙트럼 분석한 결과 탄소가 4.31퍼센트 함유된 주철로 확인되었다. 이는 노남리 남파동에서 출토된 고구려 초기 유물인 선철제 주머니 쇠도끼의 탄소 함량과 동일하다.[205] 녹이 잘 안 스는 주철이고 중국 내몽골 지방의 토질이 알칼리성이어서 1,000년이 넘는 동안 이렇게 잘 보존될 수 있었다. 중간 부분에 '광생廣生', 왼쪽에는 '오필성五必成'이라고 쓰여 있다. 그중 '광廣'자의 글씨체는 〈광개토대호우명〉에 있는 글자와 유사하다. 이 글씨들은 방향이 일정하지 않고 자유분방하며 필선이 호쾌할 만큼

고구려 방패. 글씨체에서 고구려인의 강인함과 웅혼한 기상이 드러난다. 30.8×30센티미터.

힘차고 거칠다. 철 방패를 두르고 전쟁에 나서던 고구려인의 강인함과 웅혼한 기상이 글씨의 가파른 선과 뚜렷한 각에 그대로 드러나 있다. 2004년 9월 16일 방영된 울산방송 창사 7주년 특집 다큐멘터리 〈한국의 야철, 울산쇠부리〉에 '포관래회包管來回(방패가 나를 보호해주고 무사히 귀환할 수 있게 해줄 것이다)'라고 적힌 고구려의 철 방패가 나온 적이 있는데 형태, 크기, 글씨체가 매우 유사하고 발굴 지역도 같다. 이러한 글씨체는 일제강점기 북한 지역 출신의 항일운동가에게서 많이 볼 수 있다.

〈태왕릉출토전명太王陵出土塼銘〉은 고국원왕의 무덤인 태왕릉과 천추총의 무너진 돌무지 속에 기와와 함께 섞여 있었던 글자가 새겨진 벽돌이다. "원하옵건대 태왕릉이 산처럼 안전하고 뫼처럼 튼튼하소서(願太王陵安如山固如岳)", "천추만세토록 영원히 튼튼하소서(千秋萬歲永固)" 등 무덤이 오랫동안 보존되기를 기원하는 내용이 새겨져 있다. 이 글씨체들은 방향이나 기울기, 크기 등이 자유분방하면서도 강한 직선의 필체를 보인다.

2012년 7월에 고구려의 옛 수도인 지안시 마셴향에서 비석이 발견

〈태왕릉출토전명〉. 고구려. 4~5세기. 자유분방하면서도 강한 필선이 두드러진다. 길이 28센티미터, 국립중앙박물관 소장.

되었는데 중국 국가문물국은 조사 후 고구려비라고 결론 내렸다. 국내에서는 2013년 1월 4일 국가문물국이 발행한 『중국문물보中国文物报』를 보고 비석의 존재를 확인하였다. 이 비석은 〈광개토대왕비〉, 〈중원고구려비〉에 이은 세 번째 고구려비로서 학계의 비상한 관심을 끌었다. 화강암 재질인데 높이 173센티미터, 너비 60.6~66.5센티미터, 두께 12.5~21센티미터, 무게 464.5킬로그램의 규모로 윗부분과 아랫부분이 소실된 상태로 발견되었다. 비석의 내용은 10행으로 되어 있으며 각 행마다 22자가 있고 마지막 행만 20자가 새겨져 있다. 첫머리에 나오는 "시조 추모왕이 나라를 창건했다"와 "하백의 손자, 그리고 그런 추모가

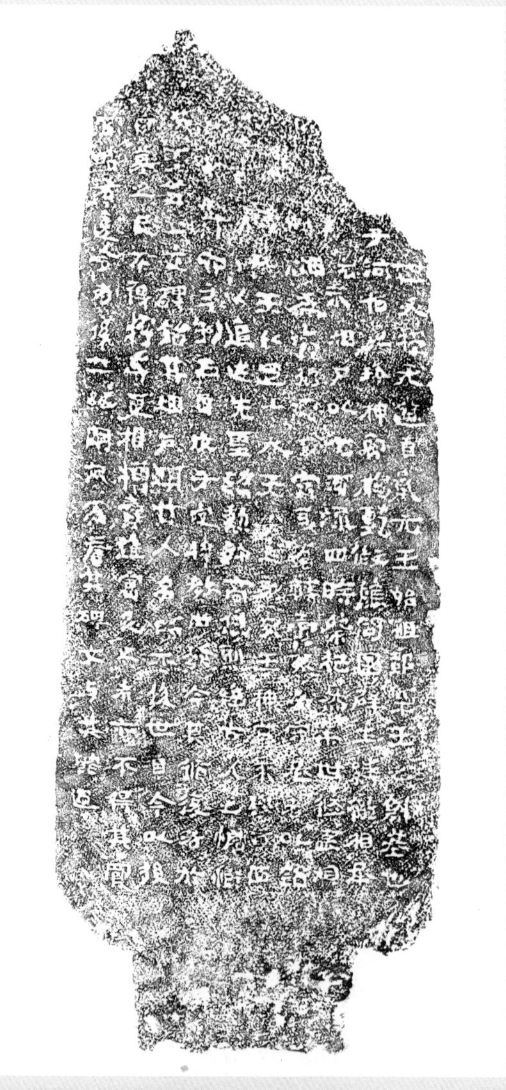

〈지안고구려비集安高句麗碑〉 탁본. 논란이 있지만 필체로 보아 〈광개토대왕비〉와 유사한 시기에 세워진 고구려 비석으로 보인다. 66×170센티미터. 한상봉 소장.

나라를 일으켜 (왕위가) 후대로 전해졌다"는 등은 〈광개토대왕비〉의 문구와 비슷하다. 중국에서는 주로 고국양왕을 위해 광개토대왕이 세웠다는 설과 장수왕이 광개토대왕을 위해 세웠다는 설이 대립한다. 국내에는 비 자체가 위조되었다는 주장도 있다.

사진과 탁본을 통해서만 볼 수 있었을 뿐이어서 조심스럽지만 글씨체로 보아 고구려비가 맞는 것으로 판단된다. 부정형과 곡선 등 한민족 고유의 특징들이 여기저기서 드러난다. 이는 선하고 급하며 네오테닉한 고대 한민족의 특성을 보여주는 것이다. 위조를 하였다면 중국인의 솜씨일 텐데 중국인이 이런 글씨체를 만들기는 매우 어려웠을 것이고 비문에 특별히 의심할 만한 내용도 없다. 제작 시기는 〈광개토대왕비〉와 비슷할 것이다.

진취적 기상

〈광개토대왕비〉가 고구려의 대표적인 글씨체인 것은 맞지만 아무래도 위대한 왕의 공식적인 비석이어서 일반인들의 성향을 그대로 보여준다고 하기는 어렵다. 고구려인들의 성향을 가장 잘 살필 수 있는 것은 〈안악3호분묵서〉, 〈덕흥리고분묵서〉, 〈모두루묘지명〉(4~5세기)과 같이 붓으로 쓴 것과 〈평양석각석〉(5~6세기), '연가칠년延嘉七年'이 새겨진 금동여래입상과 같이 비공식적인 생활 서체이다.

〈모두루묘지명〉. 고구려. 4~5세기. 중국 지린성吉林省 지안 소재. 글씨가 오른쪽 위를 향하고 자유분방하여 패기 있게 도약 전진하는 고구려인의 필체답다.

호태왕의 신하였던 모두루의 공적을 기록한 〈모두루묘지명〉은 〈광개토대왕비〉와 거의 동시대로 추정된다. 이 묘지문의 첫머리는 "하백의 손자이며 일월의 아들인 초무성황은 원래 북부여에서 오셨으니, 천하사방은 이 나라 이 고을이 가장 성스러운 곳임을 알 것이다"라고 시작해서 고구려를 세상의 중심으로 보고 있다.

〈모두루묘지명〉은 〈광개토대왕비〉와 유사하게 필획이 강해서 기세가 넘치고 용기 있는 사람이 쓴 것이 분명하다. 그렇지만 〈광개토대왕비〉처럼 글자가 꽉 찬 느낌이라기보다는 여백이 꽤 넓어서 여유가 있다. 유려한 필치의 해서로 썼는데 북위비에서 보는 것과 같은 딱딱한 맛이 없고 부드럽다. 계선界線을 친 다음 사각형 안에 한 글자씩 써넣었기 때문에 자간과 행간이 대체로 고르고 정연하지만 부분적인 필획은 계선 밖으로 돌출된 것이 있을 정도로 자유분방하고 발랄하다. 글씨를 보면 걸음걸이가 마치 달려가는 듯이 하였다는 고구려인이 연상된다. 글씨가 우상향으로 날아갈 듯한데 이는 긍정적이고 진취적인 성향을 의미하는 것이어서 도약 전진하고 패기 있는 고구려인의 필체답다. 글자의 마지막 필획을 굵게 써서 표현하고 있는데 이는 팔분의 파세波勢가 남아 있는 것으로 중국의 영향을 받은 것이다. 고구려 벽화에 쓰인 글씨들도 크기가 일정하지 않고 장법과 자형을 융통성 있게 변화시키고 있다.

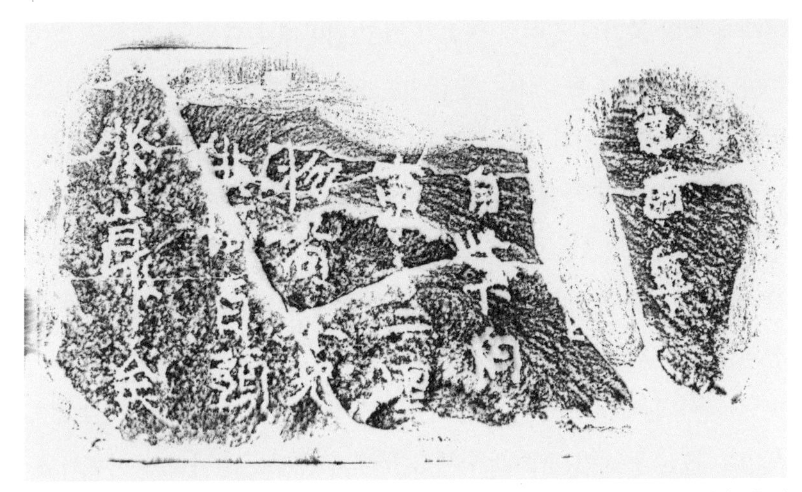

〈평양성각석〉 탁본. 건축 중 위치와 공사 담당자의 이름을 새긴 것으로 고구려인의 성향을 알아내기에 좋은 자료이다. 21×40센티미터, 한상봉 소장.

〈평양석각석〉은 건축 중 그 위치와 공사 담당자의 이름을 새긴 것으로 그다지 공을 들인 석각이 아니지만 오히려 당시 고구려인의 성향을 알아내기에는 넉넉하다. 캉유웨이가 『광예주쌍즙』에서 '고품지하高品之下'라고 평가할 만큼 품격이 높다.

『해동금석원海東金石苑』과 『삼한금석록三韓金石錄』에 수록된 〈평양성각석〉은 5종이지만 현존하는 것은 남문동, 해운동, 경상동 각석 3종이다. 글씨체는 체제에 구애받지 않고 자유분방하며 부드럽고 넉넉하면서도 웅장함을 느낄 수 있다. 〈안악3호분묵서〉, 〈덕흥리고분묵서〉, 〈모두루묘지명〉, 〈평양석각석〉, '연가칠년延嘉七年'이 새겨진 금동여래입상을 보면 고구려의 글씨는 신라나 백제 글씨와 비교해서 선이 힘차고 활달하지만 거칠고 엉성하다. 획의 변화가 거의 없고 짤막한 신라의 글씨에 비해서 획의 굵기와 길이의 변화가 있고 위아래로 다소 긴 특징을 보여준다. 선이 힘차고 활달하며 긴 글씨는 열정, 팽창 의욕, 적극성, 실천력, 진취적 기상을 의미하지만 순진하고 충동적이며 현실감각이 약하다는 단점이 있다. 획이 거칠고 엉성하며 변화가 심하다는 것은 행동이 안정되지 않고 예측이 어렵다는 것을 알려준다. 고구려의 와당 조각은 힘 있고 굵고 두터우며 내구의 선이 거칠고 강하여 고유섭은 이를 "치졸함 중의 강인한 힘"이라고 이야기했다.[206]

『삼국사기』에 따르면 2대 유리왕은 아들 해명解明을 태자로 삼았다. 해명은 졸본에 있었는데 힘이 세고 무예와 용맹을 좋아하자 이웃의 황룡국왕黃龍國王이 사람을 보내어 강한 활을 주었다. 해명은 사신 앞에서 "내 힘이 센 것이 아니라 활 자체가 굳세지 못하다"라고 하면서 활을 당겨 꺾어버렸다. 황룡국왕이 이를 듣고 부끄러이 여겼고 해명을 황룡국으로 청해 죽이려 했으나 차마 죽이지 못하고 돌려보냈다. 유리왕은 해명이 이웃 나라와 원한을 맺었다 하여 해명에게 칼을 주어 자살하게 하였다. 해명은 고구려를 업신여길까 봐 활을 꺾어버렸는데 오히려 부왕에게 꾸지람을 당해 몹시 당황스럽지만 그래도 부왕의 명을 어길 수는 없다 하고 땅에 창을 꽂아놓고 말을 달려 창에 찔려 장렬하게

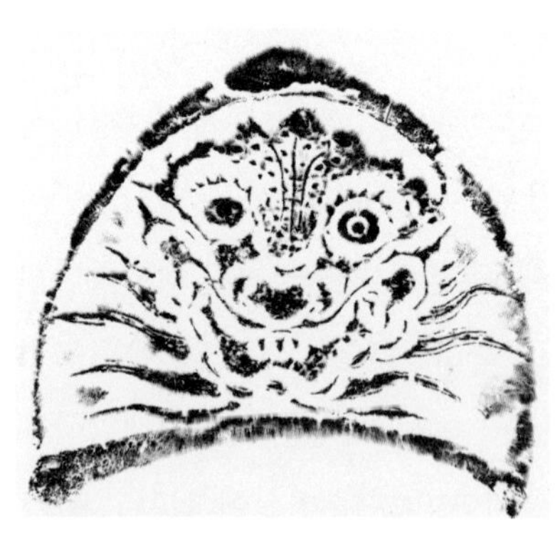

고구려 와당 탁본. 고구려인의 진취적인 성향이 그대로 드러난다. 한상봉 소장.

죽었다. 『삼국사기』에는 3대 대무신왕의 아들 호동왕자好童王子가 자결한 이야기도 나온다. 얼굴이 미려하여 왕이 매우 사랑해서 이름을 호동으로 하였다. 왕자의 계모는 왕이 적통을 빼앗아 호동을 태자로 삼을까 염려하여 모략을 꾸며 왕자가 자신을 예로써 대접하지 않는다고 왕에게 읍소한다. 왕이 왕자에게 벌을 주려고 하니 왕자는 "내가 만일 변명하면 이는 어머니의 악함을 드러내어 왕의 걱정을 끼치는 것이니 어찌 효라고 할 수 있으랴"하고 스스로 칼에 엎어져 자결하였다.

글씨체를 분석해보면, 고구려인은 신라인과 마찬가지로 선량하고 자유분방하며 신속하고 네오테닉했으며 중국인과는 전혀 달라서 한 뿌리에서 나온 것이 분명하다. 고구려와 신라는 거의 똑같은 신화가 많은데 고주몽도 알에서 나왔다고 하고, 혁거세, 김수로, 석탈해도 알에서 나왔다고 한다. 신라의 지명에는 고구려의 지명과 똑같은 것이 많은데 태백산이 대표적이다. 관제로 보아도, 고구려에는 구사자九使者가, 신라에는 구간九干이 있었다. 『삼국유사』「왕력편王曆篇」 동명성왕조는 "갑신년(기원전 37)에 즉위했으며 치세는 18년이다. 성은 고, 이름은 주몽인데 추몽鄒蒙이라고도 한다. 단군의 아들이다"라고 적고 있다. 『후한서』「동이열전」 고구려조에는 "무제가 조선을 멸하고 고구려를 현으로 삼아 현도군에 속하게 했다"라는 구절이 나온다. 고구려가 고조선에 소속되어 있던 제후국 중 하나였음을 말하는 것이다. 장천 1호분에는 나무 아래 굴속에 곰 한 마리가 웅크리고 있는 모습이 그려져 있고 각저총 벽화에도 건장한 두 씨름꾼이 맞붙어 싸우는 왼쪽 나무 아래 곰과 호랑이가 등을 돌리고 앉아 있다. 이들은 단군신화를 상징하는 것이다.

4

우아하고 맑은 백제

우아한 귀족풍,
〈무령왕지석〉

무령왕릉은 삼국시대 왕릉 중에서 유일하게 주인공이 정확하게 밝혀졌을 뿐 아니라 백제 왕릉 중에서 드물게 도굴이 되지 않아 가치가 높다. 4,600점에 이르는 유물 중에는 10여 점의 국보가 있는데 그중에서도 글씨가 새겨진 〈무령왕지석武寧王誌石〉(525년, 국보 163호), 〈무령왕비지석武寧王妃誌石〉(529년, 국보 163호), 〈무령왕비 은팔찌〉(국보 160호)는 백제인의 특성을 알 수 있는 중요한 자료이다.

〈무령왕지석〉은 왕의 지석인데도 돌의 표면을 정밀하게 연마하지 않고 미리 쓴 글씨(각고刻稿)를 사용하지 않고 직접 석판에 각을 하였다. 그래서 중간 중간에 새김칼의 흔적이 나타나고 필획이 분명하지 않기도 하며 잘못 새기다 바로 잡은 흔적도 있다. 〈무령왕지석〉은 '칼이 가는 대로' 새긴, 지극히 자연스러운 글씨로서 자유롭고 부드러우며 불규칙한, 한민족 고유의 특징을 가지고 있다. 중국 남조의 〈유회민 묘지劉懷民墓誌〉나 북위의 〈맹경훈 묘지孟敬訓墓誌〉가 글자의 형태가 정형화되고 세련되며 인위적이고 가로와 세로가 가지런하게 배열된 것과 대비된다. 중국에서는 기필 부분은 말발굽처럼 각이 지게 처리(마제馬蹄)하고 수필 부분은 누에머리처럼 둥글게 처리(잠두蠶豆)하는데, 〈무령왕지석〉은 그런 틀을 아예 무시하고 있다. 전체적으로 부드럽고 온화하며 우아하고 매끈하며 윤기 있고 품위 있는 귀족풍이다.

세로로 7행을 만들어 6행까지 52자의 명문을 음각으로 새겼는데 행마다 글자의 수가 일정하지 않고 글자의 크기에도 차이가 있다. 1행, 2행, 3행, 6행에는 8자를 쓰고 4행, 5행에는 10자를 써서 행마다 글자의 수가 일정하지 않다. '濟(제)'자의 가로가 3.3센티미터, 세로가 3.6센티미터로서 5행의 '日(일)'자의 가로 0.7센티미터의 4.7배, 세로 1.5센

〈무령왕지석〉. 백제. 525년. 부드럽고 온화하며 우아하고 매끈하며 윤기 있고 품위 있는 백제의 글씨를 대표한다. 35×41.5×5센티미터. 국보 163호. 국립공주박물관 소장.

티미터의 2.4배이다. 같은 글자가 반복되어도 다양한 변화가 적용되었다. 4행과 5행에 '日(일)'자가 각각 있는데, 세로 길이는 같은데 가로는 0.7센티미터와 1.66센티미터로서 2.4배 차이이다. 2행과 4행의 '年(년)'자는 가로 길이는 비슷하지만 세로 길이는 3.3센티미터와 2.1센티미터로서 1.6배 차이가 난다. 글자 행 간격은 5센티미터 정도이지만, 글자 위아래 간격은 일정하지 않다. 4행의 '年(년)'자와 '八(팔)'자의 간격은 0.8센티미터인데 2행의 '年(년)'자와 '六(육)'자의 간격은 2.3센티미터로서 2.9배 차이이다. 〈무령왕지석〉의 글씨는 점획과 자형이 정형화되지 않은 해서인데 행간 거리가 넓다. 각 행의 글자들은 중심선이 일정하지 않아서 전체적으로 장법이 정형화되지 않았다. 이렇게 개체의 개성과 자유로움이 강조되지만 유기적으로 연결되어 자연스럽고 질서와 조화를 이루어 통일미가 있다.

〈무령왕비 은팔찌〉에는 '다리多利'라고 새겨져 있는데 매우 부드럽고 원만하며 단아한 필체를 보인다. 팔찌 바깥 면에는 두 마리의 용이 생동감 있게 표현되어 있고 안쪽에는 1행 17자의 명문이 새겨져 있다.

무령왕릉이 중국 남조 계통의 벽돌무덤 양식을 채택하고 있고 석수 등 많은 매장품들이 중국의 영향을 받은 것처럼 〈무령왕지석〉 글씨체도 중국의 영향을 받았다. 중국에서 남조와 북조는 현저한 필법의 차이를 보인다. 남조 서예는 강남의 풍족한 조건하에 형성된 문벌 귀족 문화를 바탕으로 우아하고 세련되며 운치 있는 서풍을 가진 행서와 초서를 중심으로 발전되었다. 동진 시기에 왕희지라는 걸출한 서가書家의 등장은 중국 서예사상 획기적인 일이었고 남조의 제왕과 귀족들에게 절대

〈무령왕릉 은팔찌〉. 백제. 6세기. 매우 부드럽고 단아한 필획을 보여준다. 지름 14센티미터. 국보 160호. 국립공주박물관 소장.

적인 영향을 주었다. 이에 비하여 북조 해서의 특징은 점획에 방필을 사용하고 기필과 수필이 날카로우며 전절부가 강하고 질박하며 강건하고 웅장하다. 남조의 서가들은 대부분 귀족 계층이었는데 북조의 서가들은 대개가 평범한 인물이었던 것과 관련이 있다.

〈무령왕지석〉의 글씨체가 부드럽고 우아하며 세련된 것은 남조와 닮았고 강건 질박한 것은 북조와 비슷하다고 할 수 있다. 그래서인지 〈무령왕지석〉의 글씨체가 부드럽고 우아하며 세련된 것은 남조의 영향 때문이라는 주장이 많다. 이 주장은 남조의 영향을 받기 이전의 백제 글씨가 우아하지 않거나 세련되지 않았다는 것을 전제로 한다. 그런데 백제에서 만들어 일본에 보내서 현재 덴리시天理市의 이소노카미신궁石上神宮에 보존되어 있는 〈칠지도七支刀〉(369년)가 있다. 국내에 전시하기 위해 일본 측에 수차례 요청했지만 요지부동이고 일본 내에서도 전시를 잘 하지 않는다고 알려져 있다. 〈칠지도〉는 글자의 간격이 넓고 글씨의 속도가 다소 느리고 필선과 각이 매우 부드러우며 전체적으로 정사각형을 이루고 있어 단정하고 세련된 모습을 보인다. 일본 국립역사민속박물관에 소장된 〈신해년辛亥年 새김 쇠칼〉(471년)도 비슷하다.

백제 목간. 왼쪽은 궁남지, 오른쪽은 쌍북리에서 출토된 것인데 속도가 느리고 탄력이 있으며 유려하고 부드러워서 백제인의 성향을 잘 드러낸다.

백제 목간의 글씨체들도 필선에 탄력이 있으면서 속도가 다소 느리고 필선이 단정하고 유려하며 부드러우면서 우아하다. 백제는 비석이 거의 없는 대신 목간이 많이 남아 있는데 지금까지 알려진 것이 500점이 넘는다. 목간이란 의사 전달을 위해 대체로 좁고 기다란 나뭇조각에 글을 쓰거나 그림이 그려진 기록물을 말한다. 출토지가 관북리, 능산리, 쌍북리, 궁남지와 같이 부여 지역에 집중되었으나 나주 복암리에서도 출토되어 지방에서도 목간이 사용되었음을 알 수 있다. 주로 6~7세

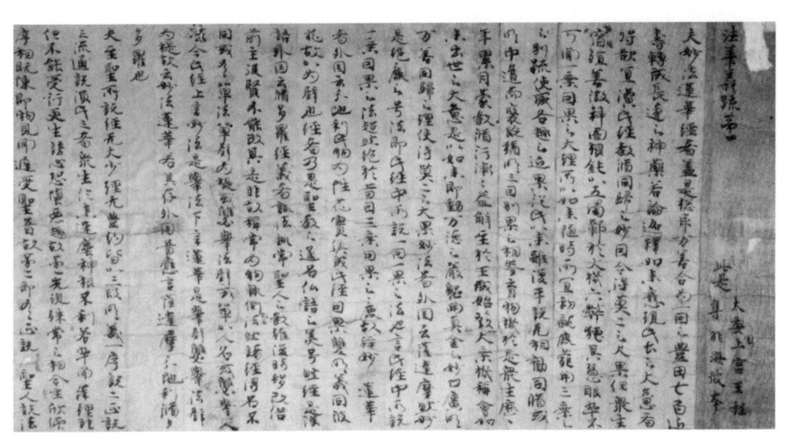

쇼토쿠 태자의 〈법화의소〉(부분). 615년경. 일본에서 가장 오래된 육필로서 백제의 글씨체와 매우 유사하다. 24.9×14.2×4.1센티미터, 일본 궁내청宮內廳 소장.

기의 것으로 알려져 있는데 인천 계양산성에서 나온 목간은 4~5세기의 것이라는 주장이 있다. 백제에서도 목간은 '민民의 글씨'라고 할 수 있는 것으로서 귀족층에 비해서 중국의 영향을 늦게 받아서 백제인의 본 모습을 알 수 있는 단서가 된다. 4세기의 〈칠지도〉, 민民의 글씨인 백제 목간의 글씨들로 미루어보면 중국의 영향을 받기 이전부터 백제 글씨는 우아하고 세련되었을 것이다. 백제 이후에도 충청과 호남의 글씨체는 우아하고 맑으며 부드러운 것으로 미루어 이 지역의 강한 특성임을 알 수 있다. 중국의 글씨는 우아할지는 몰라도 맑지 않고, 세련되었다고 해도 자연스럽지 않다.

일본의 초기 황실의 글씨는 한민족 특히 백제의 귀족 글씨와 상당히 유사하다. 615년경에 쓰여진 쇼토쿠聖德 태자의 〈법화의소法華義疏〉가 있다. 일본에서 가장 오래된 육필로 알려진 이 글씨를 두고 중국풍의 글씨라고 평가하는 사람도 있으나,[207] 이는 중국의 글씨체인 '가라요唐様'와 비교되는 일본풍 글씨인 '와요和樣'가 생기기 이전의 글씨라는 뜻일 것이다. 꾸밈이 많고 화려한 중국의 글씨와 달리, 꾸밈이 적고 온화한 품성이 느껴지는 글씨이다. 쇼무聖武 천황의 〈잡집雜集〉(731년)도 부드러우면서도 상당히 세련되어 있어서 백제의 귀족 글씨와 유사하다. 이 글씨들을 보면 일본의 초기 황실이 백제와 밀접한 관련이 있다는 것을 알 수 있다.

단아한 〈사택지적비〉

〈사택지적비砂宅智積碑〉(654년, 보물 1845호)는 백제의 국무총리에 해당하는 대좌평 사택지적이 불교 사찰을 지은 것을 기록한 것으로 백제의 유일한 비석이다. 백제는 신라나 고구려와는 달리 통치 행위에 비석을 많이 활용하지 않았고 백제의 영향을 받은 일본도 그랬다. 우아하고 윤기 있으며 속도가 느리고 맑고 단정하면서도 필획에 골기가 많고 필세가 강하여 강건한 모습을 보인다. 사택砂宅씨는 6~7세기 백제의 대표적인 귀족으로서 글씨에도 귀족적인 취향이 나타나 있다. 평온하고 단정한 백제인의 성향을 드러낸다고 할 수 있다. 임창순은 〈사택지적비〉의 윤기 있는 필치는 백제 기와의 연화문을 대하는 듯한 맛이 풍긴다고 했다.[208]

괘선罫線을 긋고 그 안에 단아한 운필과 안정되게 글자를 배치하고 있는데 글자의 크기가 평균 약 4.5센티미터로 일정하다. 매우 반듯반듯하고 정방형에 가까우며 글자의 간격이 매우 일정하고 정돈된 느낌을 준다. 백제 금석문 중에서 가장 규범적인 글씨에 속한다는 평가를 받는데 동형자는 변화가 거의 나타나지 않고 동형 반복을 하고 있다. 〈무령왕지석〉도 동형자가 있었지만 자연스러운 변화를 보여주었다. 이러한 변화는 중국의 영향이 커졌기 때문이다. 세련되고 공교하면서도 질박함이 자연스럽게 어울렸던 그 이전의 글씨에 비해서 세련됨과 안정됨이 두드러지게 되었다고 할 수 있다. 그래도 〈사택지적비〉의 글씨 하나하나를 보면 자유로움을 간직하고 있는 것이 눈에 띈다. 전체적으로 점획의 변화에 비해 결구의 변화가 많다.

〈사택지적비〉 탁본. 사택씨는 6~7세기 백제의 대표적인 귀족으로서 글씨에도 귀족적인 취향이 나타나 있다. 169.9×53센티미터, 국립중앙박물관 소장.

〈사택지적비〉, 〈창왕명석조사리감〉에서 보듯이, 백제인의 글씨체가 온아하고 부드러운 것만은 아니고 굳세고 강건한 면도 있다. 백제의 전성기인 근초고왕 때에는 정복 군주로서 대방면의 옛 땅을 확보하고 고

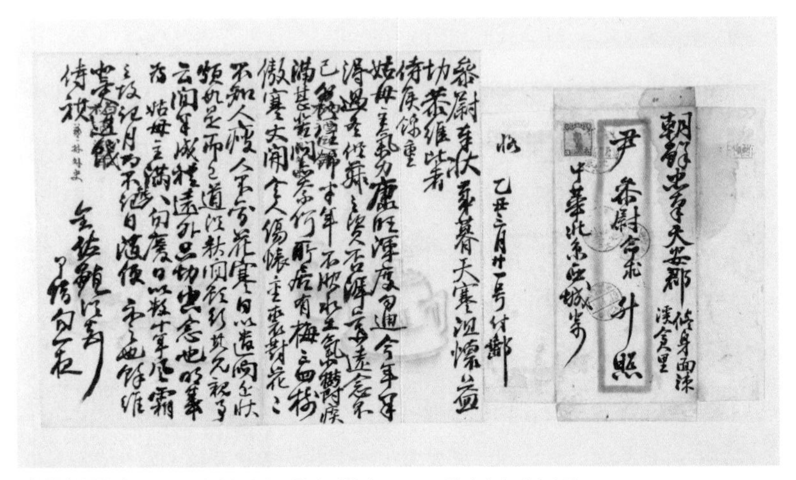

김좌진의 편지. 1924년. 필체가 강하고 힘이 넘친다. 24×29.6센티미터, 저자 소장.

구려의 평양성을 공격하여 고국원왕을 살해하는 등 국위를 떨쳤다. 『후한서』에서는 마한에 대하여 "그 사람들이 씩씩하고 용감하다"라고 했으며 『진서晉書』에서도 "성질이 용감하다"라 하였다. 또 『삼국지』에서는 마한 사람들이 외적에게 굴종하지 않았고 "사람들의 성격은 강인하고 용감하다"고 했다.

백제인의 강인한 모습은 그 후손들이 국가가 위기에 처했을 때 한 행동에서 드러난다. 충남 홍성에서만 김좌진, 한용운과 같이 걸출한 항일운동가들이 배출되었고 건국훈장을 받은 분이 200명 가까이 된다. 특히 을사조약이 체결된 다음 1906년 민종식 등이 의병 1,100명을 이끌고 일본군을 화포로 공격하여 퇴각시키고 홍주성을 점령한 것으로 유명하다.

선량하고 맑은 사람들

백제인들은 고대 한민족의 자유롭고 자연스러우며 순박한 특성을 가졌고 앞의 유물들 이외에도 이를 확인할 수 있는 글씨들이 많다. 〈왕흥사지청동제사리함 명문王興寺址青銅製舍利函銘文〉, '정지원鄭智遠'이 새겨진 석가불삼존입상의 필획도 자유분방하고 모양이 불규칙하며 결구가 서로 다르다. 고문헌을 보면 백제의 선조가 고구려에서 내려왔고 백제의 언어, 복장, 음식 등 풍속이 고구려와 비슷하다고 했다. 중국의 『양서』「동이전東夷傳」 백제조에는 "그 선조는 동이"라고 했고 또 "지금의 언어, 복장이 고구려와 같다"고 했다. 『위서』「열전」 백제조에서는 "그 선조는 부여에서 나왔다"거나 "그 나라의 의복과 음식은 고구려와 같다"고 하였다. 『삼국지』「위지동이전」에는 "고구려는 동이 구어舊語를 사용하는 부여의 별종으로 언어 제반사에 이르기까지 부여와 동일하다"고 했다. 고대 민족의 가장 중요한 종교 행사인 장례가 서로 비슷하다는 사실은 민족의 동일성과 문화

〈왕흥사지청동제사리함 명문〉. 백제. 577년. 행의 간격이 매우 넓고 온아하면서 자유롭고 졸박하다. 높이 10.3센티미터.

〈창왕명석조사리감〉. 백제. 567년경. 글자 사이의 간격이 넓은데 이는 행동이나 판단이 느리다는 것을 알려준다. 높이 74센티미터, 국보 288호, 국립부여박물관 소장.

의 동질성을 말해준다.[209]

고구려, 신라 글씨와의 차이는 더 부드럽고 온아하면서 섬세하고 세련되었으며 글자 사이의 간격과 행의 간격이 넓다는 것이다. 글자 사이의 간격이 넓은 특징은 〈창왕명석조사리감〉(567년)에서 여실히 드러나는데 뚜벅뚜벅 걷거나 느릿느릿 말하는 듯하다. 〈창왕명석조사리감〉은 '三(삼)'자와 같이 해서에 근접한 자형을 보여주고 있는 글자들이 있지만 전체적인 장법은 예서풍이 더 강해서 사비 시기 중에서 드문 예를 보여준다. '亥(해)'자나 '兄(형)'자와 같이 이체자異體字를 사용하여 변화를 주고 있어 독특한 풍격을 느낄 수 있다.

중국의 필적심리학자 리우자오종刘兆钟은 『필적탐비笔迹探秘』에서 선량한 사람의 글씨의 특징으로 필획이 둥글게 회전하고 유창하며 글 가운데 빈틈이 비교적 넓고 글자의 기혈과 맥박이 민첩하며 좌충우돌 같은 필획이나 배자법을 어기는 경우는 없다는 것을 꼽는다.[210] 백제의 글씨는 바로 선량하고 맑은 사람들의 전형적인 글씨이다. 고구려인이나 신라인에 비해서 더 선량하고 맑으며 우아하고 행동이나 말이 느리고 조심스럽고 사려 깊으며 절약하고 자신에게 관대하며 외향적이고 환경에 대한 적응력이 강했다.

나는 목포에서 대표적 폭력 조직 2개 파 100여 명을 범죄단체구성죄로 처벌했고, 대구에서도 최대 폭력 조직의 두목 등 수십 명을 구속한 경험이 있다. 그 과정에서 많은 조직폭력배들을 조사했는데 우락부락한 외모나 강인한 기질에서는 비슷했지만 내면은 많이 달랐다. 목포의 조직폭력배들은 대화를 나누다 보면 속내를 드러내 보이고 감성적인 면도 많았지만, 대구의 조직폭력배들은 외면보다 내면이 더 강했다.

연꽃무늬 서까래막새. 백제. 지름 14센티미터. 고구려와 신라에서도 연꽃무늬 수막새를 만들었지만 백제의 것은 유달리 온화하고 부드럽다. 국립중앙박물관 소장.

백제는 글씨만 부드럽고 우아한 것이 아니고 유물들도 그렇다. 고유섭은 아름답고 윤기 있고 뛰어나고 섬세하고 명랑하고 지혜까지 흐르는 정서는 고구려, 신라에서 볼 수 없는 특색으로서, 건축·회화에서뿐 아니라 조각 미술에 현저하게 표현되어 있다고 한다. 와당 무늬에서 고구려는 굳세고 경직되며 신라는 둔중하고 순수함에 비하여, 백제는 명랑하고 윤기 있다고 설명한다.[211] 고유섭은 백제 능산리 고분벽화와 백제 탑을 두고 '규각圭角을 죽인 세잔'이라고 표현했다. 존 카터 코벨도 백제가 삼국 가운데 가장 품위 있었다고 하면서 그 예로 고구려와 백제에서 다 같이 사용되었던 연꽃 무늬판의 암막새 기와를 든다. 고구려 기와는 날카롭고 메마른 듯하고, 연꽃판 가장자리가 힘 있게 패어 있는 데 비해 백제 기와는 연꽃판이 부드럽고 모나지 않으며 보다 자연스러워 보인다는 것이다.[212] 백제의 토기들은 신라나 가야의 토기와는 확연하게 구별될 정도로 둥글둥글하고 부드러운 선을 가지고 있으며 백제 불상도 고구려나 신라보다 더 부드럽고 온화하다.

글씨로 분석한 삼국시대 사람들의 공통점

특징		필적학적 분석	
선, 모서리 부분	직선보다 곡선 형태가 많고 모서리가 부드러움	장점	온화, 선량, 개방성, 유연함, 활동성, 즐거움, 쾌활함, 자연스러움, 자유분방함, 단순함, 직선적, 부드러움, 다정함, 이해심 있음, 순응, 우호적, 사회성 있음, 사교적, 넓은 마음, 친절함, 동정심이 있음, 자연을 좋아함, 감성적, 외향적, 관대함, 적응력, 표현을 잘함, 빠른 속도로 생각함, 아이디어가 많음, 융통성이 있음, 유머와 센스가 있음, 기품이 있음, 분쟁을 좋아하지 않음, 일을 원만하게 처리함
		단점	'노'라고 말하지 못함, 침체됨, 외부의 영향을 받기 쉬움, 참을성이 약함, 일관되지 않음, 집중하지 못함, 순진함, 변덕스러움, 엄격함의 결여, 상식에서 벗어나는 경우가 많음, 공격성과 과단성이 약함, 근심 걱정이 많음

글씨의 크기, 모양, 방향, 행의 간격, 글자의 간격, 필압, 리듬, 여백	불규칙성, 부정형	장점	활력, 자유분방, 즉흥성, 충동적, 열정적, 적극적으로 일함, 자신감이 강함, 열린 마음, 기분파, 상상력, 외부적 표현, 변화를 좋아하고 모험을 즐김, 친구를 잘 사귐, 남을 돕는 것을 좋아함, 창조적, 사고가 민첩함, 감정이 풍부함
		단점	의지박약, 일관성 없음, 변덕스러움, 예측하기 어려움, 불안정, 목표가 없음, 성급함, 건망증이 심함, 외부 환경·기분·감정에 종속됨, 충동적, 흥분하기 쉬움, 정서 변화가 강렬함, 불명확, 자기통제가 약함, 신뢰하기 어려움, 인내력이 약함, 외부 충격에 약함, 먼저 공격을 당하면 이성을 잃음, 모든 충동·필요·욕구가 얼굴·목소리 톤·행동에 나타남
속도	빠름	장점	두뇌 반응이 매우 활발함, 지적임, 신체 건강함, 반응이 기민함, 성격이 호쾌함, 행동이 신속함, 민첩함, 활력이 충만함, 역동적, 적극적, 진취적, 열정적, 변화의 욕구, 자기표현 능력이 강함, 기백, 목표의식 있음, 대인 관계에 열정, 친구가 많음, 다른 사람을 돕는 것을 좋아함, 솔직 담백함, 유려함, 자연스러움
		단점	차분하지 못함, 제멋대로 함, 스스로 제어하는 힘이 약함, 추상적, 외롭고 쓸쓸한 것을 참지 못함, 신경질적임, 괴팍함, 변덕스러움, 경솔함, 서두름, 피상적, 굳세지 못함, 계획이 없음, 신뢰할 수 없음, 격하기 쉬운 성질, 화가 나 있을 때 다른 의견을 받아들이지 못함, 눈앞에 있는 것만 바라보고 나중 일은 거의 생각하지 않음, 부드럽게 나오면 받아들이지만 강하게 나오면 받아들이지 않음, 자기가 관심이 없는 일에는 대충대충 끝냄, 가벼울 수 있음

글씨로 분석한 삼국시대 사람들의 차이점

	특징	분석
신라	획이 활달하고 필선에 힘이 있음	강인함, 열정적, 적극성, 진취성
	글씨가 간결하고 짤막함	현실감각이 있음, 절제력 있음, 일에 집중하고 냉정함
	불규칙성이 더 심하고 자유로움	자유분방함, 활력 있음
	글자 간격이 비교적 좁음	문제를 스스로 판단함, 자의식이 강함, 자기표현과 자기 인식에 엄격함
고구려	획이 활달하고 필선에 힘이 있음	강인하고 열정적, 적극성, 진취성
	획의 굵기와 길이에 변화가 있고 위아래로 다소 김	열정, 팽창 의욕, 적극성, 실천력, 진취성, 기상, 순진함, 충동적, 현실감각이 약함
	획이 거칠고 엉성하며 변화가 심함	행동이 안정되지 않고 예측이 어려움
백제	필선이 더욱 부드러움	선량하고 맑음, 부드러움
	글자 간격이 넓음	자신에게 관대, 외향적, 새로운 환경에 적응을 잘함
	행 간격이 넓음	조심스러움, 사려 깊음, 절약함
	속도가 다소 느림	행동이나 판단이 다소 느림

제 5 장

네오테니가 이울다

1
자신감 넘치는 통일신라

짙어지는 중국색

벚꽃이 아름답다는 곳에 꽤 가봤지만 경남 하동의 쌍계사만큼 인상적인 곳은 없었다. 쌍계사는 차와 범패로도 유명하지만 〈쌍계사 진감선사대공탑비雙磎寺眞鑑禪師大空塔碑〉(887년, 국보 47호)라는 중요한 유물이 있다. 이 비의 유려하고 세련된 필체를 보면 당대의 지적 거인이 쓴 것임을 한눈에 알 수 있다. 크기가 작고 질서정연하며 정돈된 글씨는 최치원이 매우 논리적인 사고와 절제된 인품을 가졌음을 말해준다.

〈쌍계사 진감선사대공탑비〉의 전액篆額은 자유롭고 부정형이며 생명체가 살아 움직이는 듯하다. 본문의 해서도 엄정한 해서가 아닌 해서와 행서, 예서가 자유롭게 어우러지고 물이 흐르는 듯 부드러운 형태를 보인다. 같은 글자라도 같게 쓰는 경우가 없고 점의 크기와 위치에 다양한 변화를 주어 운동감과 율동미를 느낄 수 있다. 최치원 스스로가 비문에

〈쌍계사 진감선사대공탑비〉 탁본. 전체적으로 엄격하고 근엄하며 굳세서 중국의 영향을 많이 받은 글씨체이다. 32×18.3×1.2센티미터, 국립중앙박물관 소장.

서 '동방지인東方之人', 즉 신라인의 주체성을 강조하고 자부심을 가지고 있기도 하다.

그러나 전액은 한나라의 〈삼체석경三體石經〉 등을 닮았고, 본문의 해서도 전체적으로 엄격하고 근엄해서 한민족 고유의 글씨체와는 거리가 있다. 최치원은 12세에 당나라에 유학 가서 18세에 과거에 합격하고 관직에 올랐으며 「토황소격문討黃巢檄文」을 써서 황제로부터 자금어대紫金魚袋를 받기도 했다. 그의 경력에 어울리게도 당시 중국의 과거 시험

용 서체(간록체干祿體)인 구양순歐陽詢의 해서풍을 바탕으로 하여 유공권柳公權, 안진경顔眞卿의 서풍을 수용했다. 신채호는 『조선사연구초』에서 최치원은 신라 말의 유일무이한 중국 숭배자라고 비판한다.[213] 신채호의 신랄한 비판은 당대의 인재가 고유색을 지키지 않고 중국화되었다는 아쉬움에서 나왔을 것이다. 기대가 크니 실망도 큰 것이다.

최치원에서 보듯이, 신라는 통일을 전후하여 당나라와의 빈번한 교류를 통해 중국의 글씨체를 적극적으로 수용했다. 통일 초기에 유행한 구양순체는 법도에 어긋남이 없는 결구, 근엄하고 굳센 서풍이 특징이다. 『인물로 읽는 중국서예의 역사』에서는 구양순의 필체를 "부라린 눈에 휘두르는 주먹의 필세"라고 표현했다. 이런 특징은 〈임신서기석〉 등 신라의 글씨체에서 보이는 굳건한 기상이나 질서와 안정이 필요했던 시대 상황과 맞는다. 통일 이전과는 확실히 다른 양상으로 이는 글씨체만의 문제가 아니라 한민족이 본격적으로 중국화된 것을 의미한다.

7세기 전후에 성행하여 말기까지 유행한 구양순의 해서풍은 왕릉비, 사적비, 선사비 등에 주로 쓰였다. 〈태종무열왕릉비〉(661년), 〈김유신묘비〉(673년), 〈문무왕릉비〉(680년), 〈김인문묘비〉(694년), 〈성덕왕비〉(737년)가 그 예이다. 이들 글씨체는 구양순체보다는 부드럽고 여유가 있다. 7세기경부터 지식인을 중심으로 중국에 대한 흠모와 동경이 널리 퍼지기 시작한다. 당시 중국은 동아시아의 학문, 예술, 종교의 중심이었다. 통일신라시대에는 통일을 했다는 자부심 때문인지 자신감이 넘치고 한편으로는 귀족적인 성향을 보인다.

8세기 초반에서 9세기 중엽까지 해서의 특징은 왕희지풍의 유행과 그 집자비의 성행인데 집자비로는 〈무장사 아미타여래조상비鍪藏寺阿彌陀如來造像碑〉(801년), 〈사림사 홍각선사비沙林寺弘覺禪師碑〉(886년) 등이 있다. 위진남북조시대는 오늘날 해서 · 행서 · 초서가 완성된 중요한 시기로서 이 시기를 대표하는 서가가 왕희지이다. 항목項穆은 『서법아언書法雅言』에서 왕희지를 공자와 같은 성인의 반열에 올려놓았다. 그 이유로 선천적 자질과 후천적 학습을 겸비했고 유가의 중화미中和美를 실현했다는 두 가지를 들었다. 당태종은 왕희지가 인품과 예술을 겸비했다고 하여 '진선진미盡善盡美'라고 했다. 황정견黃庭堅은 왕희지에게는 유가의 『춘추좌씨전春秋左氏傳』과 같은 춘추의리春秋義理 정신을 담은 듯한 유가적 풍모가 있다고 평가했다. 곽말약郭沫若은 왕희지의 사상이 유가와 도가의 혼합이지만 실제적으로는 왕권 유가적이라고 말했다. 왕희지는 공자의 '시중지도時中之道', 즉 시대에 따라 없앨 것과 새로 보충할 것을 올바르게 처방하는 정신을 구현했다는 평가를 받는다.

귀족 출신의 집안 배경, 청아하고 맑으며 강직한 성품, 심오한 철학, 심미안적 예술성, 예술에 대한 열정을 고루 갖춘 왕희지는 서예를 예술의 경지에 올려놓았다. 만년에 쓴 초서는 아름답고 유창해서 완전히 새로운 경지에 올랐으며 행서도 유동적이고 아름다웠다. 김정희는 왕희지가 형식적 법칙에 신묘한 분위기(韻)를 가미하여 진정한 서예미를 구현하였다고 보았다. 유가 사상이 지배해온 중국에서 유가 사상에 투철할 뿐 아니라 예술적으로도 뛰어난 왕희지가 존중받은 것은 당연하다.

왕희지체는 중국뿐 아니라, 신라부터 수천 년 동안 한민족 글씨의 저변을 이루었다. 이규보가 『동국이상국집東國李相國集』에서 고려 최고의 서가로 꼽았던 탄연坦然, 조선의 명필 김구金絿, 석봉石峯 한호韓濩도 왕희지체를 썼다. 통일신라와 고려의 금석문 중에도 왕희지체가 가장 많고 왕희지 집자비는 중국보다 오히려 많다. 고려 후기부터 조선 초까지 조맹부趙孟頫 글씨가 유행하면서 다소 약화되었다가 다시 살아났는데 조맹부조차도 복고주의를 표방하고 평생 왕희지를 존경하고 숭배한 인물이었다. 오랫동안 중국화되었고 유교의 영향을 크게 받은 한민족에게 왕희지의 존재감은 클 수밖에 없었다. 그런데 조선 후기에 등장하여 자주성과 독창성이 강조된 '동국진체東國眞體'를 주장한 옥동玉洞 이서李漵, 백하白下 윤순尹淳, 원교圓嶠 이광사李匡師조차 왕희지로 돌아갈 것을 주장한 것은 주목된다.

이렇게 한민족이 왕희지에게 집착하는 것은 중국의 서가 중에서는 한민족의 정감에 잘 맞기 때문이다. 우선 왕희지는 장엄하고 단정한 고대 중국의 서체에서 벗어나 개성과 감정을 표현하였다. 그는 기교보다는 자신의 솔직한 심정을 실어냈고 행·초서 중에는 이전까지 없었던 자유롭고 변화가 많으며 소박한 맛을 강하게 띠게 된다. 서예가 작가 개성을 중시하는 경향으로 변화한 중심에 왕희지가 있었다. 장회관張懷瓘은 왕희지의 글씨는 한 글자가 여러 형태를 지녀 모든 글자가 각기 다르다고 했다. 왕희지의 대표작인 〈난정서蘭亭序〉는 신의 도움을 받았다고 스스로 감탄했다는 작품이다. 당태종이 너무 좋아해서 평생 곁에 두고 감상하고 죽은 후에는 옥갑에 넣어 소릉에 순장했다는 일화로도 유명하다. 여기에 '갈 지(之)'자가 24번 들어갔는데 자획에 변화가 일어 한 글자도 똑같이 쓴 글자가 없고 다양한 변화가 있었다고 칭찬이 자자하다.

다음 이유로는 왕희지가 서법 창작의 원리를 궁극적으로 대자연에서 찾으려고 한 것이다. 황정견은 "우군右軍(왕희지)의 필법은 『맹자』의 말씀과 같고, 『장자』의 자연을 말하는 것과 같고, 『논어』를 깨달은 듯이 뜻대로 두었고, 가히 상식적 이치에만 머무르지 않았다"고 했다. 왕희지는 자연물에 비유하여 글자의 필획을 설명했고 이 방식은 후대에 영향을 주었다. 왕희지 글씨체 중 자유롭고 변화가 많으며 소박하고 자연스럽다는 특징은 왕희지보다 훨씬 이전의 고대 한민족의 글씨체에서 쉽게 찾을 수 있는 것이다.

부정형의 인쇄체, 〈무구정광대다라니경〉

통일신라시대 글씨체에 중국의 영향이 커진 것은 분명하지만 한민족 고유의 글씨체는 면면히 살아 숨 쉬고 있었다. 불국사 석가탑에서 나온 〈무구정광대다라니경無垢淨光大陀羅尼經〉(8세기, 국보 126호)은 세계 최고의 목판 인쇄본이다. 손으로 쓰거나 돌에 새긴 글씨가 아니라 인쇄에 사용된 글씨체라는 점에서 또 다른 시사점을 준다.

〈무구정광대다라니경〉은 통일신라의 많은 글씨들이 그렇듯이 중국화된 것으로 초당初唐풍의 해서체라고 할 수 있다. 측천무후 재위 당시 문자인 무주신자武周新字가 사용된 것만 보아도 중국의 영향을 알 수 있다. 전절부가 직선인 것이 많고 글자 모양도 정방형, 장방형이 많으며

呪法及造塔法咸皆
守衛住持讀誦書寫
供養為護一切諸衆生
故於後時令彼衆
生悉得聞知不墮地
獄及諸悪趣我等為
報如來大恩咸共守護
令廣流通尊重恭敬
如佛无異不令此法而
有壞滅佛言善哉
善哉汝等乃能堅
固守護住持如是陁
羅尼法時諸大衆聞
佛説已歡喜奉行
無垢淨光大陁羅尼経

대칭의 구조를 가지고 있는 것이 많다. 그러나 우세남虞世南풍 또는 저수량褚遂良풍인 7~8세기의 당나라 사경들이 균일화되고 유려하며 세련되었던 것과 비교할 때 많은 차이가 있다.

〈무구정광대다라니경〉은 질박하고 소박하며 획일화되거나 정연하지 않다. 마치 손으로 쓴 것처럼 글자가 바뀔 때마다 형태가 달라져서 어떤 것은 윗부분이 크고, 어떤 것은 아랫부분이 크며, 왼쪽이 크기도 하고 오른쪽이 크기도 하다. 한 행의 글자 수가 다른 만큼 글자의 크기, 간격이 다르고 행의 간격도 서로 다르다. 기울기도 그때마다 달라져서 일정하지 않다. 전절부가 곡선인 것도 꽤 있고 비대칭 구조를 가지기도 한다. 고대 한민족의 글씨체에서 볼 수 있는 자연스러운 생명감을 느낄 수

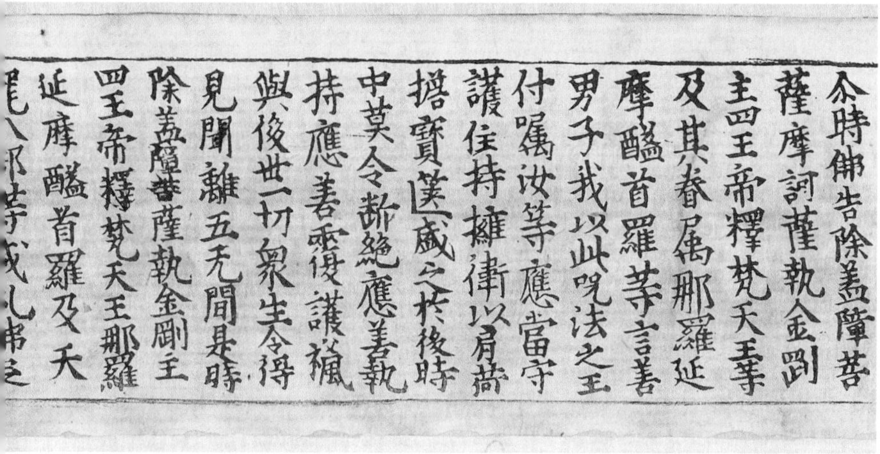
尒時佛告除蓋障菩
薩摩訶薩執金剛
主四王帝釋梵天王等
及其眷屬那羅延
摩醯首羅等言善
男子我以此呪法之王
付囑汝等應當守
護住持擁衛以肩荷
擔寶篋藏之於後時
中莫令斷絕應善執
持應善覆護攝
與後世一切衆生令得
見聞雖五無間是時
除蓋障菩薩執金剛主
四王帝釋梵天王那羅
延摩醯首羅及天

〈무구정광대다라니경〉(부분). 통일신라. 8세기. 세계적으로도 한민족처럼 인쇄체에서 정형화, 획일화가 이루어지지 않은 경우는 찾기 힘들다. 너비 약 8센티미터, 전체 길이 약 620센티미터, 국보 126호, 불교중앙박물관 소장.

있다.

〈무구정광대다라니경〉뿐 아니라 1377년에 간행된 세계 최고의 금속활자인 〈직지심체요절直指心體要節〉도 손으로 쓴 글씨처럼 획의 변화가 많고 자연스럽다. 글자의 크기와 기울기, 글자 간격, 행의 간격이 획일적이지 않다. 획의 굵기도 변화가 심하고 전절부도 때로는 부드럽다가 때로는 강하다. 세계적으로 인쇄 기술이 도입되면서 글씨체는 정형화, 획일화되는 변화를 겪는다. 즉 '부정형'이 배제되고 '정형'이 자리잡는다. 우리가 흔히 쓰는 '명조체明朝體'는 명나라의 글씨체라는 의미인데 획의 변화가 완전히 사라진 것이다. 세계적으로도 한민족처럼 인쇄체에서 정형화, 획일화가 이루어지지 않은 경우는 찾기 힘들다. 부정형(불규

척성)이 인쇄체에도 나타나는 것은 얼마나 한민족 글씨의 강한 특성인지를 알려준다.

통일신라시대에도 곡선 위주의 글씨가 여전히 발견된다. 〈성덕대왕신종명聖德大王神鍾銘〉(771년), 〈창녕탑금당치성문기비昌寧塔金堂治成文記碑〉(810년), 〈중초사 당간석주기中初寺幢竿石柱記〉(827년)는 해서이면서도 직선을 사용하지 않고 둥그런 곡선을 고집하고 있다. 도판에서 보듯이 '인정지사因井之寺'가 새겨진 수막새도 둥그런 곡선 형태이다. 이는 통일신라시대에도 한민족은 마음씨 좋고 선한 민족성을 그대로 가지고 있었다는 것을 의미한다.

'인정지사因井之寺'가 새겨진 수막새. 통일신라. 고대 한민족 특유의 둥근 곡선 위주의 글씨체이다. 지름 14.2센티미터, 국립중앙박물관 소장.

**한민족 최고의 서가,
김생**

숭녕崇寧 연간(1102~1106)에, 학사 홍관洪灌이 진봉사를 따라 송나라에 들어가서 변경汴京에 묵고 있을 때, 한림대조翰林待詔 양구楊球와 이혁李革이 황제의 칙서를 받들고 사관에 와서 그림 족자를 썼다. 홍관이 김생金生의 행초行草 한 권을 보이니, 두 사람이 크게 놀라며 "오늘 왕우군王右軍(왕희지)의 글씨를 보게 될 줄 몰랐다"고 하였다. 홍관이 "그런 것이 아니고 이것은 신라인 김생이 쓴 것이다" 하니 두 사람이 웃으며, "천하에 우군을 제하고 어찌 이런 묘필이 있겠느냐" 하였다. 홍관이 여러 번 말하였지만 끝내 믿지 아니하였다.

『삼국사기』 중 김생에 대한 부분에 나오는 이야기이다. 『삼국사기』에 글씨 잘 쓴 것으로 기록된 사람은 김생과 요극일姚克一밖에 없다. 이규보는 『동국이상국집』에서 김생을 왕희지와 짝하여 신품 제일이라고 극찬하였다. 이인로李仁老는 『파한집破閑集』에서 "김생의 필법은 기묘하여 위·진의 사람들이 발돋움하여 바라볼 수 없을 정도이다"라고 했다. 서거정도 〈이원李原의 비명〉에서 "우리나라의 서법을 얘기하자면 김생이 제일이요, 다음이 행촌杏村(이암李嵒)"이라고 했다. 김생의 역사적 가치는 매우 높은 수준의 글씨를 썼고 한민족 글씨체의 특성이 잘 드러난다는 데 있다. 김생은 한민족 역사에서 최고의 서가이며 '해동서성海東書聖' 또는 '글씨의 신'이라고 불러도 부족함이 없다. 김생의 글씨는 〈낭공대사백월서운탑비朗空大師白月栖雲塔碑〉, 〈전유암산가서田遊巖山家序〉 등에서 볼 수 있다.

김생의 비교 대상으로는 서성으로 불리는 왕희지가 역시 제격이다. 서예를 연구하는 사람들은 김생이 왕희지의 서법을 배웠고 이를 기본으로 하였다는 데 의견이 대부분 일치한다. 당시 왕희지 집자비가 유행했고 김생은 〈이백시왕우군李白詩王右軍〉을 쓰기도 했으며 흐름이 유연

〈낭공대사백월서운탑비명〉 탁본. 김생은 매우 수준이 높고 한민족의 특성이 잘 드러난 글씨를 썼다. 국립중앙박물관 소장.

하고 자연미가 느껴진다는 점에서 유사하다. 그러나 실제로 〈낭공대사백월서운탑비명〉을 보면 왕희지 글씨와 거리가 멀어서 왕희지를 따랐는지 의심된다. 김생과 왕희지의 동일자를 비교해보아도, 비슷한 글자도 있지만 전혀 닮지 않은 글자가 대부분이다. 김생의 글씨는 왕희지를 기본으로 한 것이 아니라 참고로 삼았을 뿐이고, 고신라 글씨의 전통에 깊이 뿌리박고 있다.

왕희지 집자비인 〈인각사 보각국사비麟角寺普覺國師碑〉(1295년, 보물 428호)가 단정하고 방필이 많은 데 반해 김생의 글씨는 투박하고 곡선이 많으며 획이 굵다. 〈낭공대사백월서운탑비명〉에서 두드러지듯이, 김생의 글씨는 가로획은 길지만 세로획이 두드러지게 짧고, 둥글납작하고 안정된 결구가 도끼로 찍은 듯 간결하며 군더더기가 없다. 기필과 수필, 그리고 글자의 마지막 획을 굵고 강하게 했다. 필획이 단련된 무쇠와 같이 묵직하고 힘이 넘쳐서 경상도 사나이가 말수가 적고 간결하게 말하는 것과 같다. 성대중成大中은 그 획이 마치 3만 근의 활을 당겨서 한 발에 가히 수많은 군사를 쓰러뜨릴 것 같다고 했다. 그러면서도 부드러움을 겸하여 조화를 이루었다. 반면 왕희지는 세로획이 길어서 길쭉하고 여유가 있으며 필획은 가늘면서도 골격이 나타나지 않게 강건한 느낌을 준다. 굵기의 변화가 거의 없는 완만한 곡선을 이루고 있고 획의 전절 부분이 상당히 가늘게 되어 있어 고고하고 귀족적인 기품이 느껴진다.

김생의 글씨는 특히 기필의 기울기가 심하고 변과 방의 기울기도 심하게 변화시켜 변화무쌍한 모습을 보인다. 골격이 굵고 웅건하며 풍만한 호랑이가 움직이는 것 같다. 점의 크기, 위치, 방향을 그때그때 다르게 하고 장단대소에 변화를 주고 자유로운 필획의 변화가 생동감과 긴장감을 느끼게 한다. 방필과 원필, 장단의 대비가 극심한 가운에 전체적인 조화를 이끌어내고 있다. 반면, 왕희지는 장방형의 글자로 일정한 간격을 유지하는데 자간과 행간에 여유가 있어 시원스럽다. 점의 크기와 위치가 일정하고 획을 길게 하여 안정감을 주고 변과 방이 균형을 이루어 단정한 느낌을 준다.

요약하면, 김생은 틀에 얽매이지 않고 자유분방하여 강한 힘과 생동감이 있다. 반면, 왕희지는 질서와 규칙을 엄격히 지키고 그만의 서법 원칙을 고수하고 있어 강직하며 안정적인 느낌을 주고 섬세함과 치밀함이 극치를 이룬다. 왕희지는 『서론書論』에서 작품을 창작할 때는 "글씨가 안정되고 조용한 것이 중요하기 때문에 생각이 붓보다 먼저이고 글자가 마음의 뒤에 와서 글씨를 쓰기 전에 구상이 반드시 완성되어야 한다"고 했다. 또 「필세론筆勢論」에서 "무릇 글씨를 배우고 글자를 쓰는 본체는 모름지기 정도正道를 따라야 한다"고 했다. 왕희지는 집안 대대로 내려오던 도가에 심취하여 서예에 도교 사상도 받아들였지만 그 뼈

〈전유암산가서〉 목판본(부분). 조선. 틀에 얽매이지 않고 자유분방하여 강한 힘과 생동감이 있다. 저자 소장.

대는 역시 유가 사상이었다. 유송劉宋의 양흔羊欣은 왕희지를 두고 모든 법칙에 두루 정통하였다고 평한다. 예를 들어, 〈동방삭화찬東方朔畵讚〉과 〈황정경黃庭經〉은 길쭉한 글씨체에 좌측은 빽빽하고 우측은 느슨하며, 위쪽은 밀도가 높고 아래쪽은 그 반대로 하는 등 규칙을 잘 지키고 있다. 당나라의 서예가 저수량은 왕희지의 글씨에 대해 "붓의 기세가 정묘하고 해서의 규칙이 잘 갖춰져 있다"고 했다. 자연미라는 관점에서 보면 김생이 왕희지를 따른 것이 아니라 수준이 훨씬 높았다. 자유분방한 한민족의 후예인 김생과, 규칙을 엄격하게 지키는 중국인의 후예인 왕희지는 자연미에서는 비교가 안 된다.

〈낭공대사백월서운탑비〉는 고려시대인 954년에 김생의 글씨를 집자하여 만든 것인데 그만큼 김생을 높게 평가했기 때문이다. 김생의 서법을 추종한 대표적인 인물로 고려의 홍관, 조선의 홍춘경洪春卿을 꼽는다. 변헌卞獻, 이관징李觀徵도 김생의 서법을 연구했다. 18세기와 19세기에도 〈조계 묘비명趙棨墓碑銘〉(1799), 〈서명구 묘비명徐命九墓碑銘〉(1801), 〈이현서 묘비명李玄緖墓碑銘〉(1862)과 같은 김생 집자비가 만들어졌다. 김생의 글씨를 비롯한 고대 한민족 글씨를 살려 계승하는 것이 민족 정통성을 계승하는 길이다. 일본의 서도평론가 오노데라 게이지小野寺啓治는 "한국의 서풍은 거의 중국 서법사상의 가장 아름다운 형태로 된 정제된 서미書美의 중국 고전의 연장선상에 있다"고 하고 있다. 2000년대에 들어서 고구려의 〈광개토대왕비〉, 백제의 〈무령왕지석〉, 신라의 〈울진봉평비〉, 김생, 황기로黃耆老, 이광사, 이삼만李三晩 등의 서체를 임모臨摸하고 작품화하려는 움직임이 일어났다.

2

한민족의 역사, 발해

발해사를 짓지 않은 잘못

고려가 발해사를 짓지 않았으니, 고려의 국력이 떨치지 못하였음을 알 수 있다. 옛날에 고씨가 북쪽에 거주하여 고구려라 하였고, 부여씨가 서남쪽에 거주하여 백제라 하였으며, 박 · 석 · 김씨가 동남쪽에 거주하여 신라라 하였다. 이것이 삼국으로 마땅히 삼국사가 있어야 했는데 고려가 이를 편찬하였으니 옳은 일이다. 부여씨가 망하고 고씨가 망하자 김씨가 그 남쪽을 영유하였고, 대씨가 그 북쪽을 영유하여 발해라 하였다. 이것이 남북국이라 부르는 것으로 마땅히 남북국사南北國史가 있어야 했음에도 고려가 이를 편찬하지 않은 것은 잘못된 일이다. …… 무릇 대씨는 누구인가? 바로 고구려 사람이다. 그가 소유한 땅은 누구의 땅인가? 바로 고구려 땅으로, 동쪽과 서쪽과 북쪽을 개척하여 이보다 더 넓혔던 것이다.[214]

고운당古芸堂 유득공柳得恭은 『발해고渤海考』의 서문을 이렇게 시작했다. 발해는 고구려의 지배 밑에 있던 송화강 유역의 너른 평원, 즉 옛 부여가 있던 지역을 중심으로 건국된 국가이다. 유득공은 원래 역사가라기보다는 시인이었다. 훌륭한 시를 짓기 위해서는 동서고금을 막론하고 모든 문학작품들을 섭렵해야 한다는 생각을 가졌다. 그래서 중국은 물론, 몽골, 사라센, 베트남, 라오스, 미얀마, 일본, 영국, 네덜란드에도 관심을 가짐으로써 중국 일변도의 세계관에서 벗어날 수 있었다. 유득공은 발해사를 우리 역사 속에 넣을 것을 적극적으로 주장하고 이를 뒷받침하기 위하여 나름대로 체계화시키고자 하였다.

신채호도 『독사신론』에서 "발해 대씨(대중상大仲象과 대조영大祚榮)가 내려온 혈통을 미루어보면 우리 단군의 자손이며, 그가 다스렸던 인민들이 누구냐 하면 우리 부여의 종족이며, 그가 점거하였던 토지가 어디냐 하면 곧 고구려의 옛 땅이니, 대씨를 우리나라 역사에서 적지 않는다면 그 누구를 적을 것이며, 우리나라 역사에서 대씨를 적지 않는다면 그 어느 나라 역사에서 적겠는가"라고 하면서 김부식이 『삼국사기』에서 발해를 뺀 것을 혹독하게 비판하고 있다.[215]

중국의 『구당서舊唐書』에서도 발해를 세운 대조영을 '고려별종高麗別種'이라고 하고 있다. 이기백은 발해를 건국한 것은 부여 계통으로 생각되는 고구려의 장군 대조영이었고 그 밑에는 고구려의 유민뿐만 아니라 북만주 일대에 거주하던 말갈족이 많이 예속되었다고 설명한다. 이들은 고구려가 만주를 지배할 때에 그 지배 밑에 있었지만, 이제 발해가 건국되자 이에 예속하게 된 것이고 비록 발해를 형성한 주민 속에는 말갈족이 상당히 있었다 하더라도, 그 지배층인 고구려의 유민들은 고구려를 부흥한다는 뚜렷한 자각을 가지고 있었다.[216]

발해는 건국 초기 고구려의 문화를 기본으로 하였다가 이후 당의 문화를 적극적으로 받아들임에 따라 당 문화가 중요한 자리를 차지하게 되었다. 발해는 당과 평화적인 외교 관계를 수립한 이후 그 문화를 적극적으로 받아들였다. 발해는 926년에 거란에 의해 망하게 되는데 그 문화는 후대에 계승되지 못한다. 발해의 멸망과 함께 만주는 한민족의 역사 무대에서 떠나게 되고 유물이나 유적도 한민족에게는 멀어질 수밖에 없었다. 아직까지도 한민족의 역사에서 발해가 차지하는 정치적 또는 문화적 비중은 크지 못하다. 현재 중국에서는 발해를 중국의 역사로 보고 대조영을 중국의 역사 인물로 설명하고 있다.

말갈족은 누구인가

『신당서新唐書』에는 대조영을 발해군왕渤海郡王에 책봉하고, 다스리고 있는 지역을 홀한주忽汗州로 삼아서 홀한주감독을 겸임시켰는데 이로부터 비로소 '말갈'이라는 이름을 버리고 오로지 '발해'로만 불렸다는 내용이 나온다. 원래 발해를 '발해말갈'이라고 불렀을 정도로 말갈족이 발해에서 차지하는 비중이 높았다. 말갈족은 일반적으로 수 · 당대 중국의 동북방에서 활동하던 집단 중 하나로 알려져 있는데 숙신-읍루-물

길-말갈-여진-만주족으로 불린다. 현재는 중국의 한족에 포함되어 있다. 『삼국사기』를 보면 말갈은 고구려 동명성왕이나 백제 온조왕 당시에도 기록되어 있어 기원전부터 존재했다는 것을 알 수 있고 백제와 신라를 침범하여 위협하는 존재였다.

말갈족의 글씨체를 분석하는 것은 발해의 성격을 규명하는 데 도움이 될 것이다. 말갈족이 어떤 성향을 가진 사람인지를 알 수 있을 뿐 아니라 발해의 지배층이 한민족이었는지, 말갈족이었는지, 아니면 중국인이었는지를 알 수 있기 때문이다. 발해 당시 말갈족의 글씨 자료는 찾지 못했지만 그들이 발해 멸망 후 200년이 안 된 1115년에 세운 금나라의 글씨체로 짐작할 수 있다. 여진문자가 남아 있는 자료는 세계적으로 희귀해서 지금까지 비석이나 석각 12개가 알려져 있고 〈하두호론하모극인河頭胡論河謀克印〉, 〈요령박물관장여진명문동경遼寧省博物館所藏女眞銘文銅鏡〉 등이 있다. 다행스럽게도 비석과 석각이 한반도에 1개씩 남아 있다. 1141년에 세워진 〈경원여진자비慶源女眞字碑〉는 4면 모두 여진문자가 각이 되어 있고 여진문자가 쓰여진 비문 중에서 가장 오래된 비문이어서[217] 가치가 매우 높다. 〈북청여진자석각北青女真字石刻〉은 1218년에 만들어졌다.[218] 이들 자료와 〈대금득승타송비大金得勝陀頌碑〉(1185년), 〈여진진사제명비女真進士題名碑〉(1224년), 〈영녕사비永寧寺碑〉(1413년) 등의 글씨를 종합하면 원필보다는 직필에 가깝고 각이 뚜렷하며 글자 간격은 좁다. 글자 크기, 중심선이나 기울기 등에서 일정하지 않다. 〈북청여진자석각〉의 글씨체가 자유분방함이 두드러지는데 석각이라는 점을 고려해서 보아야 한다.

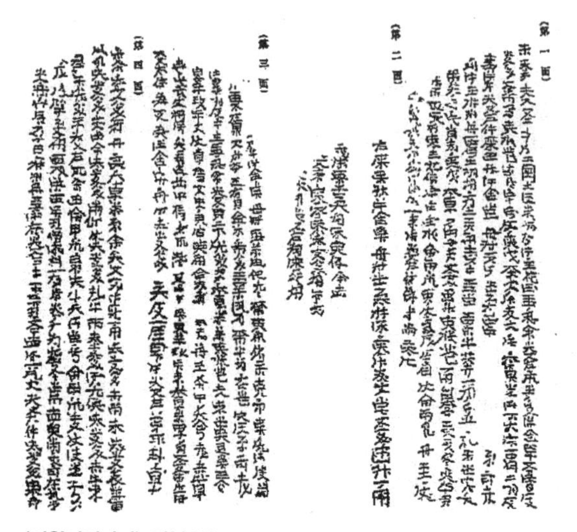

〈경원여진자비〉 탁본.[219] 여진족의 글씨로서 고대 중국의 글씨는 물론, 고대 한민족의 글씨와 분명하게 구별된다.

글씨체를 보면 여진족은 성격이 용맹하고 활달하며 자의식이 강하면서도 자유분방한 성격이었던 것을 알 수가 있다. 여진족의 글씨체는 중국은 물론, 한민족의 글씨체와도 분명한 차이를 보인다. 여진족의 글씨는 모서리각이 뚜렷하며 글자 간격이 좁은 등 한민족의 글씨체와는 거리가 있고, 크기 등이 일정하지 않고 자유분방하다는 면에서는 중국의 글씨체와 거리가 멀다. 이를 보면 말갈족의 글씨체도 중국이나 한민족의 글씨체와 분명히 차이가 있었을 것이다. 『삼국지』 등 중국 사서에 따르면 말갈은 선비, 거란, 고구려, 부여와는 구별되는 집단으로 인식되고 있었다.[220] 그리고 말갈족은 가죽옷을 입는 등 복장이나 생계 형태 등에서 예맥족과는 엄연한 차이가 있었고, 말갈족의 언어는 남아 있지 않지만 여진족의 언어는 한민족의 언어와 계통이 유사할 뿐이지 분명히 다르다.

글씨체로 확인되는 한민족의 국가

고대로 갈수록 글씨체에는 지배 계층의 문화가 반영된 경우가 많다. 특히 왕실이나 귀족층의 유물에서 발견되는 글씨들은 지배 계층의 글씨체를 대표하는 것이어서 이를 분석하면 발해의 지배층이 누구였는지를 알 수 있다. 발해 지배층의 글씨체라고 할 수 있는 것으로는 〈정혜공주 묘비명貞惠公主墓碑銘〉(780년), 〈정효공주 묘비명貞孝公主墓碑銘〉(792년경), 〈'함화 4년명' 불비상 명문咸和四年銘佛碑像銘文〉(834년)이 있다.

〈'함화 4년명' 불비상〉은 상경성 2호 절터에 남아 있는 석불과 함께 발해를 대표하는 석불로서 높이가 64센티미터이다. 아미타불을 중심으로 가르침을 듣는 승려와 보살이 새겨져 있고 위에는 두 마리의 동물이, 아래에는 글씨와 인왕상이 새겨져 있다. 93자의 글자가 새겨져 있는데 함화 4년(834) 발해 허왕부許王府의 관리였던 조문휴趙文休의 어머니가 모든 불제자들을 위해 만들었다는 내용이다.

이 명문의 글씨체는 기본적으로는 한민족의 특성을 가지고 그 조성

〈'함화 4년명' 불비상 명문〉. 발해. 834년. 전형적인 한민족의 글씨체를 보이고 있어서 발해의 지배층이 한민족이었음을 알 수 있다. 일본 오하라미술관 소장.

시기에 걸맞게 중국화된 특징이 드러나서 고구려나 통일신라의 글씨체와 유사하다. 우선 '門(문)', '趙(조)', '敬(경)', '前(전)'자에서 보듯이 획의 방향이 가지런하지가 않고 제각각이다. '年(년)'자와 '月(월)'자는 큰 데 반하여 '日(일)'자는 작아서 글자의 크기가 일정하지가 않다. '阿(아)'자에서 보듯이 좌우의 크기가 일정하지 않고 '屬(속)'자에서 보듯이 위아래의 크기가 균형이 맞지 않는다. 가로와 세로 줄을 맞추었으나 일정하게 고르지는 않다. 또 필선이 부드러운 곡선의 형태를 하고 있어서 한민족의 글씨체임이 분명하다. 글자의 마지막 부분이 치켜 올라가고 있는데 중국의 글씨체에서 주로 보이는 특징으로 중국의 영향을 받은 것이다. 획의 굵기와 길이의 변화가 있고 위아래로 다소 긴 특징을 보여주는데 이는 열정, 팽창 의욕, 적극성, 실천력, 진취적 기상을 의미한다. 남송의 섭융례葉隆禮가 황제의 칙명을 받들어 편찬한 『거란국지契丹國志』에서는 "발해 사람 셋만 모이면 범 한 마리를 당해낸다"라고 하였다.[221]

〈정효공주 묘비명〉과 〈정혜공주 묘비명〉도 〈'함화 4년명' 불비상 명문〉의 글씨체 특징과 유사한데 좀 더 정형화된 특징을 보인다. 〈정효공주 묘비명〉은 높이 1.05미터, 너비 0.85미터, 두께 0.26미터로 화강암으로 만들어져 있다. 비문의 글자는 도합 18줄에 728자인데 비교적 온전하게 보존되어 있어서 대부분의 글자는 똑똑히 알아볼 수 있다. 이 묘비석과 형태가 비슷한 비석은 북위나 고구려에서 찾을 수 있다.

발해의 와당에서도 한민족의 글씨체가 발견되어 발해가 한민족의 국가라는 사실이 확인된다. 자유분방한 모습이어서 도식적이고 일정한 법칙을 따르는 중국의 글씨체와는 다르고, 부드러운 선이 흐르고 있어

발해의 명문 기와. 왼쪽부터 '大(대)'가 새겨진 암키와(길이 7.1센티미터, 너비 6.5센티미터), '保德(보덕)'이 새겨진 암키와(길이 16.2센티미터, 너비 13.5센티미터). 이들 글씨체는 발해가 한민족의 국가라는 사실을 확인시켜준다. 국립중앙박물관 소장.

서 말갈족의 글씨체일 가능성은 매우 낮다. 국사편찬위원회에서 발간한 『한국 서예문화의 역사』 124쪽에서 130쪽에 있는 발해 명문 기와 사진과 국립중앙박물관에 소장되어 있는 명문 기와를 보면 '保德(보덕)'과 '保十(보십)'에서 '保(보)'자, '計(계)'자에서 보듯이 좌우의 크기가 균형을 이루지 않는다. '保十(보십)', '大寧(대녕)'에서 보듯이 글자 크기가 컸다가 작았다가 하는 등 일정하지 않으며 '方(방)', '佛(불)', '取(취)', '布(포)' 자처럼 선의 방향도 일정하지 않을 뿐 아니라 때로는 제멋대로이다. 또 '大(대)', '切(절)', '十三七(삼십칠)'과 같이 선이 가파르지 않고 부드럽고 원만하다. 발해의 와당, 즉 암키와 등에서 발견되는 명문은 외부에 보여주기 위한 것이라기보다는 소원을 빌거나 연대, 위치, 제작자를 표기하거나 하는 등의 내부 기록용이다.

3

세련된 고려

중국화된 지배 계층

고려의 귀족적 관료 등 지배 계층 일부에서는 중국화된 글씨가 유행했다. 고려는 혈통을 존중하고 상위 신분층이 지배하는 신분제 사회였다. 5품 이상 관리 또는 특별한 공훈이 있는 관리의 자손에게 관직을 주는 음서제, 세습이 되고 조를 직접 거둘 수 있는 공음전은 지배 계층을 유지하는 역할을 했다. 지배 계층에서는 중국 고전의 문구를 외고 한시를 읊는 것이 필수적이었다.

건국 초기에는 당나라의 여러 서가의 글씨체가 유행했는데 특히 구양순체가 성행했다. 자획과 결구가 방정하고 엄격하며 정형화되었으며 순간적인 정신적 이완도 허용하지 않는 구양순체의 유행은 당시 엄격한 시대 상황을 반영한다. 〈광조사 진철대사보월승공탑비廣照寺眞澈大師寶月乘空塔碑〉(937년), 〈보리사 대경대사탑비菩提寺大鏡大師塔碑〉(939년, 보물

〈정토사 법경대사자등탑비〉탁본(부분). 건국 초기의 근엄하고 정신적 이완을 허용하지 않는 분위기가 구양순체와 잘 맞았다. 154.5×318.1센티미터, 국립중앙박물관 소장.

361호), 구족달具足達이 쓴 〈정토사 법경대사자등탑비淨土寺法鏡大師慈燈塔碑〉(943년, 보물 17호)가 대표적이다.

중기부터는 탄연에 의하여 왕희지체가 유행하였는데 〈청평사 문수원중수비清平寺文殊院重修碑〉(1130년) 등을 보면 초기에 비하여 틀에 얽매이지 않고 기상이 있었다. 왕희지체의 유행으로 〈직지사 대장전비直指寺大藏殿碑〉(1185년), 〈인각사 보각국사비〉와 같은 집자비가 나타났다. 말기에는 당시 원나라의 연경에서 유행했던 조맹부체(송설체松雪體)가 유행했다. 충선왕이 조맹부에게 서화를 전수받았고 충선왕과 이제현李齊賢이 만권당에서 10년 동안 활동한 것과 연관이 있다. 송설체의 특징은 우아하고 세련된 것으로서 고려 관료의 호사스러운 생활과 기호에 잘 맞았다. 고려의 상류층은 집 가꾸기에 유별난 애착을 가졌다. 크고 화려한 집의 정원에 갖가지 꽃과 나무, 앵무새, 공작 등 희귀한 새와 동물을 기르며 완상하였다.[222] 최자崔滋의 「삼도부三都賦」에는 서경 귀부인의 옷차림을 묘사한 글이 나오는데 얼마나 화려했는지 알 수 있다.

이런 중국화된 글씨는 불경에서도 찾을 수 있다. 불경은 인쇄한 인경印經과 붓으로 쓴 사경寫經으로 나뉜다. 사경은 수행을 목적으로 제작되기 때문에 항상 필획의 필법이 분명하고 결구가 엄정한 해서로 썼다. 단

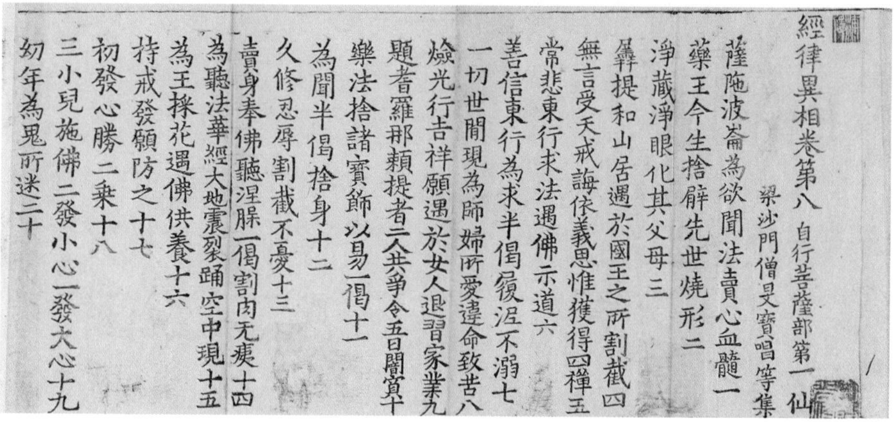

經律異相卷第八 自行菩薩部第一 仙
梁沙門僧旻寶唱等集
薩陁波崙為欲聞法賣心血髓一
藥王今生捨臂先世燒形二
淨藏淨眼化其父母三
羼提和山居遇於國王之所割截四
無言受天戒誨依義思惟獲得四禪五
常悲東行求法遇佛示道六
善信東行為求半偈履涅不溺七
一切世間現為師婦所愛違命致苦八
燄光行吉祥願遇於女人退習家業九
題耆羅那賴提者二人共爭令吾闇冥十
樂法捨諸寶飾以易一偈十一
為聞半偈捨身十二
久修忍辱割截不憂十三
賣身奉佛聽涅槃一偈割肉無瘡十四
為聽法華經大地震裂踊空中現十五
為王採花遇佛供養十六
持戒發願防之十七
初發心勝二乘十八
三小兒施佛二發小心一發大心十九
幼年為鬼所迷二十

『팔만대장경』 중 경과 율의 주제별 선집. 고려. 1243년. 수행을 목적으로 제작되는 불경은 한 점, 한 획의 오류도 허용하지 않는다. 30.6×11.8센티미터, 보물 1156호, 국립중앙박물관 소장.

정하고 한 점, 한 획의 오류도 허용되지 않으며 자간과 행간이 분명하여 글자의 필획이 겹치는 것을 용납하지 않았다. 고려 초기와 중기에는 구양순체나 사경체를 주로 썼고 후기에는 조맹부체를 쓰는 등 둥글고 굵은 필획을 사용하였다. 『고려사高麗史』는 원나라 황실이 고려의 사경승寫經僧을 대거 요청하여 여러 차례 데리고 갔다고 전한다.

고려인의 삶과 죽음, 묘지명

고려의 지배 계층 중 적어도 일부는 고려 말기 이전까지는 한민족 고유의 특성을 꽤 많이 간직하고 있었다. 이는 일부 비문과 많은 묘지명에서 확인된다. 고려의 비문과 사경에서는 주로 정제되고 균일화되며 귀족적인 성향이 강하다면 묘지명에서는 틀에 얽매이지 않고 개성이 있으며 자연스럽고 순박한 성향이 눈에 띤다. 묘지명은 개인적인 용도로 만들고 관과 함께 땅속에 묻히기 때문에 특별한 경우를 제외하고는 꾸미지 않고 격식도 덜 갖추게 된다. 그래서 금석문인데도 불구하고 고려인들의 일상적인 글씨체를 엿볼 수 있다. 묘지명 제작이 성행한 것은 중국의 장례 문화에 영향받았지만 유학 및 한문학의 발달과도 관련이 있다. 지금까지 알려진 것은 300여 개이다. 묘지명에는 결혼을 몇 번 했는지, 가족 관계가 어떠했는지는 물론, 술을 잘 마셨는지, 고기를 많이 먹었는지, 여색을 멀리했는지, 시와 음악을 즐겼는지, 글씨에 능했는지와 같은 고려인들의 일상이 담겨 있다.

묘지명 중에는 〈경덕국사 묘지명景德國師墓誌銘〉(1066년경), 〈최문도 묘지명崔文度墓誌銘〉과 같이 경직되고 틀에 박힌 글씨체도 있지만 글자의 크기나 간격이 일정하지 않고 모양도 자유로우며 부드러운 글씨체가 많다. 경직되고 꾸밈이 심하며 균일한 조선의 묘지명과 비교된다. 〈최시윤 묘지명崔時允墓誌銘〉(1146년), 〈최의 묘지명崔義墓誌銘〉(1223년 추정), 〈전기처 고씨 묘지명田起妻高氏墓誌銘〉(1162년), 〈이공저 묘지명李公著墓誌銘〉(1138년)은 전절부가 부드럽고 크기나 방향이 일정하지 않고 자유분방하며 졸박하다. 〈임광 묘지명林光墓誌銘〉(1152년), 〈왕충 묘지명王沖墓誌銘〉(1159년), 〈현화사 주지 천상 묘지명〉은 곡선미가 드러나고, 〈낙랑군부인 김씨 묘지명樂浪郡夫人金氏墓誌銘〉(1149년), 〈서균 묘지명徐鈞墓誌銘〉

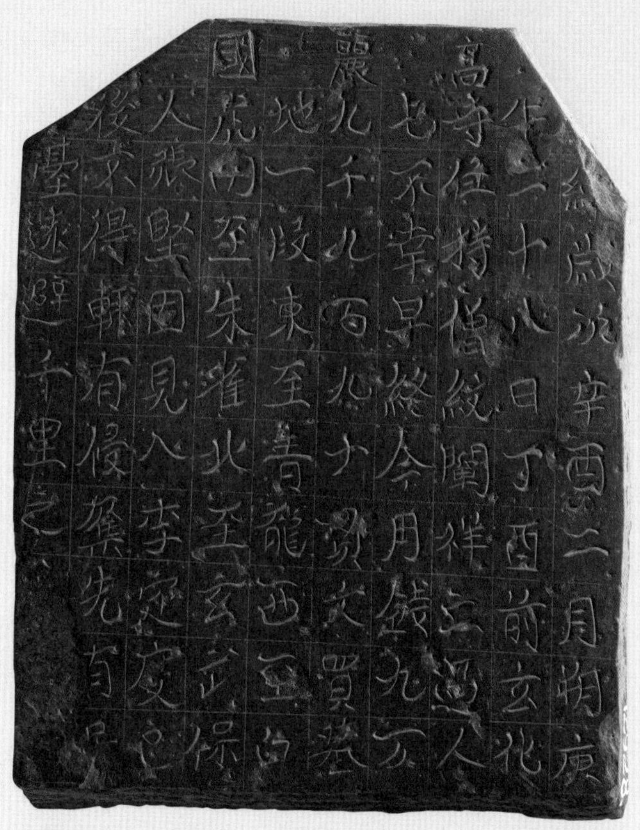

〈현화사 주지 천상 묘지명〉. 고려. 곡선이 두드러지고 방향이 들쭉날쭉하여 한민족 고유의 필체를 보인다. 20.5×16.5×2.7센티미터, 국립중앙박물관 소장.

〈낙랑군부인 김씨 묘지명〉(부분). 고려. 1149년. 글씨의 크기나 선의 방향 등이 자유분방하다. 51.7×28.2×2.2센티미터. 국립중앙박물관 소장.

(1132년)의 필획은 들쑥날쑥한 형태를 보인다.

고려의 전적 인쇄를 보면 여전히 부정형의 결구가 많이 발견된다. 세계 최고의 금속활자로 알려진 『홍덕사본직지興德寺本直指』(1377년), 『금강경金剛經』(1305년, 보물 1408호), 『자비도량참법집해慈悲道場懺法集解』(보물 1653호), 『삼국사기』, 『삼국유사』 모두 부정형의 글씨체를 보인다.

비석에 있어서도 김생의 집자비인 〈낭공대사백월서운탑비〉가 설립된 것은 주목할 만하다. 〈용두사 당간기龍頭寺幢竿記〉(962년), 〈사자빈신사석탑기獅子頻迅寺石塔記〉(1022년, 보물 94호), 〈통도사 국장생석표通度寺國長生石標〉(1085년, 보물 74호), 〈사천매향비泗川埋香碑〉(1387년, 보물 614호)와 같이 친근감이 감도는 곡선의 글씨도 발견된다. 이는 삼국시대의 둥그런 토속풍의 글씨들과 같은 유형이다.

이렇게 고려의 글씨체는 다양한데 이는 문화적 다양성을 가졌던 것과 직접 관련이 있다. 박종기 교수는 고려는 다양한 질서의 원리, 즉 다원주의에 기반한 다원적인 사회였다고 설명한다. 성리학이라는 단일한 이념이 모든 것을 꿰뚫는 조선왕조와는 달리 불교 · 유교 · 도교 · 풍수지리 · 민간신앙 등 사상의 다양성을 용인하면서, 그것을 팔관회八關會와 같

은 국가적인 의례 질서로 통합함으로써 다양성이 지닌 개별성과 분산성을 극복하고자 했다는 것이다.[223]

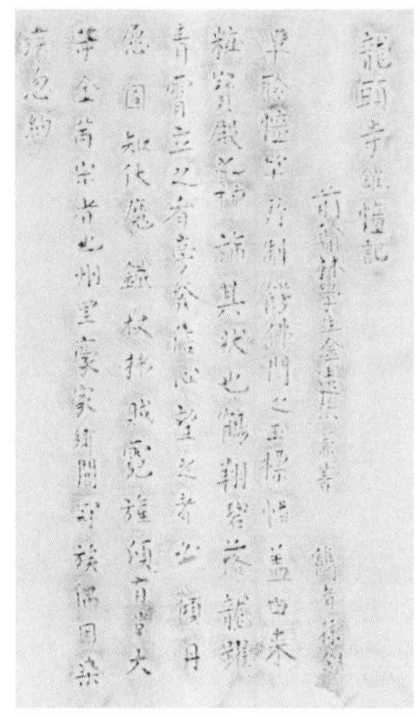

〈용두사 당간기〉(부분). 고려. 962년. 자연스럽고 소박하며 고졸하고 곡선이 강조되어 한민족 특유의 글씨체의 특징을 보인다. 국립중앙박물관 소장.

계속된 봉기의 원인

고려 사회에 관료를 중심으로 한 지배층만 있는 것은 아니었다. 지방에서는 향리들이 큰 영향력을 가지고 있었고, 대다수가 농민이었던 일반 양인들도 있었으며, 특수한 직역을 담당하거나 지역적 차별을 받고 있었던 향·소·부곡민들도 있었고, 노비들도 존재했다. 자료가 적지만 청자나 와당 등에서 피지배 계층의 글씨를 찾을 수 있는데 지배 계층의 글씨체와 확연한 차이가 있다. 부드러운 원필이고 크기, 기울기, 글자 간격 등이 불규칙하며 끝마무리가 정확하지 않고 크기가 들쑥날쑥하며 빠른 속도로 썼다. 고대 한민족의 글씨체의 전형적인 특징으로서 품성이 착하고 부드러우며 성격이 급하고 활력이 넘치며 자유분방했음을 알 수 있다. 이는 고려 비석의 글씨체와는 전혀 다른 글씨체이고 묘지명의 글씨체보다도 훨씬 자유분방하고 불규칙하다. 일부 지배 계층은 중국화되었지만 피지배 계층은 고대 한민족의 기질을 그대로 간직하고 있었음을 확인할 수 있다. 박종기는 고려시대에는 지배층의 세련되고 고급스러운 문화와 지방 세력, 지방민들의 거대함, 투박함, 역동성이 나타난 문화가 있었다고 지적한다.[224]

고려청자에 새겨진 글씨. 오른쪽부터 시계 방향으로 '乙酉司醞署(을유사온서)', '鬼(귀)', '燒錢(소전)'. 자유분방하고 진취적이며 네오테닉한 성격이 드러나는 글씨는 주로 도자기와 와당에서 볼 수 있다. 국립중앙박물관 소장.

지배 계층과 피지배 계층의 글씨체의 차이가 큰 것은 성향이 많이 달랐다는 것을 의미한다. 어느 사회에서나 지배 계층과 피지배 계층의 이해관계가 대립되는 경우가 많지만 고려시대에는 성향까지 많이 달라 상당한 긴장 관계가 있었을 것이다. 자유로운 피지배 계층의 입장에서는 규격화되고 형식적이며 엄격한데다가 겉과 속이 다른 지배 계층이 못마땅했을 것이다. 이런 평소의 마찰은 어떤 계기가 있으면 증폭되고 때로는 분출될 수밖에 없다.

『삼국사기』 등을 살펴보면 삼국시대에도 반역 사건이 꽤 있었지만 복속민의 반란, 왕족이나 귀족들에 의한 권력 찬탈이 주를 이루었고 봉기의 성격을 띤 것은 발견되지 않는다. 고구려에서 53년 두로杜魯가 모본왕이 백성을 학대했다는 이유로 시해한 사건이 있었지만 명목상의 구실일 가능성이 높다. 통일신라시대에는 헌덕왕 때 7년간의 기근 이후 도적 떼가 일어났고 흥덕왕 때도 기근으로 소규모 봉기가 곳곳에서 발생하였다. 이때까지만 해도 주로 자연재해로 살기가 어려워진 백성들이 봉기를 일으켰다. 통일신라시대 말기에는 양상이 달라지는데 지배 계층에게 중국색이 짙어진 시기였다.

『고려사절요高麗史節要』, 『동사강목』 등을 보면 고려시대에 봉기가 자주 발생했는데 특히 무신정권 때 많았다. 봉기의 원인에 대한 기록은 대개 간단하고 형식적이며, 권력을 둘러싼 반역과는 달리 그 근본 원인을 찾기가 쉽지 않다. 지금까지의 연구는 크게 지위 향상 욕구, 경제적인 수탈, 국가 지배 질서의 모순을 원인으로 보고 있다. 이기백은 직접 생산을 담당하고 있는 민民은 그들의 지위를 향상시키기 위한 주장을 표면화시켰고 정치에 반영시키기 위한 행동을 취하게 되었다고 분석한다.[225] 일본의 역사학자 하타다 다카시旗田巍는 1930년 "고려 명종 · 신종 시대 농민 반란"이라는 논문에서 고려 무신 정권 때 농민 반란은 무인 정권의 가렴주구에 저항한 것이라고 규정했다. 박종기는 국가 지배 질서의 모순에 대한 강한 불만에서 비롯된 것으로 본다.[226]

나는 규격화되고 엄격한 지배 계층에 대한 자유로운 피지배 계층의 반발, 즉 성향상의 차이도 중요한 원인이었을 것이라고 생각한다. 무인 정권 하에서 첫 봉기는 1172년에 지금의 평안도인 서계에서 일어난 조위총趙位寵의 난인데 지방관의 탐욕과 횡포에 대한 반감이 주원인이었다. 1182년에는 전주에서 군인과 관노의 반란이 일어났다. 전주 사록

진대유陳大有는 사소한 일에도 형벌을 가혹하게 하여 백성의 원성이 높았다. 전주의 군인들은 배를 건조하는 노역에 동원되었다가 가혹하게 감독하는 관리들에게 반항하여 관노들과 함께 들고 일어나 40일 동안 전주를 점령하였다. 만적萬積의 반란은 고려 중기인 1198년에 개경에서 일어났다. 만적은 개경 북산에서 공사노비를 모아놓고 한 연설에서 "국가에서 경인년·계사년 이후로 높은 벼슬이 천한 노예에게서 많이 나왔다. 장수와 정승이 어찌 종자가 있으랴. 시기가 오면 누구나 할 수 있는 것이다. 우리들은 어찌 육체를 노고하면서 채찍 밑에 곤욕을 당할 수 있느냐"고 하였다. 이처럼 만적의 난은 지배층의 억압에 대한 반발이 중요한 원인이었다.

4

완고한 조선

틀에 박힌 양반 사회

고려 말에 이어 조선 초에는 조맹부체가 풍미하는데 대표적인 인물이 안평대군 이용李瑢이다. 15세기 이후에는 틀에 박히고 경직되고 고루한 글씨가 유행한다. 16세기에 이황 등은 조맹부가 도덕적 의리를 저버린 것과 외형적인 아름다움에 치중한 데 문제를 제기하고 왕희지의 서예 정신을 통해 서예 본질의 회복을 주장했다. 이황은 한 글자를 쓰더라도 바르고 꼿꼿하며 단정하고 정중하며 규칙에 철저한 필체를 남겼다. 심지어 먹을 갈 때도 반드시 자세를 방정하게 하였으며 조금도 기울어짐이 없었다고 한다. 이는 성리학파가 강력한 세력을 구축하여 학계를 지배하게 되고 양반 사회가 편향되고 배타적이 된 것과 관련이 있다. 근엄하고 예의를 중시하며 조금이라도 유교의 행동 규범에 어긋나는 행위가 있으면 가차 없이 공격하였다. 윤휴尹鑴가 『중용주해中庸註解』에서 주자의 주해

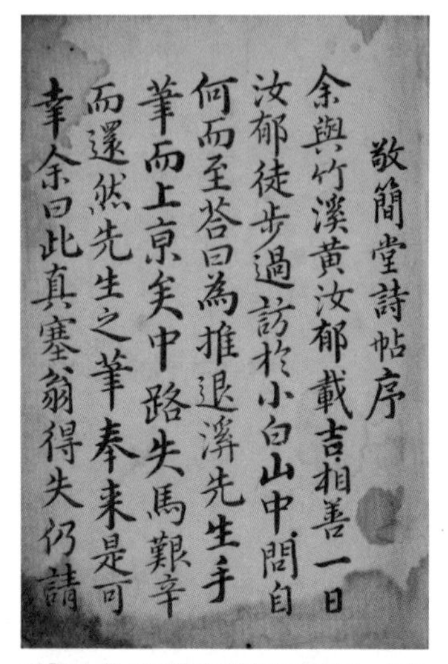

敬簡堂詩帖序
余與竹溪黃汝郁載吉相善一日
汝郁徒步過訪於小白山中間自
何而至答曰為推退溪先生手
筆而上京矣中路失馬艱辛
而還然先生之筆奉来是可
幸余曰此真塞翁得失仍請

이황이 쓴 『경간당시첩敬簡堂詩帖』. 조선. 바르고 꿋꿋하며 단정하고 정중하며 규칙을 철저하게 지킨 글씨이다. 31×22.5센티미터, 국립중앙박물관 소장.

에 불만을 품고 자기의 설로써 대치하다가 사문난적斯文亂賊으로 지목되어 사형당한 것은 그 한 예이다.

석봉 한호는 선조의 마음을 사로잡아 관아에서 『천자문』을 간행하였고 임란 전후에 외교문서와 관부의 서사 양식이 모두 이를 따르게 되었다. 그는 왕희지체를 기초로 조선의 특색이 강한 독창적인 해서체를 만들었다는 평가를 받는다. 그러나 근엄하고 방정한 중국의 서체에서 벗어나지 못했고 품격이 높지 못하다. 김정희는, 석봉의 필력은 동기창에 비하면 가볍기가 새 깃 하나에 불과하고 기품과 인격은 동기창의 열에 하나에도 미치지 못한다고 비판한다. 이서李漵는 석봉체 획의 운용이 완고하고 용렬하며 속되니 물리치고 멀리함이 옳다고 혹평한다.

16세기 말의 왜란, 17세기의 호란을 겪은 이후로는 문화 자존 의식을 내세우며 조선의 고유한 역사와 문화를 재정리하는 작업에 박차를 가하게 된다. 안정복安鼎福의 『동사강목』, 한치윤韓致奫의 『해동역사海東歷史』, 유득공의 『발해고』도 이때 나왔다. 영·정조 시대에는 숭문 정책으로 인하여 문예 부흥의 기운이 문화의 전반에 걸쳐 새로운 양상으로 전개되었다. 서울·경기 지역을 생활권으로 하는 '경화사족京華士族'이 대

조선시대 묘지명. 오른쪽 위부터 시계 방향으로 사도세자(1762년)·김지묵金持默(1799년경)·구인기具仁墍(1677년)·아이 용득龍得(1754년)의 묘지명. 고려시대 묘지명과는 달리 틀에 박히고 정돈되어 있는 전형적인 중국의 글씨체를 보여준다. 국립중앙박물관 소장.

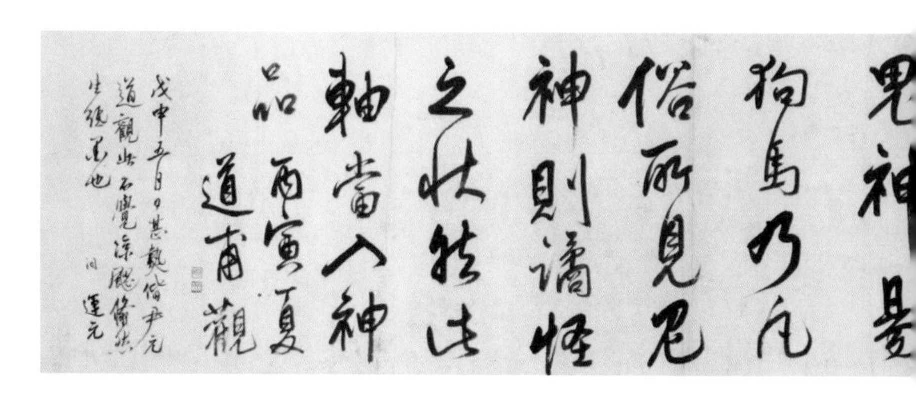

두하여 문화 예술의 발전이 절정에 달한다. 인간적 주체 의식이 자각되고 개성이 해방되어감에 따라 창작 활동도 보다 자유로워졌다.

이 시기의 일부 학자와 문학 예술가들은 주자학적 사유와 격식에서 벗어나 순수한 자기 마음속의 진실과 진정을 표현하고 그에 따라 학문과 창작을 하게 된다. 이 시기의 산물로 겸재謙齋 정선鄭敾의 진경산수화, 사천槎川 이병연李秉淵의 진경시를 들 수 있다. 이서, 윤순尹淳, 이광사는 자주성과 독창성이 강조된 동국진체를 썼다. 이들의 글씨는 원시적 생명력이 감도는 곡선이 특징이고 질박하며 자유분방함이 드러나고 한민족에게 맞는 글씨체를 탐구했다는 점에서 높이 평가할 만하다. 하지만 이들의 서예에 있어서 글로벌이란 결국 중국을 말하는 것이었고 유교적 입장에서 왕희지 중심주의를 주장했다는 한계가 있다. 이서는 왕희지 서예를 정통 기준으로 삼아 조선의 서예를 재확립하려 하였고

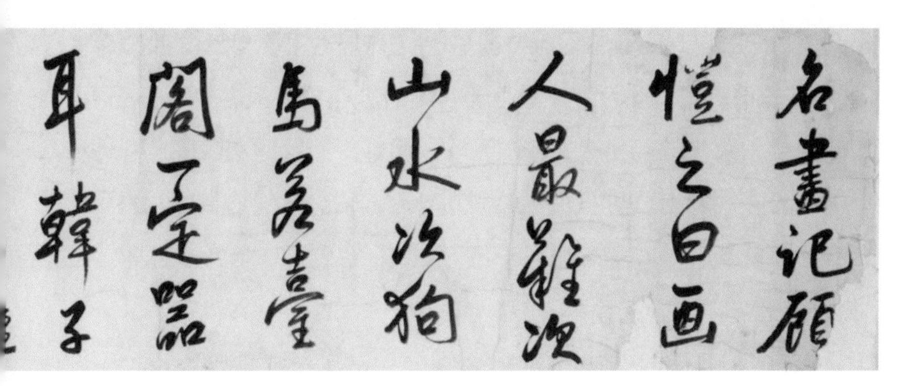

〈이광사 행서 화기李匡師行書畫記〉. 1764년. 자주성과 독창성을 추구하는 동국진체를 썼지만 중국 중심의 세계관에서 벗어나지 못했다. 33.3×196.9센티미터, 보물 1677-1호, 국립중앙박물관 소장.

윤순은 왕희지를 공자와 같은 위치에 놓았다. 이광사가 지은 「동국악부東國樂府」 중 〈황하가黃河歌〉에서는 기자가 동래한 후 예악과 문물이 정비되고 백성들이 예의염치를 알게 되어 조선이 문명의 혜택을 받게 되었다고 했다. 〈성모사聖母祠〉에서는 박혁거세를 중국 황제의 혈통으로 묘사하기도 했다. 19세기에는 왕권이 약화되고 정치적 혼란이 끊이지 않았고 민심이 이반하였으며 경제, 문화가 모두 침체되었다.

한글,
이 세상에 오다

한글의 탄생만큼 혁명적인 사건도 없다. 세종대왕이 훈민정음을 만든 의미는 단순히 백성들이 사용하기 쉬운, 고유의 문자를 만드는 데 있던 것만이 아니다. 그것은 한자 한문의 지식 기반과 이를 뒷받침하는 근원적 사상을 송두리째 바꾸고 한민족의 정체성을 살리는 단초를 심어둔 것이었다. 이 혁명의 단초는 오랜 시간 조금씩 불씨를 키워오다가 20세기 중반 한글의 대중화가 이루어짐으로써 폭발하는 데 그 힘은 경이로웠다.

한민족의 언어를 가장 잘 표현할 수 있고 누구나 쉽게 배워서 쓸 수 있는 한글은 한민족 역사에서 단연 최고의 발명품이다. 모든 민족의 언어를 기술할 수 있는 문자는 존재하지 않으며 오늘날 지구상에 존재하는 많은 문자들이 자생적으로 자신들의 언어를 기술하는 데 알맞도록 만들어졌거나 오랜 시간에 걸쳐 순치된 것이다.[227] 외국에서도 한글을 인간의 말을 재생하는 문자의 역사상 가장 효율적이고 과학적인 수단이고,[228] 인류의 위대한 지적 성취 가운데 하나로 평가하고 있다.[229] 한글은 차용한 체계를 장기간에 걸쳐 간헐적으로 개량한 것이 아니라 언어학적 원리에 따른 의도적인 발명의 결과물이다.[230]

노마 히데키野間秀樹 교수는 훈민정음을 "유라시아 동방의 극점에 나타난 에크리튀르의 기적"이라고 표현한다.[231] 그는 '쓰다'를 의미하는 프랑스어 écrite에서 나온 파생어 에크르튀르écriture라는 개념을 사용하는데 이는 쓰는 것, 쓰여진 것, 쓰여진 지혜를 포함하는 뜻이다. 훈민정음 탄생 당시는 물론 20세기 초까지만 해도 한자는 지식인들에게 있어 삶 자체였다. 세상과의 통로였고 의사소통의 매개체였으며 지식을 전수하는 수단이기도 했다. 그것을 분명하게 알 수 있는 것이 세종대왕이 한글을 만들 당시 최만리崔萬理의 상소문이다. 최만리는 "우리 조선은 선조부터 지금까지 모든 성의를 다해 위대한 존재, 즉 대중국을 섬기며 오직 중화의 제도를 따라왔습니다. 지금 글을 같이하고 문물제도를 함께하여야 할 바로 이때에 언문을 제작하면 그것을 보고 듣고 이상하게 여기는 사람이 있을 것입니다. …… 몽고, 서하西夏, 여진, 일본, 서번西蕃 같은 곳에서 각각의 문자가 있는 것은 모두 이적夷狄이나 하는 짓이며 논할 여지도 없는 것입니다"라고 한다. 노마 히데키는 '한자한문원리주의'로 총괄할 수 있는 최만리의 사상은, 압도적으로 우세한 앙시앙 레짐ancien régime의 단순한 대변이었다기보다는 훈민정음의 잠재력으로 인해 뒤흔들리게 될 한자 한문 에크리튀르의 근간과 그것을 떠받치는 근원적 사상을 원리주의적으로 순화 · 이론화한 것으로 본다.[232]

이러한 세종대왕의 시도는 훈민정음을 반대하는 세력들의 저항 등 시련도 많았지만 한글로 고유 가락인 시조, 한글 소설, 판소리를 짓는 것과 같이 서서히 지각의 균열을 가져온다. 정철, 성삼문, 이황, 이이뿐 아니라 황진이와 같은 이도 시조 창작에 나섰고 18, 19세기에는 『청구영언青丘永言』과 『가곡원류歌曲源流』 등의 책이 편찬되었다. 허균의 『홍길동전』이나 김만중의 『구운몽九雲夢』, 판소리 「춘향전」은 훈민정음으로 표현할 수 있는 한계의 벽을 조금씩 무너뜨렸다.

한글의 형태 또한 혁명적이었다. 세종대왕을 위시한 집현전 학자들이 의식을 했든, 못했든 한글의 형태는 한민족의 정체성과 정확하게 일치하는 것이었다. 한글의 디자인은 그동안 사용하던 한자와 완전히 달랐다. 문자의 디자인은 이를 사용하는 민족의 정서를 그대로 반영한다.

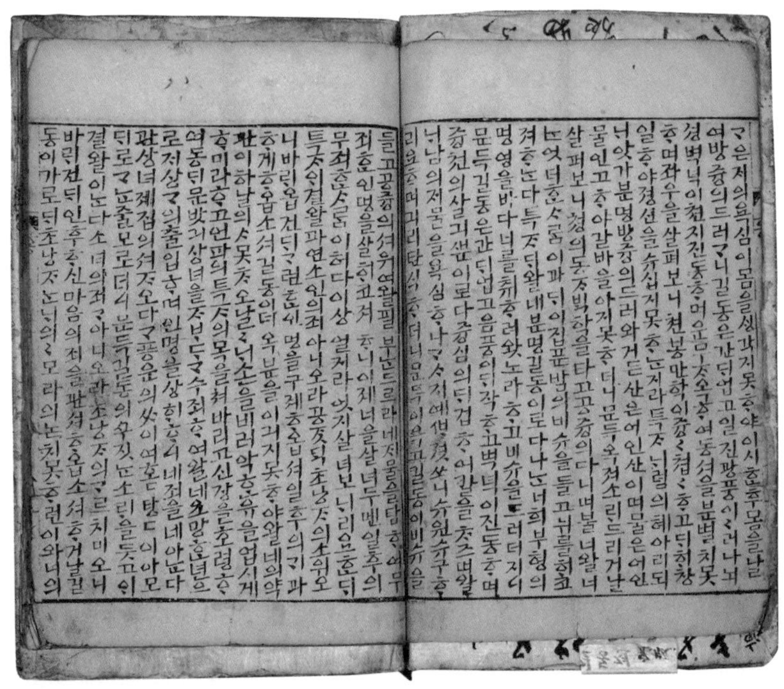

최초의 한글 소설인 『홍길동전』. 16세기. 한글의 탄생은 한민족의 정체성을 살리는 혁명적인 사건이었다. 30×19.3센티미터, 국립중앙박물관 소장.

몽롱하고 부드러운 일본인의 히라가나는 흐느적거리는 초서 형태이고, 신중하고 완고하며 인내심이 많은 게르만족의 룬 문자는 경직되고 모가 났으며, 부드러운 남방계 인도의 문자들은 몰티브 문자에서 보듯이 둥글둥글하다. 단순하고 신속하며 부드럽고 자유분방한 한민족은 단순간결하고 울뚝불뚝하여 부정형에 가깝고 부드러운 곡선의 디자인을 택했다. 좌우가 대칭하는 규격화된 형태는 아니고 그렇다고 히라가나처럼 흐느적거리지도 않는다. 한글은 한민족의 정서가 반영되었고 또 한민족

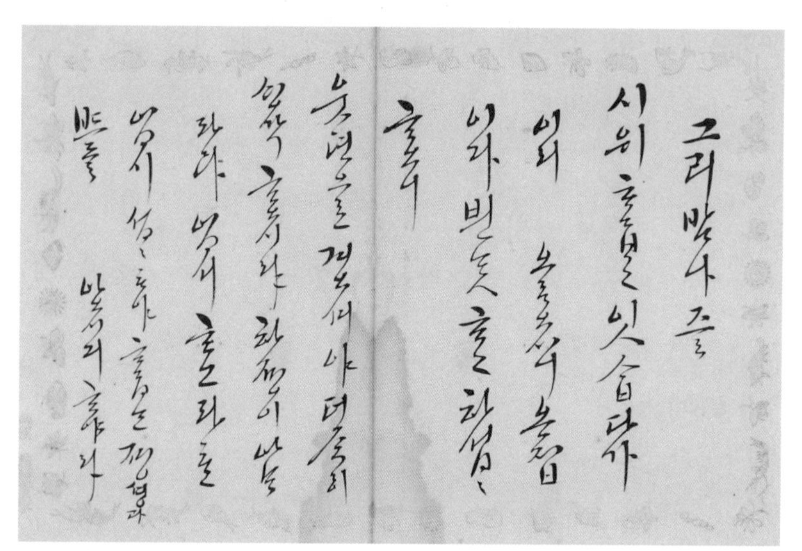

효종이 셋째 딸인 숙명공주에게 보낸 한글 편지 『신한첩宸翰帖』 중 일부. 한글 글씨체는 대개 소박하고 유려하며 아름답고 부드러우며 자유분방하다. 29×21센티미터, 보물 1629-1호, 국립청주박물관 소장.

의 뚜렷한 상징이 되었다.

『훈민정음』에 쓰였던 글씨체는 한자 전서와 유사한데 장식적인 구성, 엄격한 결구, 뛰어난 조형 감각은 왕의 권위를 상징하기에 알맞았다. 한글의 탄생 당시 만들어진 『용비어천가』, 『석보상절釋譜詳節』 도 거의 완전한 고딕체여서 중국 글씨체의 영향이 많이 보인다. 하지만 세월이 흐르면서 점점 곡선 형태로 변하여 한민족의 정체성에 맞는 형태로 바뀌게 되는데 그중 하나가 아름다움의 정수라고 할 수 있는 궁체이다.

한자에 비하여 한글 글씨체는 소박하고 유려하며 아름답고 부드러우며 자유분방한데 특히 편지에서 두드러진다. 글자의 크기나 간격 등에

파격이 많고 비뚤어지기도 한다. 종이의 면에 구애받지 않고 내용이 많으면 귀퉁이로 돌아가면서 쓰기도 하고 위아래가 일정하지도 않다. 결구나 점획의 형식에서도 글자를 크게도 하고 작게도 하며 비뚤어지기도 한다. 규칙적이고 가지런한 중국의 글씨체와는 거리가 멀다.

미감의 절정,
추사 김정희

추사 김정희는 서예의 종주국인 중국을 뛰어 넘어 서예사에 우뚝 선 인물이었다. 글씨에는 예술과 인품이라는 두 가지 중요한 요소가 있다. 이 두 가지가 반드시 일치하는지에 대해서 과거에도 논쟁이 있었다. 청나라의 전대흔錢大昕은 예술과 인품은 서로 다른 두 가지일 뿐이라고 주장했고 명나라의 풍반馮班은 불가분의 관계에 있다고 말했다. 그 중간 입장을 취하는 소동파는 예술이 분명 인품과 관련이 있지만 기교로 은폐할 수 있기에 반드시 일치할 수는 없다고 했다. 안중근과 김정희의 글씨 중 어느 것이 뛰어나냐고 묻는다면 인품에서는 안중근이, 예술에서는 김정희가 뛰어나다고 말할 수밖에 없다.

추사에게는 하늘이 내린 재주가 있었는데 『대동기문大東奇聞』에는 채제공蔡濟恭이 추사가 일곱 살 때 쓴 글씨를 보고 감탄했다는 이야기가 나온다. 실학의 대가 박제가朴齊家도 추사의 비범함을 알아보고 제자로 두었다. 김정희는 벼루 10개를 밑창 내고 붓 1,000자루를 몽당붓으로 만들 만큼의 노력을 기울여 마침내 최고 수준의 미적 감각을 갖추게 된다. 해서, 행서, 초서에도 다양성과 섬세함이 절묘하게 조화를 이루었지만 특히 독특한 풍격을 지닌 예서에서 신품의 수준에 올랐다. 그는 수준 높은 경학과 실사구시의 고증학, 금석학 외에 불학佛學 등 폭넓은 학식을 갖추었고, 금강안金剛眼과 같이 뛰어난 감식안이 있었다.

추사는 왕희지의 「필세론」, 동기창의 「화선실수필畵禪室隨筆」 등 중국의 저명한 서가들의 글을 읽었고, 황공망黃公望, 문징명文徵明, 등석여鄧石如 등의 글씨와 그림을 소장하였다. 그의 글씨에서는 왕희지, 구양순, 안진경, 동기창 등의 기풍이 엿보인다. 그는 일찍부터 서화와 제학諸學에 있어서 국내에서는 더 배울 것이 없다고 자신했다. "우리 동방에서는 사귈 만한 선비가 없으며, 선진 청나라의 명사와 교유하여 고인의 의사義死의 정분을 본받을까 한다"라고 하였다.[233] 1809년 말부터 다음 해 초까지 북경에 다녀오는데 중국 제일의 금석학자 옹방강翁方綱과 완원阮元을 만나 그 자리에서 사제의 연을 맺는다. 이들은 물론, 옹수곤翁樹崑, 섭지선葉志詵 등과 지속적으로 교류하면서 당시 최고조에 이른 고증학의 진수를 공부한다.

추사 연구가인 후지쓰카 치카시藤塚隣는 김정희를, 청조 문화를 조선에 전한 최고의 인물로 꼽았고 오노 데츠진宇野哲人은 "청조 학술의 정수를 훤히 깨달은 경학經學의 대가"라고 했다. 김정희는 학문과 예술 모두 고전에 중심을 둔 '존고存古'를 급선무로 삼고 있는데 청조를 출발점으로 하여 중국의 문화를 깊이 공부했다. 김정희는 위대한 유가 예술의 이념을 회복시키는 것을 자신의 임무로 삼았는데 그것은 학문과 도

김정희가 쓴 글씨. 18세기 후반~19세기. 미감의 절정에 이르렀지만 아쉽게도 한민족의 정서와는 거리가 있다. 118.5×50.8센티미터. 국립중앙박물관 소장.

에 예술이 절대로 분리되어서는 안 된다는 전통 유가 사대부의 문화적 정체성을 수호하는 방향에서 있었다.[234] 추사는 한나라의 동경을 보고 명문을 따라 쓰고 비석, 기와, 거울 등에 있는 금석문을 연구했다. 결국 전통적인 서법을 깨뜨리고 전한의 예隸에 근원을 두고 이 법을 해서와 행서에 응용한 새로운 서법을 만들어낸다.

이런 과정을 거치다 보니 추사의 글씨는 주도면밀하여 꾸밈이 심하고 엄정하며 느린 중국인의 미적 감각에 치우쳐 있어 한민족의 정서에 맞지 않으며 때로는 기괴하고 눈에 거슬린다. 『조선왕조실록』에는 김정희가 죽은 후 "초草·해楷·전篆·예隸에 진경眞境을 오묘하게 깨달아 때때로 혹 거리낌 없는 바를 행했으나 사람들이 그의 글씨에 대해 평할 수가 없었다"라고 적고 있다. 추사가 김병학이나 조광진에게 보낸 편지에 보면 남들이 자신의 글씨를 이상하게 여기는 것을 스스로도 알고 있었다. 추사는 기이함이 한나라의 비문, 육조시대의

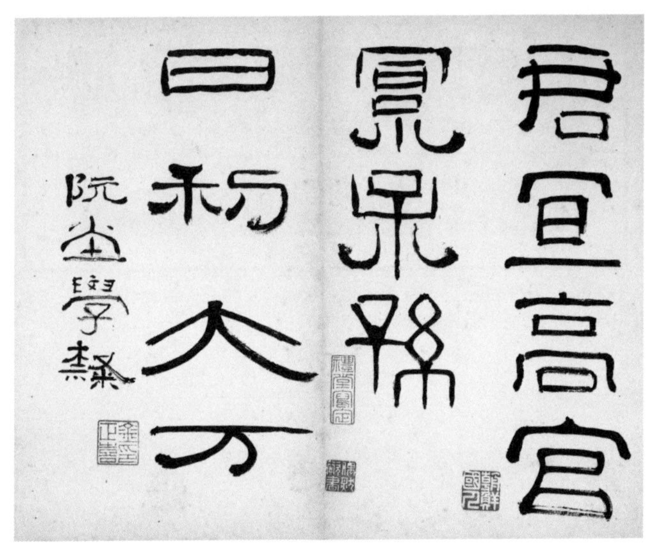

김정희가 쓴 서첩. 26.6×15.5센티미터, 국립중앙박물관 소장.

〈예학명瘞鶴銘〉, 구양순의 글씨와 같이 중국 서예사에서 뚜렷한 전통을 가지고 있다고 보았다. 김병기는 추사가 중국의 것을 모방하는 것에서 출발했고 민족 전통의 미감을 살리려는 노력이 없었다는 데서 뚜렷한 한계가 발견된다고 비판한다. 추사는 처음부터 민족 미감이나 지역성을 크게 염두에 두지 않은 채 세계 무대에 뛰어들어 절대 수준의 예술성을 추구했다는 것이다.[235]

그렇다고 추사가 한민족 전통의 미감에서 완전히 이탈한 것은 아니다. 추사체에는 틀에 박히거나 경직되지 않고 곡선이 가미되고 자유분방한 한민족 글씨체의 특징이 드러난다. 그는 〈북한산진흥왕순수비〉를 발견하여 고증했고, 〈무구정광대다라니경〉을 고증했으며, 〈황초령진흥

김정희의 〈판전 현판〉. 추사가 죽기 3일 전에 썼다고 하는 이 글씨는 그에게 한민족의 피가 흐르고 있다는 것을 확인시켜준 걸작이다.

왕순수비〉의 보존에 힘썼다. 추사는 죽기 3일전에 봉은사의 〈판전板殿 현판〉을 써서 한민족의 피가 도도하게 흐르고 있음을 확인시켜주고 떠난다. 이 글씨는 자유분방하고 기교나 꾸밈이 없는 대교약졸의 글씨이며 높은 미적 감각을 가졌다. 미술은 전성기 때의 작품을 최고로 치지만 글씨는 마지막에 쓴 절필絶筆을 최고로 친다. 아쉬운 것은 보기 드문 재주를 가진 그가 고대 한민족의 글씨를 깊이 연구하지 않은 것이다. 그랬더라면 분명 더 높은 수준의 글씨체를 만들고 한민족을 대표하는 서가로 자리 잡았을 것이다.

민民의 삶

17, 18세기 김홍도, 신윤복, 김득신에 의해 유행한 풍속화에는 양반과 함께 민民이 등장한다. 이는 민民이 더 이상 피동적 존재가 아니라 사

회를 이끌어가는 구성원으로 역할을 담당하게 된 것을 의미한다. 한글로 된 문학작품이 쏟아져 나왔고 작가도 양반에서 서리와 같은 하급 신분 출신으로 변했다. 민民의 성장을 배경으로 한 조선 후기 민화의 유행은 예술의 대중화를 의미했다.

조선 와당에 새겨진 글씨. 둥글고 자유로운 글씨들은 피지배 계층에 고대 한민족의 피가 면면히 흐르고 있다는 것을 보여준다. 국립중앙박물관 소장.

17세기 이후 기존 질서와 지배층의 가치관이 변화하고 당쟁으로 인해 양반 중심의 신분 체제는 점점 흔들리기 시작했다. 게다가 한글의 보급, 의식의 자각, 개성과 특수성의 표출, 경제구조의 변화, 부농의 양반층 진입, 양반층의 권위 상실 등으로 사회구조는 커다란 변혁을 맞게 된다. 서학(천주교)이 주로 실학파를 중심으로 퍼졌는데 이는 곧 양반 사회, 성리학지상주의에 대한 도전을 의미했다. 19세기에 이르면 신분의 상승과 하강 현상으로 양반으로 불리어지는 신분층의 사회적 존재 의의가 흐려져가는 추세를 나타낸다. 자신들의 사회적 위치에 눈뜨기 시작한 민民이 활로를 개척하기 시작했다.

민民의 글씨는 도자기나 와당 등에 많이 남아 있는데 한민족의 정감을 가장 잘 나타내는 분청사기에 특히 많다. 부드러운 곡선이 주를 이루고 정확한 포치가 아니라 자유분방하고 크기도 들쑥날쑥하다. 고대 한

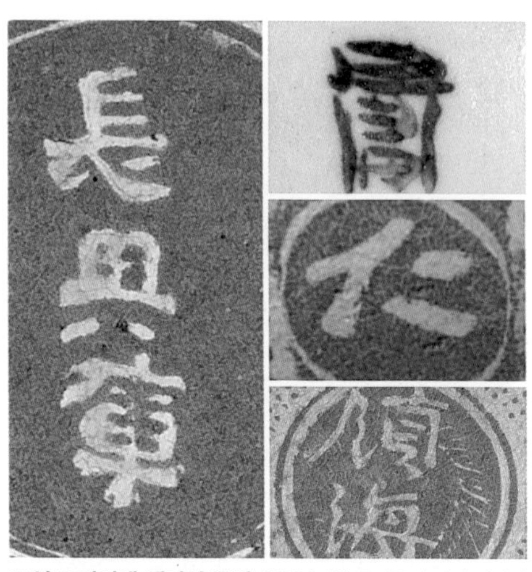

조선 도자기에 새겨진 글씨. 천진난만한 글씨들이 많이 발견되는데 특히 분청사기에 많다. 국립중앙박물관 소장.

민족의 특성이 면면히 이어지고 있는 것이다. 권력을 쥔 양반 앞에서 무기력할 수밖에 없던 민民은 다른 방법을 통해 울분을 토로할 수밖에 없었다. 게다가 자유롭고 솔직한 민民에게 체면을 중시하고 틀에 박힌 사고를 하며 위선적인 양반은 불만의 대상이었을 것이다. 17, 18세기에는 실학이 나타나서 정치와 사회 현실을 개혁하고자 했다. 그중에서도 특히 상공업의 발전을 통하여 사회의 번영을 이룩해보자는 이용후생학파들은 현실 개혁 의지가 강했고 양반 사회를 통렬하게 비판했다. 박지원은 『열하일기熱河日記』 중 「허생전許生傳」, 「호질虎叱」, 『방경각외전放璚閣外傳』 중 「양반전」, 「민옹전民翁傳」 등에서 일하지 않는 양반 유학자들을 신랄하게 비판했다. 소설 「토끼전」, 「황새결송」, 「두껍전」은 지배층의 횡포와 부패를 비판하고, 「배비장전」, 「오유란전」, 「이춘풍전」은 양반들의 위선을 폭로하고 민民의 양반에 대한 보복 심리를 묘사한다. 「장끼전」, 「열녀함양박씨전」은 봉건 윤리의 폐습과 불합리성에 대한 반기를 들고 있다. 이들 소설들은 양반 사회에 대한 비판과 풍자가 이어지고 인간의 진솔한 감정을 사실적으로 표현하고 있다.

말뚝이탈(29×22.4센티미터)과 양반탈(23×14.5센티미터). 말뚝이는 민民의 대변자로 거침없이 행동하고 해학적이고도 풍자적인 대사로 관중들을 매료시킨다. 양반탈에는 민民의 조롱과 풍자가 담겨 있다. 국립중앙박물관 소장.

한민족 고유의 장르로 조선 후기에 생겨난 판소리 사설에는 민民의 애환이 담겨 있다. 판소리의 해학적 풍자는 한민족 고유의 심성이 잘 드러나는데 가장 많은 것이 양반에 대한 조롱과 풍자이다. 「춘향가」, 「토별가」에서는 양반의 수탈상을, 「흥부전」에서는 더 큰 권력 앞에서는 비굴해지는 양반의 실상을 풍자한다. 탈춤의 사설에도 대개 양반을 희롱하고 풍자하는 대목이 끼여 있었다. 『수영야류水營野遊』에서는 뱀의 형상을 한 동물이 "내가 날물에 날잡아먹고, 들물에 들잡아먹고, 양반 아흔아홉 잡아먹고, 하나만 더 잡아먹으면 득천한다"고 한다.

제 6 장

다시 고대 한민족으로

1

양극화된 일제강점기

경직되는 한민족

문학, 예술, 학문이 시대의 산물인 것은 사람이 시대 상황으로부터 자유롭지 못하기 때문이다. 일제강점기는 한민족 역사에서 가장 치욕적인 시기였다. 식량이나 자원을 약탈당한 것은 오히려 작은 문제였다. 일제는 학교에서 조선어 교육을 모두 폐지하고 일본어를 가르쳤으며 창씨개명을 강요하는 등 역사상 유례없는 민족 말살 정책을 폈다. 수천 년간 면면히 이어진 민족의 정체성이 끊어질 위기에 놓인다. 가장 특수했던 시대 상황만큼 한민족 역사상 가장 특이한 글씨체를 쓰게 된다.

일제에 의해 나라를 빼앗기자 지식인들은 일제에 항거하거나 자살하거나 아니면 협력해야 하는 세 가지 갈림길에 서서 선택을 강요받는다. 이때 항거하거나 자살하는 길을 선택한 사람들은 한민족 역사에서 가장 반듯하고 경직된 글씨를 쓴다. 김영상金永相의 편지와 윤봉길 의사의

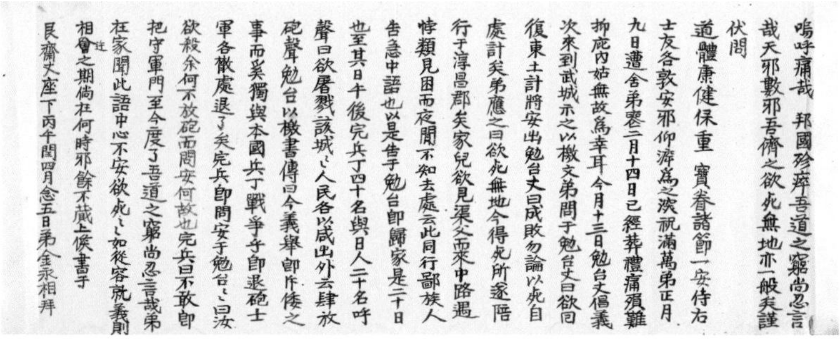

항일운동가 김영상의 편지. 1906년. 항일운동가들은 한민족 역사에서 가장 반듯하고 경직된 글씨체를 썼다. 23.5×59.5센티미터, 저자 소장.

선서문을 보자. 김영상의 편지는 나라가 망해가는데 할 수 있는 일이 없으며 죽고 싶어도 죽을 땅이 없다고 절규하는 내용이다. 그는 나라를 빼앗기자 독립을 역설하다가 일본 경찰에 체포되어, 군산 감옥에서 9일간 단식 중 옥사하였다. 윤봉길의 선서문은 1932년 4월 일본 왕의 생일 축하 기념식장인 상하이 훙커우 공원에서 폭탄을 던지기 전에 한인애국단장 김구 앞에서 쓴 글이다.

이렇게 경직되고 규칙성이 두드러지는 글씨는 특정 지역이나 계층에서만 발견되는 것이 아니다. 윤봉길은 충남 예산 출신이고 김영상은 전북 고부 출신이며 서울 출신의 의병장 민긍호, 춘천 출신의 의병장 이소응, 평양 출신의 이대위도 그렇다. 경상도 출신의 항일운동가에서는 흔하다. 결연한 의지를 가지지 않고서는 버틸 수 없는 시대 상황이 이런 글씨체를 나오게 했을 것이다. 곽종석은 나라를 빼앗기자 쇠처럼 강해지겠다는 의미에서 이름을 '쇳덩이 도(鍋)'로 바꾸었다. 그는 「포고천하문布告天下文」에서 "우리 작은 나라의 신민들은 죽음만 있을 뿐이요, 맹세코 도적이나 역적이 되어 천하를 뒤집는 난리에 함께 서 있지는 않을 것이다. 정세가 매우 위태로워 피를 뿌리며 받들어 고한다"라고 한다. 그는 맹세한 대로 파리장서사건을 주도하고 2년간 감옥에 있다가 그때 얻은 병으로 출소 후 얼마 뒤 사망한다.

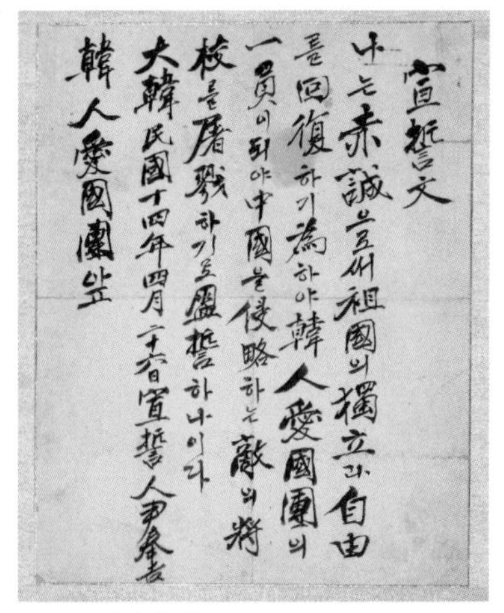

宣誓文

나는 赤誠으로써 祖國의 獨立과 自由를 回復하기 爲하야 韓人愛國團의 一員이 되야 中國을 侵略하는 敵의 將校를 屠戮하기로 盟誓하나이다

大韓民國 十四年 四月 二十六日 宣誓人 尹奉吉

韓人愛國團 앞

윤봉길 의사의 선서문. 1932년. 매우 경직되고 단호한 글씨체이다. 26.9×21.3센티미터, 보물 568-1호, 국립중앙박물관 소장.

항일운동가들은 의지가 강했고 주로 지식인이며 명문가나 부호 출신도 상당수 있었다. 그렇지만 그들이 주고받은 편지를 보면 병마와 싸우느라 힘들어하고 가족을 걱정하며 친구를 그리워하고 주위 사람과의 갈등 속에서 괴로워한다. 하는 일이 잘 되지 않아 초조해하며 때로는 형편이 어려워 돈이나 쌀을 빌리러 다니기도 한다. 평범한 사람의 삶과 별반 다르지 않다. 그들은 자신의 항일운동이 자신과 가족에게 어떤 영향을 미칠지 잘 알고 있었다. 의병 서상렬은 의병을 일으켰다가 함께 참여한 홍사구와 안승우의 죽음을 지켜보고 절규하는 편지를 남긴다. 결국 그도 이 편지를 남긴 지 한 달 만에 전사하고 만다.

홍사구의 장례일은 지나갔다고 하니 남쪽을 향하여 눈물만 흘리고 마음을 어찌할 수가 없습니다. 또한 들으니 그의 부인이 음식을 끊고 따라 죽을 것으로 마음을 먹었다고 하는데 그 열렬한 기상이 천고에 빛날 것이니 안승우, 홍사구 두 친구가 다시 무슨 한이 있겠습니까? 저도 빨리 따라 죽어서 그 혼들과 함께 노니는 것을 마음속에 달게 원하는 것이나 쉽게 되지 않으니 어찌하리오.

항일운동으로 가산을 탕진한 경우도 부지기수다. 당대 최고의 부자였던 이회영 집안은 전 재산을 팔아 독립운동에 나선다. 당시 마련한 돈이 40만 원으로 현재 가치로 치면 600억 원이며 제대로 받았으면 2조 원이 된다고 한다. 그런 부자가 하루에 한 끼도 먹지 못하고 손녀의 옷을 팔아 쌀을 구하는 신세가 되었다. 항일운동을 하려면 유혹과 공포로부터 벗어나기 위해 스스로를 채찍질하고 더욱 엄격하게 되었을 것이고 그것이 글씨에 그대로 드러난다.

불멸의
안중근

항일운동가의 글씨는 웬만한 조선시대의 고위 관료나 학자, 근현대의 정치인이나 문학가보다 높은 가격에 거래된다. 조선 왕이나 대한민국 대통령의 글씨보다 비싼 경우도 있는데 안창호, 한용운 선생이 대표적이다. 글씨의 가치를 논함에 있어 글씨를 잘 썼는지보다 쓴 사람의 인품이 더 중요한데 특수한 시대 상황이 영웅들을 만들었기 때문이다. 게다가 항일운동가들이 남긴 글씨가 많지 않으니 가격이 높을 수밖에 없다. 시장의 평가는 웬만한 전문가보다 더 정확하고 냉정하다. 미국의 경우에도 벤저민 탈마주Benjamin Tallmadge가 타이핑하고 서명한 편지가 50만 달러에 거래되는 등 독립전쟁이나 독립선언에 관련된 인물들의 친필이 상당한 고가에 거래된다.

그중에서도 가장 비싼 글씨의 주인공은 단연 안중근인데 한민족 전체를 통틀어 단연 최고이다. 그의 글씨 '모사재인謀事在人 성사재천成事在天(일을 꾸미는 것은 사람이요, 성패는 하늘의 뜻에 달렸다)'은 2006년 12월 서울옥션에서 4억 6,000만 원에 낙찰되었다. 2008년 12월에는 '인무원려人無遠慮 필유근우必有近憂(사람이 멀리 생각하지 않으면 필히 가까운 근심이 있게 된다)'가 같은 경매에서 5억 5,000만 원에 팔렸다. 2014년 '경천敬天'은 같은 경매에서 7억 원에 출발했다가 유찰되었다. 글씨의 가치를 잘 알아주지 않는 대한민국에서 한 점에 5억 원을 넘는 글씨가 있다는 것은 이례적이다.

안중근의 글씨는 갖추어야 할 것을 모두 갖추고 매우 높은 경지에 이르렀다. 송곳 같은 예리함, 강한 기세, 서릿발 같은 기상, 범접하기 어려운 높은 경지가 느껴진다. 트레이드마크라고 할 수 있는 단지된 손도장과 '대한국인大韓國人 안중근'이라는 문구를 보면 울컥해진다. 2009년 말 안중근 의사 순국 100년 기념 유묵전에 몇 번이나 갔는데 글씨가 내뿜는 강인한 힘과 무게, 기품에 눌려 서 있기가 부담스러울 정도였다. 그의 글씨는 안진경체의 전형적인 모습으로 필획이 두텁고 정확하며 법도가 엄정하다는 평가를 받는다. 나라를 위해 유사시에 몸을 던지는

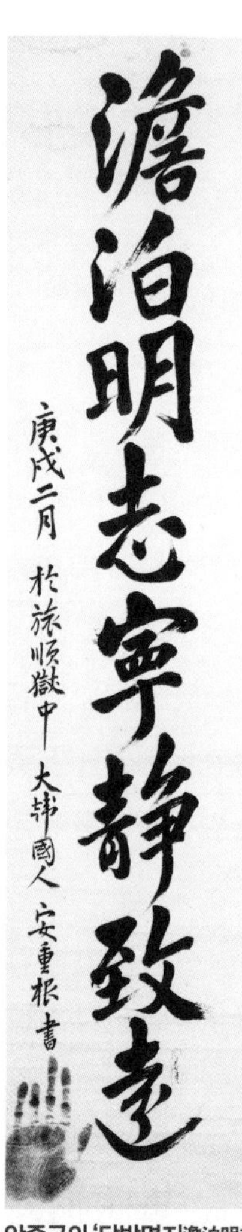

안중근의 '담박명지澹泊明志 영정치원寧靜致遠'. 2009년 3월 서울옥션에서 4억 원에 낙찰된 글씨인데 현재는 안중근의 글씨 한 점에 5억 원 이상에 거래된다. 32×134센티미터.

조선 선비의 사상을 그대로 행동으로 옮긴 그가 만고의 충절로 불린 안진경의 글씨체를 닮은 것은 당연하다. 글자마다 정신적 이완을 허용하지 않는 구양순체의 특징도 보인다.

안중근은 김구와 함께 한국인들이 가장 존경하는 독립운동가로서 두 분의 글씨 모두 단아하고 침착하며 높은 인격이 드러나 있고 강인하며 용기백배하다. 다만 안중근의 글씨는 강철과 같이 강하고 송곳 같이 예리한 면이 두드러지고 김구 글씨와 같은 부드러움이나 천진난만함이 덜 느껴진다. 이는 젊은 청년이 감옥에서 사형 집행을 눈앞에 두고 있을 때 썼기 때문일 것이다. 일본인들은 자기 나라의 대신을 죽인 안중근의 글씨를 받기 위해 비단과 종이 수백 장을 사 넣으며 줄을 섰다고 한다. 무명에 불과했던 안중근의 학문적 깊이, 의기 있는 행동과 말이 일본인들을 감복시켰기 때문이다. 선생이 옥중에서 쓴 자서전이나 『동양평화론』의 문장 실력, 논술 체계와 사상적 깊이를 보면 학문과 인품의 수준을 알 수 있다. 그는 독수리와 같은 예리한 눈으로 매우 어지럽고 복잡한 사태를 꿰뚫고 정확하게 분석하고 있었다. 당시 안중근의 글씨를 받은 사람은 히라이시 우지히토平石氏人 고등법원장 등 판사, 검사, 서기, 변호사, 경찰, 감옥 간수, 헌병, 통역 등 일본인들이었다. 글씨를 받은 일본인들이 몰래 숨겨 고향에 가져가서 죽을 때까지 간직했었기 때문에 50점 정도가 실물 또는 사진으로 남아 있다.

나라를 잃은 미치광이

> 스스로 태백광노太白狂奴라고 부르는 이가 있었는데, 그는 예전 한국의 유신遺臣으로 절개가 높고 학문이 풍부하며 문장의 필체가 뛰어나고 필력이 웅건하며 세찼다. 그는 고국이 망한 것을 슬퍼하면서 이 통사를 저술하여 나라가 망한 데 대한 슬픔을 표현하였다. 나는 이 책을 읽으면서 흐르는 눈물을 어쩔 수가 없어 옷깃을 적시곤 하였다.

캉유웨이가 박은식의 『한국통사』에 쓴 서문 중 일부이다. 박은식은 나라를 빼앗기고 중국에 망명해 독립운동을 하면서 '슬퍼하며 미친 듯이 돌아다니는 노예'라는 뜻인 태백광노라는 호를 사용한다. 최익현의 표현대로 일본에 나라를 빼앗기는 것은 조선인들에게 '창해와 상전이 바뀌는 것'만큼 충격적인 일이었다. 매천梅泉 황현黃玹은 절명시에서 "새와 짐승도 서럽게 울고 바다와 바위도 찌푸리네"라고 했다. 정경태

친일파 김대우의 편지. 1929년. '미친 자태'의 글씨로서 정신적인 문제가 있었음을 엿볼 수 있는데 그 이전에도, 그 이후에도 보이지 않는 특이한 글씨체이다. 18.5×59센티미터. 저자 소장.

는 「창의격문倡義檄文」에서 "하늘을 같이 이고 살 수 없는 원수인 왜놈이 오니 …… 산천이 모두 갈라지고 땅은 만물을 살게 할 수 없고 혼과 정신은 편안치 않다"고 절규한다. 이처럼 나라를 뺏긴 지식인들의 절망은 상상하기 어려운 것이었는데 상대가 그동안 오랑캐로 여겨온 일본이니 아픔과 충격은 더했다.

의지가 굳센 항일운동가들은 제정신을 잃지 않고 버틸 수 있었지만 의지가 약한 친일파들은 실제로 정신적인 문제까지 생겼다. 항일운동가에서 친일파로 변신한 최남선이 쓴 「자열서自列書」는 "민족의 일원으로서 반민족의 지목을 받음은 종세終世에 씻기 어려운 대치욕이다"로 시작한다. 3·1운동 당시 민족 대표 33인 중 한 사람이었다가 변절한 최

린은 반민특위 법정에서 "민족 앞에 죄지은 나를 광화문 네거리에서 사지를 찢어 죽여라"라고 절규했다. 이처럼 민족을 배반하여 호가호위狐假虎威하고 영화를 누리는 것이 마음속까지 그리 편하지만은 않았으리라. 친일파 중 일부가 정신적인 문제가 있었음은 이들이 남긴 글씨에서 분명하게 드러난다.

친일파 김대우金大羽, 조중응趙重應, 조민희趙民熙 등의 글씨는 모양과 선, 글자와 글자가 일부 겹쳐서 불안정하다. 이는 내면이 혼란스럽고 다른 사람들에게 피해 주는 것을 아랑곳하지 않는 사람들의 특징이다. 친일파의 30퍼센트 정도가 이런 글씨체를 갖고 있어서 항일운동가의 100배에 달한다. 명나라의 조환광趙宧光은 『한산추담寒山帚談』에서 글씨를 쓸 때 가장 두려워해야 할 것이 '야호선野狐禪'이라고 했다. 이 말은 행동이 제멋대로 이고 방자하며 공부를 즐기지 않고 또한 기이함을 내어 세속을 놀라게 하려는 것으로 '미친 자태의 글씨'를 이른다. 국기에 대한 맹세에 해당하는 「황국신민의 서사」를 입안했던 김대우는 해방 후 반민특위에 검거되어 재판을 받을 때 법정이 떠나갈 듯한 큰 소리를 질러가며 교만한 태도를 보였다. 그의 글씨는 필선이 깨끗하지 않고 매우 불안정하며 행 간격이 많이 좁고 일부 글씨는 겹치게 써서 정신적인 문제가 있었음을 알 수 있다.

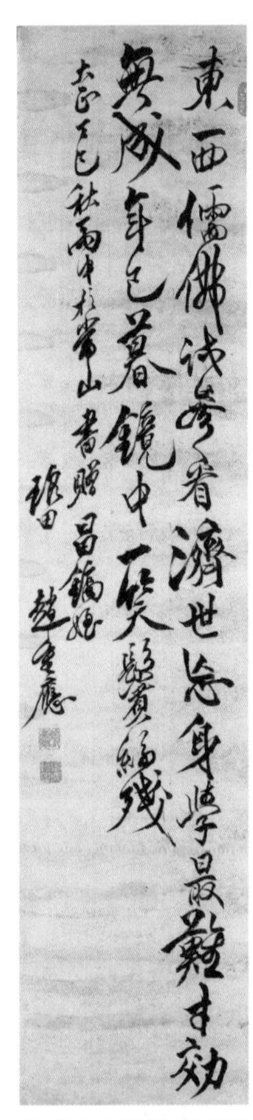

친일파 조중응의 글씨. 1917년. 필선이 깨끗하지 못하고 법도를 잃었다. 159×36.5센티미터, 저자 소장.

조중응은 정미칠적丁未七敵의 대표적 인물이다. 그가 사망하자 조선총독부 기관지인 매일신보는 사설을 통해 조의를 표하면서 "매국적이라는 것 외에도 기타 악독과 냉조冷嘲의 중심인물이 됨으로써 조중응이란 석자는 경박한輕薄漢의 수괴로 보았던 것이 사실이다"라고 했다. 그의 글씨는 필선이 지저분하고 형태가 난삽하며 치졸하여 섬뜩한 기분이 든다. 필적학에서는 이와 같은 필체를 쓰는 사람은 내면이 정리되지 않고 혼란스럽다고 분석한다.

이런 글씨들은 한민족의 글씨 역사상 그 이전에도, 그 이후에도 찾아보기 어렵다. 친일파는 일본 제국주의라는 새로운 환경에 적응을 하면서 더욱 사려 깊지 못하고 임기응변에 능한 인물이 되었을 것이다. 아마도 친일파 중의 상당수는 죄책감 때문에 정신적으로 매우 피폐한 상태였을 것이다. 친일파의 글씨는 필선이 깨끗하지 않고 순박함을 찾아보기 어려우며 지나치게 꾸미고, 법도를 지키지 않고 지나치게 자유분방하며, 행 간격이 너무 좁고 때로는 읽을 수 없을 정도로 난삽하다. 김대우, 조중응, 조민희 등의 글씨에서 보듯이 필선이 졸렬하기 이를 데 없다. 실과 같은 형태로 불분명하거나 깨끗하지 않은 것은 일본 글씨의 영향과 관련이 있다.

탈중국화의 실마리

일제강점기 35년은 가혹하게도 길었다. 그동안 민족문화가 상당한 타격을 입는 등 한민족이 입은 피해는 상상할 수 없을 정도이다. 위안부 문제 등으로 자존심이 엄청나게 손상당했고 해방된 지 70년이 되었지만 아직도 그 충격과 피해를 완전히 극복하지 못했다. 그러나 아무리 나쁜 일에도 좋은 일 한 가지는 따라온다. 19세기 이후 서구 세력의 침투로 인한 동아시아에서 중국의 위상 저하와 일제에 의한 강점은 탈중국화의 계기를 마련한 것이다. 1,000년 이상 한민족에게 강력한 영향을 미친 중국의 틀을 깨뜨리고 나와 고대 한민족의 특성으로 돌아가는 실

마리를 풀게 되었다.

19세기부터 20세기 전반기까지 유럽의 제국주의는 아시아와 아프리카에 식민지를 경영한다. 그 주요 수단은 무력과 식민지 교육으로서 식민지 교육의 목적은 식민 통치에 순응하도록 하는 것이었다. 식민지 주민들에게 민족적 열등의식을 주입하고 지배자를 존경하도록 하며 교육 기회를 가능하면 제한함으로써 바보로 만든다. 일제가 만든 조선교육령에 나타난 식민지 교육의 기본 방침은 "충량한 일본 신민의 양성과 시세時勢와 민도民度에 알맞은 교육 그리고 일본어 보급"이었다. 일제의 교육정책은 한민족을 생산 노동자로 만들고 지배하기 편리한 우매한 민족으로 만들려는 것이었다.

일제는 습자 교육을 하였는데 처음에는 국어과에 속해 있다가 말기에는 예능과에 포함되어 독립된다. 1914년에 일본 사람이 쓴 『조선총독부 습자 교본』을 보통학교의 습자 교본으로 삼는다. 일본어 교육, 일본인 교사, 일본식 습자 교과서는 식민지 교육의 중요한 요소였다. 로베르트 사우덱이 민족성과 습자 교과서 글씨의 관계를 연구했듯이, 국가의 습자 교과서는 이상적인 글씨체를 제시하고 그 방향으로 인도하는 것이어서 매우 중요하다. 이상적인 글씨체는 곧 이상적인 인간상을 의미한다. 일본 제국주의가 정한 이상적인 인간상은 기껏해야 일본인이거나 식민지 체제에 순응하는 식민지 주민이었다. 더구나 일본 서예가와 친일 서예가의 혼재 양상을 보인 조선미술전람회에서도 일본 글씨체는 심사 기준이 되어 한민족 글씨체에 적지 않은 영향을 준다.

이봉창 선생은 1932년 1월 8일 일본 도쿄에서 삼엄한 경호를 받으며 궁성으로 돌아가던 일본 왕 히로히토에게 수류탄을 던졌다. 선생이 쓴 선서문을 보면 글자가 네모반듯한 형태를 이루고 있지만 글자의 크기가 일정하지 않고 전절부가 부드럽다. 행을 맞추기는 했지만 행의 간격이 일정하지 않다. 틀에 박힌 중국 글씨체에서 상당히 탈피한 글씨체임을 알 수 있다. 이 시대의 글씨체가 일본의 영향을 받았지만 일제강점기가 끝나면서 일본의 영향도 서서히 사라지고 결국 한민족 고유의 글씨체로 돌아간다.

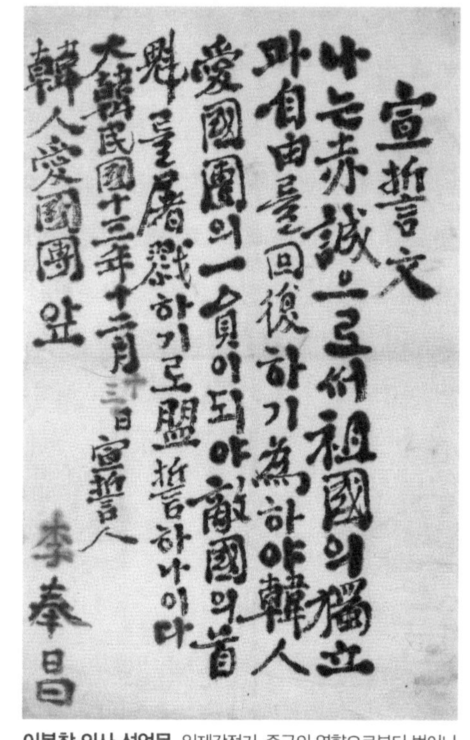

宣誓文

나는 赤誠으로써 祖國의 獨立과 自由를 回復하기 爲하야 韓人愛國團의 一員이 되야 敵國의 首魁를 屠戮하기로 盟誓하나이다

大韓民國 十三年 十二月 十三日

宣誓人 李奉昌

韓人愛國團 앞

이봉창 의사 선언문. 일제강점기. 중국의 영향으로부터 벗어나서 고대 한민족 고유의 특징이 드러나는 글씨체이다. 32.3×20.1센티미터, 국립중앙박물관 소장.

이 시기의 중요한 변화는 일상적 교양 또는 선비의 글씨 시대가 끝난 것이다. 글씨 수련이 인격 수양에 매우 효과적이라는 사실은 오랜 역사적 경험을 통해 입증되었는데 이는 곧 내면을 바꿀 수 있는 방법이라는 것을 의미한다. 그런데 삼국시대부터 조선에 이르기까지 대부분의 지식인들은 획일적이고 꾸밈이 심한 중국의 글씨를 모범으로 삼은 글씨 수련을 했기 때문에 한민족이 중국화되는 데 중요한 원인이 되었다. 일제 강점기를 지나면서 지식인들도 글씨 수련을 하지 않게 되고 그나마 일부 층에서 하는 글씨 수련도 '예술'로서의 성격이 강해지면서 한민족 고유의 특징이 살아나게 된다. 또 하나 중요한 현상은 한글 서예가 일어난 것이다. 1910년 남궁억이 만든 『신편언문체법新編諺文體法』은 한글 궁체 교과서였다. 미미하기는 했지만 일제 치하에서 한글 서예는 남궁억, 윤백영, 이철경, 김충현 등에 의해 추구되었다. 생활 수단으로만 쓰였던 한글이 예술 작품으로 탄생한 것은 의미가 크다.

2
힘차게 뛰는 한민족의 맥박

자유민주주의와 한민족

해방 후 한민족은 자유민주주의 체제의 도입, 한글의 대중화, 글씨 수련의 사실상 중단 등으로 중국의 틀에서 벗어나고 고대 한민족 고유의 특성이 되살아난다. 한민족 글씨의 속도는 더욱 빨라지고 자유분방해지는데 이는 한민족의 정체성이 살아나고 맥박이 힘차게 뛰게 되는 것을 의미한다.

한글의 대중화는 탈중국화를 상징적으로 보여주는데 중국 문자로부터의 독립뿐 아니라 글씨체의 독립도 이뤄냈으며 문자 해독률을 100퍼센트로 만드는 데 결정적인 역할을 했다. 그 이전까지 한글은 세종대왕의 의도와는 달리 한자를 대체한 것이 아니었다. 한글은 단지 발음을 표기하는 데 쓰이고 문법적 역할을 맡은 단어를 제공하고 한자의 모호성을 줄이는 보조적인 문자일 뿐이었다. 대신에 한자는 신분이 높고 학식 있는 사람이라는 표시였다. 언문은 여자들과 아이들, 그리고 사회적 지위가 낮은 사람들이 쓰는 것으로 치부되었다. 설령 학식 있는 사람들이 한글을 사용했더라도 중국에서 들어온 차용어는 여전히 한자로 표기하였다. 그동안 세종대왕의 언문은 '훈민정음', '언서', '국문' 등 몇 가지 다른 이름으로 불리었다. 한글이라는 이름은 1900년대 초반에 언어학자인 주시경이 한국어와 한국문학을 장려하기 위한 운동을 하면서 만들어낸 말이다. 한글은 한자 선호 경향 때문에 1880년대까지 문어로 자주 사용되지 않았다. 1910년대와 1920년대에 들어 대중매체의 확산과 서양식 교육제도의 보급으로 한자와 한글을 모두 사용하는 혼용체가 발달했다. 일제의 지배로부터 해방된 뒤에야 비로소 한글은 일반 대중이 사용하는 표준 문자가 되었다. 일본과 달리 한국에서는 한국어 어휘를 전달하기 위해 더 이상 한자를 사용하지 않는다.

대한민국 헌법 제1조는 "대한민국은 민주공화국이다. 대한민국의 주권은 국민에게 있고, 모든 권력은 국민으로부터 나온다"고 선언한다. 어느 국가나 헌법 제1조는 가장 중요한 가치를 규정한다는 점에서 큰 의미가 있다. 미국의 수정헌법 제1조는 독립의 역사를 반영하여 표현의 자유 등을 규정하고, 독일연방공화국 기본법은 나치의 독재에 대한 반성에서 인간의 존엄에 대한 불가침성을 규정한다. 일본은 "천황은 일본국의 상징인 동시에 일본 국민 통합의 상징이며, 그 지위는 주권을 가지는 일본 국민의 총의에 근거한다"고 규정한다.

대한민국 헌법 제1조 제1항은 1919년 대한민국임시정부의 임시헌장을 따른 것이다. 당시 국가를 세우면 대한제국으로 회귀할 수 없고 왕국이 아닌 '공화국'을 세워야 하며 그것도 반드시 '귀족'이 아닌 '민주'공화국이어야 한다고 선언했다. 당시 지식인 사이에 민주에 대한 열망이 얼마나 대단했는지를 알 수 있다. 오랜 시간 동안 꾸준히 지배 세력으로 등장하는 길을 조금씩 닦고 있던 민중은 19세기 말부터 사회의 지배 세력으로 등장하였고 드디어 공인받게 된다. 자유민주주의는 한민족의 특성에 가장 잘 부합하는 정치제도이고 그 도입으로 한민족은 비상의 날개를 달게 되었다.

대한민국은 4.19혁명 등을 겪으면서 건국한 지 50년이 채 안 되어 헌법에서 선언한 자유민주주의를 실현했다. 1980년대 중반까지만 해도 외국인들이 민주화의 가능성이 없다고 보았던 것을 생각하면 놀라운 일이다. 나는 중학교 때 10.26사태를, 대학교 때 6.10항쟁을 겪는 등 격동의 세월을 직접 체험하면서 그 변화를 가져오는 힘이 무엇일까 늘 궁금했다. 당시에는 많은 시민들이 교육을 받고 경제적으로 윤택해진 것이 가장 큰 원인이라고 막연히 생각했다. 그러나 글씨를 연구하면서 고대 한민족의 자유분방함과 활력이 잠재해 있다가 표출되는 과정이었다는 것을 깨닫게 되었다. 교육과 경제력이 민주주의의 기본 요건이기는 하지만 그것만 있으면 '단시일 내에', 그것도 '실질적인' 자유민주주의가 이뤄지는 것은 아니다.

해방 후 남한에는 미군정이 들어서서 대한민국에 큰 영향을 미친 이래 미국은 가장 가까운 국가이다. 한국만큼 수도권의 주요 대학이 미국 학위를 받은 학자들로 일색화된 나라는 세계 어디에도 없을 것이다. 식생활, 의복, 사회의 시스템도 미국과 유사하게 바뀌었다. 그래서인지 많은 사람들은 한민족이 자유분방하게 된 것은 미국화(서구화)된 것이고 법과 규정을 잘 지키는 미국인(서구인)의 장점은 빼고 나머지만 배웠다고 비판한다. 한국인이 미국을 지나칠 정도로 좋아하는 이유는 미국이 선진국이고 우방일 뿐 아니라 자유민주주의 국가이기 때문일 것이다. 한국인은 속도가 매우 빠르고 행동이나 말의 일관성이 적으며 감정에 많이 좌우된다는 점에서 미국인(서구인)과 다르다. 또 그들보다 더 선하고 순박하며 꾸밈이 없다. 자유분방한 것은 고대 한민족 때부터 가져온 대표적인 특성일 뿐이다.

대한민국은 6.25사변의 잿더미에서 반세기만에 세계 10위권의 경제강국이 된 '한강의 기적'을 이루었다. 세계적으로 유례가 드문 이런 발전에는 여러 가지 원인이 있겠지만 한민족에게 가장 잘 맞는 자유민주주의와 시장경제 제도를 채택하고 한글이 대중화된 결과라고 본다. 자유분방하고 부지런하며 판단과 행동이 신속하고 활력이 넘치는 한국인은 모험을 좋아하고 에너지가 넘치며 적극적이고 외부 환경에 적응을 잘한다. 고대로부터 가져온 유전자가 가장 잘 맞는 제도적 뒷받침을 받으면서 용솟음한 것이다.

자유분방하고 개성이 넘치며 감정적인 고대 한민족의 후예답게 한국인들의 소비는 이성보다는 감성에 많이 쏠리고 있다. 상식을 파괴하는 역발상, 기발한 상상력과 톡톡 튀는 감성이 각광을 받는다. 종전에 다른 사람들의 이목을 중시하는 소비 형태에서 해외여행의 경우에도 박물관 관람이나 와인만 하는 '경험하기 위한 소비'가 중요해지고 있다. 뮤직 페스티벌이 크게 성행하는 등 방전에 중독되거나 끝장 토론 같은 것이

유행하기도 한다. 지드래곤의 노래 가사에 나오는 스웨그SWAG는 '멋지다', '뻐기다'는 의미로서 정형화되지 않은 자기 고유의 멋과 느낌을 표현하는 양상을 말한다. 이는 본능적이고 감성적이며 개성적이고 기존의 것들과 차별화를 의미한다. 사람들은 일상의 반복 속에서 일탈을 꿈꾸고 즐거움을 추구한다. 뜻밖의 상황을 즐기고 다른 사람들을 의식하지 않고 자신만의 즐거움을 찾는다.

오랫동안 '한恨'을 품고 살아온 여성들에게 더 이상 '한'은 없다. 여성의 역할은 고대 한민족 역사에서 상당했고 고려는 물론 조선 전기까지도 적지 않았다. 그러나 여성은 성리학적 가치관과 종법의 도입 등으로 차츰 배제되기 시작하여 주도 세력에서 멀어졌다. 그런 장애가 제거되고 여성에 대한 교육 투자가 많아지면서 사회의 주도 세력으로 확고하게 자리 잡았고 여성의 능력에 대한 의문이나 시비도 사라졌다. 불과 20년 전만 해도 예상하기 어려웠던 변화에 불안감과 반발을 보이는 남성들이 꽤 있을 정도다. 영국의 의사이자 수필가인 헨리 헤이브록 엘리스Henry Havelock Ellis는 『남성과 여성Man and Woman』에서 여성이 남성보다 더 높은 수준의 성향을 가지고 있으며 여성이 인간의 진화를 선도하는 것은 틀림없다고 했다.[236] 스티븐 제이 굴드는 여성이 남성보다 네오테닉한 것은 분명하다고 말했는데[237] 대한민국의 현 상황이 참으로 그렇다. 백화점에서 변화를 가장 많이 하는 곳이 남성 매장일 정도로 남성들도 많이 변화하고 있다. 과거의 가부장적 형태에서 벗어나 자유롭게 사고하고 개성을 즐기는 남성들이 늘고 있다.

1990년대 말부터 중국과 동남아에서 일기 시작한 대한민국 대중

문화의 열기를 일컫는 '한류'란 단어는 국내 언론에서는 2000년 2월 HOT의 북경 콘서트를 계기로 본격적으로 사용하게 되었고 이제 친숙하다. 보아, 동방신기, 소녀시대, 빅뱅, 싸이 등의 K팝과 '겨울연가', '대장금', '별에서 온 그대' 등 대한민국 드라마의 인기는 단군 이래 최대의 문화 조류를 만들었다. 중국, 일본, 동남아시아, 중남미, 유럽, 미국에 이르기까지 한류의 열풍은 거세고 심지어 북한에서도 불고 있다. 특히 가수 싸이의 강남 스타일은 세계적인 열풍을 불러 일으켜서 한류의 저변을 확대했다. 싸이 인기의 비결은 자유분방함, 활력, 네오테닉함, 즐거움, 장난기였고 이는 한민족 특유의 기질이다. 어떤 사람들은 순간적인 흥미와 즐거움이라거나 저급하다고 폄하하는 데 동의하기 어렵다. 한류의 원인에 대해서는 여러 가지 분석이 있지만 고대로부터 이어진 한민족의 특성에서 찾아야 한다. 한류는 외국의 취향을 재가공하는 것이 아니라 한민족의 과거와 현재에서 미래의 답을 찾을 때 그 가치를 발할 것이다.

한민족 고유의 특성이 되살아나고 중국의 틀에서 많이 벗어났지만 아직도 그 잔재는 곳곳에 많이 남아 있으며 이들은 종종 강력한 힘을 발휘한다. 중국(유교)의 틀로 돌아가려는 시도들이 종종 눈에 띄기도 한다. 가정, 직장, 사회 모두 이런 갈등이 노출되고 때로는 충돌할 것처럼 보이기도 한다. 가정에서는 가부장적인 사고를 하는 남편과 이에 반발하는 부인의 갈등이 계속된다. 20~30대의 섹스 라이프를 소재로 하는 한 종편의 프로그램이 큰 인기를 끄는 등 젊은 세대들은 매우 자유롭고 솔직해졌다. 반면 기성세대는 유교의 틀에서 벗어나지 못하여 세대 간

갈등이 끊이지 않는다. 각종 정치나 사회 현안을 놓고도 자유로운 사고와 경직된 사고가 끊임없이 충돌한다. 그렇다고 젊은 세대나 여성이 중국의 틀에서 완전히 벗어난 것도 아니다.

남한은 1992년 중국과 국교를 수립할 때까지 교류가 단절되었지만 북한은 탈중국화가 제대로 이뤄지지 않은 1949년부터 다시 중국과 긴밀한 교류를 하고 있다. 중국에 대한 경제 의존이 심하며 자유민주주의가 도입되지 않아서 아직 중국의 틀에서 벗어나지 못하고 있다. 계획경제와 사회 통제, 집단주의가 지배하고 독재정치가 계속되었으며 심지어 부자 세습까지 하여 왕조 사회가 연장되고 있다. 김일성 주석은 "우리 글은 네모난 글입니다"라고 교시를 했고, 그에 따라 『서예』라는 책을 지은 최원삼은 한글 문자의 외형적 구성이 4각형을 이루는 것으로 해석하고 있다.[238] 북한의 포스터 등의 글씨체가 남한보다 많이 경직되고 틀에 박혀서 획일화된 문화를 반영한다. 1985년 11월 26일 대성산 혁명렬사릉 건립에 대한 토론회에서 친필비는 "무엇보다 굳세고 힘 있는 기상에서 표현되고 아름다운 특징을 가지고 있다"고 하고, 현판 글씨는 "무게 있는 장중성과 류창하고 활달한 기백, 힘 있고 웅장한 글자의 모양으로 하여금 글씨 서예의 불멸의 본보기가 된다"고 하였다. 이를 보면 북한의 글씨체는 고구려 글씨의 특색을 이어가고 있다.[239]

세월호 사고의 교훈

검사 생활을 시작한 해인 1994년 성수대교 상판이 붕괴돼 등교하던 여고생들과 자동차 탑승자들이 대거 사망하는 사고가 있었다. 사망자 292명으로 최악의 해난 사고로 꼽힌 서해페리호 사고가 난 지 1년도 안 된 시점이었다. 직접 수사에 참여하지는 않았지만 선배 검사들이 수사하는 모습을 옆에서 지켜보았다.

1995년 삼풍백화점 붕괴 사건 수사에는 직접 참여했다. 502명이 사망하고 937명이 부상한 이 사고는 설계와 시공, 관리 부실에 따른 예고된 참사였다. 나는 공무원 비리 수사를 담당하면서 변사체 지휘를 총괄했다. 사고 이후 몇 달간 밤을 새우면서 국민적 참사의 원인을 밝혀보겠다는 열정으로 버텼다. 무사안일하고 눈앞의 이익 밖에 모르는 사람들 때문에 그토록 많은 사람들이 생명을 잃어야 했다는 생각에 종종 눈물을 흘렸다. 이 사고는 '빨리빨리'와 '대충대충'이 만들어낸 전형적인 인재였다.

그 후에 글씨를 연구해보니 한민족은 수많은 장점을 가지고 있지만 안전사고에 매우 취약하다는 것을 알게 되었다. 어떤 사람들은 이런 사고가 압축 성장의 과정에서 나타난 문제라고 본다. 그러나 산업화의 과정에서 뒤늦게 생긴 것이 아니라 고대 한민족으로부터 계승된 것이어서 유사한 사고가 생길 가능성은 항상 있다고 보아야 한다.

2014년 세월호 침몰 사고는 삼풍백화점 붕괴 사고와 너무 유사했다.

무리하게 구조 변경된 노후 선박, 평형수를 비우고 과적한 화물, 열악한 기상 조건, 맹골수도라는 험로를 항해한 3등 항해사의 무능, 선원들의 무책임한 탈출, '골든타임'을 놓친 초기 대응 실패 등이 겹쳐서 일어난 참사였다. 수학여행 길에 나선 고등학생 등 300여 명의 희생은 온 국민을 충격에 몰아넣었다. 눈앞에서 배가 침몰하고 있는데도 배 안에 있는 승객을 구하지 못한 정부를 원망했다. 게다가 '전원 구조' 문자, 난무하는 유언비어, 일부 인사들의 막말, 가짜 민간 잠수사의 뉴스 등장 등 언론의 무책임하고 선정적인 보도는 씻을 수 없는 상처를 남겼다. 세월호 사고 이후 대한민국은 큰 충격을 받고 집단 무기력증에 빠졌다. 그동안 정치, 경제, 사회의 발전으로 얻은 자신감에 큰 상처를 입고 패배감과 자학을 맛보았다. 이 사고는 일을 대충대충 하고 규정을 잘 지키지 않으며 뭐든지 빨리 하려고 하는, 한국인의 단점들이 결합되어 나타난 결과였다.

2013년에 유행했던 드라마 '응답하라 1994'는 편집이 지연돼 테이프 입고가 예정된 방송 시간보다 늦어지면서 긴급 대체 편성되는 방송 사고가 났다. 이는 미리 녹화를 하는 외국의 방식과 달리, 시청자의 반응에 따라 내용을 바꾸는 대한민국 특유의 드라마 제작 방식 때문이다. 대한민국에서 굳이 특이한 방식을 사용하는 것은 미리 녹화를 마치는 방식은 시청률을 높이는 데 불리하기 때문이라고 한다. 대한민국 곳곳에는 아직도 '빨리빨리', '대충대충'을 외치는 사람들이 너무나 많다. 그것이 대한민국이 발전하는 힘이기도 하지만 항상 위험성을 가지고 있다.

제2의 세월호 사고를 막으려면 합리적 사고가 지배하는 서양보다 더 큰 관심을 가지고 대책을 세우지 않으면 안 된다. 안전 부문에는 이중 삼중의 예방 조치를 하고 안전사고에 대한 대응 매뉴얼을 만들고 재난 대응 훈련을 해야 한다. 2014년 9월 홍도 바캉스호 침몰 사고 때 좌초 28분 만에 110명을 전원 구출한 것도 평소 훈련 덕분이었다. 신고 인센티브 제도를 도입하고 책임을 엄격하게 물어야 한다. 궁극적으로는 논리적 사고를 발달시키는 교육에 힘을 쏟고 사회적 환경을 조성해야 해결할 수 있다. 논리적 사고의 발달은 한민족의 단점을 보완하는 것일 뿐 장점이 줄지는 않을 것이다. 세월호 사고를 보면 대한민국이 부끄럽고 원망스럽지만 사고 이후 대한민국을 뒤덮은, 희망을 염원하는 노란색 물결에서 희망이 보인다. 대한민국의 역사를 두고 이런저런 이야기가 많지만 나는 대한민국이 자랑스럽고 여전히 희망적이다.

한민족의 미래

다른 국가들이 19세기에 이룬 통일 민족국가를 우리는 아직도 못 만들고 있다. 막연한 두려움, 비판, 회의에도 불구하고 통일은 부정적인 면보다 긍정적인 면이 훨씬 많은 축복이다. 통일은 한민족에게 '정상화'를 의미하고 반드시 이뤄야 하는 역사적 과제이며 엄청난 기회이기도 하다. 남북한 모두 지금처럼 섬과 같이 묶여 있는 것이 아니라 한반도는 유라시아 대륙과 태평양을 연결하는 역할을 할 것이다. 덩치를 키운 통일 한국은 에너지 자원과 식량 문제를 해결할 수 있으며 정치, 경제, 사회, 문화 모두에서 시너지 효과를 통해 크게 도약할 것이다. 북한 주민에게 한민족의 특성인 자유를 주는 것만으로도 돈으로 환산할 수 없는 가치가 있고 분단으로 인한 불필요한 비용을 없앨 수 있다. 어쩌면 바로 눈앞에 있는지도 모르는 통일을 통해 우리는 행복해져야만 한다.

한반도를 둘러싼 주변국의 이해관계, 북한의 핵 문제, 통일 비용 등의 문제가 첩첩산중이다. 체제 변동 과정에서 엘리트의 교체, 토지 소유 변동 등 많은 변화가 있을 것이고 그에 따른 갈등과 혼란도 불가피할 것이다. 양창석은 『브란덴부르크 비망록』 서문에서 독일의 통일은 시민혁명과 동독 정권의 붕괴, 고르바초프의 신사고에서 출발한 냉전 구조의 해체, 서독의 경제적 능력과 지도자들의 외교적 수완 등이 하모니를 이루어 만들어낸 오케스트라 연주와 같다고 했다. 한반도를 둘러싼 통일 환경은 바뀌고 있다. 정성과 지혜를 다해서 매듭을 풀어내고 철저히 준비하고 때를 기다려야 한다.

독일의 통일 후 사회 통합 경험은 사람들 사이의 장벽을 극복하는 것이 물리적 장벽을 극복하는 것보다 훨씬 어렵고 중요하며 시간이 많이 걸린다는 것을 알려준다. 통일 이후에도 많은 갈등이 예상된다. 현재 남과 북은 경제 수준뿐 아니라 다양성과 획일성, 자유와 통제, 시장과 계획, 개인주의와 집단주의 등 많은 차이를 가지고 있다. 이런 차이는 대화나 교류만으로 극복되기 어렵고 결국 한민족 고유의 특성을 살리고 민족 동질성을 회복하는 방법밖에 없다. 통일 한국은 한민족의 유전자가 잘 발현되는 국가여야 한다. 이를 위해서 고조선 등 고대사 연구에 많은 노력을 해야 하고 '우리는 누구인가?', '우리는 어디서 왔는가?'라는 질문에 답해야 한다. 벽에 부딪힐 때마다 전통과 유산에서 해답을 찾아야 한다.

어떤 사회가 행복한지에 대해서는 많은 의견이 있을 수 있지만 기술의 발전을 빼놓기 어렵다. 산업혁명 이후 인구와 1인당 소득이 기하급수적으로 증가했다. 일류가 아니었던 영국이 산업혁명을 일으키고 전 세계의 리더로 부각한 데는 유연한 마인드와 국가의 적극적인 지원이 중요한 원인으로 작용했다. 영국은 드니 파팽Denis Papin이라는 프랑스 출신의 외국 기술자를 영입하고 제임스 와트James Watt의 특허 기간을 대폭 연장한 결과 증기기관을 발명했다 또 방적기를 발명한 아크라이트Richard Arkwright는 원래 평민이었는데 조지 3세는 그에게 작위를 주고 주지사로 임명했다. 조선을 통해 문물을 수입하던 일본이 조선을 지배하게 된 데는 요시다 쇼인吉田松陰의 쇼카손주쿠松下村塾가 크게 기여한 메이지유신의 성공이 뒷받침이 되었다.

농업사회는 토지, 노동이 주된 요소여서 여기에는 자원과 인구가 중요한데 게으른 사람들도 성공할 수 있게 되기 때문에 한민족에게는 불리하다. 그러나 노동과 기술이 중요한 산업사회에서는 부지런하고 활력이 있는 사람들에게 유리하기 때문에 한민족에게 기회를 제공했다. 현재와 미래의 지식 기반 사회는 창의력과 속도가 가장 중요한 요소로 작용하기 때문에 네오테닉한 한민족은 절호의 기회를 맞았다. 컴퓨터는 한글을 위해 태어났다고 할 정도로[240] 한글은 컴퓨터에 적합한 문자이고 인터넷은 한민족의 특성에 잘 맞는다. MIT 미디어랩 소장 이토 조이치伊藤穰一는 한국인들은 일본인과 달리 '그냥 질러버려Just do it' 정신을 가지고 있는데 그 특성이 바로 세계 최고 수준의 혁신을 이끌고 있다고 말한다. 지식 혁명은 한반도에서 꽃피울 수 있는 조건을 많이 가지고 있다. 남북한을 포함한 동북아시아가 이미 세계의 주류로 나서고 있다. 통일은 경제에 돌파구가 될 것이고 통일 한국은 세계에 비전과 희망을 제시하고 문화를 선도하게 될 것이다. 한반도보다 작은 네덜란드가 한때 세계를 제패했음을 잊어서는 안 된다. 한민족의 어진 품성, 신속함, 활력, 자유분방함, 네오테닉함은 인류의 미래에 새로운 빛을 비출 것이다.

제3부

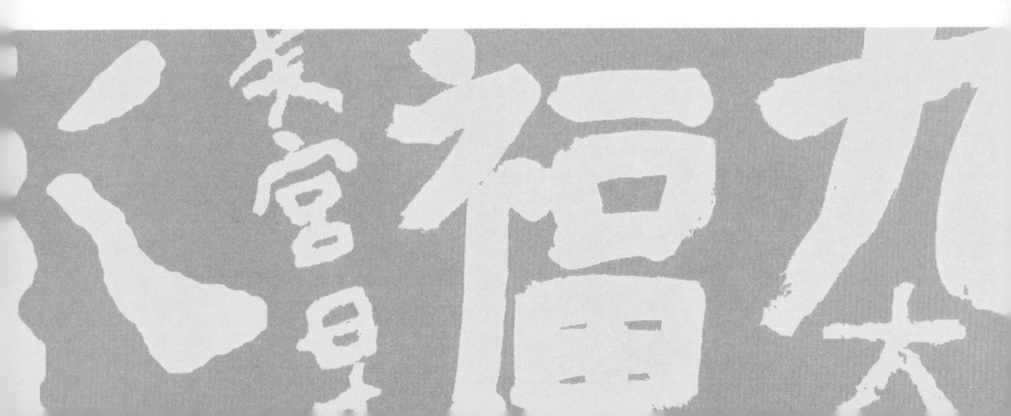

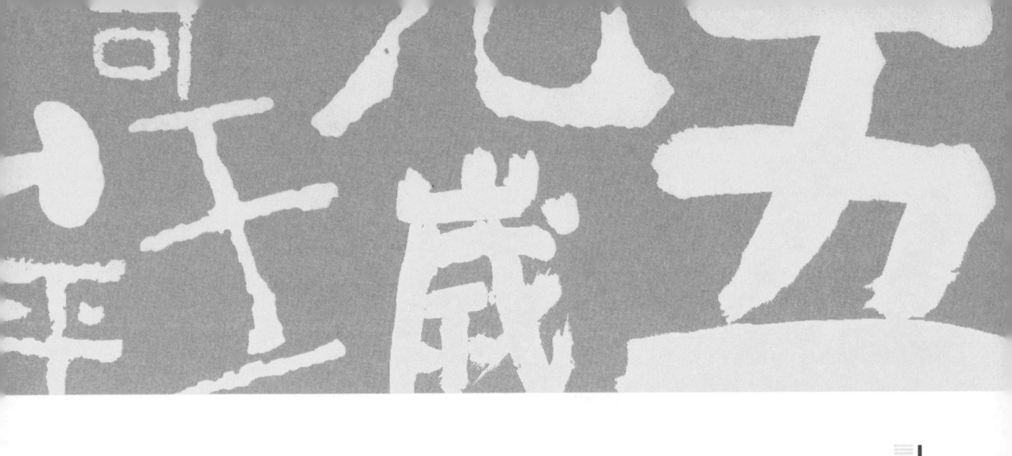

단군의 조상을 찾아서

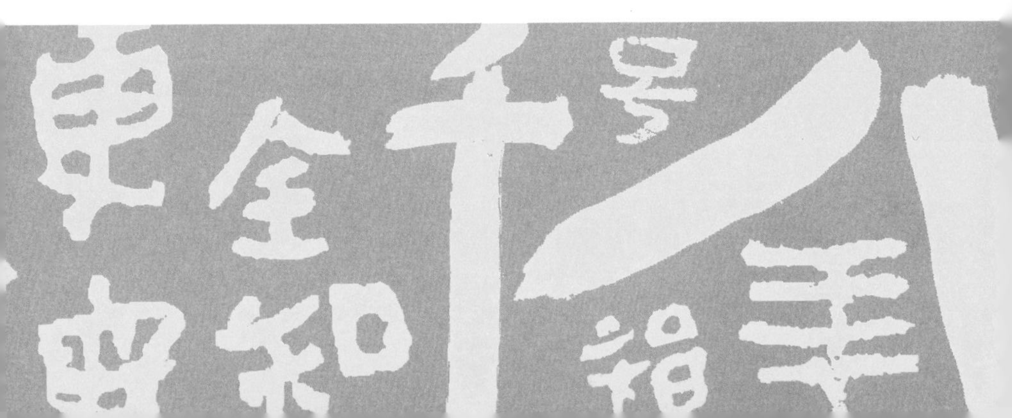

제 7 장

홍산문화와 흑피옥

1

홍산문화를 주목한다

홍산문화의 충격

단군의 조상은 누구일까? 어디에서 어떻게 살았을까? 인류학자이자 유전학자인 스펜서 웰스Spencer Wells는 세계 인류의 DNA 표본들을 채취하고 주로 Y 염색체를 분석하여 인류의 기원과 이동 경로를 밝히는 '제노그래픽 프로젝트Genographic Project'를 주도했다. 그는 고고학적 및 화석 증거를 분석하여 인류는 약 20만 년 전 석기시대 중반에 아프리카에서 처음으로 나타났다고 주장한다. 그러나 현생인류는 약 10만 년 전 아프리카에서 생겨났을 가능성이 높고, 약 5만~6만 년 전 아프리카를 떠나 전 세계에 퍼져 살게 되었다고 한다.[241] 이는 다윈이 『인간의 유래The Descent of Man and Selection in Relation to Sex』에서 인류의 조상은 아프리카에서 살았으리라고 추측한 것과 같은 결론이다.

과학 저술가인 니콜라스 웨이드Nicholas Wade는 『여명이 트기 전

Before the Dawn』에서 몽골리안의 특징으로 넓은 머리와 납작한 얼굴, 가장 가냘픈 두개골, 치아 콤플렉스 등을 꼽는다. 그런데 이 특징적인 두개골은 1만 년 이전에는 어느 곳에서도 발견되지 않다가 동아시아에서 발견되기 시작하며 매우 최근에 유전적으로 발전한 것이라고 한다.[242] 고생물학자 리처드 클라인Richard G. Klein도 『인류의 성장 과정 Human Career』에서 초기의 현생인류 두개골은 지금 세상에 살고 있는 어떤 인종의 두개골의 특징과도 다르다고 한다. 현대인들이 1만~1만 2,000년 전 시작된 홀로세에 들어와서야 지금의 모습을 가지게 되었다는 것은 거의 분명한데 이는 특히 몽골리안에서 명백하고 코카소이드에도 적용될 수 있다는 것이다.[243]

그렇다면 현재 모습의 몽골리안이 생긴 약 1만 년 전부터 한민족이 만든 최초의 국가인 고조선이 건국된 5,000년 전까지 사이에 단군의 조상은 어디에서 어떻게 살았을까? 문헌 자료로는 해결이 어렵기 때문에 고고학, 유전학, 언어학 등이 동원되어야 하는 매우 복잡하고 까다롭지만 흥미진진한 문제이다. 이 문제에 해답을 구할 수 있는 연구가 근래 많이 이루어지고 저술이 쏟아져 나오고 있는데 홍산문화紅山文化 등 요하문명 때문이다. 홍산문화는 중국 네이멍구자치구內蒙古自治區 츠펑시赤峰市 동북방에 인접한 홍산 부근에서 발견된, 신석기시대 후기와 동석병용銅石竝用시대의 유적이다. 시기에 대해서는 여러 견해가 있지만 대략 기원전 4700년경~기원전 2900년경으로 본다. 1906년 일본의 인류학자 도리이 류조鳥居龍藏가 처음 발견하였고, 1935년 하마다 고사쿠濱田耕作, 미즈노 세이치水野清一 등에 의해 대규모 조사가 이뤄졌다. 본격

뉘우허량 유적 돌무지무덤 조감도. 홍산문화의 대표적 유적으로서 고대 중국에서 주류를 이룬 토광묘와 전혀 다르다. 요녕성문물고고연구소 소장, 『발해연안에서 찾은 한국 고대문화의 비밀』, 김영사, 2004.

적인 발굴은 1980년대에 들어서 이루어졌는데 지금까지 츠펑, 랴오닝성遼寧省 차오양朝陽 등 500여 곳의 유적을 찾아냈다.

요하문명이란 요하 일대의 신석기문화를 문화의 단계를 넘어 세계의 새로운 문명으로 보아 부르는 이름으로 중국에 의해 1980년대부터 본격적인 발굴이 이루어졌다. 홍산문화 이외에도 신락新樂문화, 소하서小河西문화, 흥륭와興隆窪문화, 사해查海문화가 여기에 속한다. 부하富河문화, 조보구趙寶溝문화, 소하연小河沿문화, 하가점하층夏家店下層문화도 그 뒤를 따른다.

그동안 중국학자들은 중국 문명의 시초는 황하문명으로서 산시성陝西省과 허난성河南省을 중심으로 한 중원 지역에서 발전해서 주변 지역으로 퍼져나갔다고 주장해왔다. 이 이론에 따르면 중국에서 국가의 시

뉘우허량 여신묘 출토 여신상. 기원전 3500년경. 이런 여신상이 발견되는 것을 보아 여성이 중요한 역할을 담당했을 것이다. 22.5×16.5센티미터, 요녕성문물고고연구소 소장, 『발해연안에서 찾은 한국 고대문화의 비밀』, 김영사, 2004.

작은 기원전 2,000년에서 기원전 1,500년 정도로서 이는 인류 4대 문명 중에서 가장 늦었다. 그런데 만리장성 외곽에서 발견된 홍산 문화는 황하문명과는 전혀 이질적인데 시기적으로 1,000년 이상 앞서는데다가 문화적으로도 더 발전된 형태를 띠고 있었다. 이 세계는 우리가 이제까지 배우고 익힌 다른 고대 세계와는 또 다르고 전혀 납득이 안 가는 면모도 지니고 있다.

홍산문화의 대표적인 유적인 뉘우허량牛河梁 유적은 랴오닝성 링위안시凌源市에서 젠핑현建平县에 걸친 넓은 범위에 걸쳐 있다. 1983년 발견되었는데 5제곱킬로미터의 넓은 범위에 돌을 쌓아 만들어진 거대한 제단, 벽화 등이 있는 신전, 적석총, 성곽 등이 정연하게 분포하고 있다. 비취로 만든 눈을 가진 여성 두상 도기가 발견된 여신묘와 여신상을 근거로 홍산문화는 여성이 중요한 역할을 수행한 모계사회였다는 주장이 많다.[244] 홍산문화 후기 단계를 '초기 문명 단계' 또는 '초기 국가 단계'에 진입한 것으로 본다. 여신묘와 한 변이 20~30미터짜리 3층 피라미드식 적석총, 가장 큰 60미터짜리 7층 피라미드식 적석총을 쌓으려면 꽤 많은 인원이 필요하기 때문이다. 기존 역사학의 시각에서 보면 국가 단계에 진입하는 가장 유력한 증거가 문자와 청동기였는데 홍산문화에서는 청동기는 발견되지 않고 대신 다양한 형태를 가진, 다량의 옥기가 발견되었다.

뉘우허량 유적의 발견 이후 청동기가 없어도 국가의 형성이 가능하다는 것을 보여줘 '옥기시대'라는 새로운 개념을 만들었을 만큼 홍산문화에서 옥기의 비중과 의미는 크다. 기원전 5000년부터 기원전 2000년 사이의 기간을 옥병玉兵시대 혹은 옥기시대라는 하나의 시대로 설정하기도 한다.[245] 뉘우허량 유적의 특징 중 하나는 대형 무덤과 작은 무덤의 부장품이 큰 차이가 난다는 것이다. 중심 대묘와 대형 석관묘의 부장품은 모두 옥기뿐으로 토기는 발견되지 않았다. 제단에서도 옥기가 출토되는데 수가 매우 적다. 홍산옥기는 태양신, 옥저룡玉猪龍(또는 옥웅룡玉熊龍), 신인상, 동물상(거북, 새, 매미, 호랑이, 소,

홍산옥기의 대표적 기형인 옥저룡(높이 13센티미터)과 태양신(높이 29센티미터). 옥기의 사용은 홍산문화의 중요한 특징으로 국가의 성립을 알려주는 주목할 만한 징표이다. 한국홍산문화학술원 소장.

물고기), 옥패玉佩, 옥결玉玦, 도끼와 같이 기형이 다양하고 공예 수준이 높다. 현재까지 알려진 옥기 중 가장 연대가 올라가는 것이라고 믿기 어려울 정도다.

옥기는 석기와 달리 생산력 발전에는 직접적인 영향을 끼치지 않는다. 그러나 사용자들의 의식 형태와 사회 · 정치 · 생활에 중요한 위치를 차지하는 일종의 예기禮器로서 석기에 비해 제작에 훨씬 정교한 기술과 노동력을 필요로 한다. 요즘은 기계를 사용하여 비교적 짧은 시간 안에 옥기를 제작할 수 있지만 홍산옥기는 세석기細石器를 사용했기 때문에 상당한 시간이 걸렸을 것이다. 이 때문에 조각을 하는 별도의 장인이 있었을 것으로 추정하고 있다. 따라서 옥기의 출현은 원시 씨족사회에서 문명이 싹트는 국가로의 이행 과정에서 나타나는 빼놓을 수 없는 중요한 현상이다.[246] 당시 신분의 분화가 이뤄졌다는 것은 무덤마다 크기, 매장 방식, 매장된 유물의 차이가 난다는 것을 보아도 알 수 있다.

주인공은 누구일까?

특정 유물이나 유적, 역사적 기념물에 정체성을 부여하고자 하는 욕구, 특히 이를 만든 민족 집단이나 '주민'을 밝혀내려는 욕구는 고고학 연구의 중심이 되어왔다.[247] 홍산문화에 대한 해석은 매우 뜨거운 이슈여서 그만큼 민족주의적 해석의 위험성에 많이 노출되어 있다. 중국은

2003년 6월부터 '중화문명탐원공정中華文明探源工程'을 통하여 요하문명을 중화문명의 뿌리로 규정하고 있다. 신화와 전설의 시대로 알려진 '3황5제'의 시대까지를 중국의 역사에 편입하여 1,000~1,500년 이상 끌어올리고, 이를 통해 중화문명이 이집트나 수메르문명보다도 오래된 '세계 최고의 문명'임을 밝히려는 것이다.[248] 우리에게 익히 알려져 있는 '동북공정'은 중화문명탐원공정과 연결선상에 있고 이는 결국 '국사수정공정國史修訂工程'이 완결판이다. 모두 '현재' 중국 영토를 기준으로 하여 그 영토에 살았던 민족은 중화 민족이고 그 안에서 일어났던 역사는 모두 중국의 역사라는 전제를 가지고 있다.

홍산문화 유적지에 대한민국 학자들의 발길이 이어지고 일반인들의 관심도 뜨겁다. 이는 홍산문화와 고조선, 고구려의 연결 가능성, 즉 한민족의 첫 시작일 가능성 때문이다. 국내 일부 학자들은 뉘우허량 유적 성벽에서 발견된 고구려성의 특징인 치雉와 곰 뼈, 곰 숭배 유물들을 고조선 문화와 연결시키고 있다. 신라 곡옥을 연상시키는 옥기, 그리고 용, 봉, 곰 형상의 장식품들이 다량으로 출토되었다.

홍산문화가 한민족의 첫 시작과 관련이 있다고 보는 학자들은 강역과 유물을 근거로 든다. 이종호, 이형석은 『고조선, 신화에서 역사로』에서 내몽골 지역은 주로 동이족이 살았고 한민족의 원류가 정착한 지역으로 소개되었던 곳이어서 과거부터 부단히 한민족의 근거지였다는 데 이론의 여지가 없다고 말한다.[249] 다음으로 중요한 것은 유적과 유물이다. 뉘우허량 지역에서는 홍산문화에 이어 하가점하층문화, 하가점상층문화夏家店上層文化(기원전 1500년~)가 연이어 발견되었다. 하가점하층문화 분포가 가장 밀집된 차오양朝陽 지역에서 발견된 유적지만 해도 1,300여 곳이나 되는데 이곳에서 빗살무늬토기, 비파형동검, 적석총 등이 발견되었다.

비파형동검. 청동기시대. 전傳 황해남도 신천군 출토. 비파형동검은 고조선의 특징적인 유물로서 중국식 동검과는 차이가 뚜렷하다. 길이 42센티미터, 국립중앙박물관 소장.

빗살무늬토기는 흥륭와문화, 사해문화, 조보구문화 등 대부분의 요하 일대 신석기 유적에서 발견되는데 이는 강원도 고성군 문암리 유적(기원전 6000년경)과 강원도 양양군 오산리 유적(기원전 6000~기원전 3000년)에서도 발견된다. 빗살무늬토기는 시베리아 남단, 만주, 한반도, 일본으로 이어지는 북방 문화 계통으로 황하 일대에서는 보이지 않는다. 적석묘 무덤군은 내몽골 동부에서 요서와 요동반도 일대, 평양 천도 이전의 고구려 중심지인 지안시 일대, 한강 유역의 한성백제 시기의 송파구 석촌동 일대 등에 흩어져 있다.

고대 한민족은 옥을 널리 사용하였고, 가공 기술이 발달했다. 『위략魏略』에는 준왕은 위만을 믿고 아껴서 박사로 임명을 하고 규圭를 주면서 100리의 땅을 봉지로 주고 서쪽 경계를 잘 지키도록 하였다는 기록이 있다.[250] 여기서 규는 옥으로 만든 홀笏인데 위 끝은 뾰족하고 아래가 세 모 또는 네 모가 졌다. 『삼국지』「위지동이전」에 따르면 부여에서 옥을 사용하였다는 내용이 나온다. 한나라 때, 부여 국왕이 죽으면 금실로 옥을 엮어서 만든 옷, 즉 옥갑玉匣을 입혀서 매장하였으므로, 항상 그것을 미리 마련하여 현토군에 비치해두었다가, 왕이 죽으면 곧 그것을 받아가서 매장을 하였다. 기원전 238년 공손연公孫淵이 죽임을 당하였을 때 현토군의 창고에는 옥갑 한 벌이 있었다. 부여의 나라 창고에는 옥벽玉璧, 규珪, 찬瓚 등 여러 대 동안 전해져온 옥기들이 있었는데, 그것들은 대대로 국보로 여겨졌다고 전한다. 『후한서』「동이열전」에는 부여는 동이의 땅 안에서 가장 좋은 곳으로, 땅에서는 오곡이 잘 되고, 또 명마, 붉은 옥, 담비 등이 난다고 기록하고 있다. 『삼국지』「위지동이전」에 따르면 마한에서는 주옥을 귀한 재물이나 보물로 여기는데 혹은 옷에 꿰매어 장식하기도 하고, 혹은 목걸이나 귀걸이를 쓴다. 금, 은, 자수 비단 등은 진귀한 것으로 여기지 않는다고 한다.[251]

홍산문화 옥저룡과 유사한 모양의 옥결이 대한민국의 강원도 고성군 죽왕면 문암리 유적과 여수시 남면 안도리 유적에서도 나왔다. 2012년 부산 가덕도에서 신석기시대 초기 내지 전기(기원전 6000~기원전 5000년)로 보이는 집단 묘역을 확인했는데 여기서도 옥결이 나왔다. 백제의 무령왕릉, 공주시 금성동의 송산리 고분군 제7호분과 제8호분 등에서도 곡옥이 발굴되었다. 신라의 천마총 금관에서도 곡옥이 많이 발견되었으며 가야에도 곡옥이 남아 있다. 통일신라시대에도 곡옥이 많이 사용되었는데 사리 장엄구에서 보인다.

이러한 자료 등을 근거로 윤내현, 복기대, 정형진, 중국 길림성의 송호상 교수 등은 하가점하층문화와 고조선의 연계 가능성을 높게 보고

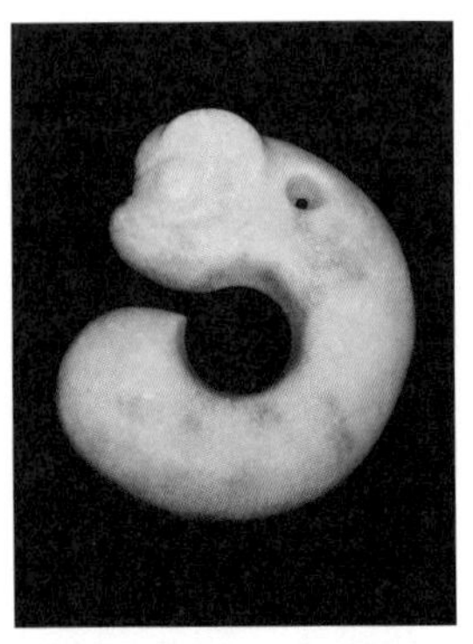
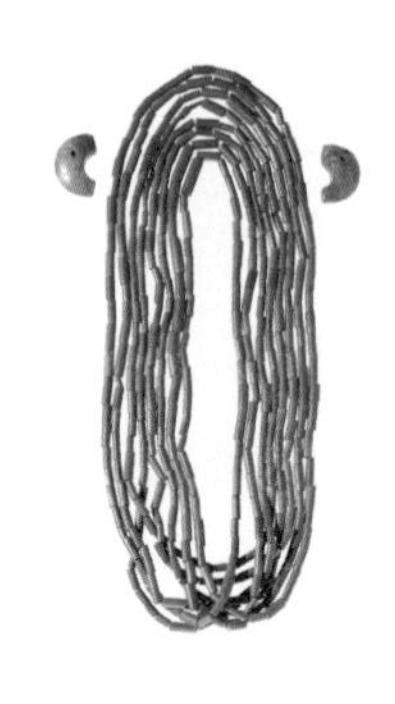
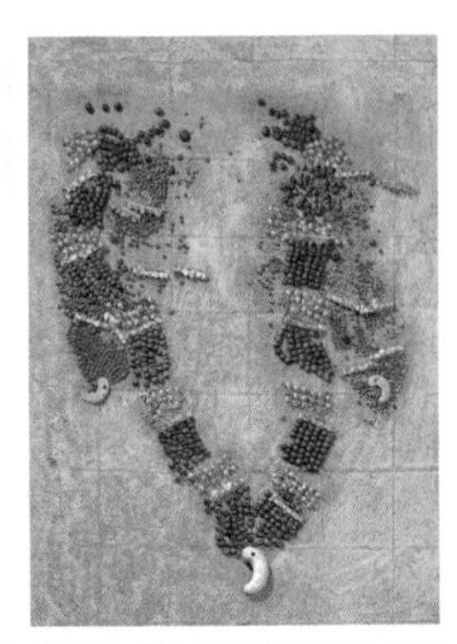

왼쪽부터 홍산옥기 옥저룡(높이 10센티미터, 한국홍산문화학술원 소장)**과 청동기시대의 곡옥**(경북 영덕군 강구면 출토, 국립중앙박물관 소장)**. 신라 천마총 목걸이**(길이 64센티미터, 보물 619호, 국립경주박물관 소장)**.** 홍산문화의 옥저룡과 닮은 곡옥이 청동기·삼국·통일신라시대에도 사용되었다.

있다.[252] 이홍규도 요하문명을 만든 사람들은 우리와 유전적으로 같고, 같은 문화를 가졌고, 중국의 북부에 가장 먼저 문화를 만든 사람들이었다고 주장한다.[253] 반면, 송호정 교수는 뉘우허량 유적은 기원전 5000~기원전 4000년경 신석기시대 홍산문화 유적으로 청동기시대 고조선과는 아무런 관련이 없으며 청동기시대 하가점하층문화 또한 그 일대에 거주한 여러 토착 군소 집단의 제사 및 생활 유적으로 고조선과 무관하다고 본다.[254] 우실하 교수도 요하문명 혹은 동북아문명은 한국이나 중국이라는 나라가 생기기 이전에 존재했던 것으로 한국이나 중국 어느 일방의 전유물이 될 수 없다고 본다.[255] 이종호, 이형석도 그 당대에는 민족이라는 개념이 없었고 한국 또는 중국도 없었기 때문에 과거 요하 일대에 살았던 사람들이 무조건 우리의 선조라고 단정하는 것은 우를 범하는 일이라고 주장한다.[256]

홍산문화 문자와 글씨

아직까지 우리 민족과 문화의 첫 시작에 대한 명확한 해답을 찾지 못했다고 해서 그것이 불가능한 일이라고 지레 겁먹고 포기할 필요는 없다. 관심을 가진 학자들이 여러 분야에서 진리를 향해 한 걸음씩 접근한다면 결국 그 실체는 드러나고야 말 것이다. 우리는 고고학사에 있어서 새로 수집된 자료들이 오랜 세월에 걸쳐 힘겹게 얻어진 역사적 기정사실들을 여지없이 뭉개버리는 것을 종종 본다.[257] 새로운 것이 하나씩 발견될 때마다 우리의 지식은 그만큼 확대된다. 때로는 그것이 우리가 확실하다고 믿고 있는 견해들을 수정하지 않으면 안 된다는 것을 의미하기도 한다. 나는 그동안 아무도 주목하지 않았던 '글씨' 분석으로 접근해보기로 했다. 실질적인 국가 형태를 가졌고 고도의 문명을 이룩한 홍산문화시대에는 문자가 사용되었을 것으로 판단했다.

문자가 새겨진 홍산옥기를 찾다가 홍산옥기 문자에 대한 논문을 발표한 정건재 교수를 만났다. 정건재 교수가 소장하던 문자가 새겨진 홍산옥기 1점을 본 것을 시작으로 몇 점을 직접 볼 수 있었고 중국이나 일본의 연구 자료들도 구했다. 홍산문화 유물 중에서 문자가 새겨진 것은 후기에 만들어진 옥기뿐으로 그 수량이 극히 적고, 토기나 돌도끼 등에서는 찾기 어렵다. 이는 홍산옥기의 성격이 '예기'였고 대형 석관묘군이나 제단에서 출토되는 것과 관련이 있다. 원래 문자는 권력의 도구였으며 불멸의 이유는 언제나 문자를 쓰는 첫 번째 이유였다. 에트루리아

갑골편. 상나라. 갑골문은 상나라 통치자들이 점을 치던 것으로 원래 문자는 권력의 도구였다. 국립중앙박물관 소장.

인이 남긴 수천 개의 단편들은 대부분 장례용 명문이었고,[258] 상나라의 갑골문은 점을 치던 것이며, 주나라의 금문은 제사를 지내던 청동기에 새겨진 것으로서 혼령과의 소통에 사용되었다. 고대 이집트인들은 문자를 '신神의 말'로 불렀고 그리스인 클레멘스 1세는 이집트 문자를 '신성한 조각Hieroglyphica grammata'으로 불렀다.

홍산옥기 문자에는 두 가지 유형이 있는데 그 하나는 갑골문과 유사한 것이다. 한자의 기원이라고 알려진 갑골문은 상나라 때의 것으로 형태가 상당히 정돈되고 복잡한 체계를 갖춘 성숙한 문자여서 그 이전에 있던 문자가 발달한 것이 틀림없다. 그 근거로 갑골문은 이체자가 다량 존재하고, 두 글자를 한 글자로 합한 합문合文도 좌우 배열식, 상하 배열식, 복합식, 포함식, 역접식 등의 다양한 결합 방식이 있는 것을 들 수 있다.

홍산옥기에 새겨진 문자를 보면 부드러운 곡선이고 선이 정확하지 않아서 마치 어린아이가 쓴 것 같다. 그리고 같은 문자도 크기나 기울기나 방향이 같지가 않고 자유분방하다. 정건재 교수는 이 글자를 겨울 동(冬), 또는 마칠 종(終)의 갑골문자인 와 같다고 본다. 이 문자들은 가로가 2.4센티미터인데 꺾어진 부분이 하나는 중간 지점으로부터 오른쪽으로 0.2센티미터 지점에 있고 나머지 하나는 왼쪽으로 0.1센티미터 지점에 있다. 왼쪽을 기준으로 전체 길이의 58.3퍼센트와 45.8퍼센트 지점에 꺾어진 부분이 있는 것이다. 동그란 부분도 모양과 크기가 들쑥날쑥하다.

다른 하나는 셈 문자인 '산목算木'으로 보이는 것이다. 『환단고기桓檀古記』「태백일사太白逸史」에는 신시神市에는 산목이, 치우에게 투전목鬪佃目이, 부여에는 서산書算이 있었다는 내용이 나온다.[259] 산목은 고조선보다 시대가 올라가는 배달국 당시의 도읍지인 신시에서부터 사용되었다는 것이다. 『삼국유사』에는 환웅이 3,000명의 무리를 이끌고 태백산 정상에 있는 신단수 아래 내려와 이곳을 신시라고 이름 지었다고 한다. 고대로부터 현대에 이르기까지 수사數詞와 산수를 기록하는 많은 문자들이 있었고 마야, 인더스, 중국에서도 숫자는 점이나 막대로 표시했지

문자가 새겨진 홍산옥기. 앞뒤에 문자가 2개씩 있는데 같은 문자라도 크기, 기울기, 모양이 제각각이어서 마치 어린아이가 쓴 것 같다. 15×6.5센티미터.

우리 민족의 셈 문자였다고 전하는 산목. 『환단고기』「태백일사」는 고조선보다 시대가 올라가는 배달국 당시의 도읍지인 신시에서 산목을 사용하였다고 기록한다.

만 산목과 동일한 형태는 없었다. 홍산옥기에서 산목이 발견되는 것은 한민족과 관련성을 인정할 중요한 증거가 될 수 있다.

이 홍산옥기는 길이가 20센티미터를 넘는 것으로 상위급의 부장 유물에 속하는데 인자한 웃음을 짓는 인간의 모습을 하고 있다. 홍산옥기의 문자는 대체로 양각되어 있고 음각은 드물다. 조각상 이마에 새겨진 문자는 8을 의미하는 산목으로 보이고 이런 형태의 문자는 산목 이외에는 찾지 못했다. 이렇게 조각의 이마 부분에 문자가 조각된 것을 보면 중요한 의미를 가졌을 것이다. 초기 문자가 그랬던 것처럼, 가문 또는 부족의 상징이거나 성씨를 나타낸 것일 수 있다. 획이 몇 개 안 되지만 문자 획의 굵기와 길이가 규격화되어 있지 않고 자유로우며 필선이 부드럽다. 첫 번째 가로선의 굵은 곳은 1.5밀리미터, 가는 곳은 0.4밀리미터로서 78.6퍼센트의 차이가 있다. 가로선 길이도 1.8센티미터, 1.3센티미터, 1.4센티미터로서 다르다. 큰 것과 작은 것의 차이가 22.2퍼센트의 차이가 나고 두 번째와 세 번째는 길이는 비슷하지만 두 번째 선은 좀 더 왼쪽에서 시작하고 있어서 오른쪽 끝나는 지점은 3밀리미터 차이가 난다.

산목 이야기가 나오는 「태백일사」는 『환단고기』 중 일부로서 우리 민

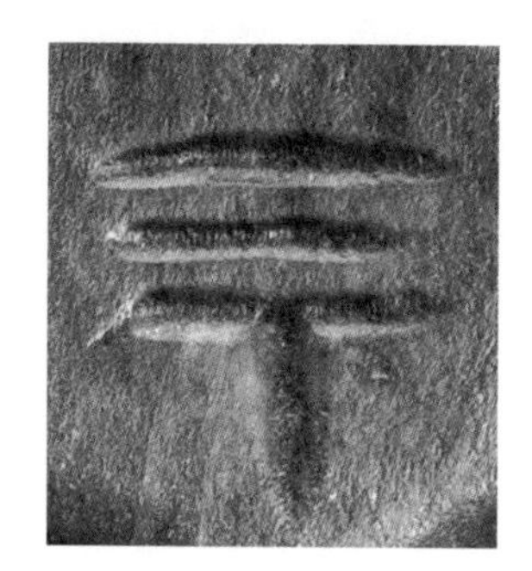

문자가 새겨진 홍산문화 여신상. 이마 부분의 문자는 8에 해당하는 산목으로 보이는데 홍산문화 유물에서 산목이 발견되는 것은 고대 한민족과의 관련성을 인정하는 중요한 단서일 수 있다. 오른쪽은 문자 부분을 확대한 사진. 23×7.8센티미터.

족의 고대사를 다루고 있는 책이다. 고조선 때 이미 있었던 '가림다加臨多 문자'가 한글의 원시 형태이고, 중국인의 조상으로 알고 있었던 치우는 우리 조상이며, 고조선의 영토가 매우 넓었고 역사도 오래되었다는 등의 이야기들을 담고 있다. 현재 역사학계에서는 주로 『환단고기』를 위서라고 본다.[260] 『환단고기』에 사용된 용어나 개념이 당시가 아니라 후대에 사용된 것이 많다거나 『삼국사기』에 나오는 고대사의 모습이나 내용과 차이가 크다는 등의 이유를 든다. 반면 재야 사학자들을 중심으로 고고학적 발굴로 밝혀지는 사실 중에서 『환단고기』의 내용과 일치하는 경우가 많다는 이유를 들어 위서가 아니라는 주장도 많다. 천문학자인 박창범 교수는 『환단고기』 중 「단군세기」 등에 나오는 오행성五行星 결집, 그리고 썰물과 관련된 기록을 컴퓨터로 계산한 결과 실제로 그 당시에 있었던 현상이었다고 밝히고 있다.[261] 홍산옥기에 산목으로 보이는 문자가 조각된 것을 보아도 『환단고기』 내용 중 최소한 일부라도 사실일 가능성을 열어놓고 진지하게 따져서 옥석을 가릴 필요가 있다.

2
흑피옥에 새겨진 글씨

흑피옥의 진실

문자가 조각된 홍산옥기는 매우 드물지만 거의 같은 형태인 '흑피옥黑皮玉'에서는 종종 문자가 발견된다. 흑피옥기는 형태, 문양, 조각 기법, 구멍 뚫기 기법에서 홍산옥기와 매우 흡사하지만 청옥 또는 홍옥의 외부에 두꺼운 검은색 칠이 되어 있다는 특징이 있다. 홍산옥기와 기본 형태는 비슷하지만 2개 이상의 복합 형태나 성교상도 많다. 경도 4.5~5.5도의 연옥인 홍산옥기와 달리 5.5~6.0도의 경옥이 주류를 이룬다. 홍산옥기가 20센티미터 이하가 많은 데 반해 흑피옥기는 보통 20~40센티미터이며 1미터가 넘는 것도 있다. 무게는 보통 2~6킬로그램인데 무거운 것은 80킬로그램에 이른다. 내가 흑피옥에 관심을 가지는 것은 홍산문화의 주인공이 누구인지를 밝힐 수 있는 글씨 자료를 많이 찾을 수 있기 때문이다.

흑피옥 옥저룡(높이 9센티미터), 태양신(높이 59센티미터), 새와 인물상(높이 18센티미터). 흑피옥기는 홍산옥기와 매우 흡사하지만 외부에 검은색 칠이 되어 있고 큰 것이 많다. 한국홍산문화학술원 소장.

흑피옥이 일반인들에게 알려진 것은 2007년 9월 25일자 주간동아 "흑피옥 조각상의 진실 : 인류사 대발견이냐, 희대의 사기극이냐" 등의 기사를 통해서였다. 주간동아 등의 기사와 증언을 종합하면 골동상인 김희용金喜鏞은 1990년 일본의 노인으로부터 우연히 흑피옥 이야기를 들었다. 1940년대 초 내몽골에서 검은색 조각상을 발견한 적이 있는데 출토지를 찾으면 엄청난 고고학적 가치가 있을 것이라는 이야기였다. 김희용은 16년 동안 중국을 유랑하며 수백 개 이상의 흑피옥을 수집할 수 있었다.

주간동아의 기사 제목처럼 대한민국과 중국의 고고학자나 역사학자들 사이에서 '인류사의 대발견'이냐 아니면 '희대의 사기극'이냐 하는 논쟁이 있었고 아직도 끝나지 않았다. 그런데 이렇게 '인류사의 대발견'이라는 거창한 논쟁이 생기게 된 것은 흑피옥이 인류가 반半직립인 당시에 만들었다는 김희용 등의 과감한 주장 때문이다. 흑피옥 인물상들의 무릎이 90도로 굽은 것이 많은데 매장 유물은 당시 사람들의 모습과 생활상을 그대로 반영하기 때문에 반직립인이 만들었다고 주장한다. 인류가 직립하기 시작한 것은 수십만 년 전으로 거슬러 올라간다. 그런데 옥기의 출현은 원시 씨족사회에서 문명이 싹트는 국가로의 이행 과정에서 나타나는 빼놓을 수 없는 중요한 현상이다. 이러한 국가의 탄생이 수십만 년 전이라면 놀라운 일이 아닐 수 없다. 서울대 기초과학공동기기원 정전가속기연구센터에서 흑피옥기에서 흑피 부분을 추출, 검사해서 14,300±60년 전이라는 결과가 나오기도 했다. 이 결과는 김희용 등의 주장에는 많이 못 미치지만 기존 연구 결과를 뒤엎는 것이다.

'희대의 사기극'이라고 보는 입장은 우선 그동안 단 한 번도 정식으로 발굴된 적이 없다는 이유를 들고 후대에 홍산옥기 모조품을 제작하였다는 의심도 한다. 결국 이 문제는 고고학적 발굴로 해결해야 한다. 그런데 흑피옥이 발굴되는 지역은 중국 영토여서 접근이 어렵다. 그동안 중국의 역사 발굴 사례를 보면 흑피옥을 발굴하였다고 해도 언제 공개할지도 알 수 없다. 게다가 흑피옥은 요하문명(홍산문화)과 관련된 것이어서 중국에서 신중하게 다룰 수밖에 없을 것이다.

반직립인 당시의 유물이라는 주장은 믿기 어렵다. ① 흑피옥 중에서 성교상과 같이 다리를 뻗고 있는 것도 발견된다. ② 반직립인 형태의 조

흑피옥 직립 인물상(높이 21센티미터), 제기(높이 19센티미터), 인물상(높이 30센티미터). 흑피옥기 중에도 직립인의 모습을 한 것도 있고 토기 형태가 발견되는 것을 보면 신석기시대 이후에 제작되었을 것이다. 한국홍산문화학술원 소장.

각은 반드시 반직립인이 만들었다는 주장 자체가 심각한 논리 비약이다. ③ 토기 그릇 형태의 옥기, 토기를 머리에 이고 있는 인물상이 있어서 적어도 토기가 발명된 신석기 이후의 문명이라는 것을 알려준다. ④ 소, 돼지, 말, 양, 개 형태의 조각상이 있는데 인류가 이들 가축을 모두 기르기 시작한 것은 아무리 길게 잡아도 몇 천 년 전에 불과하다. ⑤ 문자가 조각된 흑피옥기가 발견되는데 르네 에티앙블René Etiemble에 따르면 인류가 문자를 사용하기 시작한 것은 6,000년 정도이다.[262] ⑥ 상당히 많은 형태가 홍산옥기와 유사하고 정교함이나 섬세함, 크기에서 홍산옥기를 능가하고 있는 것은 홍산문화와 동시대 또는 후대의 유물일 가능성을 높여준다.

그렇지만 반직립인 시대는 아니어도 흑피옥은 고대 옥기가 분명하다고 생각한다. ① 서울대학교 기초과학공동기기원 등의 흑피 성분 분석 결과, 그 광물 성분이 23개 이상으로 나왔다. 이처럼 흑피는 쉽게 만들 수 있는 것이 아니다. ② 흑피 성분 분석에서 옥기별로 성분이 조금씩 다르다는 결과가 나왔는데 이는 후대에 한꺼번에 만들어진(조작된) 것이 아니라는 것을 말해준다. ③ 지금까지 표면에 칠을 한 옥기는 알려진 것이 없다. 세상에 있지도 않은 유물의 위작을 수천 점 이상 만들 이유가 없다. ④ 동일한 형태가 없을 정도로 다양하고 자연스러우며 조각 수준이 높아서 근래에 만든 것과는 확연히 구분된다. 후대에 위작을 대량으로 만들었다면 이런 조형을 만들지 못했을 것이다. ⑤ 색상과 표면이 자연스럽게 변해 있고 특유의 냄새가 나는데 이는 오랜 세월의 흔적이다. ⑥ 초기에는 1점에 옥 원석 가격에도 미치지 못하는 100~200위안(한화 1만 2,000~2만 4,000원)에 거래되었다. 후대에 옥을 구입하여 조각을 했다면 옥 원석 가격 이하로 팔 수 없었을 것이다. ⑦ 정건재 교수가 미국 지오크론Geochron 연구소에 의뢰한 결과, 3,150±40년 전에 만들었다는 결과가 나왔다. ⑧ 조각된 문자는 산목으로 보이는 것 이외에는 아직까지 알려지지 않은 것이다. 산목도 지금까지 위서라는 주장이 많은 『환단고기』에 나오는 것으로 일반인에게는 많이 알려져 있지 않다. 알려져 있지 않은 문자를 찾아내거나 새로 만들기란 쉽지 않다. ⑨ 후대에 만들어졌다면 그 주체가 중국인일 텐데 중국인의 글씨체와 거리가 멀다.

흑피옥기의 연대는 홍산문화 시기와 동시대 또는 (얼마 안 떨어진) 후대이며 홍산문화에 포섭되거나 긴밀한 관련을 가진 것으로 보인다. 그 근거는 형태, 크기, 문자 조각이다. 홍산옥기의 옥결, 태양신, 옥조玉鳥, 구운형勾雲形 옥패 등과 완전히 동일한 형태뿐 아니라 복합 형태가 많고 더 정교하며 세련되었고 큰 것이 많다. 크고 복잡하며 정교하고 세련된 조각이 시기적으로 늦을 가능성이 높다. 또 문자가 조각된 홍산옥기는 희귀하고 흑피옥기는 상대적으로 많은데 이것도 시기적으로 늦다는 중요한 근거가 된다.

고대 옥기 수집가인 대한민국의 박문원과 이금화, 김희일 홍산문화박물관장, 중국의 바이유에栢岳, 린난任南 등은 모두 고대 옥기가 맞다고 주장한다. 학자 중에도 전남과학대 정건재 교수, 북경사범대 장이핑张一平 교수도 같은 입장이다. 중국의 첸이민陳逸民 등은 홍산문명과 흑피옥 문명은 같은 문명권이었다고 주장하고 중국 중앙미술학원 시아더우夏德武 교수는 흑피옥 문화를 '범泛홍산문화'라고 부른다. 중국 정부도 흑피옥을 고대 옥기로 보는 것 같다. 2010년 흑피옥을 세상에 알린 공로로 김희용을 중국 민간인 국보 10대 인물로 선정했다. 같은 해 장이핑 교수 소장 흑피옥 1점을, 2011년 김희용 소장 흑피옥 인물 남녀 한 쌍을 중국 민간 소장 국가 보물로 선정했다.

흑피옥이 고대 옥기가 맞다면, 더구나 한민족의 첫 시작과 관련이 있다면, 김희용은 하인리히 쉴리만Heinrich Schliemann에 견줄 만하다. 가난한 성직자의 아들인 쉴리만은 일곱 살 때 신화의 도시 트로이가 나오는 책을 읽고 이를 발견하겠다는 꿈을 품은 후 39년 지난 후 길을 찾아 헤매다 도시를 발견했다. 김희용과 쉴리만 모두 제대로 교육받지 못한 문외한이었고, 신화를 찾기 위해 수십 년 동안 무던히도 애쓰다가 결국 꿈을 이뤘다. 꿈을 이루고도 학자나 다른 사람들로부터 환호와 찬사뿐 아니라 맹렬한 공격, 경멸과 조소도 받았다. 상인으로서 큰돈을 모았던 쉴리만만큼은 아니지만 김희용도 꽤 많은 돈을 퍼부었다. 세계 역사에서 보면 이처럼 비전문가에 의한 위대한 발견의 사례는 무수히 많다. 증기기관을 만든 데니스 파핀Denis Papin은 의사였고, 무선부호를 창안한 사무엘 모르스Samuel Morse는 화가였으며, 산스크리트어를 최초로 번역한 윌리엄 존스Sir William Jones는 벵갈의 대사법관이었다.

다양한 형태의 문자들

나는 2006년 우연한 기회에 흑피옥의 존재를 알게 되어 수소문 끝에 실물들을 직접 볼 수 있었다. 김희용이 국내에 가지고 들어온 것이 꽤 있었고 상인들이 중국에서 구해온 것도 있었다. 흑피옥이 홍산문화와 관련이 있는 고대 옥기가 맞다는 확신을 가진 2008년부터는 문자가 새겨진 흑피옥기를 찾아 나섰다. 중국수장가협회 옥기수장위원회에서 2009년 발간한 『범홍산문화 중국 신비의 흑피옥기(泛紅山文化 中國神秘的黑皮玉雕)』에 실린 수백 점의 흑피옥에는 문자가 조각된 것이 없고 2014년 이금화가 쓴 『흑피옥』에서도 1점에 불과하다. 2012년 국내에서 영문판으로 제작한 『흑피옥기와 마고 문명Black Shelled Jade Sculpture & Mago Civilization』은 22페이지에 걸쳐 문자가 조각된 흑피옥기 사진을 싣고 있다.

문자가 새겨진 흑피옥기. 앞면에 6개, 뒷면에 1개의 문자가 조각되어 있는데 이처럼 문자는 주로 정교한 여성상 또는 신상에서 발견된다. 29.5×9.7센티미터.

흑피옥 문자는 주로 정교한 신상 또는 여성상, 거북이나 용 형태의 기형에서 발견된다. 남성상은 거의 없는데 당시 문자가 지배층의 전유물이었던 점을 감안하면 여성이 우위에 있었을 가능성을 보여준다. 뉘우허량 여신상에서 보듯이 여성이 제사를 주장하였던 것은 고대사회에 널리 행해진 법속이었다. 특히 흑피옥 여성상들은 고개를 쳐들고 가슴을 내밀고 있는 모습이 위풍당당하다. 문자는 대부분 양각되어 있는데 음각보다 훨씬 많은 노력이 들었을 것이다.

흑피옥기의 발굴은 동북아시아뿐만 아니라 인류사에서 중요한 사건으로 기록될 것이다. 나는 그중에서도 문자가 특히 중요하다고 보는데 인류 역사상 가장 앞서는 초기 문자일 가능성이 높다. 흑피옥기에서 발견되는 문자는 지금까지 알려진 문자와 전혀 다른 형태, 알파벳과 유사한 형태도 있지만 크게 다음의 세 가지 부류로 나눌 수가 있다. 우선 가장 많이 발견되는 것은 한자나 갑골문과 유사한 형태이다. '사람 인(人)', '하늘 천(天)', '클 대(大)', '정간 정(丁)', '임금 왕(王)', '아니 부(不)', '밝을 백(白)', '해 일(日)' 등과 비슷한 모양이다.

두 번째로, 한글 자모의 'ㅈ', 'ㅅ', 'ㅋ', 'ㅠ' 등과 비슷하게 생긴 것들이 있다. 이 문자들이 한글 자모와 유사하다는 이유로 고조선에서 사용되었다고 하는 신지문자神誌文字라거나, 『환단고기』에 나오는 녹도문鹿圖文이나 가림토 문자라는 주장이 있다. 『환단고기』「태백일사」는 기원전 2181년에 단군조선의 제3세 단군인 가륵嘉勒이 가림토 문자를 만들었다고 하고 있다. 원래 상형문자가 있었는데 나라마다 소리가 달라지니 이를 통일하기 위해서라고 한다.[263] 「단군세기」에도 당시 뜻을 나타낼 수 있는 상형문자(신시 시대에 신지혁덕神誌赫德이 만든 녹도문)는 있었으나 말이 잘 통하지 않고 서로 글을 해득하기 어려워 임금은 을보륵乙普勒 박사에게 국문정음國文正音을 만들게 했다는 기록이 있다. 기원전 2181년 봄, 38자로 된 이 문자를 가림토라 했다고 한다.[264] 『규원사화揆園史話』는 이 문자를 바탕으로 세종대왕 때 한글을 만들었다고 전한다.[265]

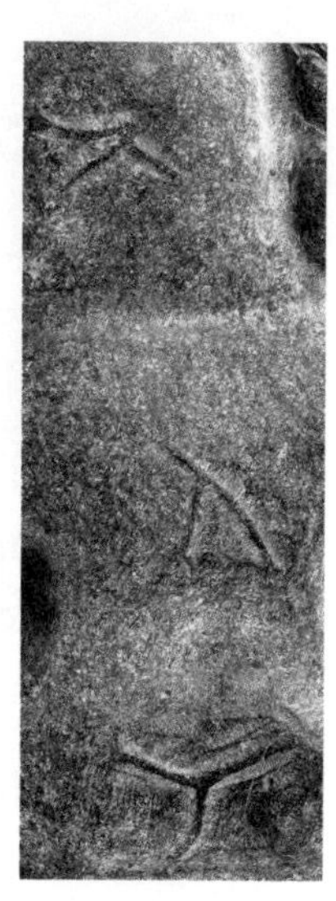

용·태양신·매미 복합 흑피옥기. 앞뒷면에 '천간 정(丁)', '사람 인(人)', '들 입(入)', 한글 'ㅈ' 등과 닮은 문자가 새겨져 있다. 31×11센티미터.

흑피옥기 문자 중에 가림토 문자 또는 한글과 닮은 것들이 꽤 있고 세종대왕이 훈민정음을 만들 때 어떤 방식으로든 다른 표음문자를 참

옥저룡·쌍수수삼공기雙首獸三孔器 복합 흑피옥기. 앞뒤로 'ㅅ', 'ㅈ', 'ㅠ'와 유사한 것 등 10개의 문자가 새겨져있다. 29×20.5센티미터, 무게 5.5킬로그램.

고했음이 분명하다. 스티븐 로저 피셔Steven Roger Fischer는 모든 문자 체계는 과거의 원형이나 체계의 후손이라고 주장한다.[266] 최만리의 상소문에서는 "언문은 모두 옛 글자를 본뜬 것이고 새로 된 글자가 아니라 하지만, 글자의 형상은 비록 옛날의 전문篆文을 모방하였을지라도 음을 쓰고 글자를 합하는 것은 모두 옛 것에 반대되니 실로 의거할 데가 없사옵니다"라고 했다. 『훈민정음 해례본』 정인지 서문에도 "계해년 겨울에 우리 전하께서 정음 28자를 처음으로 만들어 예의例義를 간략하게 들어 보이고 명칭을 훈민정음이라 하였다. 물건의 형상을 본떠서 글자는 고전古篆을 모방하고"라고 하였다.

하지만 흑피옥기의 문자가 가림토 문자라거나 한글의 원형이라는 근거는 아직 부족하다. ① 가림토 문자 또는 한글과 닮은 형태의 문자끼리만 있는 것이 아니라 다른 형태(갑골문 · 알파벳 등과 유사)의 문자와 함께

가림토 문자. 『환단고기』 중 「단군세기」와 「태백일사」는 기원전 2181년에 가림토 문자를 만들었다고 전한다.

조각된 흑피옥기가 많다. ② 가림토 문자 또는 한글과 닮은 형태는 산스크리트 문자, 파스파 문자, 아히루 문자(신대문자神代文字)는 물론, 키프로스 문자, 리키아 문자, 터키 문자 등에서도 발견된다. ③ 서양이나 동양의 문자학계에서는 한글을 남셈southern semitic 계통의 문자로 본다. 이 계통의 인도의 브라미 문자, 또는 굽타gupta 문자로부터 티베트 문자가 나왔고 여기서 다시 파스파 문자가 나왔으며 이로부터 한글이 발달한 것이라고 한다.[267] 이렇게 한글과 유사한 계통의 문자들이 있다. ④ 가림토 문자 또는 한글 중에는 흑피옥기에서 아직 찾지 못한 것이 꽤 있다. ⑤ 세종대왕이 훈민정음을 만들 당시 가림토 문자 등이 남아 있었다는 근거 자료가 없다.

세 번째로 숫자를 표시하는 산목으로 보이는 문자가 발견된다. 아직까지 홍산옥기와 흑피옥기에서 산목을 발견했다는 기사나 연구 발표가 없었지만 실물 여러 점을 직접 확인했다. 산목으로 보이는 문자들은 같은 형태의 문자끼리 있고 다른 문자와 섞여 있는 경우는 없었다. 홍산옥

옥수형결 흑피옥기. 2, 6, 7에 해당하는 산목으로 보이는 문자가 앞뒷면에 각 4개씩 조각되어 있다. 27×20.5센티미터, 무게 4.4킬로그램.

기와 흑피옥기에서 산목이 발견되는 것은 홍산문화와 고대 한민족과의 관련성을 인정하는 중요한 단서일 수 있다. 흑피옥 옥수형결玉獸形玦에는 앞면과 뒷면에 8개의 문자가 조각되어 있는데 2, 6, 7에 해당하는 산목과 형태가 유사하고 선명하며 다른 문자와 섞여 있지 않아서 산목일 가능성이 매우 높다. 그중 6, 7에 해당하는 산목은 다른 셈 문자에서는 볼 수 없는 모양을 가졌다.

홍산옥기나 흑피옥기 연구에서 가장 시급한 것은 문자의 해독인데 아직 시도조차 안 되고 있다. 아직까지 홍산옥기나 흑피옥기의 문자는 산발적으로 발견되고 그 숫자가 적어서 자료를 최대한 많이 모으는 것이 해독의 첫걸음이다. 분열 연쇄 반응을 유지할 수 있는 한계인 최소 질량, 즉 임계 질량의 자료가 필요하다. 지금까지 가장 많은 글자가 있는 것은 32자가 새겨진 옥책玉冊이다. 완전한 해독은 다른 원자료를 이용할 수 있을 때 가능할 것이다. 200년 전만 해도 메소포타미아의 설형문자, 마야의 상형문자를 읽을 줄 아는 사람은 없었다. 히에로글리프hieroglyph도 신전, 분묘, 비석 등에 부분적으로 새겨져 있어 해독이 어려웠다. 1799년 로제타 지방에서 히에로글리프를 포함한 3종의 문자가 새겨져 있는 돌이 발견되었고 1822년 완전히 해독되어 면모가 밝혀졌다.

그 다음에는 끊임없이 지적 및 상상력의 도전을 해야 한다. 로제타석을 해독한 장 프랑수아 샹폴리옹Jean-Francois Champollion, 크레타 선상문자 B를 해독한 마이클 벤트리스Michael George Francis Ventris 같은 천재들이 멀지 않아 나타나서 홍산옥기나 흑피옥기의 문자를 해독하기를 기대한다. 그러기 위해서는 로제타석 해독의 돌파구를 마련한 토머스 영Thomas Young, 벤트리스에게 연구의 기초를 제공한 아서 에반스, 엘리스 코버Alice Kober와 같은 인물도 나와야 할 것이다. 홍산옥기나 흑피옥기의 문자를 원엘람어proto-Elamite, 레바논의 비블로스에서 발견된 유사 상형문자, 이스터 섬에서 발견된 롱고롱고 서판 24개와 같이, 해독되지 않은 '잃어버린 문자'로 남겨두어서는 안 된다. 이 고대 문자를 암흑으로부터 끌어내어 햇빛을 보게 하는 날은 왕성한 호기심, 끈질긴 인내심, 탁월한 지식, 섬세하고 냉철한 분석력이 결실을 맺은 영예로운 날로 기록될 것이다.

고대 한민족을 닮은 글씨체

흑피옥기의 문자를 해독하지 못했지만 내용을 알 수 없는 문자도 글씨체 분석은 가능하다. 글자의 크기와 간격, 행의 간격, 글씨의 모양 등을 분석하는 데 문자의 해독이 영향을 줄 수 있지만 절대적인 것은 아니기 때문이다. 독일의 슐레스비히 인근에 있는 토르스베르크의 황무지에서 발견된 칼집 끝 부분의 걸쇠 양면에 새겨진 각문은 서기 200년경의 것으로 추정되는데 게르만족의 '구식 푸타르크' 룬 문자 가운데 하나이다. 게르만족의 유일한 고유 문자인 룬 문자를 해독하지 않아도 이 글씨들이 경직되고 모난 것에서 게르만족의 신중하고 완고하며 인내심이 많은 성격을 알 수 있다. 로마의 역사가 타키투스Publius Cornelius Tacitus가 『게르마니아Germania』에서 "게르만인들은 도박을 마치 생사가 걸린 문제처럼 신중하게 한다. 모든 것을 잃고 나면 자신의 생명과 자유를 걸 만큼 승부에 집착한다. 그리하여 패배하면 깨끗이 제 발로 승자의 노예가 되어, 보다 젊고 힘이 세어도 그 승자의 속박을 받고 인신이 매매되는 것을 감당하고 인내한다. 이 같은 완고함을 그들 스스로는 믿음이라 부르고 있다"라고 쓴 것과 상당히 일치한다.

흑피옥기에 조각된 글씨체는 법흥왕 치세 이전의 고신라 글씨체와 같은 특징(곡선, 자유분방, 빠른 속도)을 가지는데 그 정도가 더 두드러지며 고대 중국의 글씨체와는 확연히 다르다. 물 흐르듯 매우 유연하고 급박하지 않으며 질박하다. 대체로 크거나 작지 않은 중간 크기이며 방향, 모양, 배치가 매우 자유분방하다. 시작과 끝 부분이 순진하고 치켜 올라가거나 삐침이 있지 않으며 글자의 간격은 좁고 자유분방함이 더하며 속도가 더 빠른 경향이 있다.

흑피옥 가면. 중국 검동남민족박물관에 있는 치우상蚩尤像과 비슷한 모습을 하고 있는데 'ㅅ', 'ㅈ', 'ㅋ'과 유사한 문자 등 11개의 문자가 있다. 물 흐르듯 부드러운 곡선미가 두드러진다. 28.5×21센티미터.

흑피옥 가면의 글씨체는 물 흐르는 듯 매우 유연한 곡선 형태가 그 특징이다. 대부분의 글씨들이 오른쪽으로 갈수록 올라가는 형태를 보인다. 가로선과 세로선의 각도가 25도~65도 등으로 다양하고, 일부 필선은 곧지 않고 가다가 휘어지는 등 자유롭다. 흑피옥기에 쓰여진 글씨체는 당시 지배층의 것이었음이 틀림없다. 흑피옥기는 당시 사회나 사람들에게 있어 한갓 부수적 요소이거나 단순한 추가물이 아니고 사회와 사람들의 구성 요소 중 하나로서 기능했을 것이다. 고대사회에 있어서 옥기는 신물神物과 제기로서 사회 · 정치 · 경제적으로 중요한 지위를 차지하고 있는 사람들만 사용할 수 있었고 당시 물질세계와 정신세계를 동시에 들여다 볼 수 있는 대표적인 유물이다. 홍산옥기는 당시 권력을 가진 사람들의 무덤에 부장된 것이거나 제단에 묻혀 있던 것이다. 메소포타미아와 이집트에서 그랬던 것처럼, 홍산문화 고국에서도 글을 읽고 쓸 줄 아는 것은 권위와 특권의 상징이었을 것이다. 이집트의 필경사도 강력한 사회 계층을 형성했고 글을 읽고 쓸 줄 아는 기술 때문에 왕만큼 위세가 있었다.[268] 장 폴 샤르트르Jean Paul Sartre가 그의 소설 『말Les Mots』에서 썼듯이 문자의 습득은 곧 '이 세상을 정복하는 수단'이었다.[269] 이런 옥기에 조각가 마음대로 아무 글씨체나 새겨 넣을 수는 없고 게다가 흑피옥기의 문자는 대부분 음각이 아닌 양각이다. 단단한 옥에 양각으로 글씨를 새기면 아무래도 경직된 글씨가 나오게 된다.

따라서 일반적인 글씨체보다 정형화되고 경직될 수밖에 없다. 쐐기문자의 경우에도 기원전 2900년경에 원시 그림문자에서 즐겨 사용되던 곡선이 사라지는 큰 변화가 있었는데 그 이유는 진흙판에 곡선을 그려 넣는 데 어려움이 많이 따랐기 때문이다.[270] 그런데도 흑피옥기에서 이처럼 부드러운 곡선과 자유분방한 글씨가 나타나는 것을 보면 얼마나 곡선을 선호하고 자유분방했는지 알 수 있다.

용 · 태양신 복합 흑피옥기의 문자들은 각자 여러 방향을 향하고 있어서 매우 자유분방하고 꾸밈이 없으며 '날 일(日)'자와 같은 형태의 글씨는 각이 지지 않고 둥근 형태의 원 모양을 그리고 있다. 고대의 글씨가 그로부터 수천 년 이후의 글씨보다 소박하고 자유로운 특성을 가지고 시대가 내려올수록 문자의 형태가 정미해지고 더 장식화되는 경향이 있다. 그렇지만 고대 글씨 중에서 흑피옥기의 글씨만큼 자유분방한 것은 찾아보기 어렵다. 고대 중국의 글씨체는 경직되었고 자유분방과는 거리가 멀다. 이집트 문자 중 최초의 연속적인 텍스트가 등장하는 시기인 고왕국시대(기원전 2650년경~기원전 2135년경)의 고대 이집트어 단계의 글씨도 일정하고 정교한 법칙을 따르고 있다. 이집트의 히에로글리프는 전통예술 목록에서 직접 뽑아 쓰거나 원형을 정교하게 다듬는 방식으로 탄생한 것이다. 이라크 남부 키시의 옘뎃 나스르에서 발견된 인각 점토판(기원전 3300년경의 원문자 시대), 우르크에서 발굴된 진흙판(기원전

용·태양신 복합 흑피옥기. '밝을 백(白)' 또는 '해 일(日)', '사람 인(人)' 또는 '들 입(入)', 영어 'H'와 유사한 문자가 새겨져 있는데 부드럽고 방향이 서로 달라서 자유분방하다. 32×11센티미터, 무게 4.6킬로그램.

신 · 물고기 복합 흑피옥기. 앞뒷면에 '사람 인(人)'의 갑골문과 유사한 문자가 여러 개 새겨져 있는데 모두 제각각이고 자유분방하다. 27.5×23.5센티미터.

4000년 말경)도 나름대로 질서정연하다. 수사에서 발견된 원엘람어 점토판(기원전 3000년경), 과테말라의 마야 문명 유적지 티칼에서 발견된 마야 상형문자(기원전 700년경)도 같은 유형이다.

신 · 물고기 복합 흑피옥기는 갑골문 '사람 인(人)'과 유사한 문자가 여러 번 조각되어 있다. 같은 문자이지만 수평선을 기준으로 할 때 왼쪽 선이 20도, 60도, 65도, 85도, 90도, 110도, 170도 등으로 여러 방향을 향하고 있다. 왼쪽 선과 오른쪽 선의 각도는 20도, 25도, 30도, 55도, 140도로서 매우 다양하고, 선의 길이도 2~3.5센티미터로서 최장과 최단이 42.9퍼센트의 편차를 보인다. 같은 글자라도 같은 형태로 반복되는 경우가 없고 전혀 다른 글자를 쓰듯이 했는데 이는 고대 한민족 글씨의 전형적인 특징이다.

옥수형결에서 보이는 문자들은 수평선을 기초로 할 때, 가로선의 각도가 30도, 40도, 80도, 85도, 120도, 130도, 170도 등 다양하고, 세로선의 각도는 10도, 40도, 50도, 75도, 170도로서 다양하다. 그리고 가로선과 세로선의 각도도 50도, 55도, 60도, 80도, 90도 등으로 또한 다양하다. 가로선은 길이가 2.2~3.2센티미터로서 최장과 최단이 31.2퍼센트 차이가 나고, 세로선은 길이가 2.4~4.3센티미터로서 44.1퍼센트 차이가 난다. 그중 6을 의미하는 산목은 세로선이 직진하다가 급격하게 왼쪽으로 틀어져서 마치 척추측만증에 걸린 환자 같다. 척추측만증 검사를 하는 데 보통 사용되는 Cobb's Angle 방법에 의해 계산을 해보면 55도로서 고중증의 척추측만증에 걸린 경우에 해당한다.

홍산옥기 · 흑피옥기와 고대 한민족의 글씨체가 매우 유사한 것으로

사랑을 나누는 모습의 흑피옥기(높이 17센티미터, 한국홍산문화학술원 소장)와 신라 토우(경주시 황남동 출토, 5~6세기, 길이 6.1센티미터, 국립중앙박물관 소장). 흑피옥기에는 성관계하는 모습이 자주 발견되는데 신라 토우에서도 같다.

보아 홍산문화가 고대 한민족과 깊은 관련이 있을 개연성이 있다. 홍산옥기와 흑피옥기에서 산목이 발견되는 것은 그 가능성을 더욱 높여준다. 거기에다가 강역, 유적, 유물에서도 이를 뒷받침할 자료들이 있다. 앞으로 홍산문화와 고대 한민족과의 관계를 뒷받침할 만한 정밀하고 다양한 연구들이 더 나오기를 기대한다. 우리는 홍산옥기나 흑피옥기와 이를 둘러싼 자료의 덤불을 헤치고 나아가는 데 많은 노력을 해야 한다. 그 덤불을 헤치면 한민족의 첫 시작을 찾을 수 있을 것이기 때문이다.

1 노태돈, "단군과 고조선사에 대한 이해", 노태돈 편, 『단군과 고조선사』, 사계절, 2000, 15쪽.

2 田中俊明, "檀君神話の歷史性をめぐっへ : 史料批判の再検討", 『韓國文化』 33, 1982. 6, 송지연 옮김, "단군신화의 역사성을 둘러싸고 : 사료 비판의 재검토", 신종원 편, 『일본인들의 단군연구』, 민속원, 2009, 209쪽.

3 原田一良, "「本紀」 檀君卽位年の復元", 『朝鮮學報』, 김진광 옮김, "『본기』 단군즉위년의 복원", 위의 책, 262쪽.

4 이덕일 · 김병기, 『고조선은 대륙의 지배자였다』, 역사의 아침, 2011, 51쪽.

5 위의 책, 45쪽.

6 마이클 브린, 김기만 옮김, 『한국인을 말한다』, 홍익출판사, 1999, 51쪽.

7 에른스트 카시러, 심철민 옮김, 『상징형식의 철학 Ⅱ』, 도서출판 b, 2012, 21쪽.

8 말리노브스키, 서영대 옮김, 『원시 신화론』, 민속원, 1996, 60쪽.

9 고구려를 침략한 장수로서 관구검毌丘儉이라고도 알려져 있다. 다나카 도시야키田中俊明의 "3세기 동북아시아의 국제 관계(三世紀東北アジアの 國際關係)"(『朝鮮學報』 230집, 2014)에는 중국 산서성 태원시의 산서성예술박물관에 있는 '무구씨조상비毋丘氏造像碑'가 소개되어 있는데 여기에는 '저무구검祖毋丘儉'이라는 명문이 확인된다. 따라서 관구검이 아닌 무구검으로 표기한다.

10 정인보, 문성재 역주, 『조선사연구(상) : 오천년간 조선의 얼』, 우리역사연구재단, 2012, 141~142쪽.

11 정약용, 정해겸 역주, 『아방강역고』, 현대실학사, 2001, 413쪽.

12 리지린, 『고조선연구』, 열사람, 1989, 3쪽.

13 이병도, 『한국고대사연구』, 수정판, 박영사, 1992, 23쪽.

14 손진태, 『조선민족사개론』, 을유문화사, 1958, 17~19쪽.

15 김원룡, 『한국문화의 기원』, 개정판, 탐구당, 1984, 31쪽 ; 김원룡, 『한국고고학개론』, 서울대학교 고고인류학과, 1966, 15쪽.

16 김상기, "한 · 예 · 맥족이동고", 『동방사총론』, 서울대학교 출판부, 1984, 355~368쪽 ; 김상기, "동이와 회이 서융에 대하여(속 · 완)", 동방학지 제2호, 1955, 30~31쪽.

17 김정배, "단군조선과 고아시아족", 『한국민족문화의 기원』, 고려대학교 출판부, 1973, 161~179쪽.

18 김정학, "한국민족형성사", 한국문화사대계 1, 고려대학교 민족문화연구소, 1964, 356쪽 ; 김정학, "고고학상으로 본 한국민족", 백산학보 제1호, 1966, 148쪽.

19 정연규, 『대한 상고사』, 한국문화사, 2005, 150쪽.

20 白鳥庫吉, "濊貊は果して何民族とべきか", 『史學雜誌』 44~47, 1933, 12쪽.

21 이상은, "한국 민족 기원과 기자 조선의 문제", 아세아연구 1권 1호, 1958, 119~121쪽.

22 林惠祥, 『中國民族史 上』, 臺灣商務印書館, 1936, 84쪽.

23 사회과학원 력사연구소, 『조선전사 1 : 원시편』, 과학 · 백과사전출판사, 1979, 308쪽.

24 윤내현, "한민족의 형성과 출현", 사학집 27집, 단국대학교 사학회, 1994, 39~41쪽.

25 사회과학원 력사연구소, 앞의 책, 308쪽.

26 나세진, "한국민족의 체질인류학적 연구", 한국문화사대계 1, 고려대학교 민족문제연구소, 1964, 209쪽.

27 안휘준, 『한국회화의 전통』, 문예출판사, 1993, 86~87쪽.

28 구본진, 『미술가의 저작인격권』, 경인문화사, 2010, 320쪽.

29 윤내현, 앞의 책, 742쪽.

30 앤드류 로빈슨, 박재욱 옮김, 『문자 이야기』, 사계절, 2003, 16쪽.

31 리지린, 앞의 책, 360쪽.

32 윤내현, 앞의 책, 740~741쪽.

33 위의 책, 742~745쪽 ; 리지린, 앞의 책, 358~360쪽.

34 브라이언 이니스, 이경식 옮김, 『프로파일링』, 휴먼앤북스, 2006, 262~263쪽.

35 구본진, 『필적은 말한다』, 중앙북스, 2009, 95쪽.

36 최순우, 『나는 내 것이 아름답다』, 학고재, 2002, 59쪽.

37 Andrea Mcnichol, *Handwriting Analysis Putting It to Work for You*, Contemporary Books, 1991, 306쪽.

38 시안 존스, 이준정 · 한건수 옮김, 『민족주의와 고고학』, 사회평론, 2008, 197쪽.

39 위의 책, 38~39쪽.

40 미셸 푸코, 이정우 옮김, 『지식의 고고학』, 민음사, 2009, 219쪽.

41 정인보, 앞의 책, 100쪽.

42 문명대, "천전리 암각화 발견 의미와 도상의 재해석", 2010, 18쪽.

43 윤내현, 앞의 책, 290~292쪽.

44 유 엠 부찐, 이항재 · 이병두 옮김, 『고조선 : 역사 · 고고학적 개요』, 소나무, 1990, 54쪽 ; 리지린, 앞의 책, 11~21쪽 ; 이기백, 『한국사신론』, 일조각, 2001, 30~35쪽.

45 엠마누엘 아나티, 이승재 옮김, 『예술의 기원』, 바다출판사, 2008, 414쪽.

46 전호태, "울주 대곡리 · 천전리 암각화", 한국역사민속학회 , 『한국의 암각화』,

한길사, 1996, 86쪽 ; 장명수, "한국 암각화의 편년", 위의 책, 186쪽, 193쪽.

47 문명대, 앞의 글, 17쪽 ; 전호태, 앞의 책, 71쪽 ; 장명수, 앞의 책, 193쪽.

48 황수영 · 문명대, 『반구대』, 동국대학교 출판부, 1984(장명수, 앞의 책, 218쪽에서 재인용).

49 이덕일 · 김병기, 앞의 책, 204~205쪽.

50 이종호 · 이형석, 『고조선, 신화에서 역사로』, 우리책, 2009, 219~220쪽.

51 성삼제, 『고조선, 사라진 역사』, 동아일보사, 2005, 145쪽, 157쪽.

52 이형구, 『발해연안에서 찾은 한국 고대문화의 비밀』, 김영사, 2004, 132~133쪽.

53 위의 책.

54 콩젠, 최선임 옮김, 『한 권으로 읽는 중국인의 실체』, 지식여행, 2008, 496쪽 ; 김원룡, 『한국문화의 기원』, 개정판, 탐구당, 1984, 64~65쪽 ; 고유섭, 『조선미술사(상) 총론편』, 열화당, 2007, 34쪽.

55 이인철, 『신라 정치경제사 연구』, 일지사, 2003, 58쪽.

56 김원룡, 『한국문화의 기원』, 개정판, 탐구당, 1984, 221쪽.

57 정인보, 앞의 책, 206쪽.

58 위의 책, 550쪽.

59 위의 책, 650~651쪽.

60 이종선, 『고신라왕릉연구』, 학연문화사, 2000, 92쪽, 96쪽.

61 위의 책, 288쪽.

62 위의 책, 96쪽.

63 정인보, 앞의 책, 634~636쪽.

64 요시미즈 츠네오, 오근영 옮김, 『로마문화 왕국, 신라』, 씨앗을 뿌리는 사람들, 2002, 58쪽.

65 정인보, 앞의 책, 650~651쪽.

66 고유섭, 『조선미술사(상) 총론편』, 열화당, 2007, 82쪽.

67 김원룡, 『한국문화의 기원』, 개정판, 탐구당, 1984, 63쪽.

68 위의 책, 64쪽.

69 위의 책, 216쪽.

70 김원룡, 『한국의 고분』, 제2판, 세종대왕기념사업회, 1999, 132~133쪽.

71 이종선, 앞의 책, 73쪽.

72 전광금, "근년래내몽고지구적흉노고고近年來內蒙古地區的匈奴考", 고고학보 83~81호, 1983, 18~19쪽(위의 책, 404쪽에서 재인용).

73 위의 책, 427쪽.

74 이한상, 『황금의 나라 신라』, 김영사, 2004, 46쪽.

75 존 카터 코벨, 김유경 옮김, 『한국문화의 뿌리를 찾아』, 학고재, 1999, 146쪽.

76 이한상, 앞의 책, 59쪽.

77 요시미즈 츠네오, 앞의 책, 274쪽.

78 이한상, 앞의 책, 59쪽, 268쪽.

79 고유섭·진홍섭 엮음, 『구수한 큰맛』, 다홀미디어, 2005, 232~235쪽.

80 요시미즈 츠네오, 앞의 책, 254~260쪽.

81 권영필, 『실크로드 미술 : 중앙아시아에서 한국까지』, 열화당, 1997, 190~191쪽.

82 성호경, 『신라 향가 연구』, 태학사, 2008, 220~221쪽.

83 위의 책, 222~223쪽.

84 위의 책, 205쪽.

85 위의 책, 233쪽.

86 위의 책, 240쪽.

87 위의 책, 218쪽.

88 김원룡, 『한국문화의 기원』, 개정판, 탐구당, 1984, 223쪽.

89 요시미즈 츠네오, 앞의 책, 22쪽.

90 장페이페이 외, 김승일 옮김, 『한중 관계사』, 범우, 2005, 113쪽.

91 김원룡, 『한국문화의 기원』, 개정판, 탐구당, 1984, 25~26쪽, 63~64쪽.

92 김수태, 『백제의 전쟁』, 주류성, 2007, 148쪽.

93 요시미즈 츠네오, 앞의 책, 297쪽.

94 김수천, "5~6세기 서예사를 통해본 한국서예의 정체성", 서예학연구 제4호, 한국서예학회, 2004. 5, 129쪽.

95 김원룡, 『한국미의 탐구』, 개정판, 열화당, 1996, 47~48쪽.

96 김원룡 · 안휘준, 『한국 미술사』, 서울대학교 출판부, 1993, 4쪽.

97 안휘준, 『한국의 미술과 문화』, 시공사, 2000, 28~29쪽.

98 김원룡 · 안휘준, 앞의 책, 4쪽.

99 존 카터 코벨, 앞의 책, 10쪽.

100 정용남, "신라 〈단양적성비〉 서체 연구", 서예학연구 제12호, 2008, 41쪽 ; 고광의, "5~6세기 신라 서예에 나타난 외래 서풍의 수용과 전개", 한국서예학회, 제4호, 2004, 58~59쪽.

101 존 카터 코벨, 앞의 책, 143쪽.

102 최순우, 『무량수전 배흘림기둥에 기대서서』, 보급판, 학고재, 2002, 52~53쪽.

103 권오엽 역주, 『고사기』 중권, 충남대학교 출판부, 2000, 286쪽.

104 전용신 역, 『완역 일본서기』, 일지사, 1989, 146쪽.

105 요시미즈 츠네오, 앞의 책, 286쪽.

106 야나기 무네요시, 이길진 옮김, 『조선과 그 예술』, 신구문화사, 1994, 91쪽.

107 위의 책, 92쪽.

108 위의 책, 94~97쪽.

109 E. McCune, *The Arts of Korea*(Tokyo, 1962), 서론(김원룡 · 안휘준, 앞의 책, 3쪽에서 재인용).

110 존 카터 코벨, 앞의 책, 9쪽.

111 정인보, 앞의 책, 247쪽.

112 이순태, "신라 〈영일냉수리비〉 서풍 연구", 원광대학교 석사 학위 논문, 2010, 55~59쪽.

113 고유섭, 『조선미술사(상) 총론편』, 열화당, 2007, 85~91쪽.

114 위의 책, 88~89쪽.

115 존 카터 코벨, 앞의 책, 299쪽.

116 고유섭, 진홍섭 엮음, 『구수한 큰맛』, 다홀미디어, 2005, 19쪽.

117 아르놀트 하우저, 백낙청 옮김, 『문학과 예술의 사회사』, 창비, 2000, 75쪽.

118 위의 책, 75~77쪽.

119 Hugo J. von Hagen, *Graphology : how to read character from handwriting-studies in character reading, a text-book of graphology for experts, students and laymen*, Nabu Press, 2010, 53~56쪽.

120 Sheila R. Lowe, *Handwriting Analysis*, Alpha, 2007, 162쪽.

121 Arlyn J. Imberman · June Rifkin, *Signature for Success : How to Analyze Handwriting and Improve Your Career, Your Relationships, and Your Life*, Andrews MCmeel Publishing, 2003, 44~47쪽.

122 Helmut Ploog, *Handschriften deuten*, Humboldt, 2008, 100~106쪽.

123 Robert Saudek, *Psychology of Handwriting*, Kessinger Publishing, LLC,

2003, 81쪽, 83쪽.

124 Ludwig Klages, *Handschrift und Charakter*, Bouvier, 2008, 105~118쪽.

125 신채호, 박기봉 옮김, 『조선상고문화사(외)』, 비봉출판사, 2011, 623쪽.

126 정인보, 앞의 책, 242쪽.

127 위의 책, 243쪽.

128 위의 책.

129 한국고문서학회, 『의식주, 살아있는 조선의 풍경』, 역사비평사, 2006, 86~87쪽.

130 이나미, 『한국 사회와 그 적들』, 추수밭, 2013, 18~19쪽.

131 이규태, 『한국인의 의식구조』 1, 신원문화사, 2000, 264쪽.

132 이규태, 『한국인의 의식구조』 4, 신원문화사, 2000, 300쪽.

133 Jules Crépieux-Jamin · H. Krauss, *Die Graphologie und ihre praktische Anwendung*, Bibliolife, 1923, 54쪽.

134 Ulrich Sonnemann, *Handwriting Analysis as a Psychodiagnostic Tool : A Study In General And Clinical Graphology*, Kessinger Publishing LLC, 2006, 33쪽.

135 최순우, 『나는 내 것이 아름답다』, 학고재, 2002, 49쪽.

136 고유섭, 『조선미술사(하) 각론편』, 열화당, 2007, 383쪽, 389쪽.

137 이규태, 『한국인의 의식구조』 3, 신원문화사, 2000, 174쪽.

138 Ulrich Sonnemann, 앞의 책, 47쪽.

139 Hans Knobloch, *Graphologie : Exemplarische Einführung*, Verlag für angewandte Wissenschaften, 1998, 44쪽.

140 林香都惠, 『筆跡お 変えれば 自分も 変わる』, 日本實業出版社, 2007, 56~57쪽.

141 정인보, 앞의 책, 589쪽.

142 이규태, 『한국인의 의식구조』 1, 신원문화사, 2000, 268~269쪽.

143 위의 책, 115~116쪽.

144 위의 책, 240~241쪽.

145 론다 비먼, 김정혜 옮김, 『젊음의 유전자, 네오테니』, 도솔출판사, 2007, 29쪽.

146 위의 책, 200쪽.

147 스티븐 제이 굴드, 김동광 옮김, 『인간에 대한 오해』, 사회평론, 2003, 213쪽.

148 Stephen Jay Gould, *Ontogeny and Phylogeny*, The Belknap Press of Harvard University Press, 1977, 134~135쪽.

149 스티븐 제이 굴드, 김동광 옮김, 『인간에 대한 오해』, 사회평론, 2003, 214~216쪽.

150 Karen Krinstin Amend · Mary Stansbury Ruiz, *Handwriting Analysis*, New Page Books, 1980, 163~169쪽.

151 范列 · 孙庆军, 『从笔迹看人生』, 教育科学出版社, 1992, 50쪽, 162~166쪽.

152 鏵蕪冰泳, 『笔迹心理探秘』, 黃山書社, 1992, 155~161쪽.

153 최순우, 『무량수전 배흘림기둥에 기대서서』, 보급판, 학고재, 2002, 47쪽.

154 Richard D. Fuerle, *Erectus Walks Amongst Us*, Spooner Press, 2008, 39쪽.

155 곽계 외, 박상영 옮김, 『중국 서법사의 이해』, 학고방, 2008, 16쪽.

156 리쩌허우, 권호 옮김, 『화하미학』, 공문선, 1990, 60쪽.

157 하야시 미나오, 이남규 옮김, 『고대 중국인 이야기』, 솔, 1998, 19쪽.

158 벤저민 슈워츠, 나성 옮김, 『중국 고대 사상의 세계』, 살림, 1996, 105쪽.

159 리쩌허우, 앞의 책, 40쪽.

160 벤저민 슈워츠, 앞의 책, 371쪽.

161 위의 책, 222~223쪽.

162 리쩌허우, 정병석 옮김, 『중국고대사상사론』, 한길사, 2005, 227쪽.

163 위의 책, 286쪽, 294쪽.

164 벤저민 슈워츠, 앞의 책, 300쪽.

165 리쩌허우, 앞의 책, 442쪽.

166 이중톈, 박경숙 옮김, 『이중톈 중국인을 말하다』, 은행나무, 2008, 135쪽.

167 위의 책, 147쪽.

168 아서 핸더슨 스미스, 민경삼 옮김, 『중국인의 특성』, 경향미디어, 2006, 140쪽.

169 위의 책, 196쪽, 200쪽.

170 리쩌허우, 앞의 책, 383쪽.

171 콩젠, 최선임 옮김, 『한 권으로 읽는 중국인의 실체』, 지식여행, 2008, 247쪽.

172 이중톈, 앞의 책, 8쪽.

173 아서 핸더슨 스미스, 앞의 책, 15쪽.

174 콩젠, 앞의 책, 134쪽.

175 아서 핸더슨 스미스, 위의 책, 15쪽.

176 위의 책, 16쪽, 76쪽, 78~79쪽.

177 이중톈, 앞의 책, 480~481쪽.

178 콩젠, 앞의 책, 134쪽.

179 프랑수와 줄리앙, 박희영 옮김, 『사물의 성향』, 한울, 2009, 101쪽.

180 Karolina Tolgyesi, International Handwritings are stereotypes valid?, The Graphologist, vol 32, no. 1, Spring 2014, 6쪽.

181 콩젠, 앞의 책, 283쪽.

182 리쩌허우, 권호 옮김, 『화하미학』, 공문선, 1990, 19쪽.

183 리쩌허우, 정병석 옮김, 『중국고대사상사론』, 한길사, 2005, 226쪽.

184 위의 책, 381쪽.

185 위의 책, 596쪽.

186 아서 핸더슨 스미스, 위의 책, 202쪽.

187 이중텐, 앞의 책, 455쪽.

188 아서 핸더슨 스미스, 앞의 책, 185쪽, 188쪽.

189 신동준, 『후흑학』, 위즈덤하우스, 2011, 14~15쪽.

190 위의 책, 147쪽.

191 리쩌허우, 앞의 책, 351~354쪽.

192 시안 존스, 앞의 책, 67쪽.

193 이종호 · 이형석, 앞의 책, 146쪽.

194 시안 존스, 앞의 책, 68쪽.

195 김대문, 이종욱 역주해, 『화랑세기』, 소나무, 2005, 380~381쪽.

196 스티븐 로저 피셔, 박수철 옮김, 『문자의 역사』, 21세기북스, 2010, 57쪽.

197 고광의, "6~7세기 신라 목간 서체의 서예사적 의의", 한국서예학회 제4호, 2004, 177쪽.

198 최남선, 『조선상식문답』, 기파랑, 2011, 180쪽.

199 신채호, 박기봉 옮김, 『조선상고사』, 비봉출판사, 2011, 342쪽.

200 고유섭, 진홍섭 엮음, 『구수한 큰맛』, 다홀미디어, 2005, 170쪽.

201 고바야시 아카라, 이후린 옮김, 『폰트의 비밀』, 예경, 2013, 18~20쪽.

202 김병기, "문학적 견지에서 본 한국서예의 독창성", 서예학연구 제13호, 2008, 46쪽.

203 A. B. 오끌라드니코프 · A. B. 제레반코, 『연해주와 아무르 근해의 원시시대』,

1973, 245쪽(유 엠 부찐, 앞의 책, 292~293쪽에서 재인용).

204 판 웨랑, 『중국 고대사』, 1958, 142쪽(유 엠 부찐, 앞의 책, 293쪽에서 재인용).

205 노태천, "한국고대 야금기술사 연구", 한국학중앙연구원 박사 학위 논문, 2000, 167~168쪽.

206 고유섭, 앞의 책, 219쪽.

207 可成屋 編, 『日本の書』, 東京美術, 2010, 10쪽.

208 임창순, "한국의 금석과 서예", 백산학보 3권, 백산학회, 1968. 3, 239쪽.

209 이형구, 앞의 책, 230쪽.

210 刘兆钟, 『笔迹探秘』, 上海科技教育出版社, 1997, 209쪽.

211 고유섭, 앞의 책, 159~160쪽.

212 존 카터 코벨, 앞의 책, 95쪽.

213 신채호, 박기봉 옮김, 『조선상고문화사(외)』, 비봉출판사, 2011, 406쪽.

214 유득공, 송기호 옮김, 『발해고』, 개정판, 홍익출판사, 2011, 40쪽.

215 신채호, 박기봉 옮김, 앞의 책, 285쪽.

216 이기백, 앞의 책, 87~89쪽.

217 愛新覺羅 烏拉熙春 · 吉本道雅, 『韓半島から眺めた 契丹 · 女眞』, 京都大學學術出判會, 2011, 224쪽.

218 위의 책.

219 김동소, "경원 여진자비의 여진문 연구", 연구 논문집 36권 1호, 대구효성가톨릭대학교, 1988, 44쪽. 원래 『조선금석총람朝鮮金石總覽』(조선총독부, 1919)에 실린 것이다.

220 이해문, "말갈의 실체 연구", 단국대학교 대학원 석사 학위 논문, 2001, 26쪽.

221 위의 글, 241쪽.

222 하일식, 『고려시대 사람들의 삶과 생각』, 혜안, 2007, 472쪽.

223 박종기, 『새로 쓴 5백년 고려사』, 푸른역사, 2008, 27쪽, 29쪽.

224 위의 책, 232~233쪽.

225 이기백, 앞의 책, 164~165쪽.

226 박종기, 앞의 책, 334~335쪽.

227 정광, 『훈민정음과 파스파 문자』, 역락, 2012, 195쪽.

228 스티븐 로저 피셔, 앞의 책, 223쪽, 247쪽.

229 위의 책, 256쪽.

230 위의 책, 250~251쪽.

231 노마 히데키, 김진아 외 옮김, 『한글의 탄생』, 돌베개, 226쪽, 357쪽.

232 위의 책, 239쪽.

233 김기승, 『신고 한국서예사』, 동방서예연구원, 제2판, 2006, 853쪽.

234 정혜린, "김정희 예술론 : 그 지적 기원과 체계에 관하여", 대동한문학 25호, 2006, 103쪽, 121쪽.

235 김병기, 앞의 글, 55쪽.

236 Henry Havelock Ellis, *Man and Woman : A Study of Human Secondary Sexual Characters*, Forgotten Books, 2013, 53쪽, 59쪽, 64쪽, 84쪽, 85쪽, 150쪽, 392쪽.

237 스티븐 제이 굴드, 앞의 책, 134~135쪽.

238 최원삼, 『서예』, 예술교육출판사, 1984, 25쪽(박병천, "북한 서예술의 동향분석과 전망 : 8,90년대 서예이론 자료를 중심으로", 동양예술 제3호, 한국동양예술학회, 2001, 22~23쪽에서 재인용).

239 위의 책, 13~14쪽.

240 노마 히데키, 앞의 책, 350쪽

241 스펜서 웰스, 채은진 옮김, 『인류의 조상을 찾아서』, 말글빛냄, 2007, 194쪽, 214~215쪽.

242 Nicholas Wade, *Before the Dawn : Recovering the Lost History of Our Ancestors*, Penguin Press, 2006, 120쪽.

243 Richard G. Klein, *Human Career : Human Biological and Cultural Origins*, University Of Chicago Press, 1999, 502쪽.

244 문안식, 『요하문명과 예맥』, 혜안, 2012, 54쪽.

245 임승경, "중국 요서지구 신석기시대 옥기", 성균관대학교 석사 학위 논문, 1998, 9쪽.

246 위의 글, 9쪽.

247 시안 존스, 앞의 책, 33쪽.

248 우실하, 『동북공정 너머 요하문명론』, 소나무, 2007, 41쪽.

249 이종호 · 이형석, 앞의 책, 53~55쪽, 83쪽.

250 정인보, 앞의 책, 284쪽.

251 신채호, 앞의 책, 617쪽.

252 이종호 · 이형석, 앞의 책, 96, 130쪽 ; 정형진, 『천년왕국 수시아나에서 온 환웅』, 일빛, 2006, 404~406쪽.

253 이홍규, 『한국인의 기원』, 우리역사연구재단, 2010, 258쪽.

254 송호정, 『단군, 만들어진 신화』, 산처럼, 2004, 265~266쪽.

255 우실하, 앞의 책, 8쪽.

256 이종호 · 이형석, 앞의 책, 83쪽.

257 C. W. 세람, 안경숙 옮김, 『낭만적인 고고학 산책』, 대원사, 1984, 437쪽.

258 앤드류 로빈슨, 앞의 책, 9쪽.

259 임승국 옮김, 『한단고기』, 정신세계사, 2011, 244쪽.

260 노태돈, "단군과 고조선사에 대한 이해", 노태돈 편, 앞의 책, 30~31쪽 ; 조인성, "재야사서 위서론", 위의 책, 211쪽.

261 박창범, 『하늘에 새긴 우리 역사』, 김영사, 2011, 26~32쪽.

262 조르주 장, 이종인 옮김, 『문자의 역사』, 시공사, 2011, 11쪽.

263 임승국 옮김, 앞의 책, 244쪽.

264 위의 책, 67쪽.

265 북애, 고동영 옮김, 『규원사화』, 흔뿌리, 2011, 200쪽.

266 스티븐 로저 피셔, 앞의 책, 6쪽.

267 정광, 앞의 책, 12쪽.

268 조르주 장, 앞의 책, 40쪽.

269 위의 책, 98쪽.

270 위의 책, 15쪽.

Ⅰ. 동양어 문헌

1. 단행본

1 한국어 및 한국어판 단행본

- 고바야시 아카라, 이후린 옮김, 『폰트의 비밀』, 예경, 2013.
- 고유섭, 『조선금석학 초고』, 열화당, 2013.
- 고유섭, 『조선미술사(상) 총론편』, 열화당, 2007.
- 고유섭, 『조선미술사(하) 각론편』, 열화당, 2007.
- 고유섭, 진홍섭 엮음, 『구수한 큰맛』, 다홀미디어, 2005.
- 곡계 외, 박상영 옮김, 『중국 서법사의 이해』, 학고방, 2008.
- 과천문화원, 『추사파의 글씨』, 2010.
- 곽노봉, 『중국역대서론』, 동문선, 2000.
- 구본진, 『미술가의 저작인격권』, 경인문화사, 2010.
- 구본진, 『필적은 말한다 : 글씨로 본 항일과 친일』, 중앙북스, 2009.
- 국립부여박물관, 『백제 무왕』, 2011.
- 국립부여박물관, 『백제목간』, 2008.

- 국립중앙박물관, 『고려 · 조선의 대외교류』, 2002.
- 국립중앙박물관, 『고려시대를 가다』, 2009.
- 국립중앙박물관, 『문자, 그 이후』, 2011.
- 국립중앙박물관, 『북녘의 문화유산』, 2006.
- 국립중앙박물관, 『조선성리학의 세계』, 2003.
- 국립중앙박물관, 『추사 김정희 : 학예일치의 경지』, 2006.
- 국사편찬위원회, 『한국 서예문화의 역사』, 경인문화사, 2001.
- 권영필, 『실크로드 미술 : 중앙아시아에서 한국까지』, 열화당, 1997.
- 권오엽 역주, 『고사기』 중권, 충남대학교 출판부, 2000.
- 김광욱, 『한국서예학사』, 계명대학교 출판부, 2009.
- 김기승, 『신고 한국서예사』, 동방서예연구원, 제2판, 2006.
- 김대문, 이종욱 역주해, 『화랑세기』, 소나무, 2005.
- 김부식, 이병도 역주, 『삼국사기』 상 · 하, 을유문화사, 초판, 1996.
- 김성배, 『신라음악사 연구』, 민속원, 2006.
- 김성보 외, 『북한의 역사』 1 · 2, 역사비평사, 2011.
- 김수태, 『백제의 전쟁』, 주류성, 2007.
- 김원룡, 『한국문화의 기원』, 개정판, 탐구당, 1984.
- 김원룡, 『한국미의 탐구』, 개정판, 열화당, 1996.
- 김원룡, 『한국의 고분』, 제2판, 세종대왕기념사업회, 1999.
- 김원룡 · 안휘준, 『한국 미술사』, 서울대학교 출판부, 1993.
- 김태식, 『화랑세기, 또 하나의 신라』, 김영사, 2002.
- 나카다 유지로, 이은혁 역주, 『중국서론사』, 대월, 2006.

- 나카다 유지로, 이은혁 역주, 『중국서예사』, 대월, 2006.
- 노마 히데키, 김진아 외 옮김, 『한글의 탄생』, 돌베개, 2011.
- 노자, 김학목 옮김, 『노자 도덕경 왕필주』, 개정판, 홍익출판사, 2012.
- 노태돈 편, 『단군과 고조선사』, 사계절, 2000.
- 단군학회 편, 『단군과 고조선 연구』, 지식산업사, 2006.
- 론다 비먼, 김정혜 옮김, 『젊음의 유전자, 네오테니』, 도솔출판사, 2007.
- 리지린, 『고조선연구』, 열사람, 1989.
- 리쩌허우, 권호 옮김, 『화하미학』, 공문선, 1990.
- 리쩌허우, 정병석 옮김, 『중국고대사상사론』, 한길사, 2005.
- 마이클 브린, 김기만 옮김, 『한국인을 말한다』, 홍익출판사, 1999.
- 미셸 푸코, 이정우 옮김, 『지식의 고고학』, 민음사, 2009.
- 박은식, 김승일 옮김, 『한국통사』, 범우사, 2011.
- 박종기, 『새로 쓴 5백년 고려사』, 푸른역사, 2008.
- 박창범, 『하늘에 새긴 우리 역사』, 김영사, 2011.
- 반민족문제연구소, 『친일파 99인』 1~3, 돌베개, 2002.
- 벤저민 슈워츠, 나성 옮김, 『중국 고대 사상의 세계』, 살림, 1996.
- 북애, 고동영 옮김, 『규원사화』, 흔뿌리, 2011.
- 브라이언 이니스, 이경식 옮김, 『모든 살인은 증거를 남긴다』, 휴먼앤북스, 2005.
- 브라이언 이니스, 이경식 옮김, 『프로파일링』, 휴먼앤북스, 2005.
- 사마천, 김원중 옮김, 『사기』, 민음사, 2011.
- 사회과학원 력사연구소, 『조선전사 1 : 원시편』, 과학 · 백과사전출판사, 1979.
- 성균관대학교 박물관 편, 『근묵』 상 · 하, 청문사, 1981.

- 성삼제, 『고조선, 사라진 역사』, 동아일보사, 2005.
- 성호경, 『신라 향가 연구』, 태학사, 2008.
- 세계문자연구회, 김승일 옮김, 『세계의 문자』, 범우사, 1997.
- 손환일, 『고려 말 조선 초 조맹부체』, 학연문화사, 2009.
- 송동건, 『고구려와 흉노』, 증보판, 휜두루, 2012.
- 송호정, 『단군, 만들어진 신화』, 산처럼, 2004.
- 수원박물관, 『조선시대 명현 간찰첩』, 2010.
- 수원화성박물관, 『정조 예술을 펼치다』, 2009.
- 스티븐 로저 피셔, 박수철 옮김, 『문자의 역사』, 21세기북스, 2010.
- 스티븐 제이 굴드, 김동광 옮김, 『인간에 대한 오해』, 사회평론, 2003.
- 스펜서 웰스, 채은진 옮김, 『인류의 조상을 찾아서』, 말글빛냄, 2007.
- 스펜서 웰스, 홍수연 옮김, 『최초의 남자』, 사이언스북스, 2007.
- C. W. 세람, 안경숙 옮김, 『낭만적인 고고학 산책』, 대원사, 1984.
- 시안 존스, 이준정 · 한건수 옮김, 『민족주의와 고고학』, 사회평론, 2008.
- 신동준, 『후흑학』, 위즈덤하우스, 2011.
- 신종원 편, 『일본인들의 단군 연구』, 민속원, 2009.
- 신채호, 박기봉 옮김, 『조선상고문화사(외)』, 비봉출판사, 2011.
- 신채호, 박기봉 옮김, 『조선상고사』, 비봉출판사, 2011.
- 아서 핸더슨 스미스, 민경삼 옮김, 『중국인의 특성』, 경향미디어, 2006.
- 아르놀트 하우저, 백낙청 옮김, 『문학과 예술의 사회사』, 창비, 2000.
- 앤드류 로빈슨, 박재욱 옮김, 『문자 이야기』, 사계절, 2003.
- 앤드류 로빈슨, 최효은 옮김, 『로스트 랭귀지』, 이지북, 2007.

- 야나기 무네요시, 이길진 옮김, 『조선과 그 예술』, 신구문화사, 1994.
- 양창석, 『브란덴부르크 비망록』, 늘품플러스, 2011.
- 에른스트 카시러, 심철민 옮김, 『상징형식의 철학 Ⅱ』, 도서출판 b, 2012.
- 에카르트, 권영필 옮김, 『에카르트의 조선미술사』, 열화당, 2003.
- 엠마누엘 아나티, 이승재 옮김, 『예술의 기원』, 바다출판사, 2008.
- 예술의 전당, 『고려말 조선초의 서예』, 1996.
- 예술의 전당, 『문도필신 : 김생 탄신 1300년 기념』, 2012.
- 예술의 전당, 『석봉 한호』, 1997.
- 예술의 전당, 『송준길 · 송시열』, 2007.
- 예술의 전당, 『시 · 서 · 화에 깃든 조선의 마음』, 2006.
- 예술의 전당, 『안중근, 독립을 넘어 평화로』, 2009.
- 예술의 전당, 『애국지사유묵』, 1995.
- 예술의 전당, 『옛 탁본의 아름다움, 그리고 우리 역사』, 1998.
- 예술의 전당, 『위창 오세창』, 2001.
- 예술의 전당, 『조선중기 서예』, 1993.
- 예술의 전당, 『조선후기 서예』, 1990.
- 예술의 전당, 『퇴계 이황』, 2001.
- 예술의 전당, 『하늘 천 따지』, 2005.
- 예술의 전당, 『한국서예이천년』, 2000.
- 예술의 전당, 『한국서예일백년』, 1988.
- 오세창, 『근역서화징』, 시공사, 1998.
- 요시미즈 츠네오, 오근영 옮김, 『로마문화 왕국, 신라』, 씨앗을 뿌리는 사람들,

2002.

- 우실하, 『요하문명론』, 소나무, 2007.
- 울산암각화박물관, 『한국의 암각화 : 대구, 경북편』, 2012.
- 울산암각화박물관, 『한국의 암각화 : 부산, 경남, 전라, 제주편』, 2011.
- 슝빙밍, 곽노봉 옮김, 『중국서예이론체계』, 동문선, 2002.
- 위앤커, 김희영 역주, 『중국고대신화』, 육문사, 2001.
- 유 엠 부찐, 이항재 · 이병두 옮김, 『고조선 : 역사 · 고고학적 개요』, 소나무, 1990.
- 유득공, 송기호 옮김, 『발해고』, 개정판, 홍익출판사, 2011.
- 윤내현, 『고조선 연구』, 일지사, 1994.
- 이규복, 『개설 한국서예사』, 이화문화출판사, 2004.
- 이규태, 『한국인의 의식구조』 1~4, 신원문화사, 2000.
- 이금화, 『흑피옥』, 범 홍산문화 이금화 갤러리, 2014.
- 이기백, 『한국사신론』, 일조각, 2001.
- 이기백 · 김용선, 『고려사 병지 역주』, 일조각, 2011.
- 이나미, 『한국 사회와 그 적들』, 추수밭, 2013.
- 이덕일 · 김병기, 『고구려는 천자의 제국이었다』, 역사의 아침, 2007.
- 이덕일 · 김병기, 『고조선은 대륙의 지배자였다』, 역사의 아침, 2011.
- 이벤허, 『중국인의 생활과 문화』, 김영사, 1994.
- 이승휴, 김경수 역주, 『제왕운기』, 역락, 1999.
- 이종선, 『고신라왕릉연구』, 학연문화사, 2000.
- 이종욱, 『신라인 이야기』, 김영사, 2000.
- 이종호 · 이형석, 『고조선, 신화에서 역사로』, 우리책, 2009.

- 이중톈, 박경숙 옮김, 『이중톈 중국인을 말하다』, 은행나무, 2008.
- 이천시립월전미술관, 『옛 글씨의 아름다움』, 2010.
- 이충렬, 『혜곡 최순우, 한국미의 순례자』, 김영사, 2012.
- 이한상, 『황금의 나라 신라』, 김영사, 2004.
- 이형구 외, 『코리안 루트를 찾아서』, 성안당, 2010.
- 이형구, 『발해연안에서 찾은 한국 고대문화의 비밀』, 김영사, 2007.
- 이홍규, 『한국인의 기원』, 우리역사연구재단, 2010.
- 이희수, 『세계문화기행』, 개정판, 일빛, 2003.
- 일연, 이병주 편역, 『삼국유사』, 명문당, 2000.
- 임승국 옮김, 『한단고기』, 정신세계사, 2011.
- 임태승, 『인물로 읽는 중국서예의 역사』, 미술문화, 2006.
- 장 페이페이 외, 김승일 옮김, 『한중관계사』, 범우, 2005.
- 전용신 옮김, 『완역 일본서기』, 일지사, 1989.
- 정광, 『훈민정음과 파스파 문자』, 역락, 2012.
- 정약용, 정해겸 역주, 『아방강역고』, 현대실학사, 2001.
- 정연규, 『언어로 풀어보는 한민족의 뿌리와 역사』, 한국문화사, 1997.
- 정연식, 『일상으로 본 조선시대 이야기』 1 · 2, 청년사, 2001.
- 정인보, 『오천년간 조선의 얼』, 문성재 역주, 『조선사연구』 상, 우리역사연구재단, 2012.
- 정종진, 『한국의 속담 대사전』, 태학사, 2006.
- 정형진, 『고깔모자를 쓴 단군』, 백산자료원, 2003.
- 정형진, 『천년왕국 수시아나에서 온 환웅』, 일빛, 2006.

• 제레드 다이아몬드, 김진준 옮김, 『총, 균, 쇠』, 문학사상사, 1998.
• J. G. 헤르더, 강성호 옮김, 『인류의 역사철학에 대한 이념』, 책세상, 2002.
• 조르주 장, 이종인 옮김, 『문자의 역사』, 시공사, 2011.
• 조선총독부 편, 『조선금석총람』 상 · 하, 아세아출판사, 1976.
• 조용진, 『얼굴, 한국인의 낯』, 사계절, 1999.
• 존 카터 코벨, 김유경 옮김, 『한국문화의 뿌리를 찾아 : 무속에서 통일신라 불교가 꽃피기까지』, 학고재, 1999.
• 최남선, 『조선상식문답』, 기파랑, 2011.
• 최남선, 정재승 · 이주현 역주, 『불함문화론』, 우리역사연구재단, 2008.
• 최순우, 『나는 내 것이 아름답다』, 학고재, 2002.
• 최순우, 『무량수전 배흘림기둥에 기대서서』, 보급판, 학고재, 2002.
• 최준식, 『한국미 그 자유분방함의 미학』, 효형출판, 2000.
• 콜린 렌프류 · 폴 반, 이희준 옮김, 『현대 고고학의 이해』, 사회평론, 2006.
• 콩젠, 최선임 옮김, 『한 권으로 읽는 중국인의 실체』, 지식여행, 2008.
• 풍우란, 박성규 옮김, 『중국철학사』 상 · 하, 까치, 1999.
• 프랑수와 줄리앙, 박희영 옮김, 『사물의 성향』, 한울, 2009.
• 하야시 미나오, 이남규 옮김, 『고대 중국인 이야기』, 솔, 1998.
• 하일식, 『고려시대 사람들의 삶과 생각』, 혜안, 2007.
• 학고재, 『조선중기의 서예』, 1990.
• 한국고문서학회, 『의식주, 살아있는 조선의 풍경』, 역사비평사, 2006.
• 한국역사민속학회, 『한국의 암각화』, 한길사, 1996.
• 한국역사연구회, 『삼국시대 사람들은 어떻게 살았을까』, 청년사, 1998.

• 허대동, 『고조선문자』, 경진, 2011.

• 헤로도토스, 박광순 옮김, 『역사』, 범우사, 1996.

• 후시미 추케이 · 임창순, 조경철 역주, 『중국과 한국의 서예사』, 이화문화출판사, 2001.

2 중국어 단행본

• 贾治辉, 『笔迹学』, 法律出版社, 2010.

• 刘涛, 『中国书法史：魏晉南北朝券』, 江苏教育出版社, 2007.

• 刘兆钟, 『笔迹探秘』, 上海科技教育出版社, 1997.

• 刘恒, 『中国书法史：淸代券』, 江苏教育出版社, 2007.

• 林景怡, 『无声世界：笔迹与性格 61续』, 漓江出版社, 1992.

• 范列 · 孙庆军, 『从笔迹看人生』, 教育科学出版社, 1992.

• 佘期天, 『笔迹破解』, 陕西旅游出版社, 1994.

• 熊年文, 『笔迹 · 性格 · 命运』, 中央编译出版社, 2011.

• 林惠祥, 『中國民族史 上』, 臺灣商務印書館, 1936.

• 张福全, 『笔迹心理分析』, 时代出版传媒股份有限公司, 安徽人民出版社, 2010.

• 张伟朝, 『笔迹与性格解析』, 南海出版公司, 2000.

• 郑日昌 主编, 『笔迹心理学：书写心理透视与不良个性矫正』, 辽海出版社, 2000.

• 曹宝麟, 『中国书法史：宋辽金券』, 江苏教育出版社, 2007.

• 钟芜冰泳, 『笔迹心理探秘』, 黄山书社, 1992.

• 朱关田, 『中国书法史：隋唐五代券』, 江苏教育出版社, 2007.

• 中国国家博物馆 编, 『中国国家博物馆馆藏文物研究丛书 甲骨卷』, 上海古蹟出版社, 2007.

- 中國收藏家協會 玉器收藏委員會 編,『泛紅山文化 中國神秘的黑皮玉雕』, 万国学术出版有限公司, 2009.
- 陈今朝,『笔迹个性分析技术』, 中国城市出版社, 2005.
- 震旦藝術博物館,『紅山玉器』, 2007.
- 陈逸民 · 陈莺,『黑皮玉器风云录』, 上海大學出版社, 2011.
- 肖晓 · 毅弘 · 伊静,『笔迹与性格 : 洞开一扇探测人生的窗口』, 学林出版社, 1990.
- 丛文俊,『中国书法史 : 先秦 · 秦代券』, 江苏教育出版社, 2007.
- 韩静,『笔迹与性格』, 海南三环出版社, 1999.
- 华人德,『中国书法史 : 兩汉券』, 江苏教育出版社, 2007.
- 黄惇,『中国书法史 : 元明券』, 江苏教育出版社, 2007.
- 黃貞燕,『中國美術備忘錄』, 石頭出版股份有限公司, 1997.

3 일본어 단행본

- 可成屋 編,『日本の書』, 東京美術, 2010.
- 可成屋 編,『中國の書』, 東京美術, 2006.
- 根本寛,『筆跡診斷』, 廣済堂出版, 2000.
- 東京国立博物館,『書の至寶-日本と中国』, 2006.
- 東京国立博物館,『書聖 王羲之』, 2013.
- 東京国立博物館,『日本国寶展』, 2000.
- 東京国立博物館,『誕生! 中国文明』, 2010.
- 名児那 明 監修,『日本の書』, 平凡社, 2012.
- 白川 静,『漢字の世界1 中国文化の原点』, 平凡社, 2011.

- 白川 静,『漢字の世界2 中国文化の原点』, 平凡社, 2003.
- 松丸道雄 外 編,『中國法書選』1~60, 二玄社, 1999.
- 愛新覺羅 烏拉熙春・吉本道雅,『韓半島から眺めた 契丹・女眞』, 京都大學學術出判會, 2011.
- 愛新覺羅 烏拉熙春,『明代の女眞人：「女真訳語」から「永寧寺記碑」』, 京都大學學術出判會, 2009.
- 魚住和晃,『現代筆跡學序論』, 文藝春秋, 2001.
- 藝術新聞社,『碑法帖・拓本入門：古典の学書と拓本鑑賞のために』(季刊 墨 スペシャル 21), 1994.
- 林香都惠,『筆跡お 変えれば 自分も 変わる』, 日本實業出版社, 2007.
- 槙田 仁,『筆跡性格學 入門』, 金子書房, 2003.
- ジョルジュジャン,『文字の歴史』, 創元社, 2010.
- 平川 南 編,『古代日本 文字の来た道』, 大修館書店, 2005.
- 平川 南 外,『文字と古代日本〈1〉支配と文字』, 吉川弘文館, 2004.
- 平川 南 外,『文字と古代日本〈2〉文字による交流』, 吉川弘文館, 2005.
- 平川 南 外,『文字と古代日本〈3〉流通と文字』, 吉川弘文館, 2005
- 平川 南 外,『文字と古代日本〈4〉神仏と文字』, 吉川弘文館, 2005.
- 平川 南 外,『文字と古代日本〈5〉文字表現の獲得』, 吉川弘文館, 2006.
- 篠原昭・島亨 編,『神々の発光：中国新石器時代紅山文化玉器造形(1924~37年 収集)』, 言叢社, 2013.

2. 논문

1 한국어 논문

- 강동익, "삼국초기 '말갈'의 실체", 동국대학교 석사 학위 논문, 2010.
- 강성원, "삼국 및 통일신라시대 반역의 역사적 성격 : 「삼국사기」를 중심으로", 이화여자대학교 석사 학위 논문, 1983.
- 고광의, "고구려 고분벽화에 나타난 서사 관련 내용 검토", 한국고대사연구 34호, 한국고대사학회, 2004.
- 고광의, "5~6세기 신라 서예에 나타난 외래 서풍의 수용과 전개", 서예학연구 제4호, 한국서예학회, 2004.
- 고광의, "6~7세기 신라 목간 서체의 서예사적 의의", 한국목간학회, 목간과 문자, 2008.
- 김경순, "추사 김정희의 한글간찰과 한문서예와의 상관성", 서예학연구 제7호, 한국서예학회, 2005.
- 김경순, "추사 김정희의 한글간찰 서풍 연구", 원광대학교 석사 학위 논문, 2002.
- 김상숙, "왕희지 『필세론』의 서예미학적 연구", 성균관대학교 석사 학위 논문, 2009.
- 김도환, "한국 속담의 심리적 분석연구", 부산대학교 박사 학위 논문, 1975.
- 김동소, "경원 여진자비의 여진문 연구", 연구논문집 36권 1호, 대구효성가톨릭대학교, 1988.
- 김병기, "문학적 견지에서 본 한국서예의 독창성", 서예학연구 제13호, 2008.
- 김성현, "조선후기 소설을 통해 본 서민의식 고찰", 공주대학교 석사 학위 논문, 2010.
- 김수천, "「무구정광대다라니경」 서체의 미의식", 동방학지 106호, 연세대학교 국학연구원, 1999.

- 김수천, “최치원과 최언위 서체의 공통점과 차이점”, 신라사학보 제5호, 2005.
- 김수천, “통일신라서예가 당서예문화로부터 받은 영향과 신융합”, 서예학연구 제18호, 한국서예학회, 2011.
- 김양기, “동이와 회이 서융에 대하여”, 동방학지 제2호, 1955.
- 김우순, “발해국 멸망 후의 발해인 : 고려와의 관계를 중심으로”, 서강대학교 석사 학위 논문, 2012.
- 김응관, “한국서예의 변천과정에 관한 사적 고찰”, 단국대학교 석사 학위 논문, 2003.
- 김정배, “예맥족에 관한 연구”, 백산학보 제5호, 1968.
- 김정학, “고고학상으로 본 한국민족”, 백산학보 제1호, 1966.
- 김정학, “한국민족형성사”, 『한국문화사대계』 1, 고려대학교 민족문화연구소, 1964.
- 김호동, “군현제의 시각에서 바라본 12 · 13세기 농민항쟁의 역사적 배경”, 역사연구 4권, 역사학연구소, 1995.
- 나세진, “한국민족의 체질인류학적 연구”, 『한국문화사대계』 1, 고려대학교 민족문제연구소, 1964.
- 노태천, “한국 고대 야금기술사 연구”, 한국학중앙연구원 박사 학위 논문, 2000.
- 문경희, “왕희지의 서예미와 심미경계 연구 : 행 · 초서를 중심으로”, 원광대학교 박사 학위 논문, 2013.
- 문명대, “천전리 암각화 발견 의미와 도상의 재해석”, 2010.
- 박강희, “안중근 의사의 서풍 연구”, 원광대학교 석사 학위 논문, 2010.
- 박맹흠, “김생의 〈태자사랑공대사백월서운탑비〉 서풍 연구”, 원광대학교 석사 학위 논문, 2010.
- 박문현, “『직지』 서풍의 연원에 관한 연구”, 서예학연구 제23호, 한국서예학회, 2013.

- 박병천, “중국 서예술의 유입과 서체적 영향에 관한 고찰 : 삼국시대부터 고려시대까지 금석문을 대상으로”, 동양예술 4권, 한국동양예술학회, 2001.
- 박병천, “중국역대명비첩지연구 : 서예미분석여재교학상응용”, 국립정치대학 박사 학위 논문, 1987.
- 박병천, “북한 서예술의 동향분석과 전망 : 8,90년대 서예이론 자료를 중심으로”, 동양예술 제3호, 한국동양예술학회, 2001.
- 박선미, “기원전 3~2세기 요동지역의 고조선문화와 명도전유적”, 선사와 고대 14호, 2000.
- 박영희, “울주 천전리 암각화의 제작시기에 대하여”, 이화여자대학교 석사 학위 논문, 1984.
- 배옥영, “통일신라(668~935)와 당(618~907)대의 서예비교”, 서예학연구 제14호, 한국서예학회, 2009.
- 서대원, “한글 글자꼴의 변천에 관한 연구”, 건국대학교 석사 학위 논문, 2005.
- 선주선, “추사 김정희의 불교의식과 예술관 연구”, 동국대학교 박사 학위 논문, 2002.
- 손환일, “고구려 고분벽화 명문의 서체에 관한 연구 : 〈안악3호분묵서〉·〈덕흥리고분묵서〉·〈모두루묘묵서〉를 중심으로”, 고구려연구 제16집, 2003.
- 송수영, “송설체 유입 배경에 관한 소고”, 서예학연구 5권, 한국서예학회, 2004.
- 송인자, “6세기 신라 금석문의 서예미 연구”, 계명대학교 박사 학위 논문, 2009.
- 송종관, “조맹부의 송설체와 한국 서예에 관한 연구”, 한양대학교 박사 학위 논문, 2010.
- 여덕자, “고려시대 묘지명에 나타난 고려인의 삶과 의식”, 숙명여자대학교 석사 학위 논문, 2013.
- 염정모, “일제 시기의 서단활동 및 서예교육의 변천사적 고찰 : 1910~1945 시기를 중심으로”, 건국대학교 석사 학위 논문, 1997.
- 오명남, “원교와 추사의 서예 비교 연구”, 성균관대학교 박사 학위 논문, 2004.

- 유영봉, "판소리 사설의 풍자대상과 현실 인식", 인하대학교 석사 학위 논문, 2003.
- 윤내현, "한민족의 형성과 출현", 사학집 27집, 단국대학교 사학회, 1994.
- 이미경, "김생 서예 연구", 서예학연구 제12호, 한국서예학회, 2008.
- 이버금, "추사 김정희 서예의 유가미학적 연구", 성균관대학교 석사 학위 논문, 2011.
- 이상은, "한국 민족 기원과 기자 조선의 문제", 아세아연구 1권 1호, 1958.
- 이서연, "12~13세기 고려 서예의 미의식 연구", 성균관대학교 석사 학위 논문, 2011.
- 이순자, "백제 〈무녕왕릉지석〉의 서예미 연구", 경기대학교 석사 학위 논문, 2011.
- 이순태, "신라 〈영일냉수리비〉 서풍 연구", 원광대학교 석사 학위 논문, 2010.
- 이신영, "왕희지 서예에 관한 비평 연구", 경기대학교 석사 학위 논문, 2014.
- 이영철, "고려시대 금석문의 서예풍격 고찰", 동방논집 3권, 한국동방학회, 2010.
- 이완우, "신출 금속활자와 고려시대 서예사", 서지학보 39권, 한국서지학회, 2012.
- 이은혁, "추사 김정희의 예술론 연구", 성신여자대학교 박사 학위 논문, 2008.
- 이해문, "말갈의 실체 연구", 단국대학교 석사 학위 논문, 2001.
- 이혜원, "고려초기 금석문 서체연구", 경기대학교 석사 학위 논문, 2010.
- 임승경, "중국 요서지구 신석기시대 옥기", 성균관대학교 석사 학위 논문, 1998.
- 임승경, "선사시대 옥기의 성격 및 그 제작 기술에 관한 일고찰", 사림 제20호, 수선사학회, 2003.
- 임창순, "한국의 금석과 서예", 백산학보 3권, 백산학회, 1968. 3.
- 장영선, "조선중기 동국진체에 관한 연구", 원광대학교 석사 학위 논문, 2005.
- 장영준, "고려무인집권기 하층민의 동태", 단국대학교 석사 학위 논문, 1977.
- 장지훈, "왕희지에 대한 비평을 통해 본 중국서예의 미학적 지향", 동양예술 14권,

한국동양예술학회, 2009.

• 장지훈, “한 · 중 서가들의 왕희지 비평과 서예인식”, 서예비평 7권, 한국서예비평학회, 2010.

• 정건재, “신석기시대 옥기문화와 고대왕권의 등장”, 전문기술연구 제21집, 2011.

• 조민환, “한국사상(철학) : 추사 김정희의 동국진체 서가 비판-왕희지에 대한 인식을 중심으로-”, 한국사상과 문화 62권, 한국사상문화학회, 2012.

• 정상옥, “석탄연 청평산문수원기의 서예사적 의의”, 동방논집 1권, 동방대학교대학원, 2007.

• 정혜린, “김정희 예술론 : 그 지적 기원과 체계에 관하여”, 대동한문학 25호, 2006.

• 정혜린, “추사 김정희의 청대 서파 수용과 절충”, 미학 73호, 한국미학회, 2013.

• 정현숙, “통일신라 서예의 다양성과 서풍의 특징”, 서예학연구 제22호, 한국서예학회, 2013.

• 정현숙, “통일신라시대 『무구정광대다라니경』의 서체 연구”, 서지학연구 40호, 서지학회, 2008.

• 조수현, “고운 최치원의 서체특징과 동인의식”, 한국사상과 문화 제50집, 한국사상문화학회, 2009.

• 조수현 · 송완훈, “한국서예교육과 일본서도교육의 비교연구”, 교과교육연구 1권 1호, 원광대학교 교과교육연구소, 1999.

• 채용복, “금석문을 통해 본 서書에 대한 조형의식”, 민족문화연구 30권, 고려대학교 민족문화연구원, 1997.

• 한순미, “언어문화적 상상력으로 읽어 본 〈천전리 암각화〉”, 국어국문학 147호, 국어국문학회, 2007.

• 홍승희, “4~6세기 신라고분 출토 유물에 나타난 북방요소”, 숙명여자대학교 석사학위 논문, 1999.

• 황갑남, “조맹부 초서가 한글 봉서에 미친 영향 연구 : 진초천자문과 서기이씨 봉서를 중심으로”, 경기대학교 석사 학위 논문, 2009.

• 황지영, "조선조 동국진체 형성에 관한 연구 : 옥동 『필결』과 원교 『서결』을 중심으로", 성신여자대학교 석사 학위 논문, 2002.

2 중국어 논문

• 朱乃姓, "紅山文化獸面玦形玉飾硏究", 考古學報, 2008.

3 일본어 논문

• 田中俊明, "三世紀東北アジアの 國際關係", 朝鮮學報 230集, 2014.

Ⅰ. 서양어 문헌

1. 단행본

1 영어 단행본

• Andrea McNichol, *Handwriting Analysis : Putting It to Work for You,* Contemporary Books, 1991.

• Ann Mahony, *Handwriting & Personality,* Henry Holt and Company, 1989.

• Annette Poizner, *Clinical Graphology : An Interpretive Manual for Mental Health Practitioners,* Charles C. Thomas Pub Ltd, 2012.

• Ashley Motagu, *Growing Young,* Praeger, 1981.

• Daniel Kane, *The Sino-Jurchen Vocabulary of the Bureau of Interpreters,* Indiana University, 1989.

- Daphna Yalon, *Graphology Across Cultures : A Universal Approach to Graphic Diversity,* The British Institute of Graphologists, 2003.
- David Diringer, *The Book before Printing,* Dover Publications, 1982.
- Felix Klein, *Gestalt Graphology,* iUniverse, 2007.
- H. J. Jacoby, *Analysis of Handwriting : An Introduction Into Scientific Graphology,* Kingman Press, 2011.
- Henry Havelock Ellis, *Man and Woman : A Study of Human Secondary Sexual Characters,* Forgotten Books, 2013.
- Hisuk Chai, *Black Shelled Jade Sculpture & Mago Civilization,* Mago Civilization Publishing Department, 2012.
- Hugo J. von Hagen, *Graphology ; how to read character from handwriting ; studies in character reading, a text-book of graphology for experts, students and laymen,* Nabu Press, 2010.
- Arlyn J. Imberman · June Rifkin, *Signature for Success : How to Analyze Handwriting and Improve Your Career, Your Relationships, and Your Life,* Andrews Mcmeel Publishing, 2003.
- Irene B. Levitt, *Brain Writing : How to See Inside Your Own Mind and Others with Handwriting Analysis,* The Oaklea Press, 2004.
- Julia Seton Sears, *Grapho Psychology,* Kessinger Publishing, LLC, 2004.
- June E. Downey, *Graphology and the Psychology of Handwriting,* Warwick & York, Inc, 1919.
- Karen Krinstin Amend · Mary Stansbury Ruiz, *Handwriting Analysis,* New Page Books, 1980.
- Klara G. Roman, *Handwritings,* Pantheon Books, 1952.
- Marc Drogin, *Medieval Calligraphy : Its History and Technique,* Dover Publications, 1989.

- Marc Seifer, *The Definitive Book of Handwriting Analysis : The Complete Guide to Interpreting Personalities, Detecting Forgeries, and Revealing Brain Activity Through the Science of Graphology,* Career Press, 2008.
- Nadya Olyanova, *The Psychology of Handwriting : Secrets of Handwriting Analysis,* Wilshire Book Company, 1960.
- Nicholas Wade, *Before the Dawn : Recovering the Lost History of Our Ancestors,* Penguin Press, 2006.
- Ouyang Zhongshi and Wen C. Fong, *Chinese Calligraphy,* Yale University Press, 2008.
- Reed Hayes, *Between the Lines,* Destiny Books, 1993.
- Richard D. Fuerle, *Erectus Walks Amongst Us,* Spooner Press, 2008.
- Richard Dimsdale Stocker, *The language of handwriting : a textbook of graphology,* RareBooksClub.com, 2012.
- Richard G. Klein, *Human Career : Human Biological and Cultural Origins,* University Of Chicago Press, 1999.
- Richard Grossinger, *Embryogenesis : Species, Gender and Identity,* North Atlantic Books, 2000.
- Robert Saudek, *Psychology of Handwriting,* Kessinger Publishing, LLC, 2003.
- Sheila R. Lowe, *Handwriting Analysis,* Alpha, 2007.
- Sheila R. Lowe, *Handwriting of the Famous and Infamous,* MetroBooks, 2001.
- Stephen Jay Gould, *Ontogeny and Phylogeny,* The Belknap Press of Harvard University Press, 1977.
- Ulrich Sonnemann, *Handwriting Analysis as a Psychodiagnostic Tool : A Study In General And Clinical Graphology,* Kessinger Publishing, LLC, 2006.
- Various, *Graphology and Criminology : A Collection of Historical Articles on Signs of Deviance in Handwriting,* Garnsey Press, 2011.

2 독일어 단행본

- Christian Dettweiler, *Von der Graphologie zur Schriftpsychologie,* Verlag Grundlagen und Praxis Leer, 1997.
- Hans Knobloch, *Graphologie : Exemplarische Einführung,* Verlag für angewandte Wissenschaften, 1998.
- Helmut Ploog, *Handschriften deuten,* Humboldt, 2008.
- Jules Crépieux-Jamin und H. Krauss, *Die Graphologie und ihre praktische Anwendung,* Bibliolife, 1923.
- Ludwig Klages, *Handschrift und Charakter,* Bouvier, 2008.
- Teut Wallner, *Lehrbuch der Schriftpsychologie : Grundlegung einer systematisierten Handschriftendiagnostik,* Asanger Verlag GmbH Kröning, 2010.
- Ulrich Beer, *Graphologie : Handschrift ist Herzschrift,* Centaurus, 2003.
- Walter R. Leonhardt, *Das Reich der Handschriftenanalyse,* Bohmeier Verlag, 2010.

3 프랑스어 단행본

- Jules Crepiéux-Jamin, *ABC de la graphologie,* Puf, 2010.
- Marylène Estier et Nathalie Rabaud, *La graphologie pour mieux se connaître,* Eyrolles, 2008.
- Michelle Sardin, *La graphologie,* Eyrolles, 2010.

2. 논문

- Karolina Tolgyesi, "International Handwritings are stereotypes valid?", The Graphologist, vol 32, no. 1, Spring 2014.
- Karolina Tolgyesi, "International Handwritings are stereotypes valid?", The Graphologist, vol 32, no. 2, Summer 2014.

도판 목록

ㄷ

ㄹ

ㅁ

ㅇ

ㅈ

ㅊ

ㅎ

글씨에서 찾은 한국인의 DNA